Die Reise
in die
Vergangenheit

昨日之旅

上海译文出版社

斯特凡·茨威格 / 著　　关惠文 等 / 译

目录

情感的迷惘

枢密顾问 R. v. D. 的私人笔录

这是我系里的学生和同事的一番好意：这里摆着语文学家们为庆祝我六十大寿和我在大学执教三十周年而编纂的纪念文集的第一本样书，这本装帧精美的书是他们隆重地送来的。它成了一部诚实可信的传记；这本书的材料收得很全：一篇小文章也不缺，连节庆祝词，某一本学术年鉴里的无足轻重的书评也包括在内，这些东西即使是查遍图书目录也很难从故纸堆里挖掘出来——我的整个成长过程，像一座打扫得干干净净的阶梯，一级一级地，无比清晰地，一直延伸到眼前这一刻——真的，如果对这样令人感动的细致认真的精神我不感到高兴，那就太不近人情了。凡是我认为已经时过境迁、散失不见的东西，都在这幅图像里上下连贯、前后有序地回来了：不，我不能否认，我这个老年人现在翻阅这些文章，跟我从前念小学时阅读老师写的第一次说明我具有科学研究能力和志向的评语时，怀着同样的自豪感。

不过，在翻阅了这二百面勤恳结晶的书页，准确地静观了我的精神的影像之后，我不禁笑了。这真是我的一生吗？它真的像传记作者从书面材料里层次分明地整理出来的一样，如此目标坚定地在蜿蜒曲折的山路上从最初的时刻一直上升到今天吗？这一切就好像第一次从一个留声机里听到用我的声音讲出来：开始我根本辨别不出这是谁的声音；这明明是我的声音，只不过这是别人听到的那种声音，不是我本人通过我的血液、在我身体的内核里听到的声音。我毕生致力于从人的事业中来描写人，从本质上筑就当时这种人的精神结构，如今我恰恰是从我自己的经历上觉察到，在每个人的命运中真正的本质核心，一切从中生长的可塑的细胞，是何等难以看清。我们经历着千千万万个瞬间，但永远只有一个瞬间，只有唯一的一瞬使我们的整个内心世界沸腾，在这一瞬间里（司汤达曾描述过它）心中的那朵以各种汁液滋润的花眨眼间结晶——这是有魔力的一瞬间，就像那个生育瞬间，像它一样隐藏在自己身体的温热的内部，看不见、摸不着、感觉不到、只能体验到的秘密。没有一种精神的代数学能把它解开，没有一种预感的炼金术能猜透它，而自己的感觉也很难把它抓住。

　　关于我的精神生活发展过程中的那件最隐秘的事，这本书只字未提：因此我不禁笑了。书中的一切都是真实的——只是缺乏本质的东西。它只是描写我，但没有说明我。它仅谈论我，但没有泄露我的秘密。这本精心分列的花名册上有二百个名字——只缺少一个名字，一切创造性的冲动都来自这个名字，那是一个男人的名字。他曾决定我的命运，现在他以双倍的力量把我唤到我的青年时代去。所有的人都谈到了，就是没有谈到他，他曾给了我语言，我就是根据这种语言的气息说话的：突然我感觉到这种胆怯的隐瞒就是犯罪。一生中我都在为人们画像，为了当今的感觉唤回了几百年前的形象，但我恰恰从未想到这个最贴近我的人：因此我想给他——这可爱的鬼魂——喝我的血，就像在荷马史诗里一样，让他再跟我说话，让那位早已逝去的老人回到我这个正在衰老的人身边。我想把这隐去的一页放在公之于众的书稿里，使一次感情的自白与这本学术著作并列，为了他给我自己讲述我青年时代的真实故事。

　　在我开始讲述之前，我又浏览了一遍这本佯称描写我的一生的书。我禁不住又笑了。他们选择了一个错误的入口，怎么能接近我的生活的真正核心呢？他们第一步就迈错了！我的一位好心的同学，现在是枢密顾问，他信口虚构说：我在文科中学就热爱社会科学，比所有其他同学都更胜一筹。记错了，亲爱的枢密顾问！对我来说，一切人文科学的东西都是难以忍受的、令我切齿痛恨的桎梏。正因为我作为北德意志那座小城中学校长的儿子，在日常生活中就看到教育总是被当作养家糊口的营生，所以我从小就憎恨一切语文学：人的天性依其保存创造性事物的神秘使命，总是使孩子讽刺和挖苦父亲的爱好。这种天性不希望有任何一种安逸无力的继承，不希望一代又一代只是继续去干原有的行当：它总是首先把矛盾对立插在同类人之间，只准许后来人走过一段艰苦而有收获的弯路之后才迈上先人的生活道路。总之，我父亲说科学是神圣的，我个人的主张则认为科学只不过是卖弄概念；他称颂古典作家为典范，在我看来他们总是板着脸教训人，因此十分可憎。在书的包围中，我蔑视书；父亲总是催逼我接近他的精神世界，我便反对书面的传统教育的一切形式；所以我费尽心力完成高中毕业考试以后，坚决拒绝进大学学习，也就不足为怪了。我想当军官，海员或工程师；选择这些职业根本不是由于我对此有强烈的爱好。只是对科学的枯燥和训诫的反感驱使我避开学术，力求干点实际的工作。我父亲狂热地尊崇一切大学的学科，他坚持让我接受大学的教育，我以缓和的态度成功地放弃了古典语文学，选择了英国语文学（我最终采取这种折中的解决办法，是有不可告人的隐秘想法的，因为有了这门航海语言的知识，以后就可以轻而易举地去过我无限渴望的海员生活了）。

因此，在这份履历中，最不正确的莫过于这个友好的断语了，即说我在柏林的第一学期在一些成就斐然的教授指导下获得了语文学的基础知识——当时，我的自由激情猛然爆发，哪里知道什么听课和讲师啊！当我第一次短时进入听课大厅时，就有一股发霉的气息向我袭来，那种牧师传教式单调而又清高的报告使我疲倦至极，我只好强挺着不把老打瞌睡的头放在扶手椅上。这简直是又进了我以为已经幸运地逃离的高中校园，连这间教室摆着的过高的讲台和讲课者的咬文嚼字的雕虫小技也照样：我不由自主地觉得，好像从那位枢密顾问的微张的唇里往外流沙子，破旧的教师备课本里的语言也是被磨得犹如细沙，均匀地缓缓流入这浓重的空气里。我还是小学生时就曾怀疑自己形同陷入一间精神的停尸房，在那里冷漠的手一边解剖一边用手指四处触摸死者的身体——现在在这间教室里听人讲述早已成了古董的六音步抑扬格押韵诗，这种怀疑又令人惊恐地出现了。这种抗拒的直觉起初十分强烈，我极力耐着性子听完这堂课，就跑到市里的大街上。那时的柏林对它自己的发展也感到惊异，充溢着一种突然冒出来的阳刚之气，从所有石墙和街道都射出电灯光，把一种激烈跳动着的速度强加给每个人，这种速度和它的急于掠取的贪欲与我自己刚刚发觉的男子气极为相似。城市和我这二者都是从一种笃信新教秩序的循规蹈矩的小市民本性中突然蹿出来，过于匆忙地陷进一种力量的和机遇的新的极度兴奋的状态之中——城市和我这个一向风风火火的小伙子，我们都像一台不安宁和不耐烦的发电机一样不停颤动。我从来没有像当时那样理解和热爱柏林，因为在那犹如蜂房里的蜜蜂般拥挤的温暖人群里，我身体里的每个细胞都渴望着突然出现的膨胀——每一个强壮的青年人的躁动，除了在这位热乎乎的巨人女子的抽动的怀里，除了在这座焦躁不安、精力充沛的城市里，在什么地方才能发泄呢！这个城市一下子点燃了我的激情，我投身到她的怀抱里，进入她的血管，于是我的好奇心便急急忙忙地去围着她整个石头般冰冷但又温暖的身体转动——我从早到晚在大街上游荡，乘车到湖畔去，遍寻各个大湖畔的隐蔽处：的确，这是着了魔，有了这种疯狂，我便不去注意学业而投身到我侦察到的生动的冒险的活动里去。但在这种过火的活动中，我自然是听从我的天性的一个特点：从小我就不能同时做两件事，我总是立刻把另一件事丢在脑后；不论何时何地我只有单线向前推进的冲力，就是今天在工作中我也大都是这样狂热地去强攻一个课题，不把最后一根硬骨头啃下来咬在牙齿之间，我绝不

5

放手。

那时，在柏林，我心中的自由感变成了一种巨大的癫狂，我本人对上课时的临时测验，甚至对我自己房间的四壁相围，都无法忍受：在我看来，不能导致冒险奇遇的一切都是浪费时间。一个乳臭未干的、刚刚摘下了笼头的外省青年强制自己要成为真正的男子汉：我在一个大学生社团旁听，试图给我的（实际上很羞怯的）本性加点俏皮，加点生气，加点潇洒，刚刚一星期就已经摆出一副大城市人和大德意志人的风度了。我以使人惊愕的速度学着在小咖啡馆里懒洋洋地坐着，活像个真正的光荣武士。在这个男子汉阶段，当然也有女人——说得更准确些：有娘儿们，照我们大学生的傲慢口气就是这样称呼她们的——这对我也正是时候，我已成了一个引人注目的漂亮青年。高高的个子，修长的身材，刚刚被海风吹成古铜色的面颊，每个动作都像体操运动员一样灵活敏捷，我可以轻而易举地对付那些被小房间空气晾干了的鲱鱼一般苍白的店员，他们每星期日都跟我们一起到（那时还位于远郊区的）哈伦湖和洪德凯勒的跳舞厅去寻奇猎艳。时而是一个麦克伦堡的淡黄头发、乳白皮肤的使女，趁她休假回家以前把她从跳舞场拉到我的小房间里，时而是一个来自波森的坐立不宁的神经质的犹太小姑娘，是在蒂茨卖袜子的——大多数是廉价的猎物，很容易弄到手，然后很快转给同学。但在这种意想不到的轻易成功里，这个昨日还很胆怯的中学生却感到醉人的惊喜，这廉价的成果加强了我的冒险，渐渐地，我把这条街道只看作这种完全无选择的、只适于体操运动员冒险的竞技场。有一次，我徒步尾随一个漂亮姑娘来到菩提树下大街——真是偶然，竟来到了大学门前，这时我不禁笑了，心想：我已多久没跨进那令人肃然起敬的门槛了啊。出于傲慢，我跟一位见解相同的朋友一起走了进去；我们微微推开门，看到（那情景显得无比可笑）一百五十多个人弯腰俯在扶手椅的后背上，好像跟着一位吟唱赞美诗的白胡子牧师一起在做祈祷。我又松开把手关上门，让那条混浊的能言善辩的小溪继续在那些勤奋好学者的肩头上流淌；随后我跟那个同伴傲慢地走出去，来到阳光灿烂的林荫大道。有时我会认为，没有一个青年比我在那几个月里更愚蠢地虚度了时光。我一本书也不读，我敢肯定，我连一句有理智的话也没说过，脑子里没有过真正的思想——我本能地躲避一切文明高雅的社交活动，只是为了用觉醒的身体去更强烈地感觉新的、一直被禁止的东西的浸润。这样的自作自受，这样浪费时间地冲着自己大发雷霆，大概是每个强壮的突然得到自由的青年人的本性吧——尽管如此，我的这种特别的着魔还是使我放荡的生活方式变得十分危险，如果不是一次偶然事件突然抑制了我的内心的堕落，那我就只能彻底毁灭，或者至少沉沦在感情的混沌状态中了。

这个偶然事件——就是在今天我也怀着感激之情称它为一件幸事——是，我的父亲突然按照指示到柏林的部里来参加为期一天的中学校长会议。作为一个职业教育家他要利用这个机会，在不通知我的情况下检查一下我的行为，给我这个事先一无所知的人一个惊喜。这是一次突然袭击，他干得非常成功。跟大多数情况一样，晚上，在北郊我那间租金低廉的大学生小屋里——进屋通道是用一个帘子与女房东的厨房隔开的——正好有一个姑娘做最亲热温存的访问，这时清楚地听到了敲门声。我猜想是来了一个同学，便没好气地嘟嘟哝哝地回答："不会客。"但过了一小会儿，敲门声又响了，一次，两次，然后是听得出的不耐烦的第三次。我气哼哼地穿上裤子，想把这个无礼的打扰者干脆打发走，于是我的衬衫还敞着怀，裤子的背带还低垂摆动着，赤着脚把门打开，但立刻感到好像太阳穴上挨了一拳似的，在前厅的黑暗中认出了我父亲的侧影。在阴影里我只能觉察到他脸上的那副眼镜片闪闪的反光。这黑色侧面头像就足以使我像锐器压喉一样把已来到嘴边的骂人话卡在嗓子眼里了：我麻木地站了一会儿。我不得不——在这可怕的一刻——低声下气地请他到厨房里去等几分钟，让我把我的房间整理好。我已经说过：我没有看见他的脸，但我感觉到他什么都明白了。我从他的沉默，从他的抑制着的态度上感到了这一点，他没有把手伸给我，而是打着一个嫌恶的手势走到布帘后面的厨房里去。在那里，在一个热过咖啡和萝卜后还冒着蒸汽的铁炉灶前面，这位老人不得不站着等了十分钟，对我和对他同样被侮辱的十分钟，直到我把那个姑娘赶下床穿上衣服，从那不愿偷听的人身边走出房间。他肯定听到了她的脚步声，布帘的皱褶在她匆匆离去时被一阵穿堂气流吹得抖动起来；而我还没有把老人从那屈辱的隐蔽处接出来：首先得把明显的杂乱无章的床弄干净。然后我才走到他的面前——我有生以来从来没有这样感到羞臊。

我父亲在这严重的时刻控制住了自己，今天我还为此打心眼里感谢他。每当我回想起这位早已逝世的老人，我都不从学生的立场

8

去看他，学生只把他视作纠错的机器，视作不停地吹毛求疵的、热衷于一贯正确的迂腐学究而藐视他，而我却总是撷取他这最有人情味的一刻的形象——那时他克制住了自己，一言不发地跟在我后面走进那间闷热的房间。他手里拿着帽子和手套；他本来下意识地想把它们放下，但随后做了一个厌恶的手势，好像他不想让他身上的任何部分去碰那里肮脏的一切。我请他坐在一张椅子上；他没有回答，只做了一个抛掷的动作，好像要使一切丑恶的东西连同这个房间的物件都离他远远的。

在他掉转身冷冰冰地在那里站了几秒钟以后，他终于摘下眼镜来过分仔细地擦拭，我知道，这动作是他窘迫心理的泄露，老人重新戴上眼镜后又用手背抹了抹眼睛，这也没有逃过我的注意。他无颜见我，我在他面前也无地自容，谁也找不到一句话来说。我暗自害怕他喋喋不休的说教，操着那种嗓音来一个口若悬河的开场白，自从进学校读书以来我就憎恨和挖苦他的这种嗓音。但是——就在今天我还为此感谢他——这位老人默默地待在那里，回避我的目光。最后，他向那个摇晃不稳的书架走去，那里放着我的大学课本，他把课本打开——第一眼就看出这些书压根儿没人看过，书页大都没有裁开。"你的听课笔记簿！"这个命令是他的第一句话。我哆哆嗦嗦地把笔记本递给他，不过我知道，那些速记式的笔记只包括唯一的一个课时的内容。他粗略地翻阅了一下那两页笔记，便把笔记本放在桌子上，没有一点激动的表示。然后他拉过一把椅子坐下，严肃地看着我，但没有责备的意思，问我："喏，你对这一切怎么想？今后怎么办呀？"

这个不动声色的问题，使我丧失了招架之功。我在精神上被解除了武装：如果他骂我几句，我还可以蛮横地发怒；如果他动之以情地规劝我，我还可以嘲笑他。但这个客观的问题却使我失去了抗拒的力量：它的严肃要求严肃的回答，它的逼人的镇静要求尊重和心理准备。我是怎么回答的，我简直不敢去回忆；随后的整个谈话是怎样进行的，就是今天我也不愿意诉诸笔墨：这里有出人意料的感动，有一种内心的浪涛，如果重新叙述，听起来也许会显得感伤，那些话只有在我们四目相对、感情突然激动时才是真实的。我当时和我父亲一起进行的，是唯一的一次真正的谈话，我没有考虑要自愿地忍辱屈从：我让他来决定一切。但他只是劝我离开柏林，下学期到一所小的大学里去读书。他确信，他只要安慰我，我就会从此勤奋地把耽误的功课补上。他的信任使我震惊；霎时间我感觉到，我强加给这位囿于冷冰冰的繁文缛节的老人的一切，都是不对的。我不得不使劲咬住嘴唇，强忍着不让热泪滚滚流出来。他可能也有同样的感觉，因为他突然把手递给了我，颤抖地停了片刻，然后就匆匆走出去了。我没敢跟在他后面，我不安而慌乱地待在原地，用手帕擦去嘴唇上的血：为了克制我的感情，我狠狠地用牙齿咬着嘴唇。

　　那是十九岁的我有生以来第一次被感动——它不费吹灰之力就把我三个月来建造的男子汉气概、大学生派头和自命不凡的整个夸夸其谈的空中楼阁彻底摧垮了。我觉得我十分坚定，因为有了这种被激发的意志力，现在把一切低级的娱乐活动都放弃了，我急不可耐地在精神领域考验我那被浪费的力量，热烈地追求严肃、冷静、纪律和严格。这时，我发誓要像修士效忠于祭祀一样全身心投入大学的学习，当然一点也不知道那在科学领域里等待我的最高的陶醉，也不曾预料到在那个被提高了的精神世界里总有奇遇和危险在等待着狂热的追求者。

我在父亲的同意下为下学期选的那座小省城，位于德国中部。这座小城市在教育方面的闻名遐迩，跟大学建筑周围的那些小沙丘似的房屋形成极不相称的对照。我先把我的行李存在火车站，没怎么费劲就打听到了从火车站去大学的路。即使在那古香古色的宽大的房子里，我也立刻感觉到，在这里工作效率比在柏林那个鸽子笼里不知要高多少倍。两个小时内就办完了注册手续，访问了大多数教授，只是没能立刻见到我的主讲教授，那位英国语文学教授，但他们告诉我下午四点钟能在课堂讨论上见到他。

由于急着去见我的老师，一个钟头也耽误不得，现在我面对科学时的热情跟以前躲避它时完全一样，在迅速游览了这座跟柏林相比如同处在麻木的沉睡中的小城以后，四点钟我准时来到了指定地点。校役把教室的门指给我。我敲了敲门。因为我以为里边有一个声音在回答，我便走了进去。

但我听错了。没有人让我进去，我所听到的那模糊的声音只不过是教授提高嗓门侃侃而谈的声音，教授正在向紧紧围他而坐的二十多名大学生发表显然是即兴的讲演。由于误听，未经允许便走了进来，我感到很不自在，想再悄悄地溜出去，但又怕这样更引人注意。于是我便待在门边，下意识地被迫地听起讲演来。

很明显，这个讲演好像是从一个学术会议或一次讨论会自动衍生出来的，这一点随后至少从教授和学生的松散而随意的分组上就可以看出来：他不是坐在高高的椅子上讲授，一条腿不拘小节地轻轻搭在一张桌子上，现在年轻人都以随便的姿态聚在一起围着他，他们听得十分入神，这就把他们原来漫不经心的组合固定在一种不动的造型上。我看到，当教授突然一跃而上了桌子，从高高在上的位置上像用套索一样用话语把他们吸引到他身边，将他们拴在各自的位置上时，他们一定正站在一起说话。只几分钟我就忘记了我是未经招呼就走进来的，我自己已经感觉到了他的讲演的迷人力量像磁石一样有吸引力；我身不由己地往前走了走，为的是看清那双手做着拱形或者相合的奇怪手势，有时命令式地说出一句话时，那双手往往像翅膀似的张开，颤动着向上伸出，以便随后渐渐地以一种音乐指挥的平静的姿势，富有音乐感地轻轻落下。那讲演像暴风雨似的越来越昂奋，这位语流湍急的演讲者像坐在飞跑的马背上一样，在硬桌子上有节奏地直着身体，气喘吁吁地继续激昂慷慨地用充满闪光的形象的语言表达他飞快的思想。我还从来没听到过如此充满激情，如此真实感人的演讲。我第一次体验到拉丁文中所说的身不由己的状态——一个人忘却自我、被别人带着往前走的状态：快速运动的嘴唇在这里说话，不是为自己，而是为别人，从嘴里涌出的话语就像是从一个燃烧的胸膛里喷出来的火焰。

我从来未曾体验过讲演会如此兴奋，如此热情满怀，这意外的见闻突然把我吸引过去。不知不觉中，我像被一种比好奇更强大的力量催眠似的吸引着，迈着夜游人那种软绵绵的步子，奇奇怪怪地进入那个小圈子。突然，我下意识地站到了里边，离他只有一尺，置身于其他人中间，那些人同样也很入迷，对我或别的什么东西都视而不见。我加入了讲演的语流里，被它的滚滚洪流带走，却连它的发源地都不知道：显然是有一个大学生把莎士比亚赞颂为一颗流星，这促使坐在上边的那个人指出，莎士比亚只是整整一代人最强有力的标志，这一代人心声的陈述者，也是一个变得充满激情的时代的感性的标志。他以简洁的画面描绘了英国的那一非同寻常的时刻，那个唯一的极度兴奋的瞬间，在每个民族的生活中如同在每个人的生活中，这种心醉神迷的状态都会意想不到地出现，积聚全部力量向永恒猛烈冲击。地球突然变得广阔了，发现了一个新大陆，与此同时，旧大陆的最古老的权力，罗马教皇的统治濒临崩溃：在属于他们的那些大海的后边，自从西班牙的无敌舰队毁灭在大风浪中以来，就开始出现新的发展契机，世界变广阔了，心灵不由得紧张起来，以便与这个世界同步——心灵也想变得广阔，它也想进入善与恶的极限。它想要像那些征服者一样发现、征服，它需要一种新的语言，一种新的力量。一夜醒来，这种语言的代言人，诗人，就出现了，十年中产生五十个、一百个放荡不羁的年轻人，他们不像宫廷小诗人那样在自己面前侍弄风光秀丽的小花园，编造精美的诗体神话——他们抢占剧院，在昔日只有斗兽和凶杀剧目肆虐的木板戏台上开辟他们的战场，然而他们的作品中仍然存在着对血的渴望，他们的剧本本身就是这样一台最大的马戏：在这里感情的野兽饿得相互猛扑。那些控制不了这类炽烈激情的人，像雄狮一样咆哮，在狂暴和感情洋溢方面每一个人想超过其他人，一切都可以描写，一切都被允许：乱伦、谋杀、不轨行为、犯罪、人性的无节制和人性的放纵都尽情地登场表现；如同过去那些饥肠辘辘的恶棍冲出监狱，现在则是这些醉醺醺的感情激昂的人吼叫着、不无危险地冲进围着木栏的竞技场。唯一的一次感情迸发，像炸药筒一样，爆炸了，持续了五十年之久，像一次大咯血，一次射精，一次猛然抓住并撕碎整个世界的野蛮行径：在这力量的纵情妄为中，人们几乎感觉不到个人的声音、个人的形体。一个人总是借助于另一个人燃起热情，每个人都在学习另一个人，每个人都在偷窃另一个人，每个人都力争制服别人，超越别人；然而所有的人只不过是唯一的节日的精神斗士，砸碎了锁链的奴隶，被时间的守护神鞭挞着向前走。它把他们从歪斜、黑暗的郊区小房子里叫来，又从宫廷里请来泥瓦匠的孙子本·琼森，鞋匠的儿子马洛，宫廷侍从的后裔马辛杰，那位富有而博学的政治家菲利普·锡德尼，但热情的旋涡把所有的人都卷到了一起；今天他们备受赞扬，明天他们就会死亡。基德、海伍德在水深火热之中受尽煎熬，像斯宾塞一样饿死在国王大街，所有的人都不是守规矩的市民，而是暴徒、皮条客、喜剧演员、骗子，但他们都是诗人，诗人，诗人。莎士比亚只是他们的中心："恰是时代的骄子。"但是人们没有时间把他从中区分开来，于是这些人喧腾起来，于是作品连着作品，激情接着激情，飞快地出现。突然，人性的这种灿烂的喷发，像它的出现一样，又颤抖着崩溃了，戏剧结束了，英国精疲力竭，而泰晤士河灰蒙蒙、湿漉漉的迷雾又在精神上笼罩了几百年：在唯一的一次突进中，整整一代人登上一切激情的峰顶，充溢的狂热的情感从胸中猛烈地倾泻出来——现在，国家就躺在这里，疲惫不堪，精疲力竭；吹毛求疵的清教主义使剧院关闭，从而锁住了慷慨激昂的言论。《圣经》又开始发言了，那是神的言词，最有人性的言词说出各个时代最热烈的忏悔，唯一热情的一代人曾为千百代人而历尽人生。

突然话锋一转，他出其不意地把话题对准我们："为什么我的讲授不按历史顺序从头开始，不从亚瑟王和乔叟开始，而一反常规地从伊丽莎白一世时代的人开始，你们明白吗？我要求你们首先熟悉他们，熟悉这最活跃的力量，你们明白吗？因为没有体验，就不会有文字上的理解，不认识它们的价值，就不懂合乎语法的言词，你们年轻人想要征服一种语言，就应该首先看到语言的最美的形式，你们想要征服一个国家，就应该首先看到它的强壮的青年时期和它的最大的热情。你们必须首先在创造和完成语言的诗人那里听到这语言，你们必须先在心中感受文学作品的呼吸和温热，然后再开始解剖它。因此，我总是从诸神讲起，因为英国就是伊丽莎白，就是莎士比亚和莎士比亚时代的诗人，此前的一切都是准备，此后的一切都是一瘸一拐地尾随这种向永恒所做的奇特而勇敢的飞跃。但在这里，你们年轻人，这些世上最有生气的青年人，去体会吧，自己去体会吧。人们只能在其火热的形式中认识每个现象，只能在其热情中认识每个人。因为一切精神来自天性，一切思想来自激情，一切激情来自热情——因此，首先讲莎士比亚和他的同代人，他们会使你们年轻人真正年轻！先是狂热，然后才是勤奋，先学习他，学习这位最崇高的人，这位登峰造极的人，先学习这部重现世

15

界的最出色的教科书，然后再研究语言！

"今天就讲到这里——再见！"他的手突然一拱，做了个结束的动作，专断而出其不意地向下打了个终止的拍子，同时从桌子上跳了下来。突然，这群紧紧挤在一起的大学生犹如互相摇了几摇，就散开了，椅子稀里哗啦地响，桌子在移动，二十个紧锁的嗓子突然开始说话，低声咳嗽，大口呼吸——现在人们才看到，使所有喘气的嘴紧闭起来的魔法师般的讲演多么有吸引力。现在，在这个小房间里，这杂乱的人群越发激昂，越发无拘无束；有几个人走到教师跟前道声谢或说句别的什么话，其余的人则热情地相互交换着感想；没有一个人安安静静地站着，没有一个人不被这电压所触动，电压的接触已被猛烈分开，但从它那里发出的烟和火好像还在密集的空气里咝咝作响。

我自己倒动弹不了啦：我的心口好像中了一箭。我本人充满激情，能够热情地调动一切感官去理解一切，但我第一次感到被一位教师，被一个人吸引住，感觉到一种优势，屈服于这种优势必将是一种责任和欢乐。我感觉到热血在我的血管里奔流，我的呼吸变得更快，这种疾驰的节奏一直在我体内撞击，并急躁地撕扯我的每个关节。我终于让步了，慢慢地挤进前排，去看那个人的脸，因为——很奇怪——他讲话时，我压根儿就没看见他的脸，他的表情全消失了，全渗入到讲演中去了。就是现在，我也只能看见一个模糊的侧面头影：他半身侧向一个大学生，亲切地把手放在学生的肩上，站在暮色朦胧的窗前。但就连这瞬时的动作也使人感到亲切而优雅，我以前一直以为这种气质在教员身上是绝对不可能有的。

这时，有几个大学生注意到了我；为了使他们不把我当作不请自进的闯入者，我又向教授身边迈了几步，直等到他结束谈话。现在我才看见他的脸：一个罗马人的脑袋，大理石般的前额呈拱形向前凸起，闪亮的、浓密的白发从头的两侧向后梳成波浪形；这种大胆、智慧超群的上部结构是令人难忘的——在深陷的眼窝下面，光滑而圆润的下巴使面部突然变得几乎像女人似的柔和；不安静的嘴唇四周的神经不停地颤抖，时而露出一丝微笑，时而稍稍一咧。前额上的一切都显出阳刚之美，掩盖了那略显松弛的面颊上有些松软的肌肉和一张不安定的嘴；刚才看，他仪表堂堂，颇有王者之风，现在从近处看，他的面孔却是吃力地绷紧在一起的。就连身体的姿势也显示出类似的双重性。他的左手随意地放在桌子上，或者说至少像是在休息，指节骨不停地轻微颤动着，那细长的、对一个男人来说略显纤细和柔软的手指，急躁地在空桌面上画出看不见的图形，与此同时，被沉重的眼皮遮盖着的眼睛十分却关注谈话的内容。是他很不安，还是他的激动仍在那膨胀的神经里继续震颤呢：不管怎样，那手上控制不住的急躁与他脸上细听和静候的表情正好相互矛盾，那张脸好像疲惫、但又留心地沉浸在他和那个大学生的对话里。

终于轮到我了，我走上前去，说了我的名字和意图，他那几乎闪着蓝光的瞳孔里的眼仁立刻亮闪闪地对着我。这闪光围着我的脸，从下巴到头发疑惑地看了两三秒钟：我大概脸都红了，不过我是处在这温和的审视下，因为他以一个一闪即逝的微笑消除了我的慌乱。"您想听我的课,那我们还必须详细谈一谈。请原谅,我不能马上跟您谈。我现在还有几件事要办:您可以在下面的大门口等我,然后陪我回家。"说着话,他把那柔软而瘦削的手伸给我,那手放在我的手指上简直比一块手帕还要轻,同时亲切友好地转向下一个等着跟他说话的人。

我的心怦怦地跳着,在大门口等了十分钟。如果他问到我的学习情况,我说什么呢?怎么能向他供认,一切诗人的作品,不管学习时间还是闲暇时间我都没看过呢?那样一来,他不会瞧不起我吗?或者他会不会一开始就把我排除出那个今天曾魔法般地固定过我的火热的圈子呢?但他刚刚快步走近,面带善意的微笑,来到我面前,就已经驱走了我的一切畏缩,甚至没等他催问,我就承认(在他面前我不能有所隐瞒),说我的第一学期几乎全给耽误了。那种温暖同情的目光又包围了我。"音乐里边也有休止。"他微笑着鼓励我说,显然是为了使我不再为我的愚昧无知感到羞愧,他便只询问一些个人的事,他问到我的故乡,还问我打算住在什么地方。当我告诉他,我还没有找到住处时,他对我伸出了援助之手,他劝我先到他住的那座房子里去打听打听,那里的一位半聋的老妪有一间小房间出租,过去他的每个学生都对这小房间很满意。别的事全由他管:如果我真的有志认真学习,那么他就会想方设法帮助我,而且认为这是他最愿意承担的义务。走到他的住所门前,他又把手伸给我,并且邀请我明天晚上到他家里去,我们好一起制订一个学习计划。他的好心竟如此出人意料,我心里的感激之情是这样的强烈,弄得我只敬畏地碰了碰他的手,慌乱地摘下帽子,竟忘了说句

18

感谢他的话。

不用说，我当即租下了同一座房子里的那个小房间。即使这房间完全不中我的意，我也会把它租下来。这仅仅是出于我的天真的感激心理，况且这在空间上也离我这位有魔力的老师更近，他在一小时内给予我的比所有其他人给的还要多。但这个小房间也是很有诱惑力的：那是我的老师住处上面的阁楼，由于头上悬着一个木质三角墙，室内略显昏暗，透过宽大的圆形窗可以看到邻舍的屋顶和教堂的尖塔；再往远望，便是一片方形的绿地，天上飘浮的云像家乡的云一样可爱。一位半聋的小老太太以感人的母爱照料着她的房客；只用了两分钟，我就跟她谈妥了，一小时以后我的箱子便从嘎嘎作响的楼梯搬了上去。

那天晚上，我没有再出门，我甚至忘了吃饭，忘了吸烟。我打开箱子，一伸手就把偶然装进去的莎士比亚作品集取了出来，急不可耐（几年来又是第一次）地读起来；我的好奇心被那热情的报告所点燃，而我读那诗句，犹如我从未读过它一般。谁能解释这样的变化呢？一个文字的世界突然在我面前出现，字句闪动着向我走来，好像它们几百年来就在寻找我，那诗行掀起火热的巨浪拖着我，一直流到我的血管里，使得我像做了飞翔的梦一样觉得太阳穴里有一种奇特的轻松感。我抽搐，我颤抖，我感觉到血液更热地起伏波动，通过我全身，我好像是突然得了寒热病——所有这一切我觉得从前都没有发生过，我只不过听了一次热情洋溢的讲演罢了。但这次讲演肯定使我心中产生了一种陶醉感，每当我大声重复一行诗句时，我就听到我在不自觉地模仿他的声音，句子以同样疾驰的节奏飞奔，我的双手也感染了巨大的喜悦，像他的手那样做成拱形——像施了魔法一样，我在一小时内便冲破了直到今天还隔在我和精神世界之间的那道墙。我发现，那位热情洋溢的讲演者给了我新的热情，这热情直到今天还忠实于我：这是在充满生气的字句里共同享受一切人间快乐的巨大喜悦。我偶然读到了《科利奥兰纳斯》，我感到一阵狂喜，我发现我身上具有这个最奇特的罗马人的一切要素：骄傲、自大、愤怒、讽刺、嘲笑，感情的一切盐，一切铅，一切金，一切金属。一下子就魔术般地感觉并理解这一切，这是怎样一种喜悦啊！我读啊读，直读到两眼发疼；我一看表，已经凌晨三点半了。我大吃一惊，这新的动力竟使我的一切感官激动和麻醉了六小时，我立刻熄了灯。但那些画面仍在我心中继续闪动，由于渴望和期待着第二天，我几乎一点儿也睡不着。这一天将为我扩展那如此奇妙地展开的世界，使它完全属于我自己。

但第二天早上带给我的却是失望。我怀着焦急的心情随着第一批人来到教室，我的老师（从现在起我想这样称呼他）将在这里讲授英语语音学。他一走进来，我便大吃一惊：难道这是昨天那个人吗，或者是我激动的情绪和回忆使他变成了一位科利奥兰纳斯，使他在讲坛上说的话像闪电那样勇敢果断、镇定自若、战无不胜？现在这位悄悄地迈着拖沓的脚步走进来的，却是一个疲惫的老人。仿佛有一层闪亮的毛玻璃从他面孔上揭了下来似的，我现在从第一排座位发现，他脸上几乎是病态的轮廓，像犁过的田地上的垄沟，处处是深深的细纹和很宽的皱褶；蓝色的阴影凿出涓涓小溪横流在松弛的灰色面颊上。过于沉重的眼皮在这位讲课人的眼睛上形成一道暗影。就连那有着太苍白太瘦削的唇的嘴也使他的话失去金属敲击的铿锵声；他的欢快，他从心底发出的洋溢的热情哪里去了呢？就连那声音我都感到很陌生；好像是语法题目起了冷静的作用，这声音像是迈着单调的、令人困倦的步伐呆板地行走在沙沙作响的干沙子上一样。

我感到不安了。这根本不是我从今天第一刻起就等待着的那个人：他的容貌哪儿去了，他昨天灿若星光般照亮我的容貌哪儿去了？今天这位精力耗尽的教授干巴巴地机械地讲授他的题目；我一直怀着新的恐惧心情倾听着他的话，不知昨天那声调，那温暖的颤音，那像一只发出声响的手搅动了我的感情、并使它上升为激情的颤音是否还会回来。我死死地盯着他看，我的目光变得越来越不安，无限失望地在那张变得陌生的脸上扫描；这里的这张面孔，不可否认，仍然是昨天那张面孔，但却像是没了生气，被挖空了，失去了一切生命力，衰弱，老迈，戴上了一个羊皮纸做的老年人的面具。这种事可能吗？一个人有可能在这一小时里这么年轻，在下一小时里就那么不年轻吗？一种通过语言产生的精神的突然波动，真的能使一个人的面孔年轻几十岁吗？

这个问题折磨着我。就像一种渴望在我心里燃烧，我想更多地知道一些有关这个内心分裂的人的情况。我突然灵机一动，在他刚离开讲台从我们面前消失的时候，我赶快跑进图书馆，去找他的著作看。也许他今天只不过是疲倦了，他身体的不适压抑了他的激情：但在这里，在这些已完成的著作里，必定存在着解释那使我感到惊奇的现象的钥匙。管理员送来了书：我很惊讶，书竟这么少。在二十年里，这位逐渐变老的人只发表了这么一些散本小册子，导言、前言，一篇关于莎士比亚的《佩里克利斯》的真伪问题的讨论发言，一篇关于荷尔德林和雪莱的比较文章（这篇当然写于两位诗人都未被各自的民族视作天才的时代），以及一些没有多大价值的语言学的小文章，自然，在所有的文章中都有关于一部两卷本著作的预告《环球剧院，其历史、演出及其诗人》，尽管从第一个预告算起已经过了二十年，但我再次询问时，图书馆员则向我确认这部书从来没有出版。我多少有点犹豫，只以一半勇气浏览这些文章，渴望从中重新找到那沙沙作响的声音，那奔腾的节奏。但这些文章的步子始终严肃地摆动，没有一个地方出现过那次奔腾咆哮的讲演中那种波涛翻滚、热情洋溢的节奏。多么遗憾呀！我的心在叹息。我恨不得自己揍自己一顿，想到我过于迅速、过于轻信地把自己的感情奉献给他，气愤和不信任使我全身颤抖。

但在下午的讨论课上，我又认出了他。这一次他首先不是自己说话。按照英国大学的习惯，这一次在新近确定的他喜爱的莎士比亚的一部作品作为讨论题以后，参加讨论的二十多人便分成正方和反方。这个题目是：是否可以说《特洛伊罗斯与克瑞西达》（他喜爱的作品）的主人公是讽刺嘲弄性的人物，这部作品是滑稽剧还是一部嘲讽掩盖下的悲剧。很快，在他灵巧的手的煽动下，纯精神的谈话中点燃起一股电光飞溅的激情——一些随意的说法遭到有力的反驳，高声的插话尖利地刀割般地刺激着讨论，使它更趋激烈，直至那些年轻人几乎相互敌对起来。随后,当火花噼啪直响的时候,他才跳到中间来,使过于激烈的争论缓和下来,巧妙地把讨论引回正题,同时通过悄悄往无时间性方向一推,便赋予讨论以更强的精神活力。他就这样突然站在这场辩证法火焰般的论争的中央,自己情绪激动,对这场不同意见的激烈争论既给以激励,又加以控制,他既是掀起这青春热情的汹涌波涛的能手,自己也被这波涛所淹没。他靠在桌子上,把胳膊交叉在胸前,看看这个,又看看那个,朝这个笑笑,又悄悄给予那个以暗示,鼓励他进行反驳,而他的眼睛激动得像昨天那样闪闪发光:我感觉到,他在克制着自己,以免从他们大家嘴上一下子把话全抢过来。他使劲控制住了自己,我看见他的双手像夹板似的压在前胸,越压越紧,我从他那咧开的嘴角猜到,那是在用力把滚到嘴边的话压下去。突然他对自己的控制失败了,他像游泳者跳入水中风风火火地投身到讨论中来——松开的手打了一个有力的手势,像指挥棒把混乱骚动压了下去:所有的人都立刻沉默不语了,现在他做着拱形的手势,总结所有的论点。在他说话的同时,昨天的那张脸渐渐浮现出来,皱褶消逝在颤抖不停的神经活动背后,在做着凌驾众人的手势的同时,还伸展着脖子和身体,他以原本细心倾听时向前俯身的姿态投入讲话,犹如投身到奔腾向前的大江大河。即席演讲使他神往:现在我开始预感到,他在单独面对自己时,在干巴巴的课堂上或在孤单的写字间里是缺乏那种引燃材料的;而在这里,在我们屏息静听的神魂颠倒状态中,这引燃物则炸开了他内心的墙;啊,正如我所感觉到的,他需要我们的狂热来激发他的狂热,他需要我们开口说话以引发他滔滔不绝的演说，他需要我们青年人点燃他青春的激情。像一个敲钹的人陶醉于狂热的手击出的越来越疯狂的节奏，他的演讲也变得越来越好，越来越火花四溅，其热烈的言辞越来越色彩斑斓，而我们沉默得越深（我们都不由自主地觉得几乎在教室里停止了呼吸），他的讲述就飞跃得更高，更紧张，更具赞歌风韵。在这几分钟内，我们大家都是属于他的，都听得完全入神了，都沉浸在他那热情洋溢的演讲里了。

当他突然用歌德关于莎士比亚的演讲里的一声呼唤作为结束时，我们的激情便又迅速消退。又像昨天一样，他精疲力竭地靠在桌子上，脸是苍白的，但神经还在抽动和微颤，就像刚刚放开紧紧拥抱着的女人，眼睛里明显流露出依然涌动、得到宣泄的喜悦。我不好意思现在就跟他说话；但他的目光突然与我的目光相遇了。显然他感觉到了我充满激情的谢意，因为他友好地朝我微笑，微微向我探身，用手臂搂着我的肩头，提醒我今晚如约到他家里去。

准七点，我到了他家；我这个孩子战战兢兢地第一次迈过这门槛！是的，没有什么比一个年轻人的尊敬更充满激情的了，没有什么比这种尊敬的不安的羞愧更怯懦，更女人气了。我被领进他的工作室，一个半暗的房间。开初我只能透过玻璃窗看见许多五颜六色的书脊。在写字台的上方悬挂着拉斐尔的《雅典学院》，一幅他特别喜欢的画（他后来跟我说过）：因为教学的一切方式，思想的各种形态，在这幅画上都象征性地构成了完美的整体。第一次看见这幅画，我情不自禁地以为在苏格拉底固执的脸上发现了一个跟他相似的前额。后面有件东西闪着白色大理石似的光，那是一座缩小的巴黎酒童的精美胸像，旁边是出自一位古德意志大师之手的圣塞巴斯蒂安①，悲剧美与享受美并列在一起恐怕不是偶然的吧。我怀着一颗怦怦跳动的心等待着，像周围这些珍贵、沉默的艺术形象一样屏息静立；这些形象象征性地表现出一种新的精神美，这种美我非但从未想象过，而且也不大清楚，尽管我感觉到与它有着手足之情。不过这观察只延续了片刻，因为恰在此时我等待的人进了门，向我走来；像隐蔽的火焰那样温柔地包围着我的、无焰地燃烧着的目光又在触摸我，这目光在惊异中融化了我心中最大的秘密。我立刻像对朋友似的无拘无束地跟他说话，当他问到我在柏林的大学生活时，突然——我此刻也很吃惊——关于我父亲去看我的那段故事涌到我的唇边，于是我向这个陌生人强调说明了我秘密的誓言：我要以最严肃认真的态度全身心投入大学的学习。他十分感动地望着我。"不只要严肃，我的孩子，"他接着说，"首先要有热情。不充满热情的人，顶多是一个教书匠——必须从内心深处去做事，去做学问，永远，永远从热情出发。"他的声音越来越温暖，房间越来越黑暗。他讲了许多他青年时代的事，他开始也干过傻事，后来才发现了自己的爱好，他鼓励我要有勇气，只要需要，他会随时帮助我；不必有顾虑，我有什么愿望和问题都可以去找他。我有生以来，谁也没有这样富有同情心，这样善解人意地跟我说过话；我由

---

① 圣塞巴斯蒂安（约256—约288），天主教圣徒，在文艺作品中，他被描绘成捆后用乱箭射穿的形象。

于感激而颤抖起来，我很高兴这黑暗，它隐蔽了我湿润的眼睛。

我没有注意时间，大概这样过了总有一两个小时，听见有人轻轻地敲门。门开了，一个细长身材的人走进来，站在阴影中。他站起来，给我介绍："我的太太。"这身材修长的黑影难以辨认地走过来，把一只瘦瘦的手放在我的手里，然后转身提醒他："晚餐准备好了。""好，好，我知道了。"他急匆匆地（至少我觉得是这样）回答，有点生气的样子。仿佛有股冷气突然钻进他的声音里，好像现在电灯突然一闪，亮了起来，好像那人又变成了普通学校大厅里的那个年迈气衰的老人，他做了一个懒散的动作跟我告别。

此后的两周我是在狂热的读书和学习中度过的。我几乎没有离开房间，为了不浪费时间，连用餐都是站着，我刻苦学习，没有中止片刻，也不休息，几乎连觉也不睡。我的情形，就像东方神话里的那个王子一样，他从锁着的房门上揭去一张张封条，每个房间里总能找到成堆的珠翠和宝石，于是我越来越贪婪地查找这些房间，急切地想到达最后一个房间。跟这情状一样，我也是从这一本书奔向另一本书，被每一本书迷住，对哪一本也不知足；我的放荡不羁现在表现为对精神的追逐。我首先想到：精神世界是无比广阔而且没有现成道路可走的；同样，诱惑着我的，除了城市的那些冒险生活，同时也有不能驾驭的孩童的恐惧；因此，为了利用我第一次视为珍宝的时间，我少睡觉，不娱乐，不谈话，拒绝任何分心的活动。然而激励我如此勤苦的首先是这样的一种虚荣心：要经得住我的老师的考验，不使他的信任落空，博取一个赞赏的微笑，让他像我感觉到他那样感觉到我。每一次一闪即逝的时机都是试验；我不断地激励那迟钝的、但现在却明显敏捷的感官，争取给他一个好印象，使他感到惊喜：每当他在报告里提到我不熟悉的诗人及其作品，我下午就去找来阅读，以便第二天在讨论会上炫耀我的知识。一个偶然表示的愿望，别人尚未觉察，就变成了对我的命令：一个随便说出来的反对大学生不停地吸烟的简短意见就足够使我立刻扔掉正燃着的香烟，一下子永远除掉了这个不良习惯。他的话像一个传播福音的教徒的话一样，对我既是恩惠又是法则。在不停的守候中，我的极度紧张的注意力贪婪地抓取他漫不经心抛出来的每个注解。每句话，每个手势我都贪婪地装入脑海，回到家里使用一切感官，热情洋溢地将它触摸并保存起来；正如把他当作唯一的领袖一样，我的褊狭的热情使我把所有的同学都当作敌人，我的嫉妒心天天都发誓要压倒和超过他们。

如果他现在感觉到自己对我有多么重要，或者说如果他慢慢地喜欢上了我性格中的这种狂热——那么，无论如何我的老师也会很快用他的明显的同情心对我大加赞扬。他对我的阅读提出建议，几乎是有失礼貌地把我这个新生推到课堂讨论课的前台，而我则可以常常在晚上去拜访他，跟他促膝谈心。然后，他常常从墙上取下一本书，用他那激动时总是高出一度的洪亮而动听的声音朗读诗歌和悲剧，或解释争论不休的问题；在完全陶醉的这两周里我学到的有关艺术本质的知识，比我在十九年里所学到的还要多。在这对我说来太短的一小时里，我们总是单独待在一起。大约八点钟，便是轻声的敲门：他的太太提醒去吃晚饭。但她再也不走进房间里来了，显然是遵从一个指示，不打断我们的谈话。

十四天就这样过去了，充实的、激情满怀的初夏的日子就这样过去了，这时，在一天早上，我的精力好像一根绷得过紧的钢弹簧突然一下弹了出去。此前我的老师就告诫过我，做事不要过分狂热，要间或中断一天，到户外去走走——现在，那预言突然变成了现实：我昏昏沉沉地从昏沉的睡眠中醒来，只要一看书，字母就像大头针的头似的忽隐忽现。我立刻决定像奴隶那样忠实地听从老师的最微不足道的话，在追求深造的日子中间安插进自由自在地游乐的一天。一大早我就出门了，第一次参观了古城的一些名胜，为了增强体质，我爬了几百级台阶，登上教堂的尖塔，从那里的平台上我发现一片绿油油的草木中有一个小湖。我这个生长在滨海地区的北方人是喜爱游泳运动的，在这尖塔上恰恰看到色彩斑斓的草地上绿色的池塘闪着微光，好像吹来了一阵家乡的风，我心中突然产生了一个难以克制的愿望：再投身到我所喜爱的水里去。一吃完饭我便找到那个浴场，跳到水里游了一阵子，我的身体开始又感到无比舒适，两臂肌肉的伸展恢复了几周前的刚健有力。阳光和劲风抚摩着我赤裸的皮肤，使我在半小时内又变回从前的那个生龙活虎的小伙子，那个曾疯狂地跟同学一起滚打，为了显示自己的勇猛，敢于去拼命的小伙子；我疯狂地伸展四肢奋力击水，把书本和科学完全抛到了脑后。现在，怀着我固有的迷醉心态又坠入很久未有的激情中。我在这重新找到的水里泡了两个小时，为了在坠落中消耗过分充沛的力量，我差不多从跳板上跳了三十次，又两次横渡这个湖，但我的蛮劲依然没有耗尽。我鼻子喷着气，抖动全身绷紧的肌肉，四处搜寻某种新玩意儿，急不可耐地想去做点强劲的、鲁莽的或放肆的事。

这时，从女浴场那边传来跳板的嘎嘎声，我感到那有力的撞击的振动一直颤悠悠地传到这边的木架上。从跳跃的曲线到坚挺的半弧形活像一把土耳其弯刀，一个修长的女子身体高高地跃起，头朝下跳了下去。霎时，那一跳把水击拍得啪啪直响，水中立刻泛起白色泡沫的漩涡，接着那绷紧的身躯又从水里浮上来，奋力向湖心岛游去。"跟着她！赶上去！"运动的喜悦牵动我的肌肉，我一个猛冲跃进水里，用肩头向前顶着，以惊人的速度，从后面跟着她的尾迹猛冲。但显然这追踪被对方觉察到了，同时也是充满运动乐趣的被追踪者勇猛地利用她的领先优势，巧妙地贴着小岛斜游过去，想要随后急速转身回游。我一眼识破她的意图，也向右转，用力划水，使得我向前拍水的手已经够到她的尾波，我们之间只差很短的距离了。

这时，那个被追踪者突然十分狡猾地沉入水中，片刻之后便在女浴场的栅栏边上浮了上来，挡住了我，使我无法继续追踪。那个胜利的女子浑身滴着水从阶梯爬上去；转眼间她又不得不停下来用一只手抚着胸口，显然她有些喘不过气来；接着，她转过身来，当她看见我被挡在栅栏外时，便露着闪光的牙齿朝我这边哈哈大笑。由于正对着太阳，还戴着游泳帽，我看不清她的脸，只有笑声含着无所顾忌的嘲讽向我这个被战胜者示威。

我又生气又高兴：自从离开柏林以来，我还是第一次又感觉到一个女人的那种赞许的目光——也许这里暗示着一次艳遇。我挥动胳膊，三两下便游到那边的男浴场，飞快地把衣服穿在还很湿的身上，以便及时到出口处去等候她。我不得不等了十分钟，然后我的傲慢的女对手——由于体形像孩子似的细瘦绝不会弄错——迈着轻盈的脚步走来；她一看见我守候在那里，便加快了脚步，看得出她的意图是不给我攀谈的机会。她肌肉灵活地快步走着，像刚才游泳时一样，所有的关节都听从这肌肉发达，但却像少年一样瘦削的、也可以说太瘦了的身体；而我却上气不接下气地追赶这健步如飞的女子，尽量不引起她的注意。我终于成功了；在拐弯的路口我横越过去，走在她前边，按大学生的方式摘下帽子拿在手里，往旁边一伸，还没仔细看看她，就问，我是否可以陪她走一程。她从侧面朝我讥讽地瞥了一眼，脚下没有放慢速度，几乎以挑衅的嘲讽口气回答我："如果您不嫌我走得太快，为什么不！我有急事。"这种毫不拘谨的态度给了我鼓励，我纠缠不休地提了很多好奇的、太多无知的问题，但她却热心地、极其坦率地给以回答，我的意图与其说是得到了鼓励，不如说是给弄得模糊不清了。因为我的柏林的攀谈方式应付得了反抗和嘲讽，却应付不了这种快步行走时的坦率的交谈：这样，我便第二次感觉到我是极不明智地碰到了一个占优势的女对手。

不过，还有更糟的呢。因为当我的轻率的决心逐渐增强，问她住在哪儿时——那两只傲慢的褐色眼睛突然锐利地转过来一闪，不再掩饰地一笑："在您最近的地方。"我惊愕地抬头凝视她。她又斜睨了一眼，看这支回马箭射中我没有。一点不假。这一箭射中了我的咽喉。柏林的那种粗野无礼的说话声调一下子不见了，我一点信心都没有了，我甚至低声下气地结结巴巴地问，她是不是很讨厌我的陪同。"那怎么会呢，"她又微笑了，"只有两条街我们就到了，我们可以一起走过去。"此刻，连我的血液都在咕咕地响，我几乎迈不动步了，但有什么办法，改变主意岂不更难为情：这样，我就不得不跟她一起走到我住的房子跟前。这时，她突然站住，把手伸给我，顺便说："谢谢您的陪同！您今晚六点钟到我丈夫这儿来吧。"

我很可能羞得满脸通红。但我还没来得及向她道歉，她已经飞快地上了楼梯，我站在那里，心怀疑惧地思考着我冒冒失失地说出的那些蠢话。我这个胡说八道的傻瓜曾用老掉牙的方式称赞她的身段，接着又说了一阵孤独的大学生多愁善感的胡话，像对缝纫女工似的邀请她下星期天去郊游。我觉得几乎羞得要呕吐了，憎恶感几乎使我窒息。她现在一定是得意忘形、笑容满面地走向她的丈夫，把我的愚蠢行为告诉他，他对我的评判比任何人都重要，在他的面前我将显得那么可笑，这比赤身裸体在市场上被鞭笞还要痛苦。

黄昏以前是可怕的几小时：我千百次想象着他怎样带着那高贵、嘲弄的微笑接待我——哦，我甚至知道，他善于运用讥讽的词语，善于使一句玩笑话尖锐得刺入骨髓。一个死囚被吊上绞刑架，也不会像我当时上楼梯时那样觉得脖子被勒得更紧，我像在使劲把一个粗硬的东西往下咽似的走进他的房间，我的慌乱仍然有增无减，但我觉得，我好像听到隔壁房间里传来女人衣裙低语般的窸窣声。这个傲慢的女人，她肯定在那里偷听呢，竟对我的窘态幸灾乐祸，拿一个大言不惭的孩子的出丑开心。我的老师终于来了。"您这是怎么了?"他担忧地问，"您今天脸色这样苍白。"我婉言遮掩，但心里却企盼着爱抚。我所担心的判决解除了，他与往常一样地谈论学问。尽管我小心地倾听他的每一句话，但没有一句暗含影射的嘲讽——先是惊异，后是幸运——看得出：她什么也没说。

八点整，又来敲门了。我起身告别：我的心又放回胸口了。等我走出门，她正打门前经过：我向她致意，她的眼睛朝我轻佻地微笑着，我热血沸腾，把这当作许诺继续保持沉默的信号。

从那一小时起，我的注意力开始了新的转移；直到现在，我孩童般虔诚的崇敬之心把这被神化了的老师当作另一个世界的守护神，以至于忘记去注意他的个人的、世俗的生活。在这种包含各种真正梦想的过分夸张的行为中，我把他的生活完全排斥在我们这个秩序井然的世界的一切日常活动之外。一个初恋的人不敢在想象中使神圣的女孩脱去衣裙，像欣赏其他上千名穿着衣裙的女人一样很自然地看她，因此，我也不敢诡计多端地往他的私人的生活里瞥上一眼：我总是把他理想化，认为他作为语言的使者和创造精神的体现者没有半点具体、普通的东西。现在，那次悲喜剧的奇遇使他的妻子挡住了我的去路，我就不得不更密切地观察他的家庭生活，观察他的饮食起居了；一反我的意愿，一种不安的探察的好奇心使我瞪大了眼睛。我心中的这种窥探的目光刚一开始，就有点显得慌乱，因为这个人在自己的小天地中的生活是独具特色的，几乎是一个令人恐惧的谜。在那一次邂逅以后不久，我头一次被请去吃饭，看见的不是他一个人，而是他跟他夫人在一起，这时，我心中开始明显地怀疑这是一个特殊的、混杂的生活集体，此后我越深入地观察这个家庭的内在生活，我的感情就变得越混乱。这倒并非两人之间在言语和表情上表现出紧张或不和谐，相反，这里什么都没有，相互间不存在任何的紧张。这种什么也没有的情形如此不可思议地把他俩蒙了起来，使人看不透他们，这是感情上的一种压抑的、燥热的平静，它使整个气氛变得比一次争吵的风暴或一次隐蔽着恼怒的闪电更加沉闷。表面上没有流露出丝毫激动或紧张；只感到内心的距离越来越大。在他们很少的谈话中的问与答都只是蜻蜓点水似的，谈话从来都不是心心相通，亲密无间；就是在吃饭时当着我的面，他说起话来也是结结巴巴，言辞不畅。有时，只要我们没有再回去工作，谈话就像冻成一块沉默的坚冰，谁也不敢去碰，它那冰冷的重负在我的心上一压就是几个小时。

首先是他的彻底孤独状态使我大为惊恐。这个思想开放、渴求新知识的人没有一个朋友，他的学生只不过是他的交往对象和安慰。跟大学同事之间，除了那种客客气气的正常应酬，没有任何关系。他从不参加社交活动；他常常整天不在家，只去距离二十步远的大学，不去别的地方。他把一切都默默地埋在心中，既不对别人说也不用文字写下来。现在我也理解了在大学生圈子里他的语言的那火山喷发的气势，那狂热如潮水奔流的激情：这时，从数日的缄默堵塞中涌现出健谈，所有他在沉默中隐藏于内心的思想，毫无羁绊地冲了出来，带着骑手意味深长地称作"马厩失火"的那种遏制不住的气势，咆哮着从沉默的围栏冲进语言的竞技场。

在家里他很少说话，至少跟他太太是如此。就连我这个少不更事的年轻人，也怀着一种战战兢兢乃至羞惭难当的惊异心理，发现了他们两人之间飘浮着的一个阴影，一个由感觉不到的材料组成的、飘荡的、永远在场的阴影，但它却使这个人和那个人完全隔离，于是我第一次意识到一桩婚姻对外隐藏着多少秘密。好像门槛上画了一个避邪的五角星，没有特殊的要求，这位太太从不敢走进工作室：这就表明她完全被隔绝在他的精神世界之外。我的老师从不当着她的面谈论他的计划和工作；她刚刚进来，他就一下子把他的热情洋溢的话头打住，我觉得这样做太让人难堪了。这几乎是侮辱和明目张胆的歧视，连一点客气的婉转掩饰都没有，他粗暴而公开地拒绝她的参与——但她好像对这侮辱并不介意，或者说已经习以为常了。她总露出一张年轻人欢乐的面容，楼上楼下跑个不停，轻盈敏捷，全身放松而有弹性，手上老是有做不完的事，同时又老是有时间去剧院，不错过任何一次体育活动——反之，对书籍，对家务，对一切封闭、安静和从容不迫的事物，这位大约三十五岁的女人没有任何兴趣。只要她——总是独自哼唱着，随便哈哈笑着，随时进行尖刻的谈话——能在跳舞、游泳、奔跑时，在任何一种激烈活动中舒展她的肢体，好像就满足了。她从不跟我严肃地说话，她总是像对待一个半大的孩子似的拿我开心，顶多把我当作纵情较量的对手。她的这种活泼开朗的性格，跟我老师那阴暗的、完全内向的和只被精神活动激励的生活方式形成如此混乱的、矛盾的对比，弄得我一再怀着新的惊异自问，过去这两个完全不同的性格怎么会结合在一起呢。当然，这奇特的对比对我倒只有好处：如果我在精神高度紧张的工作之后跟她交谈一次，就觉得好像从我的头上取下了一个沉甸甸的头盔；所有的东西又都脱离狂迷的热情，返回平淡无奇的世俗之中，生活中这种快活的、平易近人的东西顽皮地要求自己的权利，由于当着他的面总是精神紧张，我几乎都不会笑了，而这笑却能减轻过重的精神压力，使人感到舒畅。她和我之间结成了一种年轻人的友谊；正因为我们总在一起随便谈些无关紧要的事，或一起去看戏，我们在一起就没有任何紧张气氛。唯有一件事令人难堪地打断我们无忧无虑的谈话，每一次都使我很慌乱：这就是提到他的名字的时候。这时，她必然激愤地沉默，挡住我探问的好奇心，或是当我狂热地说话时，对我报以奇怪的躲躲闪闪的微笑。但她始终闭口不语：她以另一种方式，但态度同样坚决地把这个男人排除在她的生活之外，像他把她从他的生活中排除出去一样。然而，他们两人却在同一沉寂的屋檐下生活了十五年。

这个秘密越看不透，它对我这颗热烈的焦躁不安的心越有诱惑力。好像一个影子，一块面纱，我感觉到说话的气流使得它摆动，我曾多次以为抓住了它的踪迹，它却又滑掉了，这令人困惑的织物，下一刻又重新静静地向我飘来，从来没有摸得着的话语和抓得到的形式。对于一个年轻人来说，没有什么比胡乱猜测这种伤透脑筋的游戏更扰乱人心，更让人惊醒的了；想象，它平时只是闲散地四处游荡，现在突然发现了它的捕猎目标，因而怀着这新出现的潜随捕猎的欲念而兴奋不已。在那些日子里，我这个至今仍很迟钝的青年生出了全新的感官，生出一层能奸诈地截获每一种语调的窃听的薄膜，生出一种善于侦察的猎人的狐疑而敏锐的目光，生出一种在黑暗里四处搜索的好奇心——每根神经都灵活地伸展，直至感到痛苦，总是为想抓到一个预想的东西而激动不已，从未平息为一种清晰的感觉。

但我不能斥责它，我不能斥责我的防不胜防的好奇心，它是纯洁的。使我的所有感官如此兴奋的，并不是喜欢幸灾乐祸地在一个优越的人身上捕获低级人性的邪恶的好奇心——相反，这种好奇心具有隐秘的恐惧的色彩，是一种犹豫不决的同情，这种同情惴惴不安地预感到这位沉默者的痛苦。因为我越走近他的生活，那罩在我老师可爱的脸上的清清楚楚的阴影就越使我感到压抑，那是一种高尚地克制着的高尚的伤感，它从来都没有降低为过分粗暴的怨天尤人或无来由的愤懑；如果说他在第一个小时里吸引我这个陌生人的是他的语言的那种类似火山爆发前的红光，那么他现在使我这个知己更加感动的则是他的沉默，是飘浮在他的额头上的愁云。什么也不能像高尚男人的阴郁这样有力地打动一个青年人的思想：米开朗琪罗的俯视自己内心的沉思者，贝多芬那痛苦地向里收敛的嘴，这些悲剧性的面部模型比莫扎特的银铃般的旋律和达·芬奇的人物周围的明亮的光线会更加强烈地感动一个未定型的人。青春本身就是美，青春是无需美化的：由于生命力过于旺盛，它向往悲剧的东西，让忧郁甜美地吮吸它还不成熟的血液。因此，所有的青年人都永远情愿铤而走险，愿意向每一个精神上的痛苦表示亲切的同情。

这样一张真正受难者的面孔，我有生以来还是头一次看见。我是一个小人物的儿子，在市民的舒适环境中平平安安地长大，我只在日常生活的可笑的假面具上认识什么是忧虑，装作懊恼，或披着黄色的忌妒的外衣，几个小钱叮当作响——现在，我立刻就感觉到，这张面孔之所以惘然若失，是出自更为神圣的因素。这个阴暗的表情来自忧郁的心理，一支残忍的画笔从里边把褶皱和裂纹画在早衰的面颊上。有时，当我走进他的房间（总像一个孩子走近住着妖怪的房子那样胆战心惊），他由于全神贯注而没有听见我敲门，当我后来突然羞涩而惊慌地站在这位忘我者的面前时，我觉得坐在这里的只能是戴着瓦格纳的面具的躯体，身上穿着浮士德的长袍，而灵魂却在神秘的悬崖上、在令人战栗的瓦尔普吉斯之夜①里到处游荡。在这样的时刻，他的感官完全闭锁了，他既听不见走近的脚步声，也听不见腼腆的问候。如果说他突然恢复了知觉，惊跳起来，他就会试图赶紧说话以掩盖他的窘态：他来回踱着步，竭力通过问话来转移对他审视的目光。但阴影却长时间地悬在他的额头上，只有热情的谈话才能驱散这从内心积聚起来的云团。

他不得不时常经历这种场面，他的一瞥是多么令我感动。他也许从我的眼睛，从我不安的手能感觉到我的嘴似乎隐约地在请求他信任我，或者能从我的探问姿态看出我要把他的痛苦变成我的痛苦的隐秘热情。无疑，他一定感觉到了这一层，因为他意想不到地中断了活跃的谈话，颇受感动地望着我，甚至那十分温暖的、因内心知足而变得模糊的目光把我整个儿吞没了。随后，他往往抓住我的手，长时间不安地握着——我总是等待着：现在，现在，现在他要

---

① 传说每年四月三十日夜晚，德国海登海姆女隐修院院长瓦尔普吉斯在哈尔茨山布罗肯峰设宴招待魔鬼与巫婆狂欢作乐。《浮士德》第一部中描写了瓦尔普吉斯之夜。

跟我说了。但他没有说话，大半代之以一个粗暴的姿态，有时来一句冷冷的、故作冷静的或嘲弄的话。他这个生活在热情中的人，在我心中培育和唤醒了热情，随后又突然把我的热情抹去，就像抹去一篇写得不好的作业里的一个错误，他越多地看到我的内心的思绪，看到我渴望得到他的信任，就越是气冲冲地冒出这样一句冷冰冰的话："这您不明白"或者"您别这样言过其实"。他用这些话刺激我，使我绝望。在这个闪电般耀眼地从热变到冷的人的手下，我多么痛苦呀，他下意识地燃起我的热情，突然又用冷水浇我的头，他以他的狂热激起我的狂热，随后又突然抓起一条讽刺挖苦的鞭子——是的，我有这样一种强烈的感觉，我越接近他，他就越坚决地，甚至无比恐惧地推开我。什么也不能，什么也不许接近他，接近他的秘密。

我意识到，那秘密越来越灼人，那秘密驻留在他那具有魔力般吸引力的内心深处是那么奇异反常，那么阴森可怖。我从他那奇怪地逃避的目光中猜出他心里有一种存心隐瞒的东西。每当人们心怀感激之情沉浸在那目光中时，那目光便热烈地冲向前，又胆怯地逃避开；从他妻子紧闭的嘴唇上，从全城人十分冷淡的观望中，我感觉到了这一点，每当人们称赞他时，城里的人几乎都愤怒地瞪着眼睛——我也从千百种特殊的现象和突如其来的惘然若失的表现上感到这一点。误以为已经进入这样一种生活的内部，但又像在一个迷宫里迷失了方向，找不到那条通向它的本源和内心的道路，处在这样的境地多么叫人痛苦啊！

他的越出常规的行为对我来说是最不可思议、最令人恼怒的事。有一天，我去听他讲课，教室门前贴了一个条子，写着：讲课暂停两天。大学生们好像并不感到惊异，但是我昨天还跟他在一起呢，我赶紧跑回家，生怕他得病了。我显得很着急地闯进他家，他的夫人却不动感情地微笑。"这种事常发生，"她冷淡地说，"只有您还不知道。"事实上，我从同学们那里得知，他常常这样消失一夜，有时只打个电话来请假：有一次，一个大学生早上四点钟在柏林的一条街上碰到过他，另一个人则曾经在别的城市的饭馆里跟他相遇。他突然跑出去，像一个软木塞从酒瓶里弹出，然后他又回来了，谁也不知道他去过哪里。他突然的逃走使得我像得了一场大病：这两天我神不守舍、激动不安地四处游荡。没有他像平时那样在场，我觉得学习突然变得空空洞洞，毫无意义。我在种种混乱妒忌的猜测中苦受煎熬，甚至在我心中滋生出某种对他性情孤僻的憎恨和愤怒。因为他竟像对待一个饥寒交迫的乞丐一样把我这个热心的追随者排斥在他的真实生活之外。我劝慰自己，我一个孩子，一个学生根本无权要求什么解释和说明，因为他的善心给予我的信任比一个只尽义务的大学老师要多一百倍。但这样的劝慰也无济于事。理智控制不住炽热的激情：我这个傻头傻脑的小伙子一天要去问十次他回来没有，直到最后感觉到他夫人一向粗暴的否定发展到恼怒为止。我直到半夜都没睡，侧耳细听他归来的脚步声，一大早就不安地悄悄围着门口转，再也不敢去询问了。当他第三天终于出人意料地走进我的房间时，我大大地舒了一口气：我的惊恐一定是太过分了，至少我能从他的窘迫的惊异的表情上看出这一点，他急匆匆地一个接着一个提了几个无足轻重的问题。他的目光在躲避我。我们的谈话第一次转弯抹角地兜起圈子来了，话与话相撞相绊，我们二人都竭力避免说出任何影射他外出的话语，正是这种尽在不言中的话封锁着每个发音的通道。当他把我一个人留下时，我的好奇心像火焰一样，从心中熊熊升起，渐渐地，它使我感到坐立不安。

这场谋求说明和深刻认识的斗争持续了几个星期：我顽固地探索那火热的核心，我以为我已感觉到这个核心在岩石般的沉默下就要像火山那样爆发了。终于，幸福的时刻到来了，我第一次成功地闯进他的内心世界。我又一次在他的房间里待到暮色降临，其间他从锁着的抽屉里拿出几篇莎士比亚的十四行诗，他先是按照自己的译文读了读这些像青铜铸就的简洁的作品，然后那么神奇地把诗里看似捉摸不透的文字暗码解释清楚，不过我在由衷的喜悦中不免感到遗憾，因为这位心潮澎湃的人所给予的一切，可能都要在短暂流动的语词中消失。这时，不知从哪儿来了勇气，我突然大胆地问他为什么没有完成《环球剧院》那本大部头的著作。但我刚说出这句话，我便惊恐地发觉，一反我的意愿，竟很重地触到了一个秘密的、显然十分痛苦的伤口。他站了起来，扭过身去，沉默了很久。这房间突然好像只充满暮色和沉默。最后他向我走来，严肃地望着我，而嘴唇抽搐了好几次，才微微张开口；然后痛苦地供认说："我不能写大部头作品了。这事已成为过去：只有青年人才会有这样大胆的计划。我现在再也没有毅力了。我为什么要隐瞒呢？我变成了一个没长性的人，我不能坚持到底。过去我精力多的是，现在没有了。我只能讲话了：说话有时我还办得到，说话时总有点什么东西吸引着我。但静静地坐着工作，永远是独自一人，永远是单独工作，这我做不到了。"

他那听天由命的眼神使我震惊。我内心深处对他充满信心，我极力劝他最好把他每天松手撒给我们的东西紧紧地攥在拳头里，不要总是只管发放，而要把自己的东西成形地保存起来。"我不能写了，"他倦怠地重复着，"我的精力集中不了啦。""那您就口授，"为这种想法所吸引，我走向他，几乎祈求地说，"那就您口授，我记录。您就试一试吧。也许只开个头——然后您自己也不会再退缩了。您就试试这种口授笔录法吧，我请求您给我这个荣幸！"

他抬头望着我，先是有些困惑不解，接着便更加若有所思了。这个想法似乎使他有些动心了。"给您这荣幸？"他重复着，"您真的以为，我一个老年人从事点什么，还能给什么人带来快乐？"我感觉到，一次踌躇不决的让步已从这里开始，这是我从他的目光中觉察到的，那目光刚才还向内遮着一层云雾，但现在云雾被热切的希望驱散了，目光渐渐突现出来，变得明朗了。"您真这样想吗？"他重复着；我感觉到，他的意志里出现了一种打算采纳我的建议的迹象，接着便当即决定："那么我们就试试吧！青年人永远是正确的。向他们让步是明智的。"我狂热地爆发出来的快乐，我得意扬扬的神情，仿佛使他复活了。他急匆匆地走来走去，几乎充满青春的激情，我们商定：晚上九点钟，一吃过晚饭，我们每天先试一个小时。第二天晚上口授笔录便开始了。

这几个小时，我怎样描述它们呢！为了迎接它们，我整整等了一天。下午就有一种压抑的、耗损精神的不安像通电似的压在我的焦躁的感官上，我几乎忍受不了那几个小时了。夜晚终于到来。晚饭一过，我们立刻走进他的工作室，我在写字台前坐下，背对着他，这时，他在屋子里不安地踱着步，直到在他心中好像找到了旋律，从高尚的语言里跳出最初的音节。因为这个古怪的人创造的一切都是来自一种音乐感。开始时他总需要推动，以便使他的思想运动起来。这大多是一幅画，一个比喻，一个形象的环境，在激情的、不知不觉地快速前进中他能把这环境扩大为一个戏剧场景。接着，一切宏伟而自然的创造往往是从这种即兴创作所迸发的火花中闪现的：我记得，有几行好像是一首抑扬格体的诗中的几节，另几行如同瀑布奔腾飞泻，一个紧接一个出色的排列，就像荷马史诗中的战船目录和沃尔特·惠特曼的粗犷的颂歌。作为一个正在成长的年轻人，我第一次看清这种创作的秘密：我看到，那思想本是没有色彩的，只是一种纯粹的流动的热情，就像浇铸钟的铜从情绪激奋的大坩埚里流出来一样，冷却后才渐渐成型，而后它浑圆丰满起来，直至清楚地从中迸发出语言，犹如钟锤敲响大钟，奏出响亮的声音，赋予诗人的感受以人的语言。正如每个段落来自节奏，每个描写来自场景的画面，这整部巨著完全不用语言，是从一首颂歌发展而成的。在这首颂歌里，大海象征着人世间看得见、摸得着的永恒。大海无边无际，波涛汹涌，仰视苍穹，遮掩万壑，游戏着尘世的命运，游戏着人类颠簸动荡的小船：面对这大海的形象，在奇妙的对比中产生出悲剧的描写；作为自然力，这悲剧气势雄伟地、颇具破坏性地控制着我们的天性。随后，这形象的滚滚波涛涌向一块单独的陆地：英吉利出现了，这个海岛的周围永远被不平静的自然力所冲击，这自然力充满危险地包围着大地的所有边缘，地球的所有地带和地区。在英吉利那里形成了一个国家：在那里，这自然力的冷漠而明澈的目光一直渗到人的眼睛的玻璃体里，渗进灰色的、蓝色的眼睛里。每个人既是海员，又是岛屿，像他的国家一样。这一种族在同诺曼人数百年的争战中不断考验自己的力量，风暴和危险使他们忆起强烈的暴风雨般的激情。但是现在，和平的云雾笼罩着这个四面激浪拍击的国家。然而，他们已习惯于风暴，他们仍然向往大海，向往事件的骤变和日常的危险，于是他们又一次在血腥的游戏中为自己制造出使人兴奋的紧张。先是搭起了斗兽和格斗的木台：熊流血而死，斗鸡残忍地激起人们在恐惧中的欢乐；不久，鉴赏力提高了，人们更希望看到纯粹人类英勇斗争的激动人心的紧张。这时，从虔诚的舞台、从教会的神秘剧中产生了另一种关于人的伟大的波澜壮阔的戏剧。这是所有那些冒险和航行的再现，只不过现在是在内心的海洋上；这是新的无穷，另一个激情汹涌、精神振奋的海洋。激动地驾驭这个海洋，气喘吁吁任其四处抛掷，则是这些依然强大的盎格鲁-撒克逊民族后裔的新的欲望：于是产生了英国民族的戏剧，伊丽莎白时代的戏剧。

他狂热地投身到这个野蛮的原始世界开端的描述中，那形象的词语响亮地飞腾而出。他的声音，开始时如低声细语，急速快捷，而后由于绷紧发出洪亮声音的肌肉和韧带，变成了银光闪闪的飞机，越飞越自由，越飞越高：这个房间，这被回音冲击的四壁，对它来说显得太狭小了，这声音需要一个广阔的空间。我感觉到暴风就在我头顶上逞狂，那海涛般咆哮着的嘴发出隆隆作响的呐喊：我缩背俯身在写字台上，好像又站在故乡的沙丘上，听到千万层波浪和喷射而来的海风震耳欲聋的声响。一切震颤都像一个人的诞生和一句话的诞生一样都痛苦地伴随着种种恐惧，那时，正是他第一次闯入了我惊恐不已却又充满幸福的心灵。

在口授中，强有力的灵感夺走了科学表述的语言，思想变成了文学创作，我的老师一结束口授，我便晕晕乎乎地站了起来。极度的疲倦感沉重而强烈地传遍我全身，这是一种跟他的疲惫完全不同的疲劳，他的疲乏是一种筋疲力竭，一种如释重负的感受，而我这个过分激动的人还因自己心里涌进的充沛情感而震颤不已。但我们两人随后总还需要一次轻声细语的谈话，然后才回去睡觉或休息；通常我还要念一遍记录稿；奇怪的是，那些符号一旦变成语言，说话也好，呼吸也好，发声也好，从我口里却发出另一个人的声音，好像一个人换去了我嘴里的语言。接着我辨认出：我是在重复吟诵，我是在那样投入地模仿他朗诵的腔调，那腔调跟他的一模一样，以至于使我感到，好像是他通过我的嘴在说话，不是我自己在说话——我简直变成了他的共鸣器，他说话的回响。这一切已经过去了四十年：但在今天，只要是做报告，只要演讲词脱离我的口发生振动，我就会突然羞怯地感觉到不是我自己在说，而是好像另一个人在借我讲话的嘴说话。接着我听出这是一个尊贵的死者的声音，这位死者唯有呼吸还留在我的嘴唇上：只要狂热的精神征服了我，我就是他，永远如此。我知道：这是那些时光对我的影响。

工作成果在增长，它像一片树林似的在我周围生长，渐渐遮住了我观察外界的视线；我只生活在那所房子的黝黯里，生活在这部不断扩展的著作的沙沙作响而又不停呼啸的枝叶当中，生活在这个温暖慈爱的人的身边。

除了大学里很少的几个课时以外，我整天都属于他。我在他们那里用餐，从他们住处来的消息白天晚上都顺着楼梯上上下下传到我的房间：我有他们的门钥匙，他也有我的门钥匙，这样一来，他就可以随时找到我了，无须事先去喊那个半聋的年老的女房东。我跟这个新的集体结合得越紧密，就跟外面的世界越疏远：我在分享这种温暖时也分享着他们封闭生活的冰冷的孤独。我的同学一致对我摆出冷淡和蔑视的态度：也许他们私设了一个特别的秘密法庭，或只是对我明显受宠的一种神经过敏的嫉妒——不管怎么说，他们是把我排除在他们的交往之外了，而在课堂讨论中，他们像约定好了似的，都不跟我打招呼，不跟我寒暄。就连那些教授也不掩饰他们充满敌意的嫌恶；有一次，我向一位教罗马语文学的讲师请教一个不很重要的问题，他竟嘲讽地搪塞我。"您是……教授的亲信，怎么连这个也不知道。"我曾试图为自己这种无辜的被排斥进行解释，但是白费气力。他的言辞和目光都避开任何解释。自从我完全跟这两个孤独的人在一起生活以来，我自己也变得完全孤独了。

只要把我的注意力完全放在精神活动上，这种社会的排斥也就不会使我伤心了。但我的神经渐渐地承受不住这样持续的绷紧状态。一个人几周内都这样不间断的用脑过度，不可能不受到惩罚，再者，我是突然把我的生活彻底翻了一个个儿，我过猛地从一个极端走到另一个极端，不会不危及那神秘地形成的自然平衡。过去在柏林时，我懒散地东游西逛，使我的肌肉舒适放松，跟女人的艳遇在嬉戏中释放了我精神上的焦躁不安；而在这里，沉闷的气氛则不断压迫我昂奋的感官，使它们带着通电的触角在我全身战栗、流动；我失去了深沉健康的睡眠，尽管也许是因为我总把抄写每天晚上的口授内容当作个人的乐趣一直写到第二天大清早的缘故（由于沾沾自喜的急躁情绪，狂热地抄写着，以便尽早把抄好的文稿交给我的老师）。接着，大学里有些材料要赶忙看完，这就要求我付出更多的精力，而跟我老师的谈话也使我的情绪十分激动，甚至每根神经都绷得紧紧的，我从来不敢冷漠地出现在他面前。被损害的身体对这种过分紧张的活动没过多久就进行报复了。我多次短时间地昏迷过去，这是我疯狂地超越身体负担的危险的报警信号——但像被施以催眠术的疲惫在增长，每次感情的表达都变得非常激烈，变敏感了的神经向每根神经末梢内部伸展，扯断睡眠，使一直混乱的思想更加混乱。

第一个注意到我的身体处在明显的危险状态的，是我老师的夫人。我常常感觉到她那抚慰的目光向我探索，她总是故意把那些提醒我注意的想法随便掺杂在我们的谈话里，诸如劝说我不能希望在一个学期里征服世界。最后她就明明白白地说了。"现在够了，"一个星期天她走到我身边，见我在美丽的阳光照耀下埋头研究语法，便一把将书从我手中夺走，说，"一个年轻的活蹦乱跳的人怎么能做功名心的奴隶呢？您不要老把我丈夫当作榜样：他老了，您还年轻，您得按别的方式生活。"每当她谈到他时，她总是操着这种表

46

示蔑视的压低的声调，我作为一个献身于我老师治学的人，则一再愤怒地反对她的这种腔调。我觉得，她是故意地，甚或怀着一种邪恶的嫉妒心理，越来越试图让我离开他，试图以嘲讽的手段阻止我的过火行为；如果我们晚上口授笔录的时间过长，她就一个劲儿地敲门，不顾他愤怒的驱赶，迫使我们把工作中断。"他会毁掉您的神经的，他还会把您完全毁掉的，"有一次当她发现我倒下时，她愤慨地说，"这几个星期他把您折磨成什么样子了！我可不能再眼巴巴地看着您跟自己过不去了。而且在这里……"她说到这儿停顿下来，没把整句话说完。但她的嘴唇颤动着，由于压抑着的愤怒而变得毫无血色。

的确，我的老师给我的工作并不轻松：我越是热情地为他服务，他对我殷勤的尊敬表现得越冷漠。他很少表示感谢；如果我在早上把熬夜完成的文稿带给他，他就干巴巴地表示拒绝："明天也来得及。"如果我的追求虚荣的热心努力超出了他要求的范围，在谈话中他的嘴就会突然撇得老长，一句嘲讽的话就会逼得我直往后退。当然，如果随后他看见我忍受着侮辱惶惶不安地退缩了，他那温暖可亲的目光就会又闪现出来，打消我的绝望，但这种情况太少了，太罕见了！他的性情的这种热与冷，这种时而激动的亲切，时而恼怒的冲撞，使我难以控制的充满渴望的感情混乱不堪——不，那时我真说不清，我究竟渴望什么，我希望什么，我要求和谋求什么，我的狂热的献身期望得到他什么样的同情。因为如果一种崇敬的热情即使以纯真的方式献给一个女人，那么它也要不自觉地力图得到一种肉体上的满足，在占有身体的同时自然会为这种热情形象地塑造出一种最高的结合——但这种精神上的一个男人献给另一个男人的热情，它怎能企望得到不可能满足的、完全的满足呢？它心神不定地围着这位可尊敬的人转，永远为新的狂喜而闪闪发光，却从未因为最后的奉献而变得平静。它永远在涌流，从不完全溢出，永远像精神一样不知足。同样，在长时间的谈话中，我从来也不觉得他与我很近，他从不完全敞开心扉，吐露一切；即使他充满信任地摆脱一切拘谨，我也知道，霎时他就会斩钉截铁地把这亲密的联系切断。这种变化无常一再重新搅乱我的情感；如果我说我在过度受刺激时常常几乎干出蠢事，这一点儿也不夸张，那只是因为他把我介绍给他的一本书松松地拿了一下就随随便便地推到一边，或者，当晚上深入的谈话把我们拴住，我完全被他的思想所吸引，他会先轻轻地把手放在我的肩上，然后突然站起来，粗暴地说："现在您走吧！已经很晚了。晚安。"这样的一些无足轻重的小事也就足以搅得我几小时、几天都不得安宁了。也许，在不停的激动中，我的过度兴奋的感情会看到这些侮辱，虽然他不是故意的——但一切抵制干扰、暗示我自己如何重要的言行，又有什么用处呢？这种事天天重复出现：他亲近时我忍受他的热，他疏远时我感受他的冷。他的态度永远令人失望。没有半点迹象能使我安宁，每一个偶然的言行都使我感到迷惘。

奇怪的是，每当我感觉到我的感情受到了他的伤害时，我就逃到他夫人那里去。也许是一种冲动，想找一个同样受这种无言的冷落的人，也许只是一种需要，想能够跟随便什么人说说话，即使不能得到帮助，也能得到理解——不管怎么说，我像去找一个乡亲似的跑到她那里去。她往往拿我的敏感寻开心，或耸耸肩膀冷淡地劝我要习惯这些使人烦恼的怪事。有时，当我突然感到绝望，一下子就结结巴巴地把责难、眼泪和话语甩在她面前，她便十分严肃地、简直是用一种令人惊异的目光凝视我，但一句话也不说；只是在她的嘴唇周围显现出遏制的愤怒，我觉得，她需要使出全部力量，才得以不表现出她的愤怒或轻率。无疑，她也有什么话要对我说，她也隐藏着一个秘密，也许这与他是相同的。但我的话一旦触犯了他，他便以粗暴的拒绝把我顶回来；而她却通常是说一句笑话或做一个临时想到的恶作剧，跳过任何继续下去的话题。

但只有一次我差点儿套出她的话。我早上把听写送去，坦率而热烈地对我的老师说这篇描述（那是对马洛的描述）使我感动至深。我感情洋溢，热血沸腾，赞叹不已地补充说，没有谁能像他那样描绘出这样杰出的肖像；这时，他尖叫一声表示拒绝，紧紧地咬住嘴唇，把那张稿子扔掉，轻蔑地喃喃地说："请您不要说这种蠢话！您懂得什么叫杰出。"这句粗暴无礼的话（匆忙戴上的假面具大概只是为了掩饰无可奈何的羞惭）足够打破我一天的安宁了。下午，我单独和他夫人在一起待了一小时，像歇斯底里发作似的我突然冲到她身边，抓住她的手，说："请您告诉我，他为什么这么恨我？他为什么这么瞧不起我？我怎么得罪他了？为什么我的每句话都这样刺激他？我该怎么办，您帮帮我吧！为什么他容不得我——请您告诉我，我求您了。"

我这粗野发作的突然袭击，惹得她用一种尖锐的目光凝视我。"容不得您？"她牙缝里挤出一阵笑声，这是一种恶意讽刺的刺耳的笑，我听了不由得往后退缩。"容不得您？"她又重复一遍，无比愤怒地直视我慌乱的眼睛。但随后她便挨近我，俯下身来——她的目光渐渐地变得柔和，更柔和了，几乎是怀着同情——突然，她（第一次）抚摸我的头发。"您真是一个孩子，一个愚蠢的孩子，什么也没发觉，什么也没看见，什么也不知道。但这样更好——否则您会更不安的。"

她猛地转过身去。我徒劳地寻找着安慰：像被捆在一场扯不断的吓人的梦的黑口袋里，我拼命寻找一种解释，拼命挣扎着，想从这种互相矛盾的情感的无比神秘的混乱中醒来。

四个月就这样过去了，这是最难以预料的自我提高和改变的十几个星期。一学期转瞬跳到了它的终点，我怀着恐惧心理面对这临近的假期，因为我爱我的炼狱，家乡那平淡的没有文化气息的家庭生活，像流放和劫夺一样威胁着我。我已私下计划，向父母谎称这里有重要的工作拖住了我。我已巧妙地把谎言和借口编织在一起，以便延长这消耗我精力的现状。但我的时间早就被安排在另一个空间里了。这个时刻无形地悬在我的头顶上，就像正午报时的钟声蕴藏在铜钟里，到时会意外地严肃地召唤那些闲散的人去工作或辞行。

那个决定命运的晚上，开始时多么美好啊！简直是像要泄露什么真情似的美好！我跟他们两人坐在一起吃饭——窗户都开着，天上飘着白云，朦胧的暮色从发暗的窗框悠悠进入室内：一种温和、明澈的光从白云庄严飘过去的反光中散播开来，进到人们的心底。

太太跟我，我们谈得比往常更随便，更平和，更不知疲倦。我的老师沉默着，不参与我们的谈话；但他的沉默却像用静静合拢着的翅膀罩在我们的谈话上。我偷偷地斜眼看着他：他今天的神态有一种奇异的明朗的东西，一种不安，但绝无慌张的神色，犹如在那夏日的云彩里。有时他举起酒杯，拿着它对着灯光看，见了那颜色显得很高兴；而当我的目光快乐地随着他的姿态转来转去时，他便微微一笑，把杯子举起来对我致意。我很少看见他的脸这么明朗，他的动作这么完美、镇静：他几乎是愉快地正襟危坐，好像在欣赏从大街上传来的音乐或在倾听看不见的谈话。他的嘴唇，平时周围一向都有细小的皱纹，现在却又安静又柔和，好像一个削了皮的果实。他的前额稍稍转向窗户时，便反射出那种温柔的光亮，我觉得从来没有这么美。看到他如此平静，真是奇妙：那是纯洁的夏天晚上的反光，是从柔和的空气中涌进他心里的安逸，还是来自他内心的慰藉——我也说不清楚。看他的面孔，就像读一本打开的书，我只觉得：今天有一位宽厚的神抚平了他心上的皱褶和裂纹。

他现在站起来，像通常那样甩头邀我跟他到工作室去，那样子也是无比庄重的：这位平素一向匆匆忙忙的人，现在走路特别稳重。走着，他又转身——这也是一反常习的——从橱里取出一瓶未开盖的葡萄酒，从容不迫地把它带过去。同我一样，他的夫人也好像注意到了他的行为有些古怪，她放下针线活，抬头用惊异的目光看看，好奇地默默观察着他那非比寻常的徐缓而庄重的姿态，这时我正走过去工作。

那房间，好像完全暗了下来，正带着亲切的暮色等待着我们，只有那盏灯在等候在那里的一堆白纸周围画出一个金黄色的圆圈。我坐在我往常的位置上，重复读了一遍草稿里最后的几个句子；他总是需要像用音叉定调那样在内心找准节奏，然后才能让言辞倾泻出来。但他平时都是直接从那正在消失的句子开始，这一次却没听到接下去的声音。沉默扩散到了整个空间，沉默从四壁反弹回来的压力压迫我们。他的精神好像不怎么集中，因为我听见我背后有他神经质地来回走动的脚步声。"请您再读一遍！"不可思议，他的声音竟突然不安地抖动起来。我重新读最后几段：现在他紧接着我的话开始了，冷不防地就开始了，口述得比平时更快更完整。五个句子过去以后，场景就建造起来了；他至此所描述的一切，全是戏剧文化方面的前提条件，是一幅当时的壁画，是历史的轮廓。现在他突然急转直下，转向了剧院本身，它从中世纪流浪艺人乘着小车四处表演的形式终于变成定点的剧院，为自己建造了一个家园，有了保证自己权利和特权的书面文件，起初是"玫瑰剧院"和"幸福之神剧院"，都是简陋的木板棚，演出简单的戏剧；但后来诗剧勇敢坚定地向前发展了，工匠们便根据它的更大的胸围制作了一件新的木衣裙：在泰晤士河畔，在潮湿的不值钱的泥浆土地上，出现了那座粗笨的、带有六角塔楼的木头建筑，即环球剧院，在它的舞台上出现了莎士比亚这位大师。像被大海抛出来的一只古怪的船，在最高的桅杆上挂着海盗式的红旗，牢牢停泊在那泥泞的土地里。剧场的大厅里，像在码头上似的拥挤着吵吵嚷嚷的低贱的人群，那些上流社会的人则从高层楼座上俯视下面的演员，沾沾自喜地微笑着，闲聊着。他们不耐烦地要求开演。他们踏步顿足，大叫大嚷，剑柄碰撞舞台发出叮当的声响，直至几支闪烁的火光第一次照亮前面低低的舞台，人物都草率地化了装，演出显然是即席创作的喜剧。就在今天，我还记得他的话："语言的风暴突然咆哮起来，那个大海，那个充满无限激情的大海，从这木板的边界冲出去，直达人类心灵的一切时代和地区，掀起血红的波浪，它是不会枯竭的，深不可测的，快活的和悲惨的，多种多样的，是人类最独特的画像——这就是英国的戏剧，莎士比亚的戏剧。"

演讲就在说到这些崇高的言辞处突然中断了。接着是长时间郁闷的沉默。我不安地转过身来：我的老师一只手紧紧地抓着桌子有气无力地站在那里，他的这种姿态我太熟悉了。但这一次在这呆滞的状态里却有着某种令人吃惊的东西。我一跃而起，担心他有什么不适，然后小心翼翼地问他我要不要停止工作。他起初只是屏住呼吸，目不转睛地呆呆地望着我。随后，他的眼睛又放射出蓝色的光来，他嘴唇松松地朝我走来——"喏，您什么也没发现吗？"——他殷切地凝视着我。"究竟是什么？"我毫无把握地结结巴巴地说。这时，他深深地喘了一口气，露出淡淡的微笑；几个月以来，我又感觉到了那种丰富的、柔和的、温情的目光。"第一部完成了。"我强忍着才没兴高采烈地欢呼，这惊喜热乎乎地流过我全身。我怎么竟会视而不见呢，是的，这是完整的构筑，非常出色地从过去的原始基础一级一级升到建造成型的门槛：我赶紧跑过去数那些稿纸。这最重要的第一部共有写得密密麻麻的一百七十面；因为接下去要写的，是自由的模仿的描述，而到现在为止的叙述则是与历史的见证紧密相连的。毫无疑问，他将完成他的著作，我们的著作！

当时我欣喜地叫喊了，因为高兴、自豪和幸福而翩翩起舞了？我不知道。但我的兴奋感情一定表现出种种出乎意料的激情澎湃的形式，因为他的目光微笑着慢悠悠地追随着我，这时我时而草草浏览最后几句话，时而匆忙地数稿纸，捧着，掂量着，充满爱心地抚摸着，急不可耐地估算着，想象着我们何时才能完成整部著作。他积聚已久、深藏不露的自豪感，在我的快乐情绪中反映了出来：他深受感动地看着我。接着，他慢慢地伸着双手走到我跟前，抓住我的手，毫无表情地凝视着我。他的瞳孔平时只是颤动着间歇地闪出蓝光，现在则充满了明亮的、热情奔放的蓝色的光，在所有的元素中只有海底和人的感情的深处才能构成这种蓝色。这种闪光的蓝色从眼仁里升上来，向前放射，渗入我的体内；我感觉到，他这温暖的眼波轻柔地流到我的内心深处，在那里涌动着，扩展着，使我感情激荡，产生古怪的欲望：由于存在着这种奔涌膨胀的力，我的整个的心胸都变得宽阔了，于是我心中感到明快和温暖。"我知道，"现在他的声音越过了这眼神的闪光，"没有您，我就不可能开始这项工作，为此我永远也不会忘记您。您把我从疲惫无力中拯救了出来，您拯救了我的破碎衰败的余生，您一个人！没有一个人比您为我做的更多，没有一个人这样忠诚地帮助过我。因此，我不说我要感谢您，而说……我要感谢你。来！让我们完全以兄弟相称，待上一小时！"

他轻轻地把我拉到桌旁，拿来准备好的那瓶酒。两个酒杯也已摆在那里：他是想用这象征性的饮料公开向我表示感谢。我高兴得全身战栗，再也没有什么比一个热烈愿望的突然实现能更强有力地撼动我的心旌了。这是最明显的信任的象征，我曾无意识地渴望得到它；他的感谢真是找到了最美好的象征：这个亲如兄弟的"你"，它表明超越年龄的鸿沟，它由于经历了如此艰难的过去而显得无比宝贵。酒瓶发出叮当的响声，它现在充当着施洗者，它将用信任永远抚平我这颗忧虑不安的心，此刻我心中也响起同样的颤抖、明快的声音——一个小小的障碍延缓了这庄严时刻的到来：酒杯的软木塞还没有开，手头没有瓶起子。他想站起来，去取瓶起子，但我猜到了他的意图，就急忙冲出去奔向餐室——我心急如焚地等待这一时刻的到来，这是我的心最终得到平静的时刻，他对我的好感得到最明显的证明的时刻。

当我飞快地穿过门向有灯光的过道走去时，在黑暗中我跟一个什么软的东西撞在了一起，那软的东西急忙让开：原来是老师的夫人，她显然是在门边偷听呢。但是奇怪的是，我这么有力地跑着跟她撞了个满怀，她却一声没吭，她只是默默地避开了，而我则吓得一动不动地哑口无言。这情景只延续了一瞬间；我们俩都默默地站着，都在对方面前显得很难为情，她是因为在偷听时当场被捉，我则是因为被这太出人意料的发现惊呆了。随后是悄悄的脚步声在黑暗中响起，灯亮了，于是我看见她脸色煞白，挑衅般地背靠着木柜；她的目光严肃地打量着我，而从她僵硬的态度上可以看到一种可疑的阴暗的东西，一种警告和恐吓。但她一句话也没有说。

当我经过较长时间烦躁的、半盲的摸索，终于找到瓶起子的时候，我的双手颤抖起来；我必须两次从她面前经过，每当我抬起眼睛，总碰上她那呆滞的目光，那目光就像抛了光的木头似的闪着一种冷冷的阴暗的光。在她身上没有任何东西透露出门边偷听被人察觉的羞色；相反，她的眼睛现在粗暴而坚定地闪射出一种令我不解的威胁的光芒，她那倔强的神情表明她已经打定主意不离开这个不适当的地点，还要继续窃听。这种意志上的优越使我感到迷乱，在这种坚定而警告的目光逼视下，我不自觉地低下头来。我终于迈着不稳的步子溜进房间，我的老师在那里焦躁不安地双手握着酒瓶，这时，刚才的极度愉快完全冻结成了一种奇特的恐惧。

　　然而他是怎样无忧无虑地等待着我，他的目光怎样欢快地瞅着我啊：我一直梦想能有一天看见他这个样子，乌云从他忧郁的额头散尽！现在这前额第一次闪着这样平和的光，直射进我的内心，我倒说不出话来了，全部隐秘的喜悦犹如穿过隐秘的毛孔缓缓地向外流淌。我心慌意乱地甚至面带羞色地听见他再一次向我表示感谢，现在他又用亲密无间的"你"称呼我，两个酒杯碰在一起，发出银铃般的声响。他用一只胳膊友好地搂着我，把我带到扶手椅那里，我们相对而坐，他的手松松地放到我手里：我第一次感觉到他的感情完全自由地流露出来了。但我一句话也说不出来；我下意识地用目光扫视着门边，非常害怕她又站在那里偷听。我不停地想，她在偷听，偷听他对我讲的每一句话，还有我讲的每一句话：为什么恰恰在今天，为什么恰恰在今天？他用那种温暖的目光深情地望着我，突然说："今天我想跟你讲一讲我，讲一讲我自己的青年时代。"听到这话，我吓得站起来，摆着手求他不要讲，他惊奇地抬起头来望着我。"不要在今天，"我结结巴巴地说，"不要在今天……请原谅。"在我看来，他的这个想法太可怕，他很可能把自

56

己暴露给一个窃听者，而关于窃听者这一层我又不得不对他守口如瓶。

我的老师疑惑不解地望着我。"你究竟怎么啦？"他略带愠色地问。"我累了……请原谅……我过分激动了……我想，"我一边说，一边颤抖地站起来，"我想，我还是现在就走吧。"我的目光从他身旁掠过去瞥向那扇门，我估计，那里一直有一个心怀嫉妒和敌意的窃听者好奇地潜伏在门框旁边。

现在他也慢腾腾地从扶手椅里站起来。阴影飞上他那突然变得疲倦不堪的脸。"你真的想走……今天……恰恰在今天？"他握着我的手：很不明显地重重地拉着我的手。但他像拿着一块石头似的突然粗暴地让它落下去。"很遗憾，"他失望地脱口而出，"我本希望跟你坦率地谈一谈！遗憾！"那深深的叹息像一只黑蝴蝶似的飞过整个房间。我满面含羞，心中有一种无可奈何的难以说清的恐惧，我步履蹒跚地退出去，回手轻轻地关上了门。

我吃力地摸索着上楼走进我的房间，一头扑在床上。但我睡不着。我从来都没有这样强烈地感觉到，我的房间就在他的房间上边，只隔着一堵薄薄的墙，只笼罩在那不透光的黑暗的框架里。现在我以磨得敏锐的感官神奇地感觉到此刻他们俩在底下也没有入睡，我不用看就看得见，我不用听就听得到，他此刻在底下他自己的房间里不安地走来走去，而她却在别的什么地方默默地坐着，或边听边像幽灵似的游荡。我感觉到她的两只眼睛大睁着，一想到她的这种警觉的样子，我心里便不寒而栗：像做了一场噩梦，这整栋沉重的默默不语的房子竟阴影幢幢地突然压在我身上。

我掀去毯子。我的手滚烫。我陷在什么地方了？本来我已经感觉到那秘密离我很近，已经感到它热烘烘的呼吸紧挨着我的脸，现在却又很遥远了，但它的影子，它的沉默的难以辨认的影子，仍在飒飒地四处游荡。我感觉到它在屋里十分不祥，它像猫踮着爪子潜行着，永远在那里跳过来跳过去，总用它那带电的毛皮擦身而过，令人眼花缭乱，虽然温暖却又阴森可怕。我总感觉到他那感情丰富的目光从黑暗中射出来，像他伸过来的手那样柔和，同时感觉到他妻子的另一种锐利、恐吓和可怕的目光。我干吗要陷在他们的秘密之中？这两个人蒙起眼睛把我放在他们激情的中心干什么？他们为什么把我赶到他们的不可捉摸的纠纷里去？每个人都把一团愤怒和憎恨的烈火塞进我的心里干什么？

我的前额一直在发热。我跳下床，打开窗。外面，夏日的云雾笼罩着宁静的城市，不少窗子还闪耀着灯光，他们坐在那里，心情平静地谈话，闲适地看书或听家庭音乐。凡是白色窗框后面一片黑暗的所在，人们肯定已安然入眠。像月亮在银色的薄雾里一样，在所有这些静息的屋顶上，飘浮着一种柔和的安谧，飘浮着一种微微向下飘落的轻松的宁静，而钟楼报时的十一响则悠悠地送进他们大家偶然竖起或已在梦乡的耳朵里。这座房子里只有我觉得自己还醒着，觉得被奇异的思想恶狠狠地包围着。一个内在的思想狂热地要弄清楚这杂乱无章的低语。

突然，我吓了一跳。这不是楼梯上的脚步声吗？我边听边站起身来。一点不假，那里是有人在踏步上楼，像盲人似的迈着小心翼翼、踟蹰不前、摇摇晃晃的步子：我熟悉这被踏坏的木楼梯发出的

58

吱吱嘎嘎的叹息声。这脚步只能是朝着我这里来的，只能是朝我而来，因为在阁楼上除了那个半聋老太婆根本没有别人，她早已睡下，谁也不接待。这是我的老师吗？不，这不是他那跟跄而匆促的步伐；现在这脚步每走一级梯阶都犹疑不前，胆怯地蹒跚而行——现在又来了！一个小偷，一个罪犯才会这样走过来，绝不会是一个朋友。我紧张地听着，我的耳朵里嗡嗡直响。突然，好像有一股冷气袭上我的裸露的大腿。

这时，锁头轻轻地喀哒响了一声：他，这个可怕的客人，肯定已经到了门口。吹到我赤裸的脚趾上的一股微小的气流，说明外面的门已被打开，然而，只有他，我的老师，有钥匙。既然是他——为什么这样畏缩，这样反常？是因为他有些不放心，想来看看我吗？那为什么这个可怕的客人现在还在外面的前厅里犹豫不决呢？那窃贼般潜行的脚步突然停住了。我自己也因恐惧同样呆呆地站住了。我觉得，我好像要叫喊，但嗓子眼儿里似乎有什么东西黏在那里。我想把门打开；我的双脚却像牢牢地插在地里了。现在，我和这个可怕的客人之间只隔着薄薄的一堵墙了，但他和我谁也不向前迈一步。

这时，塔楼的钟敲响了：只敲了一下，是夜里十一点一刻。但这钟声解除了我的僵直状态。我一把拉开了门。

一点不假，门口站着我的老师，手里拿着蜡烛。猛然拉开的门带起一股气流，使那蜡烛蹿起蓝色的火苗。他僵直地站在那里的影子像一个巨人似的在他身后跟跟跄跄地颤动，活像一个醉汉要横穿这堵墙。但他本人一见到我也动了一动；他缩起身子，仿佛气流突然使他从睡梦中惊醒，他不由得打着寒噤往身上拉了拉毯子。接着又朝后退了一步，蜡烛摆动着把烛油滴在他手上。

我吓得要死，全身颤抖："您怎么啦?"我只能结结巴巴地这样说。他一言不发地凝视着我，他的喉咙也像被什么卡住了似的说不出话。最后，他把蜡烛放在五斗橱上，于是那像蝙蝠似的在空间中晃来晃去的影子立刻安静下来。他最后口吃地说："我想……我想……"

他的声音又卡住了。他站在那里，瞅着地面，像一个被捉住的小偷。这种恐惧，这种呆立，是令人难以忍受的，我穿着衬衫，冻得发抖，他呢，俯身缩背，羞惭而迷惘。

这个虚弱的身形忽然耸动了一下。他向我走来：面带凶恶淫荡的微笑，一种只从眼睛里险恶闪现而双唇紧闭的微笑，这微笑就像一个陌生的假面具似的呆呆地对着我停顿了一刹那——然后，像蛇的带分叉的舌头往回一卷，发出尖厉的声音："我只想对您说……我们最好还是放弃这个'你'的称呼吧……这……这……在一个大学新生和他的老师之间不合适……您明白吗? ……我们必须保持距离……距离……距离。"

说话时，他一直凝视着我，充满憎恨，充满侮辱人的、想打耳光的恶意，以至于他的手不由自主地紧紧地攥了起来。我向后趔趄了一步。难道他疯了吗? 难道他喝醉了? 他站在那里，攥着拳头，好像他想朝我扑过来或者想照我的脸来一拳。

但这恐怖局面只延续了一秒钟，随后，这种咄咄逼人的目光就收回去了。他转过身去，嘟哝了一句什么，听起来好像是在道歉，然后抓起那支蜡烛。一个黑色的热心职守的魔鬼，那个已经朝着地面俯身缩背的影子又出现了，它在他前面旋转着走向屋门。接着是他自己走过去，我都没来得及打起精神想出一句话来。门啪啦一声锁上了；于是楼梯在他那仿佛向下冲去的脚步下发出沉重的痛苦的嘎吱嘎吱的声音。

我不会忘记这一夜；阴森可怖的愤怒和炽烈无奈的绝望疯狂地相互更替。我的思想杂乱无章，像火焰一样耀眼地向四处射去。我怀着揪心裂肺的痛苦成百次地问：他为什么折磨我，他为什么这么恨我，特意在夜里偷偷地爬上楼梯，只是为了当面充满敌意地侮辱我？我怎么惹着他了，我该怎么办？我不知道我怎么伤害了他，我该怎样平息他的怒气？我浑身发热地扑在床上，又起床下地，又盖上毯子冥思苦想，但那个幽灵似的形象，我的老师，永远站在我面前，他蹑手蹑足地潜行，见了我又心慌意乱，而在他身后那个巨大的影子则异常神秘地沿着墙跟跟跄跄地走去。

后来，大清早，我眯了一会儿醒来，起先我还以为那是一场梦呢。但在五斗橱上还粘着一些圆形的黄色蜡烛油。讨厌的记忆一再提醒我，夜里那窃贼似的偷偷爬上来的客人进入了这间亮着灯光的房间。

整个上午我都没出门。一想到会跟他相见，我就浑身没劲。我试图写东西，读书，但都没办到。我的神经完全崩溃了，它们每时每刻都可能痉挛地颤动，发出一阵啜泣，一声怒吼——我看见我的手指像树上的陌生的树叶一样颤抖，没法让它们不动，而膝头则摇摆不停，好像膝头肌腱已被割断。怎么办？怎么办？我反复问我自己，问得我筋疲力竭；血液在我的太阳穴里嗡嗡响，我感到头晕目眩。只是在我没有安全感，没有恢复精神活力之前，不要出门，不要下楼，不要突然站在他面前。我重新扑倒在床上，饥肠辘辘，昏昏沉沉，没有洗漱，心慌意乱，我又一次试图透过那堵薄薄的隔墙想象那边的情景：他现在坐在哪里？他在做什么？他像我一样醒着吗？像我一样感到绝望吗？

中午了，我还心烦意乱地躺在床上辗转反侧。我终于听到了楼梯上的脚步声。所有的神经都警觉起来：然而这脚步很轻，显得无忧无虑，一步两个梯阶往上跳跃——现在有一只手在敲门了。我跳起来，没开门就问："谁呀？"——"您怎么不来吃饭呀？"夫人有点生气地应声道，"您病了吗？"——"不，没有，"我慌乱地吞吞吐吐地说，"我就来，我就来。"我毫无办法，只好赶快穿上衣服走下楼去。但我不得不扶住楼梯栏杆，因为我的肢体是那样踉跄不稳。

我走进餐室。老师的夫人坐在两副餐具中的一副前面等候，并轻描淡写地责备我吃饭还要人催，以此表示打了招呼。他的专用座位是空的。我觉得我的血液一下子涌到了头上。这次出人意料的离去意味着什么呢？难道他比我自己还要害怕相见？他是羞于还是不愿意跟我共同进餐？最后我决定问一问，教授是不是不来。

她惊讶地抬起头来，望了一眼说："难道您不知道他今天一早就出远门了？""出远门了，"我口吃地说，"到哪儿去了？"她的脸立刻绷了起来："这我的丈夫可没屈尊告诉我，也许——又去做他的寻常的旅行了。"说完，她便突然严厉地怀疑地转向我。"这连您也不知道吗？昨天夜里他还亲自上楼到您那儿去了呢——我以为，这是去向您辞行呢……奇怪，真奇怪……他对您也什么都没有讲。"

"跟我讲？"我只能这么叫了一声。这一声叫喊把我感到羞愧和受辱的这几个小时内如此危险地堵在心里的一切都呼了出来。突然我啜泣起来，我号叫着剧烈地痉挛起来——我滔滔不绝地一句句地说，一声声地喊，流露出搅成一团的混乱的绝望，我哭泣，不，我全身抖动，我在歇斯底里的啜泣中让整个压在心底的痛苦从我颤动的口中倾泻出来。两个拳头像打鼓似的在桌上乱敲，像一个受了刺激的狂躁的孩子，我脸上眼泪横流，把几个星期以来像雷雨一样压在我头上的东西倾吐出来。经过这样剧烈的冲动，我觉得轻松了，同时也为在她面前如此泄露了自己的感情而感到无比羞愧。

"您怎么了！天哪！"她跳了起来，有些张皇失措。随后，她便快步跑过来，把我从桌旁领到沙发前。"请您躺下！您要静一静。"她抚摩着我的手，她抚摩我的头发，激奋的余波一直都在摇动着我的颤抖的身体。"不要折磨自己，罗兰德——请您不要折磨自己了。我了解这一切，我早就感觉到这一切会来的。"她还一直在抚摩我的头发。但她的声音突然变严厉了。"我可知道他能把一个人的感情搅乱，谁也不像我知道得这么清楚。但您要相信我，当我看见您完全依附于他这个靠不住的人的时候，我总想提醒您。您不了解他，您很盲目，您还是一个孩子——您什么也没预感到，甚至到今天，到今天您还是什么也感觉不到。也许今天您第一次开始明白点什么了——这对他对您都更好。"

她弯着腰亲热地俯在我身上，我感到她的话好像发自玻璃般透明的内心深处，她的手的抚摩能减轻我的痛苦。这真好，终于，终于又一次感到一丝同情，接着也终于又一次感觉到一只女人的手那么亲近，那么富有柔情，简直像母爱一样。也许是我长时间以来太缺乏母爱了，现在我通过这抑郁的面纱接受一个竭力显得温柔的女人的同情时，我感到在痛苦中增加了一种愉快。但是，我是多么害羞啊，我是多么为这泄露一切的突然发作，为这暴露无遗的内心绝望感到害羞啊！一反我的本愿，我吃力地站起来，时而滔滔不绝时而断断续续地，又一次抱怨他不公平待我的种种行径——他怎样拒绝我，迫害我，然后又吸引我，他怎样毫无原因地冷酷地反对我——他是个折磨人的魔鬼，我却恋恋不舍地依附于他，我恨他时怀着爱心，我爱他时也心怀憎恨。我又开始激动起来，她只好重新来安慰我。我从沙发上跳了起来，那柔软的手又轻轻地把我按回沙发里。我终于变得平静些了。她显然是若有所思地沉默着：我觉得，她明白一切，也许比我自己更明白……

我们沉默了好几分钟。然后，那女人站了起来。"好了——现在您已经当够孩子了，现在您应该又是大人了。您坐到桌子边来，吃饭吧！并没有什么可悲的事情发生——只不过是误会，这是可以澄清的。"看我有些不同意，她愤激地补充说："这是可以澄清的，因为我不能让您再这样被牵制被迷惑了。现在必须结束了，他总得学会克制一些。您太善良了，不要涉入他那离奇的游戏。我要跟他说的，请您相信我。不过现在您来吃饭吧。"

我羞涩地任凭她把我拉回饭桌前。她匆忙而急迫地说着一些无关紧要的事，我打心眼里感激她，因为她对我失去自制时的感情发作好像听而不闻，似乎转眼就都忘记了。她敦促我说，明天是星期日，她要跟W讲师和他的未婚妻一起到附近的湖边去郊游，我也应该一块去散散心，从书本里解放一下。我所有的不适只不过是工作过于繁重、神经过度紧张所致；在水里活动活动，到郊外走一走，我的身体就会立刻恢复平衡。

我答应去郊游。什么都行，只要不孤独，只要不闷在我的房间里，只要不在黑暗里胡思乱想。"今天下午您也不要待在家里！您去散散步，到外面去跑一跑，去消遣消遣吧！"她赶快补充说。"奇怪，"我想，"她猜得出我内心深处的感觉，我虽觉得她陌生，她却总知道我需要什么，什么使我痛苦；而他尽管熟知我，却总误解我，摧残我。"这个建议我也答应她了。我心怀感激地抬头一看，竟发现了一张全新的面孔：平时像顽皮少年的那种嘲弄和傲慢，现在却不见了，换成了一种脉脉含情的怜悯的目光：我从未见过她如此真诚。"为什么他却从未如此善意地看过我呢？"我充满渴望地自问，内心充满混乱的感情，"他使我痛苦，为什么他就从未感觉到？为什么他不用这样关切、这样温柔的手抚摩我的头发，不把他的手放在我的手里？"我感激地亲吻她的手，她不安地、几乎是激动地把手抽回去。"您不要折磨自己了。"她又重复一遍，她弯着腰，声音那么近地传进我的耳中。

随后，那坚强的表现又在她的嘴角浮现；她挺直身子，轻声说："您要相信我，他不值得您那样。"

而这句几乎听不见的耳语般的话，又将痛苦撞到我那本已平静下来的心上。

我那天下午和晚上的种种行为，看来是那样的幼稚可笑，我在几年里都羞于想起它——甚至一次内心的反省都会立刻使我的每一个回忆渐渐隐去。今天我已不再为那愚蠢透顶的行为感到羞愧了——相反，我现在非常理解当年那个无拘无束、感情混乱的少年，他是想要强行摆脱他那特殊的情感风险。

好像从一个极长的通道的终端，好像通过一架望远镜，我看到了我自己：那是一个精神涣散、完全绝望的少年，他上楼走进自己的房间，不知道该怎样打发他自己。他突然穿好上衣，变了一种步态，摆出极为坚定的神情，然后就猛然迈起强劲的步子走到街上去了。是的，这就是我，我认出了我，我知道那时的那个愚蠢、苦恼而又可怜的少年的每一个想法。我知道：我突然挺直了腰板，甚至还照着镜子，对自己说："我才不屑于理他呢！让他见鬼去吧！我干吗要为这个老傻瓜折磨我自己！她是对的：要高高兴兴地消遣一回！前进！"

真的，那时，我就这样走到大街上去了。这是为了解放我自己的一次冲击——然后就是奔跑，唯一的一次怯懦的逃离，同时意识到这种强烈的愉快压根儿不那么愉快，那个大冰块，那个坚硬的大冰块，仍然那样沉重地悬在我的心上。我还知道我当时走路的样子：手里紧握沉重的手杖，严厉地凝视着每个大学生；一个危险的念头在我心中蠢动，总想故意跟随便什么人挑起争端，把无处发泄的愤怒向路上遇到的第一个人发泄。好在没有人注意到我。于是，

66

我便转而奔向我的同班同学一向聚集的那个咖啡馆，想主动地坐到他们的桌旁，打算抓住最小的挖苦话当作我挑衅的导火线。但我好斗的准备又一次落空了——这一天风和日丽，大多数人都郊游去了，两三个同学坐在那里很客气地跟我打招呼，不给一点借口让我发泄狂怒。很快我便恼怒地站起来走了，这回是到郊区一个我忽然以为不那么低俗的酒馆去，那里有女子小乐队在演奏闹哄哄的音乐，那些寻欢作乐、游手好闲的小市民成堆地挤在啤酒和烟雾之间。我急匆匆饮下两三杯啤酒，邀请一个声名狼藉的娘儿们和她的女友，同一个满脸脂粉、骨瘦如柴的“半上流社会”的女人，到我的桌边来，而引起人们对我的注意，正是我病态的欢乐。小城里的每个人都认识我，每个人都知道我是那个教授的学生；那些人则因服装怪异和举止非凡而显出他们不同的身份——我就这样享受着这种无聊的自欺欺人的乐趣，以此败坏我自己和他的名声（我愚蠢地以为如此）；我想让他们看看，我并不把他放在眼里，我并不关心他——而且我当着众人的面以最不得体、最不知羞耻的方式向那个胸脯丰满的娘儿们献媚。那是一种对愤怒的恶行的陶醉，不久也就真的醉了；我们胡乱地狂饮起来，葡萄酒、烧酒和啤酒，什么都喝，我们放荡地推推搡搡、搂搂抱抱，弄得椅子倒地，邻座小心地移位。但我并不感到羞愧；相反，他应该知道，我这个傻瓜发怒了，他应该看到，他在我眼里是无足轻重的，啊，我不悲伤，我没有受辱——相反，“拿酒来，酒！”我用拳头把桌子敲得哐哐乱响，酒杯直颤。最后，我拉着两个女人，一个挎在右胳膊上，一个挎在左胳膊上，横穿过主干街道，在这惯常的节日彩车经过的九点钟，大学生、少女、市民和军人都在那里悠闲地漫步，活像摇摇摆摆、肮脏透顶的三叶草，我们在快车道上随意高声喧嚷着走了过来，最后惹得一个巡警气哼哼地来到身边，严厉命令我们安静。后来发生了什么事，我就不能准确地描述了。一团蓝色的酒精烟雾使我的记忆变模糊了，我只知道，我开始讨厌那两个烂醉如泥的娘儿们，我再也不能控制自己了，我便给了点钱打发她们走了。我又到一个地方去喝了咖啡和白兰地。为了使跑过来的年轻人高兴，我在大学生的主楼前做了一次抨击教授的演说。然后，出于抑郁的直觉，我还想更多地玷污自己的名声——这是从混乱、强烈的愤怒中产生的一个荒唐想法——想再侮辱他一次，于是我想走进一家妓院，但我没有找到路，最后我气恼地踉踉跄跄地回家了。为开大门把我不听使唤的手累得生疼，我费了九牛二虎之力才爬上头几个台阶。

但随后到了他的门口，我的头好像突然浸在冰冷的水里，我的整个沉沉的醉意全部消散了。突然清醒过来，我从我那张扭曲的脸上看见我在狂怒中昏昏沉沉干的蠢事，我羞愧得低下头去。为了不让人听见，我像一条被殴打过的狗悄悄地爬上楼，溜进我的房间。

我睡得像死人一样，我醒来时，阳光已经覆盖了地面，并且慢慢地升到床边，我猛然冲了出去。在疼痛的头脑里渐渐抽筋似的浮现对昨晚一切的回忆；但我把羞愧感压下去，我再也不想有羞怯感了。我故意说，这不过是他的罪过，如果说我如此放荡，那也只能是他的罪过。我抚慰自己，说昨天的一切只不过是一场真正的大学生的玩乐而已，对于一个周复一周地只知工作再工作的人是可以允许的；但我恐怕不能证明自己正确，我相当惊恐不安、畏葸不前地下楼到我老师的夫人那里去，心里想着我昨天答应过的郊游。

奇怪的是：我刚摸到门把手，他便又浮现在我的脑海里，随之而来的是那火烧火燎、抓心搔肝的痛苦，那令人气恼的绝望。我轻轻地敲门，他的夫人朝我走来，目光无比温柔："您都干了些什么蠢事，罗兰德？"她说，与其说是责备，毋宁说是同情，"您干吗这样折磨自己！"我惶恐地站在那里，可见她已经听说我干的那些傻事了。见我窘迫，她立刻鼓励我说："不过今天我们可要放理智些。十点钟，W 讲师和他的未婚妻来，然后我们乘车出去划船、游泳，忘掉所有的蠢事。"我壮着胆子十分小心地问了问教授回来没有。她注视着我，没有回答，我心里明白，这个问题是多余的。

准十点，那个讲师来了，他是一个年轻的物理学者，作为一个犹太人在大学教师的圈子里相当孤立，事实上他是剩下来唯一与我们这些离群索居者来往的人；他的未婚妻，也许称他的情人更恰当，陪着他，那是一个年轻姑娘，嘴上老是带着笑，天真而略显调皮，她正是我们这次临时组织的超越常轨活动的合适伙伴。我们先乘电车到邻近的一个小湖那里去，在车上我们吃啊，聊啊，说笑不停。艰苦严肃地工作了几个星期，我变得不会说笑了，这一小时像喝了一杯低度的有刺激性的葡萄酒，我有些微醉了。真的，他们幼稚可笑的纵情游乐是完全成功的，它把我的思想从黑色蜜汁不断涌流的蜂房里引了出来，这些思想平时一直围着这个蜂房嗡嗡地盘旋，当我刚刚走到户外，在跟那个年轻姑娘突发异想地赛跑时，我又感到自己肌肉的强劲，这样，我就变成从前的那个无忧无虑、活

69

蹦乱跳的小伙子了。

在湖边，我们租了两只划艇，老师的夫人驾驶我的这只小船，在另一只船上那位讲师和他的女友各据一个划船的位置。刚一离岸，体育竞赛的热情便控制了我们，人人都想超过对方；我当然处于劣势，因为那两个人已经划出去很远了，我不得不单独跟两个人对抗。我甩掉了外衣，我这个训练有素的划船运动员，身子一俯一仰那么用力地划着双桨，这样我就一再重重地击水划在我的邻船的前面。呐喊助威的、揶揄取笑的话语像冰雹般飘过来甩过去，一方朝另一方挑衅，都毫不在意火热的七月阳光的蒸烤，也毫不理会全身大汗淋漓，为了运动的快慰我们相互都像不戴枷锁的划桨囚徒一样努力干着苦役。终于接近目的地了，那是湖边的一个树木葱茏的半岛：我们划得更卖劲了，我的同伴也沉溺在这竞赛的游戏中了，她在一边欢呼着胜利，我们的船嘎嘎响着首先触到沙滩。我走下小船，全身发热，汗流浃背，陶醉于不同寻常的阳光，陶醉于沸腾的热血，陶醉于胜利的喜悦：我的心都要从胸口跳出来了，汗透的衣衫紧紧贴在我身上。讲师的情况也不比我好，我们非但没有受到称赞，两名顽强的斗士反而因为气喘吁吁的狼狈样子被两个自负的女人尽情地嘲笑了一番。最后她们倒是给了我们一段时间使身子凉快下来；我们一边开着玩笑，一边分成两组，构成临时的男女浴场——用灌木丛隔开的左右两边。我们很快穿上游泳衣，在灌木丛后发亮的衬衣和裸露的臂膀闪着光亮，我们正在作准备时，两个女人已经钻进水里舒适地拍击着湖水了。那位讲师不像我那样疲乏，现在是他一个人对抗她们俩，立刻跟着她们跳下去。我呢，因为划船划得太猛，感到心对着肋骨激烈地跳动，就先从容不迫地躺在阴凉里，舒舒服服地让云彩在我头顶飘过去，通过血液的滚滚流动愉快地体味那甜丝丝嗡嗡响的倦意。

没过几分钟，就从水面传来急促的喊声："罗兰德，快来！参加游泳比赛！有奖游泳！有奖潜水！"我没有动弹：我觉得我可以这样躺上一千年，从枝叶间透射进来的阳光微晒着皮肤，同时又有柔情拂面的清风送爽。但又飘过来一阵笑声，听到讲师说："他罢工了！我们把他彻底打垮了！您去把那个懒汉弄来吧。"于是，我果真听到近处的击水声了，现在离得很近的是她的声音："罗兰德，快来！参加游泳比赛！我们必须给他们点颜色看！"我没有回答，让人寻找，那才开心哪。"您究竟在哪儿？"鹅卵石已经在嚓嚓地响了，我听见光脚板在沙滩上走动，突然，她站在我面前，那湿淋淋的游泳衣紧紧地箍着孩子般细长的身躯。"您在这儿呀，嘿，多么懒！但现在，快来，懒家伙，别人现在已经快到对面的岛上了。"我舒舒服服地仰面躺着，懒洋洋地伸展着四肢说："在这儿要美多了。我随后就来。"

"他不愿意。"她拢起手笑着向湖对岸喊道。"让那个夸海口的人下水！"从远处传来讲师的声音作为回答。"您还是来吧，"她不耐烦地催促着，"您别让我出丑啊。"但我只是懒洋洋地打着哈欠。这时她半开玩笑半生气地折了一个灌木枝。"快来！"她果断地重复说，同时用小树条打了我胳膊一下催我快走。我猛地坐了起来：她打得太狠了，我的胳膊起了一道微红的条痕。"现在就真的不来了。"我说着，既是玩笑的口吻，又稍带愠色。但现在她倒真的生气了，她命令道："您来吧！马上！"见我顽固地动也不动，她又打了我一下，这回可打得我火辣辣的疼。我霍地愤怒地跳起来，去夺她手里的小树条；她向后退了一步，但我抓住了她的胳膊。为了争夺那根小树条，我俩半裸的身体不自觉地靠得极近。我抓住她的胳膊，扭动她的手腕，想迫使她放下细树条，这时，她向后躲避着使劲一弯腰，突然，发出撕裂的声音——她的游泳衣的腋下带扣被撕断了，左衣片从她赤裸的胸部上掉了下来，她那硬硬的红红的乳头露了出来，直刺我的眼帘。我下意识地朝那儿看了一眼，只有一刹那时间，但这已使我心慌意乱了：我颤抖着羞怯地放开她被攥住的手。她红着脸转过身去，拿一个发卡凑合着把被撕断的带扣夹在一起。我站在那里，不知说什么好。她也一声不吭。从这一刻起，在我们两人之间便出现了一种令人憋闷乃至窒息的不安。

"喂……喂……你们究竟在哪里？"在小岛前边传来这样的喊声。"哎，我来了！"我连忙回答，很高兴摆脱这新的慌乱，一跃跳进水里。几次潜水前冲，向前冲击的内心喜悦，感觉不到的湖水的清澈和凉意，强烈的明快的欢乐，这一切把我血液危险的嘶嘶流淌声冲刷得无影无踪。很快我就赶上了他们俩，向那个体质很差的讲师挑战，我要在比赛中战胜他。我们往回游到沙嘴，留下来的人在那里已经穿好衣服等待我们，准备从带来的小筐里取出食物露天野餐。我们四个人是那样欢畅地说了一通笑话，而我们俩却避免相互接话：我们说，我们笑，只是躲开对方。一旦我们的目光无意中相遇，它们就会在无言的同感中避开：那个意外身体相撞的难堪心境还没有平静下来，谁都会感到对方的回忆里隐藏着羞怯的不安。

下午伴随着再一次的划船活动很快过去了，但运动激情的冲动越来越让位于一种舒心的疲倦：葡萄酒浆、温暖的空气和晒在身上的阳光经过过滤渐渐地更深地渗入血液，使毛细血管全都涨得通红。讲师和他的女友毫无顾忌地做着亲昵的小动作，对这一切我们俩则不得不相当烦恼地忍受，他们越凑越近，我们则更加小心地保持距离；于是自然而然地形成这样的局面：那两个纵情欢乐的人在林中小径上甘愿落在后面，显然是为了更不受干扰地亲吻，而我们单独在一起时，总感觉拘谨，很难交谈。最后我们四个人都很满意地又合在一起，他们充满着对新婚之夜的预感，我们呢，也终于摆脱了那苦不堪言的处境。

讲师和他的女友一直把我们送到家门口。我们单独走上楼梯；刚刚进屋，我就又感觉到，环境令人痛苦地、极其迷惘地向我提醒他的存在。"他若是回来了，该多好！"我焦急地想。好像她从我的嘴唇上读到了我这无言的慨叹，她说："让我瞧一瞧他回来了没有。"

我们走了进去。住宅里静悄悄的。在他的房间里，一切都被遗弃在那里：我的激动的感情不自觉地描绘着他那坐在椅子里的抑郁悲观的形象。但稿纸一动不动地放在那里，像我本人那样在等待着。这时，气愤又来了：他为什么逃走呢？他为什么把我一个人留在这儿呢？嫉妒的愤怒越来越强烈地上升到我的喉咙口，我心中又模模糊糊地波动着那种对他发狠和报复的欲望。

夫人跟在我身后。"您留在这儿吃晚饭吧？您今天不要一个人待着。"她怎么会知道我害怕空荡荡的房间，害怕楼梯的吱嘎声，害怕苦苦思索回忆呢：她总能猜到我心中的一切，我的每一个没说出口的思想，我的每一个邪恶欲念。

一种莫名的恐惧向我袭来，我害怕起我自己和我内心中那七上八下的仇恨来了，我想拒绝她。但我很怯懦，没敢说"不"。

我向来憎恶通奸，倒不是为了维护一种固执己见的伦理道德，不是由于假正经的贞洁观念，更不是因为它意味着暗中偷窃，占有别人的肉体，而是因为每个女人在这种时候总要泄露她丈夫最隐秘的东西——每一个女人都是一个大利拉①，她把受蒙骗的男人完全合乎人情的最深的秘密偷去，抛给一个陌生的人，不管是他的力气还是他虚弱的秘密。不是因为女人的献身在我看来是背叛，而是因为她们为了证明自己正确，几乎总是从丈夫的羞耻处揭去遮羞布，把那个恍若睡梦中的蒙在鼓里的人展览出来，以引起异样的好奇和作为嘲讽的笑料。

不是因为我那时被盲目愤怒的绝望搅得不知所措，开始只是同情地、然后才是温情地拥抱他的妻子，以寻求保护——一种感情无比迅速地滑向另一种感情——就是在今天我也没感到这是我的生活的最卑鄙的低级趣味（因为这事的发生不是受意志支配的，我们俩都是不知不觉地跳进这灼人的深渊），而是因为我让她在温暖的枕头上给我讲述他的那些亲昵温存的行为，我允许这个被激怒的女人泄露她的婚姻的最大秘密。为什么我忍耐着，没有把她推开，反倒

---

① 出卖情人参孙的女子。

让她告诉我，多年来他就不接触她的身体，而且容忍她不停地作隐约的暗示；为什么我不强令她不要讲他的性生活的秘密呢？我心急如焚地想知道他的秘密，我渴望知道他对我、对她、对所有的人的过错，以至于我迷迷糊糊地接受了她遭冷落的愤怒的表白——那简直跟我自己遭拒斥的感觉一模一样！所以我们俩才会出于混乱的共同仇恨干出某种如同爱情的举动来：在我们的身体相互寻找并紧紧结合在一起时，我们想着他，我们一再谈他，只谈他。有时她的话刺伤了我，我也感到害臊，因为我被卷入了我所厌恶的事情里。但我下边的身体不服从我的意志，它疯狂地寻求自己的欢乐。我战战兢兢地亲吻着那背叛我最敬爱的人的嘴唇。

第二天早上，由于厌恶和羞耻，我的舌头都有些发苦，我悄悄上楼溜进我的房间。在她身体的温热不再使我销魂荡魄的这一分钟内，我感觉到这鲜明的现实和我的背叛的可憎。我立刻就知道，我绝不能再出现在他面前了，再也不能握他的手了：我偷的不是他的，而是我自己的最美好的东西。

现在只有一个解救办法：逃走。我情绪亢奋地把我所有的东西都装进了箱子，摞起我的书，向我的女房东付了房租：不能让他再找到我，我也应该消失，毫无理由地极端秘密地消失，完全像他在我面前消失一样。

但我正在整理东西的时候，我的手突然僵直不动了。我听到了木楼梯吱吱嘎嘎的声响，听到了匆匆地上楼的脚步声——是他的脚步声。

我的脸色一定变得死一样的惨白。刚一进门，他便大吃一惊。

"你怎么了，孩子？你生病了吗？"

我向后退缩。当他要走近我，想要关切地抓住我的手时，我躲开了他。

"你怎么了？"他惊恐地问，"你出了什么事？或者……或者……你还生我的气吗？"

我猛地奔向窗口。我不能看他。他那温和的同情的声音好像在我心中撕开一个伤口：接近于昏迷过去，我感觉到有一股热流在我心里流动，非常热，炽烈的热，像烧焦了似的热，那是羞耻的浇铸。

他也惊奇慌乱地站在那里。突然——他的声音变得很小，怯生生的——他低声提出一个奇怪的问题："对你……有谁对你讲了我的什么事吗？"

我做了一个否定的动作，连身子也没向他转过去。但好像有一种胆怯的思想控制了他，他执拗地重复说：

"告诉我……坦率地告诉我……有谁讲了我一些什么……随便哪个人，我不问究竟是谁。"

我再次否定。他不知所措地站在那里。但他突然好像发现我的箱子装起来了，我的书堆到了一起，他的到来打断了我旅行的最后准备。他心情激动地走近说："你想走，罗兰德，我看出来了……把实情告诉我。"

这时，我已振作起来。"我必须走……请您原谅我……但实情我不能说……我会写信告诉您的。"从被夹紧的喉咙里我再也挤不出话来了，每说一句话我的心就怦怦跳一阵子。

他怔怔地站着。接着，他又突然显出那种疲倦的神态。"这样也许更好些，罗兰德，是的，当然，这样更好……对你，对大家。但在你走之前，我还想跟你谈谈。七点钟，在往常的钟点，你来吧……然后我们告别，男人跟男人……只是不要逃避自己，不要写信……那太幼稚，跟我们不相称……我想跟你说的一切，一个字我也不想写……那么你来，不是吗？"

我只点了点头。我的目光一直都不敢离开窗口。但在明亮的晨曦中，我却什么也看不见，一层浓厚黑暗的烟雾遮在我和世界之间。

七时整，我最后一次走进那可爱的房间：早来的暮色透过门帘，可以隐约地看见那些大理石雕像的溜光水滑的石头从深处闪着光辉，所有的书都黑压压地躺在珍珠母闪光玻璃的后面。在我记忆的秘密所在，我感到那话语也变得富有魔力了，我在什么地方也没有经历过这样的精神上的陶醉与狂喜——在这告别的时刻，当那形象慢慢地、慢慢地离开软椅的靠背，影子一样迎面向我走来时，我一直看着你，一直看着你这可尊敬的形象：只有前额像一盏雪花石膏制的灯一样在黑暗中闪着灿烂的光芒，在那上面有一股飘动的云烟，那是老人的白发在起伏波动。现在，他从下面吃力地抬起一只手，想要寻找我的手，这时我才看清他的眼睛正对着我看，于是我感到我的臂膀被他轻轻按住，他让我坐在一把椅子上。

"你坐下，罗兰德，让我们把话说清楚。我们是男人，必须真诚相见。我不强求你——但在最后的时刻，把我们之间的一切都说清楚，岂不更好？说吧，你为什么想离开？是因为每一次无意义的伤害，你生我的气吗？"

我打了一个手势表示否定。我惊异地想：他，这个被欺骗者，这个被出卖者，怎么还想自己承担罪过！

"过去我有意无意地伤害了你，是不是？我有时很古怪，这我知道，不过我激怒你、折磨你，是违背我的本意的。对于你的一切关怀我没表示应有的谢意——这我也知道，我知道，我始终都很明白，即使在我使你难过的那几分钟里。是这个原因吗？告诉我，罗兰德！因为我希望我们能体面地分手。"

我又摇了摇头：我不能说呀，他的声音本来是很坚定的，现在却略微有些慌乱了。

"要么就是……我再问一遍……是不是有人偷偷地向你说了关于我的什么事了？说了你认为粗俗的、讨厌的事，让你瞧不起我的事？"

"不！不！……没有！"像一声抽泣，我脱口提出抗议：我岂能鄙视他！我岂能瞧不起他！

这时，他的声音变得急躁起来。"那又是怎么回事呢？……那究竟可能是怎么回事呢……你觉得工作太累吗？……要么是什么把你吸引住了？……一个女人……是一个女人吗？"

我没吭声。这次沉默是那样的不同，乃至他感到一种肯定。他弯腰凑近我，把声音放低，但一点也不激动，不激动也不生气地小声说：

"是一个女人吧？……是我的女人？"

我仍然一声没吭。他明白了。我全身发抖：现在，现在，现在他可能要说话了，要攻击我，痛打我，惩罚我了……于是……我几乎渴望他鞭挞我，我这个窃贼、叛徒，渴望他像对待一条癞皮狗一样把我从他被践踏的家里打出去。但是很奇怪……他十分安静……他好像卸下一副重担似的，若有所思地喃喃自语道："这我本来早该想到的。"他在房间里来回走了两趟。然后他在我面前站住，我觉得他有些轻蔑地说：

"这个……你认为这很严重吗？难道她没对你说过她是自由的，她想干什么就干什么，一切都随她的便，我无权干涉她？……无权禁止她做任何事，也不能把最小的喜好强加给她……讨谁喜欢，特别是对你，她何必控制自己呢？……你年轻，你聪明，你漂亮……你跟我们这么近……她怎么能不爱你呢……我……"突然他的声音颤抖起来。他很近地弯着腰，近得连他的呼吸我都能感觉到了。我又感觉到他目光温暖的包围，又感觉那奇异的光，正如在他和我之间的那些罕见的奇异时刻里。他越来越近地靠近我。

然后，他轻声地，几乎嘴唇不动地说："我——我爱你呀。"

我冒火了吗？这话无形中使我恐惧了吗？但我肯定做了一个什么惊异和逃走的动作，因为他像一个被顶撞回去的人一样跟跟跄跄地远离我。阴影昏暗地罩在他的脸上。"你现在鄙视我吗？"他声音极低地问，"你现在觉得我讨厌吗？"

当时我为什么找不出话说呢？为什么我只是默默地坐在那里，又窘迫又麻木，而没有向这位可爱的人走去，解除他内心的忧虑呢？但一切往事的回忆在心中像波涛一样汹涌澎湃；好像有一个密码突然解开了所有那些不可捉摸的语言，现在无比清楚地明白了一切，明白了他心怀温情的到来，他粗暴无礼的辩解，我心情激动地明白了那次深夜来访和在我激情突发时他的毅然离去。爱，我永远都在他身上感受到爱，那温情的羞怯的爱，时而很随便，时而又很拘谨，我喜欢这爱，我在每一束飞快向我投来的感情之光中享受这爱——但是，爱这个字眼现在出自一个胡子拉碴的老人之口，听起来还充满欲望和柔情，委实叫我感到悚惧，太阳穴都同时麻得要命。尽管我对他百般恭顺而又十分同情，我这个心慌意乱、瑟瑟发抖的、遭到突然袭击的孩子，对他出其不意地向我表露出的激情，还是找不到一句话来回答。

他像被摧毁了似的坐在那里，直勾勾地望着我的沉默。"你觉得这么难以忍受，这么令人恐惧，"他喃喃地说，"你也……你也不原谅我，对你我也要把嘴闭紧，逼得我几乎闷死……我躲起来不让你发现，但我不能在任何人面前都躲藏……不过现在你知道这一点更好，现在不要再让我闷得喘不上气来了……因为这对我已经太过分了……哦，太过分了……来一个结束比这样沉默和故意隐瞒要好得多……"

仿佛充满了悲伤，充满了温情和羞涩，那微微颤抖的声调一直钻入我的心底。我感到害羞，我是这样冷漠，这样像冻得失去知觉似的在这个人面前保持沉默，我从这个人这里得到的比从任何其他人那里得到的还要多，而他却这样无谓地贬低自己。我的灵魂在燃烧，我的心急于对他说一点安慰的话，但嘴唇，我这发抖的嘴唇，却不听话。我那样尴尬，那样悲伤地蜷缩着身子坐在那里，在椅子上左摇右晃。他几乎是很不情愿地鼓励着我："你不要光这样坐着，罗兰德，不要这样可怕地沉默地坐着……你要镇静……你觉得这真的那么可怕吗？你为我特别感到羞耻吗？现在，一切都过去了，一切我都对你讲了……至少让我们很有礼貌地分别吧，像两个男人，符合两个朋友的礼节。"

但我还是一直不能控制自己。他碰了一下我的胳膊："来，罗兰德，到我这儿来坐！……自从你知道了这一切，自从我们之间的一切都明朗化以来，我觉得轻松多了……起先，我一直担心你知道我是多么爱你……后来，我又希望你自己能感觉到这一点，只是为了省得由我来挑明……现在已经挑明了，现在我自由了……现在我可以跟你说了，我跟别的什么人也不能说啊。因为在这些年里你跟我比任何人都亲近……我只爱过你一个人，孩子，没有一个人像你这样唤醒我生命最后的一点精神。所以，你在离去时也应该比别人更多地知道我，甚至在那些我们共同撰稿的钟点里我都清楚地感到你要问，你默默地想问……唯有你应该了解我的全部生活。我现在讲给你听，你愿意吗？"

从我的目光里，从我的慌乱而震惊的目光里，他看到了我肯定的回答。

"那就走近些，到我这儿来……这些事我不能大声说。"我哈下腰——应该说这是很虔诚的样子。但我刚刚坐在他对面等待倾听，他又站了起来。"不，这样不行……你不可以同时看着我……否则……否则我就说不出来了。"他一下子把灯熄了。

黑暗罩住了我们。我感觉到他很近，这是我从他的呼吸感觉到的，在看不见的所在，他的呼吸很沉重，他的喉咙里好像呼噜噜作响。突然，在我们中间有一个声音升了起来，向我讲述他的一生。

　　那天晚上，这位可敬的人，像启开一个坚硬的贝壳一样，向我展现了他的命运。从四十年前的那个夜晚起，我一直觉得，我们的作家和诗人在书里作为不寻常的东西描述的一切，舞台上的戏剧作为悲剧所演出的一切，都是儿戏，都无足轻重。在生活的上面被照亮的光圈里，感官在公开而有规则地嬉戏，同时在下面的拱顶地窖里，在心灵的岩洞底层和阴沟里，真实而危险的激情猛兽像闪着磷光似的四处游动，千姿百态地交媾和撕咬——他们永远只描绘这生活上面的光圈，这是不是懒散、怯懦，过于目光短浅？是这气息，这疯狂情欲的热乎乎的、消耗体力的气息，这灼热血液的气味把他们吓呆了吗？他们怕不怕在人类的疮疖上把一双过于细嫩的手弄脏？抑或他们的眼睛已习惯于暗淡的光，不能在底层发现这些黏腻的、危险的、腐烂得直掉渣的阶梯？然而知情者的喜悦和隐蔽者的喜悦毫无相同之处，没有任何恐惧比得上遇到危险时的不寒而栗，没有哪种痛苦比不能摆脱羞耻更痛心疾首。

　　在这里，一个人毫无保留地向我敞开了心扉，在这里，一个人撕开最内在的心胸，热切地准备把那颗被击碎、被毒害、被烧焦、化了脓的心掏出来。一种野蛮的性欲在这年复一年被压抑的自供中像自鞭教徒那样任意折磨着他。只有一生都羞惭、屈从、遮遮掩掩的人会如此忘形地对自己作无情的剖白。一个人在这里一段段地从心里把他的生活吐露出来，而此时此刻我这个孩子第一次看到了尘世感情难以想象的深奥。

起先，他的声音只是无形地在屋子里震响，如感情激动的浑浊的浓烟、秘密事件的信心不足的暗示，然而一个人恰恰是在拼命控制激情时才能感觉到激情到来的威力，正如在急速的节奏到来之前那种刻意放慢的节拍中预感到神经中的激奋。随后，图像开始闪动，这些景象被内心激情的风暴撕扯着颤巍巍地升起，渐渐地明朗起来。我先是看见一个男孩，一个羞涩的畏首畏尾的男孩，他不敢跟同学说话，但他却在一种混乱的身体本能的欲求驱使下，对学校里最漂亮的男孩产生了爱恋之情。在他过分温存地表示亲近时，那孩子愤怒地往后一推，把他赶走了，第二个孩子则用露骨的难听话嘲笑他，更糟的是，他们俩把这不正当的欲望当作耻辱告诉了别人。于是，出于嘲弄和鄙视，全体同学一致决定把他这个感情迷乱的孩子驱逐出他们快乐的团体，像对待一个麻风病患者一样。上学的路于是成了他每天苦难的行程。由于自我鄙视，这个过早被打上标记的孩子夜夜不得安宁：这个被排斥的孩子认为他的荒谬的但最初只在梦中暴露真相的欲望是一种荒唐的妄想和肮脏的罪恶。

那讲述的声音不安宁地起伏波动：有那么一瞬间，那声音好像消逝在黑暗中了。但它又在一声叹息中升上来，此刻，从弥漫的烟雾中闪现出新的图像，影影绰绰，像幽灵一样。这个男孩成了柏林的大学生，这个隐晦的城市使他长时间克制的嗜好得到了满足，但在昏暗的街角、在火车站和大桥的阴暗处的这些幽会，因厌恶变得多么肮脏，被恐惧毒化得多么厉害，在震颤的欢快中显得多么可怜，由于存在危险又多么可怕，这些幽会大多以卑鄙无耻的敲诈勒索结束，而每一次幽会后几星期之久都一直留着一个令人不寒而栗的黏腻腻的蜗牛痕迹！这是黑暗与光明之间的地狱之路：白天工作时，他作为研究人员因受到脑力劳动纯正因素的影响而得到净化，夜晚他的嗜好则一再把他推到城郊的垃圾堆里去，使他加入那些可疑的、一见巡警的尖盔便急忙逃窜的青年人的行列，走进阴暗的啤酒馆，那不信任的门只向某种微笑的面孔开启。他必须保持坚强的意志，小心地掩藏日常生活的这种双重性，对陌生的目光掩盖这美杜莎式的秘密。白天无可挑剔地保持着一个讲师的尊严，以便夜间到底层世界去游荡，在那里不为人知地躲在昏黄街灯的阴影里羞羞答答地干那种见不得人的冒险勾当。这个备受折磨的人一再绷紧神经，用自我克制的皮鞭把脱离常规的热情赶回围栏里去；而内心的冲动又一再把他拉到黑暗危险的境地。为对抗那不可医治的嗜好无形而强大吸引力进行的十年、十二年、十五年的殊死搏斗，像一次痉挛的发作，转眼就过去了。没有快感的享乐，透不过气来的羞臊，渐渐地，那含羞地藏在内心的昏暗目光对自己的激情也产生了恐惧。

后来，在他三十岁以后，终于吃力地试图把这辆马车拉到正道上来。在一个亲戚那里，他认识了后来的妻子，一个年轻的少女，她糊里糊涂地被他性格上的神秘莫测所吸引，对他表露了真诚的爱慕。她那孩子般的身躯和年轻的狂热举止，第一次短暂地使他的热情受到诱惑。短时的相爱消除了对女人的抵触情绪，他第一次被战胜了，他希望这次正当的关系能使他控制住误入歧途的嗜好。他迫不及待地要紧紧锁住自己，紧紧抓住他头一次找到的对抗这种内心危机的支撑物，于是他——在坦白了过去的行为之后——很快就娶了这个少女。这时，他以为回到那可怕境地的归路已被堵死。很短的几星期里他生活得无忧无虑；但新的刺激很快就失灵了，那天然的要求显出它的顽固和无比强大。从此刻开始，那个大失所望的女人只被当作摆设，用来掩饰他在社会上累犯的嗜好。他又冒着莫大的危险，沿着法律和社会的边缘，走进危险重重的黑暗。

而在内心的混乱方面又增添了特殊的烦恼：他选的职位使他的嗜好遭到诅咒。跟年轻人经常交往成了这位讲师和很快被任命为教授的人职业上的义务，新的风华正茂的青年一再把那种诱惑带到他身边，好像那都是普鲁士僵化世界内部一个个看不见的古希腊竞技场上的少年。这真是新的灾难！新的风气败坏！所有的人都热烈地爱他，却看不出他在教育者面具下的性爱的面目；当他的手（那暗中发抖的手）亲切地触摸他们时，他们都无比愉快，他们把自己的热情滥用在一个不得不经常对他们控制感情冲动的人身上。这是坦塔罗斯的磨难：他要冷酷地对待蜂拥而至的热情，又要与自己的弱点进行永无休止的斗争！每当他感觉到几乎要屈服于一种诱惑时，就突然采取逃跑的策略。这就是他那些使我感到迷乱的闪电般消失和归来的越轨行为：我现在看到了这条逃避自我的可怕的路，这是一条逃进陋巷和深渊的恐怖之路。后来，他总是到一个大城市里去，在那里的偏僻地方找到知己，那都是社会底层的人，他会见的对象是淫乱的青年，代替了为神圣事业献身的青年，但他需要这种讨厌的人，这种烂泥潭，这种使人反感的事，这种失望的毒汁，以便随后回到家中在成群可信赖的大学生圈子里又能坚定地抵御自己本能的欲求。哦，那是一些什么样的相会呀——他发誓向我供认的，那是一些什么样的幽灵般的散发着恶臭的人间形象啊！这个才智出众的人，这个天生就离不开形象美的人，这位一切感情的真正的大师，他一定是在那些只准知情者进入的烟雾缭绕的下等小酒馆里遇到了那些人间末日的屈辱：他了解那些涂脂抹粉、游荡街头的少年的无理要求，那些散发香水气味的理发师助手甜言蜜语的亲昵，那些身穿女人衣裙的异装癖激动的咯咯笑声，那些无所事事的戏子对金钱的疯狂贪欲，嚼着烟草的海员粗鲁的温柔——他了解所有这些扭曲的、惊恐的、颠倒的和离奇的行为，人们可以在城市最底层的这些行为中寻觅和认出那迷途的性。所有的贬损，所有的凌辱和残暴他都在这些黏腻的路途上碰到过：他多次被偷得精光（他太软弱，太高贵，不能跟一个马车夫扭打），没有表，没有大衣，又在回家的路上被那个城郊下等小酒馆里喝醉酒的伙计嘲笑了一番。一伙勒索钱财的人紧紧地跟上了他，其中的一个人经过数月之久对他步步紧逼，一直跟踪到大学里，放肆地坐在听课生的头一排座位上，然后面带下流的微笑抬头盯视这位全城知名的教授，教授见他神秘地眨着眼睛，便哆哆嗦嗦地使足最后一点气力勉强结束了讲座。有一次——我的心差点儿没停止跳动，因为他连这件事也跟我说了——半夜在柏林的一家声名狼藉的酒吧里他跟一个团伙被警察一网打尽；一个肥胖的红脸颊的警官面带下级官员那种趾高气扬的嘲弄微笑，自以为高出知识分子一头，把这个全身颤抖的人的名字和身份记了下来，最终对他大发慈悲，这一次他被无罪释放了，但从此他的名字却留在了某种人的名单里。正如一个人长时间坐在有劣等烧酒的房间里，最后衣服上附着的酒味都能嗅得出，想必在这个独特的小城里也不知从哪里开始渐渐窃窃私语地传开有关他的闲话，因为完全像从前在中学班级里一样，现在同事圈子里对他冷言冷语的情况越来越明显，直至最后那间异样的透明玻璃房把这个永远的孤独者与所有人隔离开来。在他完全隐居、绝对闭锁的房子里，他仍然感到有人窥探他，把他识破。

这颗受尽折磨的吓怕了的心从来也没有感到过来自真正朋友的、来自思想高尚者的怜悯，也没有感受过男性强烈温柔的庄严回报：他不得不总把他的感情分成上层和下层，分给大学里那些有文化教养的年轻同伴和亲切友好的交往，分给黑暗中争取来而在清晨又使他震颤的伙伴。这个衰老的人从未受到过纯真的爱慕，从未体验过一个青年深情的爱慕；况且，这个听天由命的人已经精力耗尽、心灰意懒，每根神经都在布满荆棘的苦难生活中受过刺伤，觉得自己已快入土——这时，一个年轻人又一次闯进他的生活。他热情地向这衰老的人走来，用言语和行动，无私地向他献出一切。他对这个不知不觉被征服的人抱着满腔的热情。老人惊愕地面对这早已不再期望的奇迹，觉得自己不配接受这份如此纯洁、如此无意识地奉献出的礼物。就这样又来了一个青春的使者，这青年形象美丽，感情奔放，对他怀有炽烈的热情，通过一条心心相通的纽带同他相连，渴望博得他的好感，却一点也没有感到这种好感的危险。这青年在无知的心灵里燃烧着性爱的火焰，大胆而一无所知，像那个傻瓜帕西法尔①一样：当时帕西法尔弯下腰，凑近国王中毒的伤口，他并不会施展魔法，仅仅他的到来就是治疗的良方——这是他一生长久企盼的人，不过太晚了，此人在暮色降临的最后时刻才走进这所房子。

随着这个被描绘的形象，他的声音又从黑暗里升上来。好像有一束光净化了这声音，一种发自内心、引起共鸣的温情使它有了音乐感，因为这个能言善辩的人正在谈论那个年轻人，那个迟来的恋人。我怀着激动而又有同感的愉快心情全身颤抖，但突然间——像有一个锤子锤在我的心上。因为我的老师说的这个热情的年轻人，这正是……这正是……羞色浮现在我的两颊……这正是我本人啊：我好像在火热的镜子里看见自己浮现出来，被笼罩在一道意想不到的爱的光辉里，它的反光还在烘烤着我。是的，这是我——我越来越清楚地看见了我，看清我那激奋的情状，那狂热的想接近他的愿望，那不满足于精神的贪婪的心醉神迷状态，看清我这个愚蠢、粗野的孩子，对自己的力量一无所知却又一次在这位被封锁者的心中激发创造者的不断膨胀的种子，再一次点燃他灵魂中无力地倒下的性爱的火炬。我现在惊异地认识到，我这个羞怯的孩子对他有什么意义，他把我的过于兴奋的激情当作他晚年的最神圣的赠品来热爱——我同时十分震惊地认识到，在我面前，他的意志力是多么坚强：因为他最不想看到我这个纯洁的恋人在被嘲弄、被顶撞和受辱时的全身震颤，不想使耽于享乐的感官得到这愤慨命运的最后恩

① 中世纪传说中的骑士，因憨厚、纯真被称为"纯洁的傻瓜"。

赐。因此他才激烈地抗拒我高度的热情，用猛然浇在头上的冷冰冰的嘲讽把我不断高涨的感情吓走，把亲切温柔的言词变成尖刻生硬的冷言冷语，控制那温情地攥着的手——仅只为了我的缘故他才强迫自己做出一切使我清醒而使他得到保护的粗暴举动，这一切搅得我好几星期都心神不宁。那一夜他受感情的控制像梦游者似的爬上吱嘎作响的楼梯，用那句伤人的话挽救他自己，挽救我们的友谊，对那一夜无端的混乱我现在也觉得惊人地清楚了。我战栗，我感动，像发烧一样激动，溶化在同情里，我明白了他为我忍受了多少痛苦，他为我多么果敢地控制着自己。

这黑暗里的声音，这黑暗里的声音，我多么真切地感觉到它一直渗入我的心底！这声音里有一种语调是我以前从未听到过的，从前没听见过，以后也不会听见——那是一种发自内心深处的，常人绝不会有的语调。一个人一生中只能这样对一个人说一次，为的是今后永远沉默，就像神话里的那只天鹅，它只在临死前才用沙哑的声音高唱一次。我战栗地、痛苦地把这热乎乎冲来的、无限恳切的声音纳入我的内心，好像一个女人接受男人一样……

突然，这声音沉寂了，现在在我们之间只有黑暗。我知道他就在近处。我只好举起一只手，让这伸出去的手去触摸他。我心急火燎地想要安慰这个受煎熬的人。

这时，他动了一下，灯一闪，亮了。一个身影显得很疲倦，很苍老，很痛苦，从软椅里站起来——一位年老的、筋疲力竭的人慢悠悠地向我走来。"再见，罗兰德……现在我们都不要再说什么了！你来了，这很好……你走，这对我们两个人都很好……再见……那就让我在告别时吻吻你吧!"

像被魔力牵引一般,我摇摇晃晃地向他走去。那平时像被弥漫烟气遮没的微燃的光,现在毫无阻挡地在他的眼睛里闪现:灼热的火苗从那双眼睛里向上升腾。他把我拉近,他的嘴唇如饥似渴地压住我的嘴唇,他强有力地,颤抖地抽搐着,把我的身体紧紧搂在他的怀里。

那是我从女人那里从未经历过的一个吻,一个像临死前的叫喊那样野蛮和绝望的吻。他身体那颤抖的抽搐传到了我身上。我由于被一种异样的可怕的感觉抓得死死的,全身都在发抖——我一心一意地做了奉献,但在心里却因怀着对男性身体接触的反感而万分惊恐——这是激情的极端迷乱,一瞬间的压抑发展成我长久的心醉神迷。

这时,他放开了我——那猛的一动就像一个身体被猛力拉开了一样——他吃力地转过身去,一下子坐在软椅里,背对着我:他呆呆地靠在那里,直勾勾地朝前望了几分钟。但是,他的头渐渐地变得沉重起来,他先是疲倦而虚弱地低下去,然后就像一个过重的东西,一个长时间摇摆的东西,突然往下坠,咕咚一声,朝下的前额重重地跌落在写字台上。

我感到一种无限的同情。我不由自主地走近他。但是,那前倾的背突然抽搐起来,从被夹紧的双手的缝隙里发出沙哑的沉闷的呻吟,他威胁地拉着长声说:"去……去!不要——不要走近我!……看在上帝的分上……为了我们两个人……现在就走……走吧!"

我明白了。我吓得直往后退：我像一个逃犯似的离开了这可爱的房间。

此后我再也没有看见过他。没有收到一封信，也没得到一点儿消息。他的著作没有出版，他的名字已被人遗忘；关于他，谁也没有我知道得多。但即使在今天，我还觉得，我仍像那个无知的少年；如今我上有父母，下有妻子儿女，但我不再感激任何人，也不再去爱任何人了。

（关惠文　译）

孪生姐妹

　　在南方国家的一座城市——我不愿说出它的名字——某处拐出小巷时，一幢式样古老的巍峨建筑猝然出现，使我惊讶不已。那是两座并排屹立、气势雄伟的塔楼，形状大小竟是一模一样，在朦胧的暮色中就像彼此是对方的影子。这既不是教堂，似乎也不像那早已忘怀的年代里建筑的宫殿；倒是有一点修道院的气派，可从宽阔厚实的壁墙来看，又像是一座世俗建筑。总之，很难确定到底是属于哪一类。这时，一位两颊红润的市民正在小咖啡馆的露台上喝着一杯蒿草色的葡萄酒，于是我彬彬有礼地脱下帽子，向他打听这座鹤立鸡群的高大建筑的名字。神态安详闲适的人好奇地抬头望了我一眼，一边津津有味地品尝着酒，一边慢慢地微笑着这样答话："我不能告诉您完全可靠的说法。在城市地图上，这座建筑可能会有另一个名字，不过我们总还是沿用古老的说法，把它叫作姐妹楼。或许是因为这两座并排的塔楼竟是如此相似，或许是因为……"他停住了话头，慎重地收敛起笑容，好像是要看看自己是否已经激起了我的好奇心。当然，欲言又止的回答总是使人焦急地等待着全部答案——我们就这样进入了交谈。我愉快地听从他的要求，也点了一杯这种微酸的金黄色的葡萄酒。这时，在我们面前，两座塔楼的尖顶正在渐渐明亮的月光中梦幻般地闪耀着。葡萄酒很可口，质地也好。就在这个和风温煦的夜晚，他向我讲述了关于一对既酷似又迥异的孪生姐妹的小小传说。我在这里尽可能忠实地把它复述出来，尽管对于这个传说的历史真实性，我自己也很难担保。

故事发生在狄奥多西①国王的军队在当时的阿基坦②首都驻扎冬营的时候，由于过度的养息，那些一度疲惫不堪的战马固然重新变得体壮膘肥，身上的皮毛也光滑得像绸缎一般，然而士兵们却感到百无聊赖。就在这时，骑士首领——一个名叫海利龙特的伦巴底人——热恋上了一位美貌的小杂货铺女店主，她在城里低洼区的一个阴冷潮湿的角落里出售调味香料和蜂蜜面包。热切的情欲把这位骑士首领完全征服了，他不顾她的微贱出身，匆匆忙忙与她结婚，就是为了尽快地跟她同床共衾。他带着她一起搬进了一幢坐落在市集广场旁的王公贵族的宅邸。他们在那里住了许多个星期，没有任何人搅扰。他们彼此迷恋陶醉，忘却了世人，忘却了时间，忘却了国王和战争；他们完全沉溺于爱情，每天夜里都是互相搂抱着迷迷糊糊地入睡。可是时间并没有入睡，暖风一下子从南方吹来，热烘

---

① 狄奥多西（约346—395），古罗马皇帝（379—395）。
② 古罗马时代高卢境内领地，位于今法国。

烘的暖风足迹所至,江河冰雪消融,草地上番红花和紫罗兰含苞欲放,色彩斑斓。一夜之间,万木吐翠;在冻僵的树枝上,从湿润的树节间,绽出绿色的嫩芽。春天从冒着热气的大地上苏醒,可是随着春天的到来,战争也重新开始了。一天清早,大门上的铜环被急促地敲得砰砰直响,敲醒了这对正在梦乡中的情人:国王的一位使者来命令骑士首领整装出征。战鼓催醒了各个营帐;风在晴空中把旗帜吹得猎猎作响;配上了马鞍的战马顷刻在市集广场上发出橐橐的马蹄声。海利龙特迅速地从夫人柔软的缠抱中脱身出来,因为他的爱情还没有如此灼热,而功名心和男子对于戎马疆场的志趣在他内心燃烧得更炽烈。他对她的眼泪无动于衷,并且严词拒绝了她要伴随他的愿望。他把妻子留在宽敞的住宅里,自己带着一大队人马出征到毛里塔尼亚去了。他在七次战斗中很快击溃了敌人,一鼓作气地扫平了萨拉森人强占的城堡,摧毁了他们的城池,并且乘胜追击,一直打到海边。他不得不在大海边上雇一些帆船,同战船一起把战利品送回家乡。所有的船只都装载得满满登登。从来没有一次胜利来得如此之快,也从来没有一次出征能这样闪电般地完成使命。毫不奇怪,国王为了感谢这位勇敢的功臣,便把所夺得的领土的南北边陲以极少的佃金转让给他作为采邑。戎马一生的海利龙特从此就可以舒适安逸地享乐度日,一生荣华富贵。然而,他的虚荣心远甚于那得之极易的犒赏;他不愿成为臣仆,不愿向领主佃赋。他觉得,唯有国王的王冠才有足够的光辉和他女人亮洁的额角相配。于是他秘密地鼓动自己的部队起来反对国王,并且策划了一次暴动,可惜由于事先被人叛卖而阴谋破产。海利龙特在战斗中被击败，他被逐出教门，离开了自己的骑士队，不得不逃向深山；而当地的一些农民为了得到高昂的悬赏，终于用棍棒在这个逃犯睡着的时候把他打死了。

国王的追捕人马在谷仓的干草床上找到了叛逆者鲜血淋漓的尸体，他们剥去了他的服饰和戎装，然后把他赤条条地扔进了剥皮场。可是就在这同一时刻，他的妻子在锦缎床上生下了一对双胞胎——一对孪生姐妹——而全然不知道丈夫已经身败名裂；城里来的贺客云集门庭，主教亲自为这两个女孩举行了洗礼，命名为海伦娜和索菲娅。正当钟楼上的钟声响个不停、宴会上杯觥交错之际，关于海利龙特谋反和身亡的消息突然传来；紧接着又很快传来了第二个消息：国王依法没收了叛逆者的住宅和一切所有，纳入国库。于是，美貌的杂货铺女店主几乎还没有恢复元气、仅仅享受了如此短暂的荣华之后，终于重新穿上破旧的薄衣，回到了城里低洼区那条散发着霉味的小巷。不同的是，她现在还要带着两个尚未及笄的孩子，饱尝绝望的辛酸与痛苦。她又重新从早到晚坐在小铺的那只矮木凳上，向邻近的人出售调味香料和蜂蜜面包。现在，当她收下那些少得可怜的铜币时，还常常要咽下恶意讥诮的冷言冷语。她那明亮的目光很快就忧伤地暗淡了，鬓发也早早地灰白。不过，那对活泼可爱、惹人喜欢的孪生姐妹却使她感到慰藉，弥补了她的不幸和痛苦。两姐妹都从母亲身上继承了非凡的美貌，并且长得十分相像，无论是体态容貌、言谈举止，都是一模一样，以至于人们常常误以为这一个是另一个娇美的活镜子。不仅是陌生人，即使是她们的母亲也无法把年龄和形貌都如此酷似的海伦娜和索菲娅分辨开来。由于她们长得一模一样，母亲只好在索菲娅的手臂上系上一块廉价的麻布臂章，作为辨认的标志。不过，当她只听见女儿的声音，或者只看到女儿的脸庞时，还是不知道该叫谁的名字好。

正如这对孪生姐妹从母亲身上继承了绝世的美貌，她们也像命中注定似的继承了父亲那种不顾一切的虚荣心和权势欲。所以，尽管年龄完全相同，但是两个人都处处想超过对方。当一般的孩子还在心无芥蒂、天真无邪地一起玩耍时，这对孪生姐妹却已经在各种活动中互相较量，彼此嫉妒。要是有陌生人觉得其中一个非常可爱，高高兴兴地把装饰用的指环戴到她手指上而没有给另一个孩子相同的礼物，那么，她就会像陀螺似的在地上打滚；母亲会看到这个感到屈辱的孩子平躺在地上，痉挛地咬着双拳，愤怒地跺着脚跟。总之，她们俩谁也不夸谁，没有丝毫亲昵的感情。尽管长得如此相像，被左邻右舍风趣地称为彼此的小镜子，可她们却互相妒忌，使日子过得非常没趣，甚至十分痛苦。母亲曾想阻止这种毫无手足之情的过分的虚荣心，但无济于事；她也曾想缓和一下这种剑拔弩张、互相争斗的紧张状态，同样没有奏效。不久，母亲终于认识到，这种不祥的遗产在两个尚未成熟的孩子身上愈来愈严重。唯一能弥补她忧愁的小小慰藉，就是由于这种毫不示弱的竞争，反倒使两个姑娘很快变得十分精明能干，可以说是在她们那个年龄的姑娘中最精明能干不过的了。因为事情总是这样：当一个女孩开始学习点什么，另一个孩子也就急不可待地立刻去做，竭力要超过对方。又由于这对孪生姐妹都有着灵活的身体和敏捷的头脑，所以她们俩在极短的时间里便学会了各种有用的和令所有女人羡慕的技艺：织布、染布、镶嵌金银首饰、吹奏笛子、翩翩舞蹈、吟诗作赋，随后是伴着琴弦悦耳地歌唱；到后来，她们甚至比宫廷中的一般妇人还要技高一筹呢，她们会拉丁文、几何学，还懂得哲学方面的高深学问，这些都是一位年老的神父出于一片好心教她们的。很快，在阿基坦再也找不出一位姑娘可以在体态的妩媚、举止的娴雅、思想的机智方面与杂货铺女店主的这两个女儿媲美。不过谁也说不清，在这对孪生姐妹中，究竟哪一个更应受到称赞，是海伦娜呢，还是索菲娅。因为她们无论形貌、动作、谈吐都是难以区别的。

随着她们对各种优雅艺术的热爱，随着她们对温柔多情之事的了解——这些都给她们的心灵和肉体倾注了一股热情，使她们想入非非，渴望着脱离这狭窄的小天地——两个姑娘很快就对母亲的卑微地位产生了强烈的不满。她们在学院里和博士们辩论过，在舞会上听到过各种音乐，然而每当回到那条被烟雾熏得漆黑的小巷，看到头发邋遢的母亲坐在一堆香料后面，为了一点点胡椒饼和几块发霉的铜钱讨价还价，一直忙到深夜时，她们就为这种含辛茹苦的生活感到羞辱恼怒。她们睡的是硬邦邦的旧草垫，粗糙不平的垫褥磨得她们已经青春火旺却还是处女的身体发痛。她们常常夜不成寐，躺在床上叹息自己的命运。要论风姿的妩媚、心智的聪颖，她们远胜那些珠光宝气、穿着柔软的服装漫步的贵夫人，但却被埋没在这潮湿发霉的小窝里，最好的前景也不过是给箍桶匠或者铸剑匠当主妇。可她们是那位伟大统帅的女儿啊，生来就有高贵的血统和傲慢的思想；她们渴望着富丽堂皇的闺房和一大群侍从，渴望着财富和权势。所以，当穿着轻裘的贵夫人坐在微微颤动的轿子里、被侍从保镖簇拥着偶尔从两姐妹身旁路过时，她们的脸颊顿时就会变得刷白，就像嘴里洁白的牙齿一样，而那个叛逆的父亲的暴躁和虚荣心这时便在她们的血液里激荡起来——她们的父亲同样不安于平庸的生活和区区的命运。她们日日夜夜所想的，无非就是能用什么办法摆脱卑贱的生活。

一天早晨，终于发生了一件出人意料却也在情理之中的事：索菲娅醒来时，发现身边是空的。海伦娜——自己的镜子和一切愿望的竞争对手——在夜间神秘地失踪了。害怕得要命的母亲担心她是被哪个贵族男子掳走的，因为许多年轻男子早已被这两位美貌出众的姑娘弄得神魂颠倒。母亲连衣服都没有穿整齐，就急急忙忙跑到代表国王管理着这座城市的行政长官那里，哀求他去捉拿歹徒。长官答应了她。可是第二天，四处的传闻却使母亲羞愧难言：传闻愈来愈清楚地表明，刚刚成熟的海伦娜完全是自觉自愿地跟着一位贵族青年私奔的，那个青年还为了她的缘故撬开了自己父亲的衣箱和橱柜。一星期之后，又传来了更坏的消息。旅行回来的人描述了年少的海伦娜和她的情郎在那个城市过着何等奢华的生活：她穿的是裘皮和绚丽的锦缎，周围是一群用人、鹰隼和南方的各种飞禽走兽，使当地所有品行端庄的妇女看了就生气。当这样的坏消息还在那些爱饶舌的人口中嚼来嚼去时，又传来了更坏的消息：海伦娜刚刚把那个乳臭未干的纨绔子弟的钱囊掏空，就厌烦他了；她投身到一个管财库的老头子家里，为新的富贵出卖了自己年轻的肉体，毫不留情地对那个从前十分吝啬的老家伙巧取豪夺。过了几个星期，当把老头子的金羽毛全部拔光，弄得像只秃鸡似的时候，海伦娜又扔下他另寻新欢了。没用多少日子，也就不再有什么可遮掩的了：在邻居们心目中，海伦娜只不过是在用自己年轻的肉体作交易，买卖做得和她母亲在小铺子里做调味香料和蜂蜜面包生意一样精明。这个不幸的寡妇曾接连不断地给堕落的女儿捎信，叫她不要再这样不知羞耻地玷辱父亲的名誉。可又有什么用呢，伤风败俗的事愈演愈烈，使母亲羞辱不堪。一天，一支华丽壮观的队伍从城门那头沿着大街走来。走在前面的是穿着鲜红服装的仆从，后面是骑在马上的人，简直像是某位公爵的仪仗队，而在队伍中间还有波斯的狗、稀罕的猴环绕不离。海伦娜——这个早熟的妓女，娇艳俏丽得像妓女的鼻祖希台拉一样；使所有富翁为之迷乱倾倒的海伦娜，打扮得像是一位正要到耶路撒冷去的萨巴的不信神的女王。街上的人瞠目结舌、呆若木鸡：手工匠离开了他们的作坊；文人放下了他们的笔墨。麇集的人群好奇地围观着这支队伍，直到那些轻佻的仆从和骑马的人在市集广场重整队伍，去接受隆重的召见。门帘终于掀起，还是一副孩子气的妓女骄傲地径直向一座宅邸的大门走去；这座宅邸从前正是属于她父亲的，而现在一个挥霍无度的情夫却为了在这里度过三个热烈的夜晚，替她将它从国王的财产中买了回来。海伦娜俨若一位公爵夫人，踏进了那间放着富丽堂皇的卧床的寝室，她的母亲曾在这张床上荣耀地生下了她。在那些久别的房间里，现在又摆满了各种贵重的、起源于异教时代的塑像；大理石使木质的楼梯显出一股凉意；瓷砖镶嵌的地面上铺着织有各种图像和故事情节的地毯；墙壁四周环绕着绿色的常春藤，使人感到温暖；金质的杯盘在叮当作响，音乐一直在为盛宴伴奏——要知道，海伦娜谙熟各种艺术；这妓女的青春是如此迷人，她的神态令人心醉。海伦娜就这样在极短的时间内成了爱情游戏中的佼佼者，成了最富有的妓女。从毗邻的城镇，甚至从外国，拥来许多富翁，有基督教徒、异教徒和各种不信教的人；他们到这里来，为的是至少博她一次欢心。又由于她对追求权势的野心一点都不亚于父亲，因此，对那些钟情自己的人，她经常是喜怒无常、颐指气使；她狠狠地卡紧那些情欲旺盛的男人们的脖子，直到把他们最后一点钱财都压榨出来。这样一来，纵使是国王的儿子，当他寻欢作乐一周之后，当他一边喝得酩酊大醉，一边被冷酷无情地敲醒了头脑，离开海伦娜的怀抱和住所时，也不得不向典当商人和高利贷者付出一大笔痛苦的赎金。

毫无疑问，这种放荡的行径使城里受人尊敬的女人，尤其是年老的妇女痛心疾首。在教堂里，神父们痛斥她年纪轻轻就如此道德败坏；在市集广场上，女人们愤怒地攥起拳头；在夜里，经常有石块向她的窗户和大门扔去。不过，尽管这些讲究道德的人是如此忿懑，所有丈夫不在身边的有夫之妇和孤单冷清的怨女议论纷纷，那些年老的女佣更是骂得不堪入耳，但是最生气的还是她的孪生妹妹索菲娅，她的心里最不痛快。这倒并不是因为海伦娜肆无忌惮的荒唐行为使她的心灵受到了创伤，而是因为她悔恨自己当初没有接受那个贵族青年的求爱，让现在所有的一切都落到了海伦娜的手里。海伦娜此刻所过的奢侈生活和所拥有的左右众人的力量，也正是索菲娅心里偷偷渴望的。可是，她仍然住在窗不蔽风、户不挡雨的冰凉小屋里，每天夜里和好唠叨的母亲一起哭泣，一个比一个哭得伤心。虽然海伦娜仰仗着自己有钱，假惺惺地一再给妹妹送来贵重的衣服，但生性骄傲的索菲娅拒绝了一切施舍。她的虚荣心并没有减退，她打算不声不响地和大胆泼辣的姐姐比个高低，和她一起争夺追求者，就像从前争夺一块甜味的胡椒面包一样。索菲娅觉得，她一定要取得更大的胜利，所以便日夜思忖着能用什么方式在荣誉和赞美方面超过海伦娜。这时候，她发觉自己仅有的微薄的财富，不过是处女的童贞和贞洁的名誉。这在愈来愈放肆的男人们的追慕中，是一种十分吸引人的诱饵，同时也是一笔抵押；一个聪明的女人能用这笔抵押赚来可观的利益。于是，她决定把孪生姐姐已经付之一炬的处女的童贞和贞洁的名誉当作自己最贵重的财产。她要炫耀她的美德，如同当妓女的姐姐炫耀她少女的肉体一样。如果说，姐姐是用奢侈豪华来显示她的高傲，那么她的贞洁就要用清苦温顺来表现。正当关于姐姐的流言蜚语还未停息之时，一天早晨又传来了轰动全城的新消息：索菲娅——妓女海伦娜的孪生妹妹，由于对姐姐那有失体统的生活感到耻辱，同时也是为了替姐姐的罪孽忏悔，终于隐遁尘世，到一家虔诚的慈善会去当修女——这家慈善会是以不厌其烦地精心照料和看护病院患者为宗旨的。这时索菲娅的追求者才发觉来晚了一步，他们懊恼地狠抓自己的头发，因为这样一颗无瑕的珠宝竟从他们手中失落了。而那些善男信女们则相反，他们正想好好利用这个难得的机会，拿这美人的修善形象与那种满足于肉欲的卑鄙下流作对比。消息飞也似的传遍所有国家，而在阿基坦，除了谈论和赞美这个自我献身的姑娘索菲娅之外，人们再也不去谈别人了。索菲娅日日夜夜地照料着那些伤口溃脓的、气息奄奄的病人，即使是麻风病人，她也面无惧色地去伺候。当她裹着白色的头巾，低垂着目光走过街道时，妇女们都在她面前屈膝致意。主教在多次宣讲中称誉她是妇女美德的最杰出的典范；孩子们抬头朝她仰望时，就像在观看一颗罕见的星辰。全国的注意力突然之间不再对着海伦娜，而是全都对着这个穿着灰色服装、为赎罪而献身的姑娘了：她为了躲避尘世的罪孽，像一只鸽子似的飞向了谦逊温顺的天空——人们一定会想到，这将会使海伦娜怎样地恼怒。

在以后几个月的时间里，这对孪生姐妹宛如两颗难分难离的星宿，照耀着这片惊讶的土地。她们既能使罪孽的人满意，又能使虔诚的人高兴，因为前者从海伦娜肉体的乐趣中得到满足，后者从索菲娅这面闪耀着美德光辉的镜子中启迪了灵魂。这种矛盾的现象好像在阿基坦创立了有史以来第一个人间的神的王国，把美德与肉欲一目了然、清清楚楚地展现在人们面前：对热爱纯洁的人来说，造福于人类的女圣人妹妹就在他的身边；对沉湎于肉欲的人来说，到堕落的姐姐怀中去享受尘世的欢乐，随时都在向他召唤。诚然，每一个凡人都会在善与恶、灵与肉这两条截然不同的道路上私下里来往徘徊，可是没有多长时间，这种意想不到的矛盾就显示出它是怎样破坏了人们灵魂的安宁。因为尽管生活态度迥然不同，但这对孪生姐妹的身形容貌却几乎没有一丝一毫的区别：她们身材一样，眼睛的颜色一样，同样的微笑，同样的美貌可爱。这使城里的男人们迷惑不解，霎时失魂落魄。当一个小伙子在海伦娜的怀抱里度过了热烈的一夜，第二天一早，仿佛为了洗涤灵魂上的罪孽似的急急忙忙冲出门去时，他会惊异地不断擦揉自己的眼睛，好像受到了什么恶作剧的嘲弄：因为他忽然看见一位穿着朴素的灰色看护服的美貌修女正推着坐在轮椅上的气喘吁吁的老翁，穿过病院空旷的花园，并且不时从没有牙齿的嘴上帮他擦去口水，神情温文尔雅，一点儿没有感到恶心的样子。他觉得，这不就是自己刚刚离开的那个赤身裸体躺在床上的浑身燥热的妓女吗?！他目不转睛地凝视着，一点儿不错，瞧，那两片一模一样的丰润的嘴唇和那多情的动作。可是，她此刻显露出来的绝不是那种凡俗的爱情，而是人性的高尚之爱。他盯着直看，眼睛似乎在燃烧，好像要慢慢望穿那没有任何装饰的灰色衣裳，好让那熟悉的妓女的肉体在自己面前闪光。同样，这种感觉上变幻莫测的把戏也使另一些人傻了眼。这些人刚刚恭恭敬敬地去造访过病院里的女看护，怀着崇敬的心情看过她一眼，可是一拐过街角，却发现方才还庄重贞洁的索菲娅突然之间变成了另一副样子：袒胸露肩，穿着豪华的服饰，被一群情夫和用人簇拥着，急急忙忙去参加欢宴。当然，这是海伦娜而不是索菲娅，他们大概也会这样对自己说。不过，从这时开始，他们便再也不敢想象，难道那位修女就没有裸露的时候，因为一想到此，他们对她的尊敬也就不那么真诚了。人们的思想就这样变得游移不定，常常从这位姑娘身上联想到另一位姑娘，而且变得疑惑迷惘、神志错乱。有时候，官能的感觉又往往与愿望背道而驰——小伙子们从妓女的肉体梦想到了那个贞洁的肉体，因而经常是用垂涎三尺的邪恶目光盯着修善的女看护。要知道，不管造物主怎样管束男人们的官能，他们的欲望总还是要求从女人那儿得到一切满足。但倘若一个女人轻率地委身给男人，他们便只知道报以微薄的酬谢，并且装得完全没有过错，问心无愧；反之，要是一个女人竭力保持了自己的贞洁，那么她对于男人真是有了七倍的诱惑力，驱使他们来夺取自己身上的贞洁。所以，男人们对于这种灵与肉的自相矛盾的欲望是永远无法满足的，更何况爱开玩笑的魔鬼竟打了一个如此纠缠不清的结扣：妓女与修女，海伦娜与索菲娅，在外表上是如此酷似，犹如同一具身体，无法分辨，因此也就没有一个男人能确切地知道他究竟想占有谁。人们看到，城里的放荡少年突然之间都拥到病院门口来，人数之多胜过酒馆；有时候，酒色之徒为了寻欢作乐，用金钱诱骗妓女海伦娜换上灰色的看护服，企图用这种自欺欺人的方法假装尝到了贞洁的索菲娅的滋味。整座城市，甚至整个国家，渐渐地被这种毫无意义的、令人眼花缭乱的换人把戏所吸引。主教的话、城市行政长官的警告，都对这种每天花样翻新的龌龊事无能为力。

　　然而，这对孪生姐妹却并不安分，也不仅仅满足于一个是城里的最富有者和一个是城里的最纯洁者；两人都已满载着赞叹与声誉，虚荣心仍然在她们心中熊熊地燃烧。她们俩都在算计着能用什么办法拆对方的台。当索菲娅听到海伦娜是怎样把她富于自我牺牲精神的生活诋毁为罪恶的假面具游戏时，在盛怒之中咬破了自己的嘴唇；而当海伦娜听到用人们向她报告外国的朝山进香者怎样怀着崇敬在她妹妹面前鞠躬，女人们怎样吻她的妹妹从鞋子上掸下来的灰尘时，更是用鞭子把怒气迁发到用人们身上。不过，这对孪生姐妹愈是彼此怀有恶意，愈是仇深，便愈是互相假装出伪善的同情。海伦娜在餐桌上用激动的声音惋惜妹妹把欢乐与青春如此没有意义地消磨在照顾萎缩的老人身上——这些老人的生活很明显是在等死罢了；索菲娅则在每天的晚祷告中，用一段特别的言辞为那可怜的女罪人祈求——她愚蠢地为了转瞬即逝的享乐而错过了替自己赎罪——祈求上天能把她的生活转变为善良有益的工作。但是，当她们俩都发现，既不能通过信差，也不能通过多嘴多舌的人，把对方从她所走的道路上引开时，她们又开始慢慢地互相接近了，正好比两个搏斗者一边装作若无其事的样子，一边却看准机会，随时准备用手把对方摔倒在地。她们愈来愈频繁地互相串门，假惺惺地表示温情的关心，同时又都用尽全副心计，要对自己的同胞姐妹做出最恶毒的事情。

有一次，出于傲慢而故意谦卑恭顺的索菲娅，在教堂的晚间钟声敲过之后，又到姐姐这里来，劝她和那种令人不快的生活一刀两断。她先是用委婉的言辞规劝早已听得不耐烦的姐姐。她说姐姐所干的一切是如何没有道理，让上帝赋予的肉体堕落成为罪恶的渊薮。这时，海伦娜刚刚让侍女在上帝赋予的肉体上涂了一层香脂，使它显得强壮有力，正准备着去干她卖淫的营生。她一边恼羞成怒，一边却强作笑颜，倾听着妹妹的话，同时琢磨着，究竟是用一番公然不顾礼仪的讥诮辱骂来使唠叨不休的妹妹勃然大怒呢，还是把少年召到房间里好让她看得心神迷乱。突然，一个奇异的念头像一只轻声地嗡营营的苍蝇掠过她的额角。这是一个相当恶毒的念头，狡黠、危险，想到这里，海伦娜真禁不住要笑出声来。这个方才还是放浪不羁的姑娘突然之间一反常态，她把那些侍女和帮她洗澡的用人赶出房间。两个人刚一独处，海伦娜就蓦然在恨得发红的眼睛上罩了一副悔恨的假面具。她就这样开始了絮絮诉说，她说妹妹大概没有想到，她不仅常常为自己陷于这种罪恶而又愚蠢的生活感到羞耻，而且对男人们那种下流的肉欲已经非常憎恶，她下过无数次决心，要在肉欲面前自重自爱，开始过一种朴素诚实的生活，可是她觉得，任何抗拒都是徒劳的。她还说，因为索菲娅具有精神的力量，所以不像自己似的有这种肉体上的软弱性；不过索菲娅大概从来没有想到过，男人具有多么大的诱惑力，女人一旦尝过这种滋味，便无法抗拒；她——索菲娅，一个幸运的人无法想象男人压到身上的力量是多么有力，而正是在这种压迫的强力中使人感到一种异样的甜蜜，任何人都不得不违背自己的意志，屈服于这种甜蜜。

　　索菲娅对这番出人意料的表白大吃一惊。她根本没有想到会从耽于金钱和淫乐的姐姐口中听到这样的话，于是赶紧施展了自己的全部口才，开始进行说教。她说，既然这样，海伦娜也就总算接触到了神圣的光辉，因为憎恨罪恶的行为也正是正确认识的开始，不过海伦娜认为在肉欲面前无法抗拒，这是错误的，是一种自暴自弃。她说，刚毅的意志能战胜肉体的一切诱惑，也就是说，只要从善的意志坚如磐石，就能抵住一切的引诱。在这方面，无论是信教的或不信教的人都在历史上树立了无数的范例。说到这里，海伦娜忧伤地垂下了头，叹息着说，是呀，自己也曾怀着钦佩的心情读过那些与官能享乐的魔鬼作顽强斗争的书籍，然而上帝赐予男人的不仅仅是强壮的体力，而且还赐予他们不屈不挠的精神，这甚至能使他们中间的某些人在与神的斗争中成为得胜的战士。当她说到最后几句话时更是长吁短叹，她说，可是软弱的女人是从来不可能抗拒男人的各种奸计和诱惑的；在她的一生中还从未看到过这样的事例：一个女人受到男人的紧逼穷追，却还能抵抗得住男性的爱。

"你怎么能这样说呢！"索菲娅生气地喊着，显出无比的自傲，"我自己不就是一个例子吗？坚强的意志能抵御男人们的阿谀逢迎。从早到晚总有一群人围着我转，尾随着我一直走到病院。到了晚上，我总会在卧室里发现一大堆用最恶心的语言写的诱人的信件。可是又有谁看到我向任何男人瞥过一眼呢，因为我的意志保护我不受任何引诱，你说的话是完全没有道理的。总而言之，只要一个女人具有真正的意志，她就能保护自己。我自己便是一个例子。"

"是呀，我知道你是直到如今都能抵住任何引诱的，"海伦娜假惺惺地说，装出一副谦卑的神情，向妹妹瞟了一眼，"但这也只有你能做到，因为你是一个幸运的人。你的衣服和你所担负的严格职务保护了你。在你周围是一群虔诚的女看护，你是在集体生活的保护墙后面。你不像我这样孤单单一个人，没有任何的防护！我是说，你的高尚纯洁并不是依靠自己的力量，我甚至可以肯定，索菲娅，即便是你，一旦有一个少年站在你面前，你也无法，甚至不愿意反抗他。你同样会屈服于他，就像我们所有人都会屈服于他一样。"

"绝不可能！我绝不可能！"虚荣心极强的妹妹冲着姐姐大嚷，

"我敢担保，纵使没有我的衣服保护，我也能凭借自己的意志经得住任何考验。"

海伦娜想从索菲娅嘴里听到的恰恰是这样一句话。于是自负的妹妹终于一步一步地被引诱到了早已设置好的陷阱。姐姐丝毫不放松，一个劲儿地说自己怀疑她能否抵挡得住。直到最后，终于是索菲娅自己迫切地要求去经受一次决定性的考验。是的，是她自己要求的，甚至可以说，她渴望着有这样一次考验，以便让意志薄弱的姐姐最终承认：她的贞洁不是依靠外来的保护，而是由于内在的力量。这时，海伦娜看来像是在慢慢沉思，而她的心却在胸口急得咚咚直跳，她按捺不住自己的幸灾乐祸，最后她终于说："听我说，索菲娅，或许这正是一次最好的考验：明天晚上我要接待我们国家最英俊的小伙子聚尔凡德，至今还没有一个女人见到他而不动心的。但他最钟爱的是我，他骑着马，走了二十八里路到这里来，就是为了我，他还带来七磅纯金和许许多多礼品，唯一的目的就是要做我夜里的伴侣。不过，即使他是空着手来，我也不会将他拒之门外，我甚至会用同样多的金子去买同他的床笫之欢，因为再也没有一个人比他长得更英俊、更潇洒风雅的了；而上帝又把我们俩的身体创造得如此相像，无论是容貌、谈吐、身姿都是一模一样，所以，假如你穿上我的衣衫冒充我，谁也不会想到他受了骗。明天你就在我家里，在我约定好的地方等着这个聚尔凡德，和他一起进餐。不过，当他把你误以为是我而要得到你的肉体时，你就得用各种借口不让他近身。我就在隔壁房间里等着，细细倾听，看你能不能把情欲克制到半夜。但是，我要再说一遍，妹妹，我警告你，他的诱惑力是巨大的，比我们自己软弱的心更危险。妹妹，我怕你很容易就脱离清心寡欲的状态，而堕入他难以预测的魅力之中。所以，我还是恳求你最好放弃这种冒险的游戏。"

诡计多端的姐姐就是这样又怂恿又劝阻，用圆滑的话给妹妹的自负傲慢火上加油。索菲娅自信地夸口说，如果只是这么一点儿小小的考验，那么她轻而易举就能经住，不仅能坚持到午夜，而且能坚持到黎明。她敢于抵挡他的一切逼迫而始终作为自己的主人。她只有一事相求：她要随身携带一把匕首，倘若这个厚颜无耻的家伙胆敢妄动，她就要用武力对付。

当索菲娅说着这些豪言壮语时，海伦娜顷刻跪倒在她面前，好像钦佩得五体投地，而实际上她只不过是要掩饰眼睛里闪耀着的幸灾乐祸的快意。她们商量好了：第二天晚上由虔诚的修女索菲娅接待聚尔凡德。海伦娜再三发誓，如果妹妹抗拒成功，她就永远抛弃这种罪恶的生活。随后，索菲娅急急忙忙动身到她的女伴们那里去，希望从那些经过天长日久考验的、与花花世界早已隔绝了的女人们——她们只是为了他人罕见的病痛与苦难而生活着——身上汲取力量。接着，她又用双倍的献身精神去照料那些最严重、最困难的病人，以便从他们残废憔悴的躯体上感觉到尘世间的一切莫不都是空幻。因为这些两颊深陷、身体霉烂的形象正是当年沉溺于色欲的人，纵欲使他们全身溃烂：现在只留下一堆活着的废物，一个苟延残喘、即将倒毙的躯壳。

海伦娜在这段时间也不是闲着无事。在她所有的技艺中，最拿手的就是拨弄爱神，常常对喜怒无常的性爱之神召之即来，挥之即去。她首先让她那个来自意大利卡拉布里亚的厨师准备好最最珍奇的佳肴，然后居心叵测地加上各种能激起性欲的香料。她又让人在馅饼里掺进各种春药——河狸胶、春情草和含有斑蝥素的胡椒；在葡萄酒里调进了大量的迷魂药，喝了这种酒，就会酥软倦怠、神志昏迷。此外，她还安排好了音乐，要知道，音乐就像拉皮条的老手，不可缺少，它会像一股暖风似的溜进人的胸怀，使人春心荡漾。她吩咐那些奉迎谄媚的吹笛手和性情急躁的锣鼓手藏在隔壁的房间里以避人眼目，这样也就更加危险，因为谁也不知道自己这种骤然而来的春情是怎样引起的。事先如此这般地精心燃起了魔鬼的火炉之后，她就焦急地等待着较量的到来。那天夜里，既自负又虔诚的索菲娅到达时，由于睡眠不足显得脸色苍白，又由于自知周围密布着各种阴谋而惴惴不安。她刚一跨进门槛，就被蜂拥而上的年轻侍女团团围住，她们转眼就把惊奇得不知所措的索菲娅引进一间弥漫着芳草香味的浴室。在那里，她们从羞涩得面红耳赤的姑娘身上脱下了她每日穿戴的灰色看护服，露出她那少女的身体；她们用揉碎的花卉和散发着浓郁芳香的油脂，既亲热又用力地擦遍她的双臂、大腿和背脊，使她感到浑身发痒，好像血液就要从汗毛孔里流出来似的。她们一会儿给她浇上冰凉的冷水，一会儿又在冷得直哆嗦的皮肤上浇上很烫的热水，接着又有几双飞快的手用滑润的水仙花露抹遍她发烫的全身，轻柔地按摩她的身体，再用沙沙作响的毛皮把发亮的身体擦得火热，直擦得头发尖儿冒出蓝色的火花。总之一句话，她们把这虔诚的修女打扮得像海伦娜每天晚上要去寻欢作乐时一模一样，而她也不敢违抗。就在这时，笛子吹出令人紧张的声音，壁炉里檀香木还在燃烧，滴下的木油散发出浓香。索菲娅被这些奇怪的举动弄得糊里糊涂，终于躺在卧榻上，舒展着身体；金属镜面映出她的容貌，她觉得自己是如此的陌生，然而又是空前的美丽。她感到全身轻飘飘的，当她开始觉得这是一种生活的乐趣时，又对这种为舒服而舒服的感情觉得羞愧。她的姐姐却没有让她在这种矛盾的感情中多停留。海伦娜像一只猫似的轻轻来到妹妹的身边，用漂亮动听的话恭维她的美貌，直到她起了疑心，不客气地打断自己的话。这对孪生姐妹又虚伪地拥抱了一次：一个在不安与惧怕中战栗，另一个在急躁与邪恶的欲望中颤抖。然后，海伦娜让人点起灯盏，像影子似的消失在隔壁房间里，去窃听她大胆想出来的话剧。

在此之前，妓女海伦娜早已给聚尔凡德通了消息，告诉他等待他的将是一场无比奇特的艳遇，还再三叮嘱他，要用矜持的姿态和十分的庄重羞涩先使这位傲慢的姑娘打消顾虑。当聚尔凡德为了在这场如此奇特的较量中取胜、终于好奇而又自命不凡地跨进房门时，索菲娅不由自主地用左手摸了摸那把为了抵抗暴力而随身携带的匕首。可是她感到非常奇怪，这个自己误以为相当粗鲁的嫖客竟对她如此彬彬有礼。他既没有试图把骇怕得气喘吁吁的女子拉到自己的怀里——这大概也是姐姐教他的，也没有用亲昵的称呼和她寒暄，而只不过先是谦逊文雅地屈了一下膝盖，然后从正要退缩规避的仆人那里取来一条沉甸甸的金项链和一件紫色的、用普罗旺斯绸缎做的上衣。他很有礼貌地请求替她穿上上衣，并把项链给她戴上。他是如此的举止得体，以至于索菲娅除了顺从不可能有别的举动。她一动不动地让他把项链戴上，把富丽的上衣穿上。她不是没有感觉到他那发热的手指顺着凉飕飕的项链温柔地抚过自己的颈脖。可是由于聚尔凡德随后再也没有任何其他冒失的动作，索菲娅也就没有机会匆匆发怒。这个伪君子一点儿都不着急，他又鞠了一躬，显得非常惭愧。他说，他觉得自己不配和她一起进餐，因为街上的尘土还沾在他的外衣上；如果她允许的话，他是否可以先洗一洗头发和身体。索菲娅窘迫地唤来几个女仆，吩咐她们把聚尔凡德引到浴室去。可是这些婢女们遵照女主人的密令，故意装作没有听懂索菲娅的话，敏捷地剥下青年的全部衣服，让他精赤条条、英俊秀美地暴露在她面前。他长得真是像古代阿波罗神像一样——这尊异教时代的阿波罗神像从前曾耸立在市集广场上，后来主教让人把它砸得粉碎。然后，婢女们又在他身上涂抹香脂，用热水替他烫脚，她们不慌不忙地在微笑着的裸体男子的头发上编戴玫瑰花，最后才给他披上一件闪闪发亮的新上衣。当他打扮一新、向她迎面走来时，显得比先前更英俊了。可是索菲娅刚刚意识到自己已在观察他的非凡丰采，就立刻怨恨起这双眼睛，她赶紧摸了摸那把藏在衣服里随手可得的救命匕首。不过，她还没有理由去拿它，因为美少年只不过礼貌地同她保持着一定距离，用友好的无关紧要的话同她聊天，就像病院里那些有学问的医生一样。这样，她也就一直没有机会向在隔壁房间里窃听的姐姐炫耀自己女性的坚贞——她对这样的处境觉得很懊恼不快——因为大家都知道，为了保住自己的贞洁，首先得由别人挑逗才行。可是，在聚尔凡德身上似乎完全没有那种激起情欲的热流；他谈话时的呼吸是如此的平静，口气是如此的礼貌文雅。而在隔壁房间演奏的笛子倒是已渐渐提高了急促的声音，显得比少年从鲜红迷人的嘴巴里说出的话还要多情；他只管滔滔不绝地谈论着各次战斗和出征的情形，不谈任何别的内容，好像自己是坐在男人们的餐桌上似的。他把这种漫不经心表演得如此出色，使索菲娅完全失去了戒心。她毫无顾虑地吃着各种放了春药的食物，喝着偷偷下了迷药的葡萄酒。她不耐烦了，而且渐渐地对这个冷漠无情的人生起气来——他没有给她提供任何微小的因由，使她显露一下自己坚贞的美德，让她愠怒地向姐姐证明自己的力量。到最后，这场危险的考验还是由她自己挑起的。她喉咙里忽然发出笑声，连她自己都觉得奇怪，身体里不知怎么就涌起了寻欢的欲望。她纵情逗乐，笑得前俯后仰，既不克制自己，也不感到难为情。这时离午夜已不太远了。她的身边是那把匕首和那个原以为性急火烈而现在竟比刀刃还要冰凉的小伙子。索菲娅向他愈挨愈近，好像是在寻找最后的机会来显示自己光荣地保住了贞操。这种自负完全是出于不由自主的虚荣心，她要千方百计地证明自己的坚定不移，就像出卖色相的姐姐千方百计、不惜一切代价地要引诱她下水一样。

不过，正如一句睿智的谚语所说，最好不要碰魔鬼一根毫毛，否则它就会出其不意地抓住你的脖子。现在，这个争强好胜的自负的女斗士正处于类似的境地。她没有预料到这种不同寻常的酒含有迷药，而食物里也含有春药，这时候，渐渐浓郁的烟雾香味熏得她迷迷糊糊，笛子软绵绵的声音使她浑身酥软，她的神志愈来愈不清楚了，她的笑声已变得含含糊糊，她的纵情逗乐已转为全身的瘙痒、性欲的冲动。即便是两院的博士也无法在法院面前作证，这一切究竟是在她醒着的时候还是在瞌睡的时候，是在清醒的状态下还是在醉酒的状态下，是自愿还是被迫发生的。总而言之，不管是神的意志还是魔鬼的意志，在离夜半钟声还相当远的时候，终于发生了女人和男人之间终究要发生的事。突然之间，叮当一响，那把偷偷准备着的匕首从脱下的衣服中滑落下来，掉在大理石地面上。奇怪的是，浑身瘫软的修女并没有像当年的鲁克丽丝①那样拾起匕首，向迎面而来的危险少年刺去；隔壁的房间里也没有听到哭泣和反抗的声音。到了午夜时分，早已堕落败坏的姐姐带着一帮用人，像胜利者似的破门而入，来到这间已经变成了洞房的卧室。她举着一把火炬好奇地在失败了的妹妹床上摇晃，到了这时候，已经没有什么可隐讳、羞愧的了。几个厚颜无耻的婢女按照异教徒方式把玫瑰花撒在卧床上，花朵比羞得满面通红的妹妹的面颊还要红。她现在昏昏沉沉，但她知道自己已碰上了女人的不幸事，然而为时已晚。姐姐却热烈地把惘然若失的妹妹搂在怀里，这时，笛子欢呼，铙钹齐鸣，好像潘神重新回到了基督教的世界，婢女们袒胸露臂，疯狂地跳舞唱歌，赞美早已被斥逐的爱神厄洛斯。然后，狂饮烂醉、乱成一团的人群用散发着香味的木料点起火堆，火焰用它贪婪的舌头吞噬了那件招人嘲笑的看护服。至于新妓女索菲娅，她羞于承认自己的失败，笑嘻嘻地装出一副自觉自愿地把肉体献给美少年

---

① 莎士比亚《鲁克丽丝受辱记》中的人物。美丽贞洁的贵妇鲁克丽丝遭暴君儿子污辱，自杀雪耻。

的样子。狂饮乱舞的婢女又在新妓女和姐姐周围各放了同样多的玫瑰花。这时候，两姐妹肩并肩地站在一起：一个羞愧得脸上发烧，一个焕发着胜利的红光，但谁也无法再把表面上谦逊的索菲娅和公然傲慢的海伦娜区别开来。而那美少年的目光则是贪婪地在两个姑娘之间转来转去，流露出一股重新勾起的急不可待的双倍欲望。

纵情纵欲的人群在嘈杂声中打开了宅邸的大门和窗户，夜游人和那些很快就被闹醒了的轻浮之徒欢笑着源源而来。因此，太阳还没有照到家家户户的屋顶之前，消息就已像流水一样从各家的屋檐上流到了街上，说海伦娜对智慧的索菲娅取得了如何辉煌的胜利，淫荡如何战胜了贞洁。城里的男人们刚一听到索菲娅保持了如此之久的贞操终于被破，就急急忙忙赶来。他们受到了索菲娅的热情接待——她对那件丑事也已不再讳言——因为她已留在姐姐海伦娜那里，而且尽力干得像姐姐一样殷勤。这转变之快简直就像是换了一件衣服。现在，一切的争斗和嫉妒都结束了。自从同操这种卑贱的行业之后，这对品行恶劣的孪生姐妹就一直同住在那座宅邸里，互相紧挨着和睦相处，心情极为愉快。她们梳同样的发式，戴同样的首饰，穿同样的衣裳，甚至连笑声和谈情说爱的话都已难以区别。这对那些好色之徒来说可是一种永远翻新、趣味无穷的游戏，当他和自己怀抱里的女子亲吻、眉目传情、做着各种爱抚的调情动作时，真像猜谜语一般，不知自己拥抱的究竟是谁，是淫荡的海伦娜呢，还是一度虔诚纯洁的索菲娅。很少有人知道自己究竟是在哪个女人身上挥霍了钱财，因为这对聪明的孪生姐妹总是打扮得完全一模一样，故意愚弄那些好奇的男人，对此她们自己也感到特别有趣。

海伦娜就这样战胜了索菲娅，美貌战胜了良知，邪恶战胜了贞洁，始终充满着欲望的肉体战胜了自诩而又动摇的灵魂。这在我们这个自欺欺人的世界上并不是第一次，然而它却再一次证实了约伯曾叹息过的意味深长的话：在这个尘世，恶人无恙，善人受毁，正义之士遭讥笑。因为没有一个官吏、没有一个征税人、没有一个箍桶匠和高利贷者、没有一个金匠和面包师，能用他们辛劳的工作攒下这两姐妹只要稍加努力就能获得的钱财。她们俩精诚合作，吸干了男人们胀鼓鼓的钱囊，倾空了他们充盈的衣柜；金银财宝滚滚而来，轻巧得就像夜间的老鼠跑进屋里一样。不过，由于这两姐妹不仅从母亲那里继承了美貌，而且也继承了她那种小商贩的心计，所以她们并没有像大多数的妓女那样为了虚荣而把金钱全部挥霍光；不，她们比那些人要聪明，她们精打细算地把钱拿去放利生息，为了发财致富把钱放给基督教徒、异教徒和犹太人。她们就这样本生利，利变本，扒进了好多好多钱。不久，没有一处地方能像在她们那幢令人诅咒的宅邸里似的，堆着那么多的钱财——硬币、玉石、借据、契约。这个国家的年轻姑娘们看到眼前的例子，当然不愿再去做清洁女工，在洗涤槽里把手指冻得发紫。这一点儿也不奇怪，由于存在着这对最终同流合污的孪生姐妹的斑斑劣迹，这座城市变成了新的罪恶渊薮——索多玛，也就很快在其他城市中臭名昭著。

诚如古老的格言所说：不管魔鬼的马骑得多快，在到达目的地之前总要跌断腿。所以，这种令人愤慨的事的结局最终还是启迪人的灵魂。因为随着岁月的流逝，男人们对这种老一套的猜谜游戏渐渐厌倦了。客人来得愈来愈少；屋子里的灯光也熄灭得愈来愈早；别人是早已知道，只有这对孪生姐妹自己不知道——镜子在默默地向闪烁跳动的灯盏诉说：在她们纵欲过度的眼睛底下，鱼尾纹已愈积愈多了；在她们渐渐松弛的皮肤上开始叠起珠母似的褶皱。现在，这对孪生姐妹想千方百计买回造物主每时每刻毫不留情地从她们身上夺去的一切。可又有什么用呢？她们拔掉两鬓的白发；用象牙刀抚平皱纹；顺着干瘪的嘴巴给嘴唇涂上红胭脂——这些同样都是徒劳枉然。那些风流岁月留下的痕迹再也隐藏不住了。两姐妹的青春刚一消失，男人们就对她们厌倦了，因为当她们像花儿一样凋谢的时候，街邻四周的年轻姑娘在一批一批地成长。每年都有新一代的美人儿——微微隆起的胸脯、调皮的卖俏，尤其是她们处女的身子更是加倍地诱惑着男人们的好奇心。因此，这幢市集广场旁的宅邸愈来愈门庭冷落，门轴开始生锈了，火炬白白地在燃烧，松脂徒然地飘散着香味，没有人到壁炉前来取暖，两姐妹打扮得漂漂亮亮的身体也乏人问津。吹笛手们只是在无聊地练习罢了，没有人来聆听，他们也不去献艺取宠，只是不停地玩着掷骰子的游戏；看门人本来应该通宵达旦地等候客人，而现在却因酣睡得过多而显得肥胖；两姐妹孤寂地坐在楼上的长餐桌旁——从前这里总是推杯换盏叮当作响，哄堂大笑不绝于耳。如今，再也没有一个追求者到这里来消磨时光，因而两姐妹有许多空闲时间来回首往事。尤其是索菲娅，她痛苦地回想着过去的日子，那时候她摆脱了一切尘世的欲念，专心致志地献身于严肃、虔敬的修行生活；现在她又重新拿起那些积满了灰尘的修行书籍——因为在女人身上，美貌一旦消失，良知即刻抬头。幡然自新的想法就这样在两姐妹的心中酝酿成熟了。正如她们青春焕发的当年，妓女海伦娜战胜了修女索菲娅，现在，当索菲娅劝姐姐抛弃这种生活时，却是历经红尘的姐姐听从了妹妹的话——尽管为时已晚，而且是在犯了深重的罪孽之后。于是，她们开始在清晨悄悄地来来往往：先是索菲娅一个人偷偷地溜回那家离开时被自己伤透了感情的病院去请求原谅，随后她又陪着海伦娜一起去。而当她们俩宣布要把用邪恶攫取来的全部钱财永远转送给这家病院时，就连那些最会猜疑的人也不怀疑她们忏悔的真诚了。

　　一天清晨，当守门人还在迷迷糊糊地打着瞌睡的时候，两个穿着朴素、蒙着脸的女人像影子似的从市集广场旁那座豪华的宅邸里走出来。那种胆怯、屈辱的步履正恰似五十年前她们的母亲从这飞黄腾达的豪富之门走回到那贫穷的小巷里一样。她们小心翼翼地挤过那条战战兢兢打开的门缝，这两个一生为了无聊的虚荣心而无休止地争斗并且吸引了整个国家注意力的孪生姐妹，现在终于怯弱地遮起了自己的面容。这是为了不让人知道她们所要走的路，用谦卑的隐居来让人忘却她们的命运：她们来到了外国的一家修道院——这里的人不知道她们的来路；她们在那里度过了默默无闻的几年隐居生活后便离开了人间——详情无人知晓。可是，她们遗留给那家仁慈的避难所的财富竟是如此之丰：用那些首饰、硬币、宝石、债券可以兑换几麻袋金子。于是，修道院的人决定建一座巍峨的新病院为这座城市增色，这座病院要比当年在阿基坦的那家病院更大、更漂亮。一位北方来的匠师设计出了图纸；一群干活的工人日日夜夜建造了二十年。当这座高大的建筑最后竣工揭幕时，站着围观的人都感到惊讶，因为它完全没有按照迄今为止的习俗——在四方的屋宇上矗立一座气势雄伟、四角方方的塔楼；这座建筑完全不是这种式样，它的塔楼像女人的身姿一样纤细瘦长，用石片镶成的两个尖顶一左一右地耸入高空，它们的形状大小，甚至秀丽柔和的气派都是一模一样。因此，从第一天开始，这里的人就把这两座塔楼称为"姐妹楼"。这或许仅仅是因为它们的外貌形状完全一样；或许是因为民间的百姓不愿意忘却关于这对既酷似又迥异的孪生姐妹一生跌宕起伏的不确切的传说，因为人们总是喜欢让那些永远值得纪念的事情世世代代流传下去——这就是那个老实憨厚的市民在午夜的月光中向我讲述的传说……也许葡萄酒已经使他有点微醉了吧。

（舒昌善　译）

奇妙之夜

弗里德里希·米夏埃尔·冯·R男爵是奥地利一个龙骑兵团的预备役中尉，一九一四年秋在拉瓦鲁斯卡战役中阵亡，后来在他的写字台里发现的以下笔录，当时是被封成一个小包……家里人只匆匆翻阅了一下，便根据标题推断这是他们的亲人男爵的一篇文学习作。他们把这些笔录交给我审阅，并委托我决定是否发表。我个人认为，这份文稿根本不是一篇虚构的小说，而是这位阵亡者的一次细节确凿的真实经历，现隐其名，不做任何改动和增补，把他的内心自白公之于世。

今天早上，我突发奇想，要把我在那个美丽夜晚的经历写下来，以便依其自然的顺序有条不紊地通观整个事件。自从产生这一闪念起，我便感到有一种莫名其妙的心理压力，非要为我自己把那次奇遇描述出来不可，尽管我怀疑自己是否有能力哪怕大致地描写出整个过程的奇情异景。人们所说的艺术才华我一点也没有，我也没有任何文学创作的训练，除了在特雷西亚中学写过几篇幽默小品，我从未做过写作的尝试。譬如，我压根儿就不知道，是否有一种特别可以学到手的技巧，能让人恰如其分地处理连续出现的外部事物和它们在内心的反映；我也自问，我是否有能力运用恰当的词语表意，把恰当的思想灌注在语言里，获得我在阅读任何一个真正小说家的作品时一向不自觉地感受到的那种平衡。但我写出这些文字，仅仅是为了我自己，它们未必能使别人明白连我本人都无法解释的东西。这些文字仅仅是尝试着在某种意义上把某件使我念念不忘而又使我越发痛苦不安的事作个了结，只是尝试着把它确定下来，使它展现在我面前，让我从各方面把握它。

这件事我没有跟我的任何一位朋友讲过，那正是由于感觉到我无法使他们理解事情的本质，此外还由于我感到有些羞怯，生怕人家笑话我竟被这么一件偶然的事情弄得神魂颠倒，魂牵梦萦。因为，这全部，确实只不过是一次微不足道的经历。但当我现在写出"微不足道"这个词时，我便觉察到：在写作时恰当地选词造句，对一个未经训练的人来说，是多么困难；就是这么一个简单的词也难免模棱两可，容易引起误解。我把我的经历称作"微不足道的"，自然只是根据相对的意义，也就是跟那些关系到各个民族及其命运的重大的充满戏剧性的事件相比而言；另一方面，是根据时间的意义，因为整个故事只发生在不到六小时的短暂时间里。但对我来说，这个——一般而言微不足道的、不重要的、无重大意义的——经历，却包含无限的意义，直到今天，在那个美丽夜晚的四个月以后，我还对它充满激情，必须竭尽我全部的心力，才能把它保存在我的心里。每日每时我都在重温它所有的细节，因为它在一定程度上已成为我整个生活的支点，我所做所说的一切全都不自觉地由它决定，我的思想的唯一忙碌的活动便是一而再、再而三地重温它的突然发生，并通过这样的重温把它据为己有。现在我突然明白过来，我落笔前的十分钟没有意识到的究竟是什么：我之所以现在动笔写我的这段经历，只是为了以确凿的事实把它固定在我面前，再一次从感觉上体味它，同时从精神上理解它。我在前面说过，我想把它记录下来，以此作为结束，那是完全错误的、不真实的；相反，我是想把这次转瞬即逝的生活经历更为逼真地保存下来，让它带着体温和呼吸在我身边活动。哦，我并不担心会忘记那个闷热的下午，那个美丽夜晚的一时一刻，我不需要任何标记和路牌，就能在记忆中一步一步地回头去走那几个钟头的路：像一个梦游者，无论白昼还是黑夜，我每时每刻都能重新找到走进那个境地的路，在那里我能清楚地看见每个细节，但认识它的只有我的心，而不是我的衰弱的记忆力。在这里，我能如此生动地把那个春天绿树成荫的风景描绘下来，就是如今在秋天，我也还能亲切地感觉到那栗树花烟尘般飞飘的淡淡的清香。我再次描写这几个钟头，不是害怕忘记它，而是高兴找回它。如果我现在依照准确的顺序描述那一夜的变化，那么，我就必须为了次序的缘故克制自己，因为这时我心里总产生一阵狂喜，总感到一阵陶醉，几乎使我无法去想那些细节。于是，我只好挡住这些回忆的画面，免得它们相互交错，乱作一团，像一个五色斑斓的梦。我现在仍然以火热的激情体验这经历，体验一九一三年六月七日那一天，当天中午我叫了一辆出租马车……

但我觉得，我必须再一次中断片刻，因为我又惊异地觉察到了一个词语的模棱两可和多层含义。现在，当我第一次要把事情连在一起叙述时，我才发现，把那种意味着一切生动事物的活动结成一体，是多么困难。我刚刚动笔来写"我"，我说过，在一九一三年六月七日中午，我叫了一辆出租马车。但这句话恐怕已经毫无意义了，因为我早已不是六月七日的那个"我"了，虽然从那时算起才过去四个月，虽然我住在那时的"我"的房子里，用他的笔和他本人的手在他的写字台上写。我，就是那个时候的这个人，恰恰由于有了那次经历，我现在与他完全分离，像生人般从外面冷眼看着他，于是我才能像写一个游伴、一个同志、一个朋友那样写他，对他的很多事和主要的事我都很了解，但这个人已完全不再是我本人了。我可以谈论他、责备他或批判他，压根儿就感觉不到他曾是我本人。

曾经是我的那个人，作为少数，现在从里到外都有别于他本阶级的大多数。特别是在我们维也纳，人们把这个阶级称为"上流社会"，倒不是因为特别骄傲，而是认为这很自然。我已年满三十六岁。我的父母早亡，他们在我快成年时给我留下一份足够的财产，使我从此不必去考虑挣钱和发迹。于是，我突然做出一个当时使我非常不安的决定。刚好我完成大学学业，面临选择未来的职业。由于我的家庭关系和我早年就特别向往平稳上升和静观内省的生活，我本来很可能选择公务员的职业。但我是我父母财产的唯一继承人，有了这笔财产，即使我突然失业也能独立生活，就是过高的非分的愿望也能实现。而功名心又从来不曾困扰我，所以我便决定对生活先看几年、等几年，直到它最终诱使我找到一个能发挥我的才干的工作。这样，生活就停在这种观望等待的状态了。因为我没有任何特殊的追求，我便在我不多的愿望范围内得到了满足。维也纳这座柔情淫逸的城市，以其独特的风格干脆把逍遥自在的散步、游手好闲的观光和附庸风雅培养成一种艺术的完美，一种生活的目的，使我完全忘却从事实际工作的意图。身为一个文明、高贵、富有、英俊而又淡泊功名的青年，我说不出有多么满意。我在没有危险的紧张气氛中赌博和打猎，经常变着法子旅行和郊游，不久我便以内行的认真态度和艺术家的情趣来充实我这安逸的生活。我收集稀有的玻璃器皿，与其说是出于内心的激情，不如说是由于高兴在一种不费力力的活动中达到完善，求得知识。我用风格特殊的意大利巴洛克铜版画和卡纳莱托①风格的风景画装饰我的寓所，这些画都是从旧货商那里搜罗来或在拍卖行怀着一种虽属追逐却并不危险的紧张心情好不容易买到的。我做各种事都是出于一种爱好，而且永远出于一种兴趣，好的音乐会、当代画家的画展，我很少缺席。在女人堆里，我也不乏成功之举，在她们当中我也以隐秘的收藏家绝不动心的癖性为自己累积了许许多多值得回忆的宝贵经历，而且渐渐从一个单纯的享乐者上升为行家里手。总地说来，我有很多经历，这些经历使我的日子充满愉快，使我感到生活充实，于是我开始更加热爱这种使青春勃发但又不使青春震惊的温暖舒适的气氛，几乎不再有别的想望，因为在我的这种风平浪静的日子里，很少有

---

① 卡纳莱托（1697—1768），意大利风景画家。

什么东西发展成为一种欢乐。选中一条领带甚至能使我感到快乐，一本美妙的书、一次乘车郊游或同一个女人共处一个小时都能使我感到非常幸福。特别使我感到惬意的是，我的这种生活方式，完全像一件十分合宜的英国外衣一样，绝不会引起社会的注意。我相信，人们都认为我是一个受欢迎的人，他们喜爱我，愿意跟我接触，因此，认识我的大多数人都说我是一个幸福的人。

我现在也说不清，我力求在想象中复原的那个人，是否跟别人一样，也把自己看成一个幸福的人：因为现在当我要求从那感情各异的经历中找到一种更完整、更丰富的意义时，我觉得，对每件往事都做出评价简直是不可能的。不过我能肯定地说，那时我绝没有感到不幸福，因为我的愿望几乎没有不实现的，我对生活的要求也几乎没有得不到满足的。但是我已经习惯于从命运中接受我所要的一切，此外从不向命运索取什么，就是这种习性渐渐使我相当缺乏压力，连生活也没有朝气。那时在我半似醒悟的时刻里不自觉地在心中跃动的渴望，并非真实的愿望，而只是对愿望的希望，是更强烈、更放纵、更雄心勃勃而又永不知足地加以追求的要求，对更多的生活，也许更多的痛苦的要求。我运用非常高明的策略从我的生活中排除所有的阻力，然而一旦没有了这些阻力，我的生命活力也就减弱了。我发现，我的渴求越来越少，越来越弱，我的感情麻木了，也许这样表达最好：我在忍受着精神上萎靡不振的折磨，忍受着无力获得生活热情的痛苦煎熬。首先，我从微小的征兆中看出了这种不足。我感到奇怪的是，我极少去剧院，极少参加比较重大的社交活动，我订购不少我喜爱的书，但又让这些书周复一周地躺在写字台上，裁都不裁；尽管我不假思索地继续收集心爱的器物，购买玻璃器皿和古希腊罗马的艺术作品，但买到手以后却不去整理，后来即使意外获得一件搜寻已久的稀有物品我也不特别高兴了。

我真的意识到我的心力暂时略有衰退，那是在一个特定的时刻里，这一时刻还清楚地浮现在我的脑海中。那年夏天——因为产生了那种对任何新鲜事物都不感兴趣的惰性的缘故——我住在维也纳。我突然接到一个女人从一个休养胜地寄来的一封信，我跟她已有三年亲密无间的关系，我甚至可以坦率地说：我爱她。她给我写了一封长达十四页的心情激动的信，说她在这几周内在那里认识了一个男人，此人已在很多方面属于她，甚至完全成了她的人，她将在秋天跟他结婚，而我们之间的那种关系必须结束。她回想起跟我一起度过的时光，一点也不后悔，甚至感到幸福，对我的这种思绪将作为她昔日生活中最美好的部分陪她进入她新的婚姻生活里去，她希望我能原谅她的这个突如其来的决定。在通知了这件事之后，这封心情激动的信才开始提出真正感人的恳求，她希望我不要生她的气，不要因为她突然收回承诺而太痛苦，要我别试图用暴力把她拉回去，或者做戕害自己的蠢事。信里的内容更加激昂地疾驰下去：让我在一个更好的女人那里求得安慰，要我立即给她写信，因为她很惦念我接到这个通知后的情况。作为补充，接着又用铅笔匆匆写道："别做任何丧失理智的事，你要理解我，原谅我！"我读这封信时，起初还对这消息感到惊奇；看完一遍又读第二遍时，心中不免多少有些羞愧，这羞愧又自然而然地迅速转化为一种内心的惊恐。因为，我的情人认为必然会出现的那种强烈的出自本性的心情，我心里连个影子都没有。得到她的通知，我没有感到痛苦，我也没有生她的气，而且压根儿就没想到用暴力方式反对她或摧残我自己。我心里的这种情感冷漠现在变得极为古怪，连我自己都感到惊愕。一个女人曾陪伴我生活了好几年，她温热的身体那么有弹性地紧贴着我的身体，在多少漫漫的长夜里她的呼吸消失在我的呼吸里，现在她背弃了我，我却无动于衷，不去阻止，不设法把她夺回来。这个女人单凭本能设想的一个真正的人理应具有的那种感情，在我心里一点也没有产生。此时此刻，我第一次意识到，我的心灵麻木已经发展到多么严重的地步。我恰似漂在闪光的流水里，没有攀附也没有根基。我清楚地知道，这种冷漠便是死亡，便是僵尸，尽管还没有发出腐烂的臭气，但也是不可救药的呆滞和冷漠无情——这是真正的死亡、肉体死亡之前的征兆，是外表可见的衰亡之前的征兆。

自从有了那个生活插曲，我便开始像一个病人观察自己的疾病一样仔细观察我自己，观察我内里的这种奇特的心灵僵化。此后不久，我的一个朋友去世了，我走在他的棺材后面，这时我静静地谛听我的内心是否真的悲痛，我的意识里是否感觉到永远失去了这个童年时代的挚友。但这一类的情感一点儿也没有。我觉得我像一个不透明的玻璃制品一样，这些东西照上来只能折射回去，我的内心任何光线都照不进。在这种时候和许多类似的情况下，尽管我努力去感觉，甚至以种种理性的理由想去说服感觉，也不能从这僵化的心灵里唤起任何反应。人们离开了我，女人们来来去去，我感觉到这无异于一个人坐在屋子里隔窗观雨，在我和直接对象之间隔着一堵玻璃墙，我无力用意志把这堵墙拆除。

虽然我清楚地感觉到了这一点，但是这种认识并没有使我不安，因为我说过，就是那些涉及我本人的事我也全不在意。我对痛苦再也没有什么感觉了。可以聊以自慰的是，这种心灵上的缺损，表面是觉察不到的，这有点像男人的阳痿，只在亲昵的一刻才暴露出来。在社交中，当我意识到自己过分冷漠和麻木时，便卖弄一下假装出来的哗众取宠的热情，夸张地做出一时激动的样子。从表面上看，我继续过着我昔日舒适而无拘无束的生活，没有改变生活的方向；每周每月的时光轻松地流逝过去，慢慢地不知不觉地度过了数年。一天早晨，当我照镜子，看见鬓角有一绺灰白的头发，才感觉到我的青春正慢慢地步入另一个世界。但别人称之为青春的东西，在我心里早已过去了。因此告别青春于我并不十分痛苦，因为我也不怎么爱我的青春。我那倔强的感情对我自己也置之不理。

由于这种内心的无动于衷，我的日子越来越千篇一律，尽管有各种不同的事情和活动，日子一天接着一天毫无起伏地排列过去，像树上的叶子生长又枯黄。我现在想再为自己描述的那个独一无二的日子，像往常一样，也是一点儿也不特别，毫无征兆地开始的。一九一三年六月七日那天，我起得很晚，心里回荡着儿时和学生时代的礼拜天的感觉，洗了澡，读了报，又读了读书。然后由于受到关切地闯进我房间里来的温暖的夏日的诱引，我出外散步，习惯地横穿渠岸林荫道，在熟人和友朋的相互致意下跟他们寒暄几句，就在朋友家里吃午饭。下午，我避开了任何邀约，因为我非常喜欢在星期天度过几个没有安排的自由自在的钟点，让这几个小时完全由我的兴之所至、我的疏懒习性和某种一时冲动任意排遣。后来，我从朋友家回来，横穿环城马路时，我欣悦地感受到阳光灿烂的城市的艳丽，为它初夏的盛装而心花怒放。看上去，所有的人都很快活，全沉浸在多彩街道上的礼拜天气氛中，许多个别的东西使我感到新奇，首先是茂密的树木直起腰来用它们萌发的青枝绿叶从上方遮没了柏油马路。虽然我几乎每天都从这里经过，但我像发现奇迹一样突然看见这礼拜日熙熙攘攘的人群，于是不自觉地产生一种对浓绿、明丽和多彩的渴望。我有点好奇地回想起普拉特游乐场，在那里，在此春末夏初之际，那些又高又粗的树，像高大的绿衣仆人站在车辆行驶而过的林荫大道两侧，一动不动地把它们白色的花冠伸向那些装扮入时的人群。我也立时产生一个急切的愿望，习惯地招呼头一辆来到我面前路上的出租马车，告诉车夫要去普拉特游乐场。"去看赛马是不是，男爵先生？"他谦恭地应声道。我这才想起，原来今天是非常时兴的赛马日，一年一度的赛马预赛，维也纳整个上流社会都在那里聚会。在上车的时候我想，要是在几年前我耽误或忘记了这一天，那才怪呢！就像一个病人一活动便感觉到自己的伤口，从这种忘性上我感觉到我已深陷其中的那种冷漠的整个僵化状态。

当我们到达那里时，林荫大道上几乎空无一人。想必赛马早就开始了，因为上坡路上一向车马嘈杂的热闹景象已经不见，只有稀稀拉拉的几辆出租马车，蹄声嗒嗒地匆忙驶过，好像要追回被耽误的时间。车夫在座位上转过身来问，要不要快跑；但我命他让马静静地走，因为我根本不在乎迟到。我看过的赛马太多了，那些参加赛马的人我也见得太经常，我不再把准时到达看得多么重要了。这样像站在船的甲板上观海一般，坐在马车轻轻摇晃的软座上感受蓝色的微风拂面，这样更安静地观赏枝繁叶茂的美丽栗树，才更适合我的懒散习性。这些栗树不时把几绺花絮交给温暖宜人的风去玩耍，那风随即把花絮拾起来旋转，然后又刮到林荫大道上，形成白花花的一片。就这样在车里摇来晃去，闭着眼睛想象着春天，毫不紧张地体味飘飘欲仙的快意，真是再舒坦不过了。遗憾的是，马车到达快活苑就停在门口了。我真想再往回走，照旧在这柔和的初夏的日子里任凭车子把我摇来晃去。不过，已经太晚了，马车已停在赛马场前。沉闷的咆哮声迎面传来。那声音像一片汪洋轰轰隆隆地在逐阶上升的看台上膨胀起来，我看不清密集地发出这声音的活动的人群，于是我不由得想起了比利时的海滨浴场奥斯坦德，那时人们从低地的城市登上通往海滨大道的窄小的侧街，便感觉到海风带着咸味在头上尖声呼号，听到一种低沉的轰鸣，然后才把目光投向波涛轰轰作响的翻滚着灰色泡沫的辽阔海平面。一定是一场赛马正在进行中，但在我和有赛马疾驰的草坪之间竖着一道五颜六色、嗡嗡作响、像被一阵内心的暴风雨摇来摇去的浓烟，那是黑压压的观众和赌徒。我看不见跑道，但我能在不断增长的热情的反照中领悟到赛马的每一阶段。骑手肯定早已出发，混乱地分成一团一团，有几个骑手一起争夺领先，因为从密切注视着赛马活动的人群里传来了叫喊声和激动的呼唤声，而那赛马的场面我是看不见的。顺着他们转头的方向，我猜得出骑手和马此刻已经到达椭圆形草坪的弯道，因为喧闹的人群，像转动一个伸长的共同的脖子一样，越来越一致地、越来越联合地把目光投向一个我看不见的视点，从这个扯开的喉咙里以千百种搓碎的声音发出怪声叫喊和汩汩的声响，犹如越来越高的泡沫飞溅的汹涌波涛。而这波涛在增长，在膨胀，充满整个空间，一直冲向那冷漠的蓝天。我注视几个人的面孔。好像因为身体内部发生了痉挛，这些面孔都变了形，眼睛出神地凝视着，闪着微光，嘴唇紧咬，下巴贪婪地前伸，鼻翼像马那样翕动。如此冷静地观察这些放纵的陶醉者，我感到可笑而又可怕。我身旁一张椅子上站着一个男人，他穿着讲究，有一张本来很顺眼的面孔，但此刻却在狂呼乱叫，好像有一个看不见的妖魔附在他身上一样，他向一无所有的空气里挥动他的手杖，犹如朝前鞭打着什么东西，他的整个身体——在别人看来真是说不出有多可笑——狂热地随着疾驰如飞的赛马动作一颠一颠地不停地颤动。如同蹬在马镫上，他跷着脚后跟，在椅子上不停地上下跷动。右手一再向空中挥舞着，就像甩鞭子一般，左手则痉挛地把一张白色彩票攥得皱巴巴的。四下里出现越来越多随风飘摆的白色彩票，就像泡沫喷射器在轰轰膨胀起来的灰色洪峰上面喷洒出的泡沫。现在，在拐弯处，几匹马一定是紧紧挨在一起了；喊两个、三个、四个人名字的连续不断的轰鸣声震耳欲聋，分散各处的小组人群一再地呼唤和吼叫，仿佛交战时的喊杀。这叫喊宛如是他们走火入魔的发泄。

我冷静地站在这轰鸣的癫狂中，犹如一堵绝壁立在隆隆作响的大海里，就是在今天我也还能准确地说出我在那一时刻的感觉。首先，感到所有这些滑稽的手势和表情都很可笑，其次对粗俗的感情爆发报以嘲讽和鄙视，但也还有些别的东西，这一点我还不大愿意承认呢——那就是对这种激情，对这种爱的冲动，对这种狂放生活的某种微弱的嫉妒。我在想，要发生什么事，我才这样激动，这样热狂，以至于我的身体如此灼热，我的声音一反我的意愿脱口而出？我想不会有任何一笔巨款，占有它就能使我高兴，不会有一个女人使我这样着迷，没有什么能使我脱离我的麻木不仁，使我产生这样火热的激情，没有什么，什么也没有！在一支突然扣了扳机的手枪前，我虽然可能惊呆一刹那，但我的心却不会如此剧烈地跳动，就像围在我四周的成千上万的人为了一大笔钱而打赌一样激动。但是，此刻，想必是有一匹马已接近终点，因为在上千人异口同声的越来越尖利的叫喊里，从混乱中响起一个人的名字，犹如一根绷紧的琴弦发出尖锐的声音后就要突然挣断一样。音乐奏响了，人群突然溃散了。一局赛马结束了，一场战斗解决了，紧张的情绪融化在一种令人晕眩、余兴未尽的激动中。众人刚才还是热情的一团，现在分散成许多边漫步边说笑的小股人群，从酒神狂女激情的假面具后边露出安静的面孔；成千的人曾被竞赛的混乱融成唯一的火热的整体，现在从这混乱中又依社会阶层分成小组，时而聚集时而分开，认识我的人向我致意，陌生的人相互冷漠而客气地打量和观察。女人相互观察各自新制的盛装，男人投以贪婪的目光，那种新人的好奇心是无所事事者的真正职业，现在正好开始施展它的才能，人们在相互寻找，相互计数，相互检查是否到场，是否衣着讲究。这里所有的人刚刚从眩晕中苏醒，就再也不知道他们社交聚合的目的究竟是这种闲逛的幕间表演，还是竞赛本身。

　　我从缓缓流动的拥挤人群中间走过，时不时地问候和回谢，舒适地呼吸着——尽管属于我生活环境的——香水和高雅的气味，这香味在这万花筒般的混杂场合四下飘浮。微风从普拉特游乐场那边，从夏日烤热的树林里吹来，更快地吹向人群，像喜欢美色似的触摸女人白色的纱衣。几个熟人想同我攀谈，美丽的女演员狄安娜从包厢里向我点头相邀，但我没有到任何人身边去。今天，我没有兴致跟任何一个上流社会的人交谈，我觉得，在他们这面镜子里照见我自己，实在无聊。我只想把握这幕戏，把握这飘飘然一时隐秘的性爱兴奋（因为别人的激动在冷漠人的眼里恰恰是最令人愉快的一幕戏）。几个漂亮的女人走了过去，我毫无顾忌地看着她们，她们每走一步，薄纱下的乳房便一颤动，对此我毫不动心。她们感到被别人如此肉欲地打量着，像被肆无忌惮地脱光了衣服似的，对自己的窘态半是尴尬，半是快活，每当这时我就在心里感到好笑。事实上并没有一个人让我着迷，我在她们面前这样做，只是感到某种满足而已。心怀这种念头的这幕戏，揣度她们心理活动的这场游戏，使我欢乐，我喜欢用眼睛触摸她们的身体，用眼睛来感觉这诱人的颤动；因为，像对每一个内心冷漠的人一样，在别人温热的身子里引起不安，而不是使自己萌生激情，这对我也是真正性感的享受。我只喜欢感受那些性感女人的温热，我指的不是真正的温热，只不过是给予刺激，而不是诱发激情。这一回，我就是这样穿过散步的场地，接受她们的目光，像打羽毛球似的把目光送回去，对女人只欣赏而不攫取，触摸而不动感情，只不过是用不冷不热的态度让淫逸的游戏略微增加点热气而已。

但这种游戏很快便使我厌倦了。总是原来那些人从面前走过去，她们的面孔和姿态我都能默记下来了。附近有一把椅子。我就坐了上去。在周围的各组人群里，开始出现一阵新的令人目眩的活动，那些从面前经过的人更不安和杂乱地摇动和相互冲撞。显然是又开始了一局马赛。我对赛马完全不放在心上，我坐在软垫上，悠然自得地叼着香烟吞云吐雾，那小小的烟圈打着白色的卷儿朝天空飞升，然后越来越淡，像一缕白云消失在春日的蓝天里。就在这一刻，开始了那桩罕见的事，那至今还左右我生活的奇特的经历。我能极为准确地说出那是几点几分，因为当时我偶然看了一眼表：指针正好交叉，我怀着无事人的好奇心盯着它们，看它们怎样重合一秒之久。那是一九一三年六月七日那个下午的三点十六分。我手里夹着香烟，看着白色的表盘，正全神贯注地做这种幼稚可笑的观察时，听到紧靠我背后有一个女人在大笑，那是我在女人身边喜欢听到的那种尖声的兴奋的笑，是从性感的热丛中迸发出来的大惊小怪的热烈的笑。她那不加掩饰的性感这样放荡地闯进我无忧无虑的梦境，像一块白色的闪光的石头投进一个霉味扑鼻的烂泥塘，我真想转过头去看她一眼——我立刻控制住了自己。一种精神游戏的奇特乐趣，一种没有危险的心理试验的小游乐，时时袭上我的心头，现在却让我罢手。我还不想去看这个高声大笑的女人，只想先用一种愉快的方式捉摸这个女人的形象，在我的想象中把她的脸、她的嘴、她的喉、她的颈项、她的胸脯，总之把一个这样发笑的活生生的女人一清二楚地勾勒出来。

　　显然，她是紧挨着我身后站着。笑声一落，又开始谈话。我好奇地听着。她说话略带匈牙利语腔调，语速极快，很悦耳，像唱歌一样把元音拖得很长。用她的话语虚构她这个人，脑子里尽可能大胆地塑造她的形象，我觉得很开心。我想象中的她有一头黑发，一对乌黑的眼睛，一个宽大、有曲线的性感的嘴，满口洁白坚固的牙齿，一个细长的小鼻子，但略往上翘的鼻孔却在不停地翕动。我让她左颊上印着一颗美人痣，手里拿着一根马鞭，大笑时她用马鞭轻轻敲打着大腿。她说呀说的，不停地说。而她说的每一句话，都给我闪电般对她产生的想象增添一个细部：一个狭窄的少女的胸脯，一件深绿色的连衣裙上边斜插着一个钻石别针，一顶插了一根白色苍鹭羽毛的浅色帽子，那形象越来越清晰，我觉得我已经看到了这个陌生的女人，她不可见地站在我背后，犹如站在我的瞳孔的曝光底片上。但我不想转身，我让这想象中的游戏继续发展。任何一个微小的快感都会干扰我心猿意马的梦幻，于是我闭上双眼。当然，假如我睁开眼转向她，我这内心的形象肯定会跟她外在的形象完全重合。

就在这一刹那，她走到前面来了。我心不由己地睁开眼睛。但我很生气。我完全怔在那里了，一切都是另一个样子，甚至像恶作剧般与我想象中的形象相反。她穿的连衣裙不是绿的，而是白的，不是身材修长的，而是丰满的，胯骨宽大，在富态的脸颊上任何地方也没有我梦想中的美人痣，头发是金红色，而不是黑色，还戴了一顶盔形帽。我想象中的特征没有一样跟她的真实形象相同，但这个女人很美。尽管由于沾沾自喜的愚蠢的好胜心受到了伤害，我拒绝承认她的美，她还是美得令人动心。我几乎怀着敌意抬眼看她，但就连我这颗保持抵抗的心也受到来自这女人的强烈性感的诱惑，感觉到一种色欲，一种由她的坚实而柔软的肉体挑逗诱发出来的兽性。这时，她又大声笑起来，露出坚硬雪白的牙齿，我不得不对自己说，这种热烈的性感的笑与她本人的丰满诱人是和谐一致的；她身上的一切——那隆起的胸，那笑时向前伸的下巴，那敏锐的目光，那弯弯的鼻子，那使劲朝地面拄着伞的手，都那么充满激情，那么有挑逗性。这是女性的元素，是原始力，是有意的、缠绵的诱惑，是肉欲的欢乐的火炬。她身旁站着一个文雅的军官，那军官正在执着地规劝她什么。她认真地听他说话，时而微笑，时而大笑，时而反驳，但所有这一切都是附带的，因为她的目光同时扫来扫去，她的鼻翼朝着四周翕动，好像注意着一切人：她在收集每个走过去的观众的注意力、微笑和目光所向，如同从周围所有的男子那里收集这一切。她的目光不停地移动着，这目光有时沿着看台搜寻，以便随后在愉快地辨认出某人时突然回以致意，有时在微笑着装作认真听军官说话的时候，一会儿扫向右、一会儿扫向左。只是我虽然处在她的视野之内，但由于被她的陪伴者遮挡，还没有被她的目光触及。这使我很恼火。我站起来——她还是没看见我。我往前挤了挤——现在她又朝上去瞧看台。于是，我决心向她走去，对她的陪伴者微微脱帽致意，请她坐我的椅子。她惊奇地望了望我，眼睛里飞过一道微笑的闪光，她讨好地撇了撇嘴唇，挤出一丝微笑。接着她道了声谢，把椅子挪过去，却没有坐下来。她只温情地把那只丰满的、一直裸露到上臂的胳膊拄在椅背上，微微弯起她的身躯，让人清楚地看见她的身姿。

对自己错误的心理分析的恼怒，在我胸中已荡然无存，跟这个女人的嬉戏吸引着我。我稍往后退了退，退到看台后壁附近，在这里我可以自由自在、不为人知地细看她，我拄着手杖，用眼睛搜寻她的目光。她发现了我，略微朝我观察的部位转了转身体，但这个动作好像完全是偶然的，不阻止我看她，有时还无拘无束地回应我。她的眼睛不停地转动，它们触摸一切，但什么也不紧紧抓住——她在偶遇时露出的一丝捉摸不透的微笑，只对着我，还是对着每一个人？这是很难区分的，不过正是这种无从确定性弄得我烦躁不安。在赛间休息时，她的目光像闪光灯一样朝我闪了一下，那目光中仿佛充满了许诺和希望，但她也用同样闪光的瞳孔毫无选择地对待任何人向她飞过去的目光，只不过完全出于逢场作戏、卖弄风情的欢乐心理，同时，又一秒钟也不耽误她倾听陪伴者说话。在这一系列性感的卖弄中，存在着某种明显的肆无忌惮的东西，有一种挑逗卖俏的高超技巧或一种突然爆发的过剩的性爱要求。我身不由己地向前迈了一步：她那种冷漠的放肆举动也感染了我。我不再去看她的眼睛，而是以内行的态度由上到下打量她，用目光撕开她的衣裙，并在感觉中静观她的裸体。她跟着我的目光转，不觉得受到什么伤害，她撇着嘴角对正在侃侃而谈的军官微笑，但我发现，这会意的微笑是对我愿望的反应。当我去看她那只露在白色衣裙下的纤巧可爱的小脚时，她用目光随随便便地朝下扫了一眼她的裙子。紧接着，她出人意料地抬起腿来，把她的脚放在那把请她坐的椅子的第一根横木上，这样我便可以从那镂空的裙子看见延至膝盖以上的长丝袜，与此同时，她对她的陪伴者的微笑也变得颇有嘲讽或存心不良的意味。很明显，她跟我戏耍，像我跟她戏耍一样不动感情。我不禁满怀仇恨地欣赏她肆无忌惮的精湛技巧，因为当她以不正当的诡秘心理展示她身体的性感时，她同时讨好地跟她的陪伴者低语，在一个人身上又给予又收取，二者只是游戏。我真的被激怒了，我恰恰憎恨别人这种冷淡、恶意、工于心计的情欲，因为在我自己没有感情的状态中，我觉得这情欲活像兄妹之间的乱伦。但我很激动，说不定憎恨多于淫欲。我色眯眯地向前走了走，用目光野蛮地捉住她。"我想要你，你这美人儿。"我的表情好像毫无掩饰地对她这样说，我的嘴唇一定不自觉地掀动了一下，因为她略显鄙视地微笑着，扭过头去不再看我，她使劲把晚礼服下摆甩在裸露在外的小脚上。但一刹那之后，那乌黑的眸子又朝我闪过来，很快又转过去。很明显，她的冷淡完全同我一样而且还超过我，我们俩都是用一种有分寸的激情在戏耍，这种激情本身只不过是画出来的火焰，但毕竟好看，毕竟是一个阴郁的日子里的欢乐的戏耍。

突然，她脸上的紧张情绪不见了，不停闪烁的光亮消失了，一条恼怒的褶皱爬上刚才还在微笑的嘴角。我跟随她的目光看去：一位矮胖的绅士急急忙忙向她走来，一身皱巴巴的衣服使他显得十分臃肿，那张脸和他神神颠颠地用手帕擦拭着的前额，由于激动，全都汗津津的。匆忙中斜扣在头顶上的帽子让人从侧面看到从上往下延伸的秃头（我不由得感觉到，要是他摘下帽子，那头顶上肯定布满了豆粒大的汗珠，我觉得这个人很讨厌）。在他戴了戒指的手上攥着一大把彩票。看得出，他兴奋得直喘粗气，他高声地用匈牙利语跟那个军官说话，对他的夫人看都不看一眼。我立刻认出这是一个赛马赌徒，细加分类是一个马贩子，赛马是他唯一的娱乐，崇高

139

事业的别称。显然，他夫人此刻肯定是向他提出了什么告诫（他的在场显然是妨碍、搅扰了她最起码的安宁），因为他好像照她的意思正了正帽子，朝她和蔼可亲地笑了笑，温存地拍了拍她的肩膀。她愤怒地抬起眼睑，对这种夫妻间的亲昵十分反感；在那个军官面前，也许包括在我面前，这样的亲热使她很难堪。他仿佛表示了歉意，用匈牙利语又跟那个军官说了几句话，对方则露出满意的微笑作答；随后他便温情地略显逢迎地挎起她的胳膊。我感到，他当着我们的面做出的这种爱抚举动，弄得她满面含羞。我心怀嘲笑和厌恶欣赏着她的俯首听命。但她又镇定下来，当她亲热地挽住他的胳膊时，向我投来一瞥讽刺的目光，好像是说："你瞧呀，占有我的是他，而不是你。"我很生气，同时觉得很讨厌。我真想转身就走，叫她看明白，对这样一个粗俗的矮胖子的妻子我是不感兴趣的。但她的诱惑力太强了。我待在那里没有动。

就在这时，赛马开始的信号尖声地响了，整个呆滞的、无精打采的、闲聊的人群像被摇动了一下似的，又突然乱哄哄地向前面的栅栏拥去。我需要使出很大的气力，才能不被卷走，因为我正想在混乱中留在她身边。说不定这时会有机会投去决定性的一瞥，下一次手，干一次我当时也说不清的出于本能的荒唐勾当。不过，在人们急急忙忙往前拥时，我坚持不动，正好被挤到她身边去了。就在这当儿，那个矮胖的丈夫偏巧挤了过来，显然他是想在看台边抢到一个好的位置，于是我们俩便迅猛地撞来撞去，谁都想奋力把对方甩到一边去，这样一来，他那顶虚戴在头上的帽子就飞到了地上，那些彩票由于攥得太松而飞了出去，在空中划了一个大弧形，像红、蓝、黄、白色的蝴蝶飞落到地上。他瞪了我一眼。我本不假思索地就要道歉，但一种恶念锁住了我的嘴唇，相反，我以一种略微无礼而粗野的挑衅态度冷漠地看着他。他的目光不安地闪烁了一秒钟，那是由不断上涨而又小心压抑着的愤怒引起的，但这目光在遇到我的目光后却胆怯地退避了。那胆怯是令人难忘，甚至令人感动的。他又这样凝视了我一秒钟，然后转身离去；仿佛突然想起了他的彩票，就弯下腰到地上去捡彩票和那顶帽子。那位夫人沉着地挎着他的胳膊用眼睛瞪着我，她激动得满脸通红，现出不加掩饰的愤怒；我则怀着一种极大的喜悦看着，真恨不得让她打我一顿。但我十分冷漠，毫不在意地站在那里不动，非但不去帮忙，反而笑眯眯地看着那个超肥的小个子丈夫哼哧哼哧地弯着腰，在我的脚前爬来爬去拾他的那些彩票。领子在弯腰时撅得很高，活像老母鸡竖起的羽毛，挺宽的胖褶子在憋得通红的大脖子后边向上挤在一起，他每活动一下便大口地喘着粗气。我看见他这样喘息，便不自觉地产生一个有伤风化的令人恶心的思想：我想象着他和他的妻子同房的情景，我简直放纵地沉浸在这种想象中，还面对她那难以控制的愤怒发笑呢。她站在那里，此刻面色苍白，焦躁而不能自制——我终于从她那里夺得一份真正的、毫不掺假的感情：憎恨，难以遏制的愤怒！我真想让这恶作剧的场景无限地延长下去；我心怀冷酷的狂喜看到，为一张一张地拾起他的彩票他受了多么大的罪。一个稀奇古怪的恶魔塞在我的咽喉里，他一直在哧哧地笑，很想爆发出一阵大笑——我真想把他笑出来，或者用一根棍子给这块发痒的肉团稍稍解解痒。我实在记不得曾几何时我这样邪念钻心，像当时那样得意扬扬地侮辱一个调情卖俏的女人。不过现在，这个倒霉蛋似乎终于把他的彩票都皱皱巴巴地拾起来了，只有一张蓝的飞得稍远，最后竟落在我跟前。他气喘吁吁地转过身来，用他的近视眼搜寻着，那夹鼻眼镜都滑到他汗津津的鼻尖上去了，我故意捣蛋的恶意则利用这一秒钟要延长他的可笑的费劲找寻彩票的时间：我无意中依着学童时的挑逗心理，赶快往前一挪脚，用鞋底压住那张彩票，只要我不想让他找到，他就怎么费劲也找不着。而他找啊找啊，百折不挠地找，同时把那些彩色的胶版纸片数了又数：很明显还缺一张，我脚底下的这一张。他还想在步步移近的杂沓声中寻找，这时他的夫人以一种乖戾的表情极力避开我嘲弄的斜视目光，再也控制不住愤懑和焦躁。"拉尤斯！"她以主人的口吻突然朝他喊了一声，他像一匹听到军号声的战马一样惊起，又向地上寻觅似的看了一眼。我觉得，脚底下的那张彩票好像使我发痒，我几乎忍不住要笑出声来——然后他顺从地转向他的夫人，她急匆匆地把他从我这里拉到越来越激动的混乱的人群中去。

我站在原地没动，根本不想跟着这两个人走。这段插曲对我来说已经结束，那种情欲紧张的感觉令人舒坦地消融在欢乐中，一切激动的心情都从我心中溜走，除了那突然冒出来的恶意得到了极大的满足，除了对这恶作剧得到胜利的一种厚颜无耻、近乎放纵的自我满足，什么也没有留下。前面，人们紧紧地挤在一起，激情像波涛一样激荡，一种唯一的、肮脏的、黑色的波浪开始向看台拥去，但我压根儿就不往那边看，这种事已经使我厌倦了。我心想，是到克里奥草地去呢，还是乘车回家。但刚刚不自觉地把脚往前挪出一步，我便注意到躺在地上的那张蓝色彩票。我把它捡起来，夹在手指间玩弄着，不知该怎样处理。我模模糊糊的想法是，把它交还给那个"拉尤斯"，这可能成为跟他夫人相识的最好的机会；但我发现，我已对她不再感兴趣了，而由这次艳遇飞向我的一股性激情已经在我旧日冷漠的心里变冷。除了双方目光在搏斗和要求中的一来一往，我对这位拉尤斯的妻子别无他求——那个矮胖子太叫我讨厌了，怎么能跟他共有一个女人呢——这时我只感到心灰意冷，紧张的精神舒松下来。

那把椅子还立在那里，孤孤单单，全被忘却。我悠然自得地坐在上面，点燃一支香烟。那激情又在我面前喧闹起来，我甚至连听都不去听，因为没有新花样的重复对我没有诱惑力。我一心看着缭绕上升的烟，想着疗养胜地梅兰的林荫道，两个月前我还坐在那里俯瞰轰轰飞溅的瀑布。那里跟这里很相似：在那里也有一个不断增强的呼啸声，既不使人感到温暖，也不使人感到冷漠，那里也有一种毫无意义的喧嚣声直冲蓝天。现在赛马的热情渐渐强烈地表现出来，阳伞、帽子、叫喊和手帕组成的浪花又在波涛般汹涌的黑压压的人群上空挥舞，各种声音又混杂在一起，从人群的巨大的口里发出一声叫喊，但现在它的音色不同。我听到一个名字，被千次万次地欢呼，被尖声地、狂喜地拼命地喊叫："克莱希！克莱希！克莱希！"这声音又像一根绷紧的琴弦，忽然断了（重复连激情也会变得单调！）。开始奏乐，人群四散。写着赢家号码的显示板被拉到上边来。我下意识地朝那里望去。在第一位闪着一个"七"。我机械地看了一眼那张蓝色的彩票，我几乎忘了它还夹在我的手指间。这上面也有一个"七"。

我不由得笑了起来。这张彩票中了，拉尤斯这家伙押对了。这么说来，我的恶作剧竟使这个胖丈夫破了点财；突然，我的狂妄情绪又来了，此刻我感兴趣的，是要知道我的妒忌行为究竟骗了他多少钱。我头一次仔细地看这张蓝色的胶版纸：那是一张二十克朗的彩票，拉尤斯押的是"七"。这恐怕是一笔相当可观的款子。我没有往下想，只是跟着好奇心的感觉走，被匆忙奔跑的人群顺带着向通往票房的方向挤去。我被压进一个长蛇阵里，把那张彩票递上去，两只瘦瘦的手匆忙地立刻触摸了它一下，我根本看不见窗口后面那人的脸，他把九张二十克朗的票子推到大理石窗台上。

就在对方把那钱，真正的钱，蓝色的钞票推给我的一刹那，笑声哽住我的咽喉。我立刻产生一种很不舒服的感觉。我不自觉地把手抽回来，以免碰到那些别人的钱。我宁肯让那些蓝色的钞票留在窗台上，但人们从我后边拥过来，急不可耐地要拿到他们赢得的钱。于是我不得不用感到厌恶的手指尖痛苦地把那些钞票拿起来：它们像蓝色的火焰在我的手心里燃烧。我不由得张开手，好像这只拿着钱的手不是我的。我立刻估量出了这恼人的处境。本来只是开开玩笑，结果却演变成一个正派人、一个绅士、一个预备役军官不该做的丑事，真是完全违背了我的意志。因为这不是隐匿的钱，而是诈骗的钱，是偷来的钱。

我周围人声鼎沸，嘈杂喧闹声响个不停。人们连挤带撞，或从票房前挤出来，或向票房拥过去。我依然伸着手，站在那里不动。我该怎么办呢？首先我想到，最自然不过的是：寻找真正的赢家，向他道歉，把钱归还他。但这是行不通的，至少在那位军官的眼前不成。而且，我是一个预备役中尉，一旦供认，就会立刻丢掉军衔。因为即使这彩票是我拾到的，已经收了钱就是一种不正当的行为。我也想到，让我手指间的自然颤动再厉害一些，把钞票攥成一团抛出去，但这样做，在混杂的人群中是很容易被发现的，随后就要受到怀疑。我绝不想把这笔别人的钱在我手里握上一分钟，或把它装到皮夹里去，以便日后送给什么人：从小我就有穿干净衬衣的洁癖，因此即使随便碰一碰这些票子我也感到恶心。扔掉，只能把这笔钱扔掉！我真是心急如焚，扔掉，随便扔到哪儿去！我下意识地四下张望。当我无计可施地在周围察看是否有什么隐蔽处，是否有不会被注意的机会时，我突然注意到人们又开始向票房挤去，但现在是手里拿的是钞票。我想，这下子可得救了。我在这恶作剧的偶然机会中得到的钱，可以再抛回那贪食的咽喉，那窗口像咽喉一样正在把新的赌注，把银币和纸币，同样贪婪地吞下去——对，这么做就对了，这是真正的解脱。

我疾走，简直是跑了过去，挤过蜂拥而上的人群。只有两个先到一步的男人在我前面，那第一个人已经站在赛马赌注收款处前面，这时我突然想起我还说不出要押哪匹马呢。我贪婪地倾听周围人的谈话。"您押拉瓦克尔吗？"一个人问。"当然押拉瓦克尔。"他的同伴回答他说。"您认为泰迪也会赢吗？""泰迪？看不出赢的迹象。它在初赛中就完全不灵了。它是个样子货。"

我像一个饥渴的人把这些话都吞了下去。那么说，泰迪是不行的了。泰迪说不定非输不可。我立刻决定，就押泰迪。我把钱推进去，说出刚才听到的名字泰迪，押它赢，一只手把彩票甩给了我。我手里一下子就有九张红白胶版彩票了，而不是一张。仍然还有一种不痛快的感觉，但毕竟不像攥着皱巴巴的现金那样不是滋味，那样感到有失身份了。

我又感到轻松，甚至无忧无虑了：现在已经把钱甩出去了，这次奇遇的不愉快也了结了，事情又变成了玩笑，像开始的时候一样。我懒散地坐在我的椅子上，点燃一支香烟，从容不迫地把烟吐向前面。这种状态并未保持很久，我站起来，来回踱了踱步，然后又坐下去。奇怪的是：令人浑身舒服的梦也随之过去了。某种神经质的东西沙沙响着刺进我的肢体。起初，我想，在这么多擦身而过的人当中碰到拉尤斯和他的妻子，那才晦气呢！转念自问：他们怎么会想到那些新的彩票本应属于他们呢？人群的嘈杂并没有干扰我，相反，我仔细地进行观察，看他们是否又在开始向前拥挤，我甚至突然被吸引住了，我一再站起来，去看那边赛马开始时升起来的旗帜。就这样焦躁不安，真是等得我心如火焚，但愿赛马快开始吧，愿这件讨厌的事永远完结吧！

一个小伙子跑过来，手里拿着一张赛马报。我把他挡住，买了一张，我反复地看那些用行话写的不可理解的词句和暗语，直到我终于找出泰迪，它的职业骑师的名字，那个马厩的所有者和红白毛色。这为什么使我如此感兴趣呢？我满腔愤怒地把这张小报揉成一团抛了出去，站起身来，然后又坐在椅子上。我突然觉得全身发热，不得不用手帕擦擦渗出汗珠的前额，衣领有点卡我的脖子。赛马起跑的号令一直没有发出。

铃声终于响了，人们潮水般涌过去，而在这一秒钟，我不禁大吃一惊，这铃声如同闹钟一般使我从睡梦中惊醒。我猛地从椅子上跳起来，连椅子都给碰倒了，于是我手里紧紧攥着那些彩票，急急忙忙地快步走——不，我是跑着——贪婪地朝前面奔去，钻进人群，生怕去晚了，耽误了什么重要的事。我粗野地把别人撞到一边，挤到前边的横木前，不顾一切地把一位太太正要去坐的一把椅子拉到我身边来。我立刻从她的目光中意识到自己的行为是多么不得体，多么荒诞不经——这位太太是一个老熟人，R伯爵夫人，我清楚地看见她愤怒地耸起眉毛——但由于羞愧和固执，我冷冰冰地从她身边移开目光，跳到椅子上，去看赛马跑道。

在那边很远的地方，一小群马紧挨在一起站在绿草地的起跑线上，被职业骑师吃力地拉在起跑线以外，这些骑师看上去像是木偶戏里五颜六色的丑角。我立刻在那里辨认我押的那个骑师，但我的眼睛对此很不熟练，我觉得在我眼前闪烁的光线那么热那么奇特，弄得我在那么多斑斑块块的颜色里根本区分不出那红白色标志来。就在这一时刻，第二次铃声响了，那些马像从弓上射出的七支彩色的箭似的飞驰到绿色的跑道里。安静地充满美感地观看这一幕场景，真是无比美妙，那些马几乎是蹄不擦地飞过草坪；但我对这一切什么感觉也没有，我只是绝望地试着认出我的马和我的骑师，我抱怨自己为何不带一个野战望远镜来。不管我怎样弯腰伸脖子，但除了四五个小虫子模模糊糊地飞作一团以外，我什么也没看见；现在我只看见那队形渐渐起了变化，那虚飘飘的马群在拐弯处延长成楔形，几匹马往后一退，有一匹马嗖地飞到前头。赛马到了白热化的程度：分散为三五成群的马，像彩色的纸条，扁扁地紧紧挨在一起，一会儿这匹马冲在前，一会儿另一匹马又猛冲出一头。我不由自主地伸展开我的全身，好像通过这种模仿飞驰的热情紧张的动作我能提高它们的速度，能跟它们一道飞跑。

我周围人群的热情在高涨。几个行家在弯道上认出了自己押的颜色标志，因为一些名字像尖声叫着的火箭从嘈杂的人群中喷射出来。我身旁站着一个人，狂热地伸出双手，当一个马头钻在前头时，他便跺着脚用讨厌的尖叫声和胜利的欢呼声大喊："拉瓦克尔！拉瓦克尔！"我看到一个身着蓝色服装的骑师真的一闪一闪地在飞奔，我气得要死，因为那跑在前头的不是我的马。我身旁那个讨厌鬼发出的"拉瓦克尔！拉瓦克尔！"的刺耳的吼声，惹得我怒不可遏；我气得暴跳如雷，恨不得一拳打进他那张大嘴巴叫喊着的黑窟窿里去。我简直气得全身发抖，满面发烧，我觉得我每时每刻都可能干出丧失理智的蠢事来。但这时又有一匹马紧贴着第一匹马齐头并进。说不定这就是泰迪，很可能，很可能是——这种希望重新燃起我的热情。我真的觉得有一只胳膊高举在马鞍上面，有什么东西嗖嗖地落在马屁股上，是红色，很可能就是那个骑师，必定是他，肯定无疑是他！但他为什么不赶到前面去呢，这混账？再给一鞭子！再来一下！这时，就在这时，他已接近了第一名！现在，只差一拃远了。为什么是拉瓦克尔？哼，拉瓦克尔？不，不是拉瓦克尔！不是拉瓦克尔！泰迪！泰迪！前进！泰迪，泰迪！

骤然间，我醒悟了。什么？——这是什么？谁在这里这么喊？谁在这里狂吼"泰迪！泰迪！"，原来是我自己在喊泰迪呀。我对我的这种狂热行为大为震惊。我想稳住自己，控制住自己，在我的发烧般的行为中，一种突然涌上心头的羞愧使我痛苦难熬。但我仍然目不转睛地观看，因为在那里两匹马几乎重合在一起了，那肯定是泰迪，他紧挨着拉瓦克尔，紧挨着那匹该死的我恨透了的拉瓦克尔。这时我周围响起了另外一些人更高更多的尖声叫喊："泰迪！泰迪！"这阵叫喊又把刚刚清醒一霎的我硬扯进狂热中去。它应该赢，它必然赢，真的就在此刻，此刻它已经超过身后飞跑的马一头了，只要再加把劲，现在已经超过两头，现在我已经看到脖子了——就在此刻，铃声静静地响了，唯一的一声欢呼、绝望、愤怒的喊声爆发出来。在一秒钟内，那个渴盼的名字冲上蓝天，响彻云霄。随后，这喊声落了下去，不知什么地方奏起了音乐。

一腔热血，浑身汗透，心脏还在怦怦跳动，我就从椅子上跨步下来。我必须坐一会儿，由于激动和兴奋，我的心十分慌乱。一阵狂喜，一阵我从未经历过的狂喜，涌过我全身，这是一种快乐，一种能使事情的发展完全听从我的意志的快乐；我试图装出不希望这匹马得胜的样子，但没有成功，我原本是希望眼睁睁把这钱输掉的。不过，现在我连自己都不敢相信了，我已经感到有一种野蛮的牵引力进入了我的肢体，它像磁石一样牵扯着我，现在我知道它要把我驱赶到什么地方去：我原来是想看见"赢"，想感觉到"赢"，抓住"赢"，想在我的手指间感觉到钱，许多许多钱，许多蓝色的沙沙响的钞票，想感觉这股暖流在我的血管里上升。一种完全陌生的不怀好意的喜悦攫住了我的心，再也没有一点羞愧阻挡我向这喜悦屈服了。我一站起来，就急急地走，就快步跑向票房，我是那么粗暴无礼，竟横起臂肘在窗口前的人群中撞来撞去，急躁地把别人推到一边，只不过是为了钱，为了亲眼看到钱。"急死鬼！"我身后的一个被挤出去的人嘟哝了一声。话我虽听见了，但我不想跟他斗嘴，在不可理解的病态的焦躁中我甚至全身都在颤抖。终于轮到了我，我的双手贪婪地抓住一小摞蓝色的钞票。我手指抖动着数起钱来，同时高兴到了极点。一共是六百四十克朗。

我心情激动地把钞票塞进腰包。我的第一个想法便是：现在继续赌，多赢，多多地赢。可我的赛报哪里去了？哦，在兴奋中扔掉了。我环顾四周，看能不能买一张新的。这当儿，我发现我心中突然产生一种莫名的恐惧，周围所有的人一下子都散开了，潮水般涌向出口，因为票房已经关门，迎风招展的旗帜已降了下来。赛马结束了。这是最后一局赛马。我呆呆地站了一秒钟。我不禁大为恼火，好像这对我很不公正似的。我简直不能忍受，这时我的每根神经都紧张起来，全身震颤，血液多年来都没有像今天这样突突地在我血管里滚动了，一切都完了。但硬要自欺欺人地死抱住希望不放，是于事无补的，这只能是一个错误，因为五颜六色拥挤的人群越来越分流，在稀稀拉拉留在那里的看客之间已经看到被践踏的草坪泛着绿光了。我渐渐感觉到如此紧张地停留在那里十分可笑，于是我拿起帽子，向出口走去，而手杖我刚刚由于兴奋放在活动栅栏旁边了。一个仆役卑屈地摘下便帽，朝我跑过来，我对他说出我的马车的号码，他把手卷成喇叭状向停车场一喊，那架车的马便嘚嘚地迅速跑了过来。我嘱咐车夫慢慢地沿着林荫大道往下走。因为恰在此时，狂热正开始舒舒服服地减弱，我迫切希望在头脑里重新过

150

一过这整个场景。

这时，另一辆马车赶到了前面。我心不由己地看了一眼，然后又自觉地收回目光。这是那位太太同她那位肥胖丈夫的马车。他们没有发现我。但我立刻感到有一种讨厌的东西掐住我的喉咙，好像在做什么坏事时当场被人捉住一般。我恨不得喊车夫快马加鞭，赶快从他们身边跑过去。

出租马车借助有弹性的胶皮车轮，一颤一颤地在其他许多车辆中间滑过去，那些马车就像许多花船，载着五光十色的女人向栗树林荫大道的绿色河岸摇摆过去。空气轻柔而甜美；从第一阵夜晚的凉气里，不时穿过灰尘吹过来一股微弱的风。但先前那种舒心的梦幻般的感觉却没有再出现：撞见那个被欺骗的男人，使我无比痛苦。一股冷风像穿过一道缝隙一样，突然钻进我荒唐的激情中来。这时我又一次冷静地想了想那全部场景，我再也理解不了我自己了：我，一个绅士，上流社会的一员，预备役军官，受尊敬的人，竟然轻而易举地去拿那笔意外的钱，把它塞进腰包，而且还心怀贪婪的喜悦干这种事，这无论如何也是不能宽恕的。我，一小时以前还是一个规矩的完美的人，后来竟然偷东西了。我成了小偷。为了使我自己有所警醒，在马车疾行时我压低嗓音对自己宣布判决，我下意识地随着马蹄踏地的节奏说："小——偷！小——偷！小——偷！小——偷！"

可是，很奇怪，我怎样描写才好呢，眼下发生的事，无比奇特，简直无法解释。不过我知道，我一点也没有虚构附会。在那个时刻里我每秒钟的感觉，我头脑中的每一个闪念，我现在甚至都觉得异常的清晰。我三十六年的生涯中从来没有这样的经历，因此我也不敢说我对我的感情的这些荒谬绝伦的表现和这些令人愕然的摇摆已经一清二楚，我甚至不知道有哪一位诗人、哪一位心理学家能把这一切描写得完全合乎逻辑。我只能记录下过程，完全忠于它的不可思议的闪光点。话又说回来：我是在对自己说着"小偷，小偷，小偷"。随后，出现了非常奇特的完全空白的一瞬间，在这一瞬间里什么也没发生，在这一瞬间里我只是——哦，想表达它是多么难啊——我只是在倾听，倾听我内心的声音。我想象着：我传唤自己了，我控告自己了，现在这个被告人该回答法官的质问了。我又侧耳细听，原来什么也没发生。我是等待着"小偷"这个词对我的鞭挞，这个词将使我惊醒，使我随之陷入一种莫名的悔恨的羞愧境地，但是什么也没有唤醒。我耐心地等了几分钟，我屈身更仔细地反省我自己——我好像感到，在这种执着的沉默中，有什么东西在活动——于是我又倾听，心中怀着一种热切的期望，期望迟迟不到的反响，期望听到随着自我控诉必然出现的恶心、愤怒、绝望的叫喊。又是什么也没有发生。没有任何回答。我又对自己说着"小偷，小偷"，现在声音很大，想以此在我心中唤醒又重听又麻木的良知。又是没有任何回答。突然间——在意识的一次刺眼的闪光里，像是突然划着一根火柴，把它举在朦胧的内心深处——我意识到，我只是想要感到羞愧，但并不真的羞愧，甚至在内心深处我还因这次愚蠢透顶的行为感到某种神秘莫测的骄傲乃至愉快呢。

这怎么可能呢？我抗拒着，现在真的害怕我自己了，我对抗着这意想不到的认识。但从我心中产生的这种感觉不断膨胀，迅速起伏波动。不，这不是羞愧，不是愤怒，不是自我厌弃，在我血液中的热烘烘的东西是欢乐，醉意的欢乐，这欢乐在我心里燃烧，甚至闪着纵情的明亮火光，因为我感觉到，我在那几分钟里是多年后第一次成了活生生的人，我的感觉麻木了，但还没有衰亡；我感觉到，在我冷漠的沙层下面的什么地方依然有激情的温泉神秘地喷涌，而现在，被偶然遇到的魔杖一触动，这温泉竟直喷我的心田。在我的心里，在有生命的宇宙中这个人的心里，一切人间神秘火山的岩心还在燃烧，这岩心在情欲的旋转不停的冲动下有时会喷发，与此相同，我也还活着，我还是一个活蹦乱跳的人，是一个心怀恶欲和热望的人。心扉被这激情的风暴吹开了，一种深奥的东西进入我的内心，而我则在快乐的眩晕中呆呆地凝视我心中的这个使我又惊又喜的不熟识的东西。慢慢地——当马车懒散地带着我梦境中的身体穿过市民阶级的世界时——我一级一级地往下走，走进我心中那人性的深处，同时无比孤独地默默地迈着脚步，只是因为高兴地举着我被意外点燃的意识的刺眼火炬，我才又升到现实中来。我周围是千百人此起彼伏的欢声笑语，我在心中寻找着我自己，那个失去的人，我在魔术般移动的思索里寻找那些岁月。完全忘怀的种种事情，忽然从我生活的那面落满灰尘、模糊不清的镜子里映现。我记得，还在读小学的时候，我就偷过一个同学的小刀，而我则心怀同样恶魔般的欢乐冷眼观察他怎样到处寻找，到处询问，费尽气力。我突然明白了许多性生活时刻神秘的疾风暴雨行为，明白了我的激情是完全失去了生活乐趣的，是被社会的妄想即绅士盛气凌人的理想扭曲了，践踏了——但在我心里，在内心深处，在最深的心底，那股生活的热流仍然像别人一样在被掩埋的泉眼和管道里滚动。哦，我总算是生活过，只是不曾大胆地生活，我是把自己捆了起来，逃避自我；然而现在，这被压抑的力量迸发出来了，生活，丰富的生活，力量巨大的生活征服了我。现在我才知道，我仍然离不开它；就像妇人第一次感觉到胎动的惊喜，我也感觉到了真实的东西——怎么能有别的说法呢——那种真正的东西，那种不掺假的生活的种子在我心里发芽。我觉得——我羞于写出这样的话——我这个死了的人突然又生机盎然了，鲜红的血在我的血管里不安地流动，感情在我温热的身体里悄悄地展开，我长成或甜或苦的无名果。我的这个唐豪瑟式的奇迹，竟然出现在一个光天化日之下的赛马场中，在几千个悠闲的人的喧闹声中：我又开始有感觉了，枯黄的树干又吐新绿，又发嫩芽了。

　　一位先生从一辆行驶过去的马车里跟我打招呼，喊我的名字——显然，他第一次跟我打招呼时我没看见。我很不高兴地站起身来，一脸的怒气，因为我甜滋滋的自我内心享受受到了干扰，我所经历的最深沉的梦被打断了。但朝打招呼的人一看，我便完全摆脱了梦境：原来是我的朋友阿尔封斯，一个亲密的小学同学，现在是检察官。我忽然想到：这个亲如兄弟一般跟我招呼的人，现在可以第一次向我行使权力了。一旦他了解了我的过失，我就落到他手心里了。一旦他了解了我，知道我的所作所为，非把我从车里拽出去不可，他一定会把我赶出整个温暖的有产阶级的生活圈子，投进阴暗的牢房，叫我跟那些生活垃圾、跟其他被贫困之鞭赶进肮脏囚室的窃贼一起苦熬三年五载。但只有一瞬间，一股恐惧的冷气攫住我颤抖的双手的每个关节，只有一瞬间这恐惧使我的心脏停止了跳动——接着，这个思想也就又变成了热烈的感情，变成了一种难以置信的厚颜无耻的骄傲，我这时就是这样自鸣得意地近乎嘲讽地打量着我周围的人。我想，你们现在面带亲切的微笑，像对自己人一样跟我打招呼，如果你们了解了我的实情，你们的这种微笑怎么能不冻结在嘴角上呢！你们将会像拂掉一粒脏东西一样轻蔑而恼怒地把我的问候拂到一边。但在你们把我赶走以前，我就已经把你们赶走了：今天下午我就已经从你们那冷冰冰的完全僵化的世界中冲出来了，在那个世界里我只是一个轮子，在一架大机器上默默工作着的轮子，这架机器在活塞推动下冷漠地滚动，沾沾自喜地自转。我跌进了一个我不认识的深渊，但我在这一小时里比在你们圈子里那些纸醉金迷的年月里更有生气。我不再属于你们，不再是你们中的一员，我现在是在外面某个或高或低之处，永远也不再站在你们有产阶级安逸生活的平坦海滩上。人类出于善与出自恶所做的一切我都初次感受到了，但你们永远也不会知道我在哪里，你们永远也不会认出我：你们哪会知道我的秘密！

我这么一个衣着时髦的绅士，表情冷淡地边打招呼边致谢意，从车流里疾驶而过，那一刻的一切感受我怎样才能表述出来！因为当我的假面具，这个外表上从前的我，还能感觉和认识各式各样的人时，我内心里便轻轻响起那样一种如痴如醉的乐曲，使得我不得不压制自己，以免在这种乱哄哄的场面喊出声来。我充满了这样的感觉：这澎湃的心潮折磨着我全身，我不得不像一个将要窒息的人使劲把手压在胸口上，在那里我的心正在痛苦地骚动。但是，痛苦、欢乐、恐惧、惊吓或惋惜，这一切单独存在的心态我一点儿也没有感受到。所有这一切都融合在一起了，我只感觉到我活着，我在呼吸，我有感觉。而这个最简单的东西，这个原始的感情，多年来我已感受不到，现在却使我陶醉了。在我三十六年的生涯里，连一秒钟也没有感受过像在这飘飘然的一小时里那样的欣喜若狂，那样生气勃勃。

马车轻轻一震，停了下来：车夫拉住马，从座位上转过身来，问我要不要往回家的路上走。我迷迷糊糊地从梦幻中醒来，抬起目光望了望林荫大道：我这才惊愕地发现，自己已做了多久的梦，醉意朦胧的状态已延续了几个小时。天已经黑了，一缕温柔的风在树冠里起伏波动，栗树花在凉爽的空气中吐着晚香。树梢后面月亮已洒下朦胧的银光。够了，该是够了。但不是现在就回家去，不要回到我习惯的世界去！我给车夫付了款。当我掏出钱包，数钱准备付款时，我手上的关节直至指尖都像触了电一般：我心里总有点什么东西醒着，那个深感羞愧的旧我。那已濒临衰亡的绅士的良心还在颤动，但我的手又十分愉快地翻动那些偷来的钱，由于快乐我变得很慷慨。看到车夫千恩万谢的样子，我忍不住微笑：若是你知道实情的话！马拉紧了套，车走了。我目送着它，就像一个人从船上再次回头去看他曾经幸福地生活过的海滩。

在笑语嘈杂、乐声大作的人群中，我像在梦境中一样，六神无主地站了片刻：大约有七点钟了，我不自觉地拐到那边，走向萨赫公园。往常从普拉特游乐场回来，我总要在那里跟朋友们一起吃饭，车夫也知道把我撂在附近。但刚刚碰到高级花园酒家的栅栏门把手，我便突然缩回手，克制住自己：不，我还不想回到我的世界里去，不想让人们的闲谈冲走那神秘地充塞我内心的奇迹般的骚动不安，不想让捆绑了我数小时的奇遇那闪闪发光的魔力离开我。

从什么地方传来了沉闷混杂的音乐，我不由得循声走去，因为今天一切都对我有吸引力，我觉得，完全听凭偶然来摆布也不失为乐事，而且这样糊里糊涂地被赶到如微波荡漾的人群中，也是一种妙不可言的刺激。在这像一锅粥似的热情的人群里，我的血液激荡起来：我的精神突然振作了，人们的呼吸、灰尘、汗水和烟草混杂在一起的腌渍气味和雾腾腾的烟气刺激着我所有的感官，使我毫无睡意。所有这一切，此前，甚至就在昨天，还被我当作粗俗下流和没有教养而十分反感，我作为一个衣着考究的绅士有生以来避之唯恐不及，现在却像磁铁般吸引着我的新本能，我好像第一次感觉到动物本能的、情欲冲动的、卑劣下流的东西同我有亲缘关系。在这些城市的渣滓中，在这些士兵、侍女和流浪汉中间，我自己也不知道为什么竟然感到如鱼得水：我贪婪地吮吸着这腌渍的气味；在三五成堆的人群中挤来撞去，觉得很愉快；我怀着津津有味的好奇心等待着，看这时光究竟把我这个意志薄弱的人冲向何方。从普拉特游乐场传来的刺耳的铙钹声和铜管乐声越来越近。管风琴狂热而单调地奏出不成调的波尔卡舞曲和杂乱的华尔兹舞曲，其间还夹杂着从小货摊发出的劈劈啪啪的沉闷的敲击声、哧哧的笑声和醉汉的狂呼乱叫。现在我眼花缭乱地看见，我童年时代坐过的旋转木马在树木间旋转。我在广场中间停住脚步，让整个喧闹的声浪拍击我的心灵，我的眼睛和耳朵任其冲刷：这喧嚣的声浪，这令人难以忍受的混乱场面，使我感到很畅快，因为在这种纷乱中有一种能麻醉我心潮的灵丹妙药。我目不转睛地看着：侍女坐在秋千上荡到空中，裙子被吹得鼓了起来，咯咯地发出做爱时的那种尖叫声；肉铺伙计哈哈大笑，把沉重的铁锤哐的一声扔在磅秤上；小贩做着猴子似的动作，沙哑的喊叫盖过了管风琴的喧嚣，晃晃悠悠地走过去；所有这一切与笑语喧哗、不断活动的人群混合在一起——铜管乐的拙劣演奏、灯光的摇曳闪烁以及欢聚在一起的快乐，使人们如痴如醉。自从清醒过来以后，我突然感觉到了他人的生活，感觉到百万人城市的情欲冲动，感觉到这种冲动怎样热烈而集中地注入礼拜日的这几个小时里，以及这冲动怎样在自己种种思绪的激发下变成一种模模糊糊的、动物的、然而又可说是健康的本能享受。从跟他们暖热的欲念强烈的身体不间断的摩擦和接触中，我渐渐感觉到他们温暖的情感冲动传遍了我的全身：我的每根神经都绷得很紧，被这刺鼻的气味熏得昏昏沉沉，从我的内心出发，我的所有感官都在眩晕状态中与这喧闹声嬉戏，而且感觉到与各种强烈的狂喜不可避免地掺杂在一起的那种纷乱的麻醉。多年来，也可以说是有生以来，我还是头一次感觉到这些黎民百姓，我觉得人是一种力量，欲望就是从他们那里传入我这个与世隔绝的人的身上的：一道堤坝溃裂了，这种感觉从我的血管里流进这个世界，又有节奏地流了回来。这时，一种全新的欲望袭上我的心头，我要把我和他们之间的那层最后的硬壳熔化掉。这是一种热切的要求：想跟这个热情的陌生的拥挤的人群结合在一起。我怀着一种男人的快感投进这个热烘烘的巨大身体激情喷涌的胸怀，我怀着一种女人的喜悦体验了每一个接触，每一

158

声呼喊，每一次诱惑，每一回拥抱——现在我知道，我心中蕴藏着爱和对爱的渴求，像在我朦胧的童年时期一样。哦，进去吧，进入生机勃勃之中，无论怎样也要同别人的这种颤抖的、欢笑的、轻松的激情结合在一起，只管涌入和流进他们的血管里去，在喧嚷的人群中变得微不足道，变成人间垃圾里的一条纤毛虫，变成有无数生物的小水池里的一个乐得发抖的闪光的生命——只管投入到丰富多彩的生活中去，投入到滚滚的旋流里去，像一支箭一样把我从自己绷紧的弓弦射进不相识的世界，射进共有的天空。

现在我知道了；我当时是醉了。在我的血液里，一切都咆哮起来了，有旋转木马上的铃铛的敲击声，在男人抓摸下发出的女人细脆的欢笑声，混杂无序的音乐声，忽隐忽现的衣裙的窸窣声。每种单个的声音都针扎似的刺进我的心里，然后又红光一闪，颤抖着从我的太阳穴经过，我以一种（像晕船似的）不可言状的神经刺激感觉到每一次触摸，每一个目光，但一切又共同结合在一种眩晕的状态中。我尢法用语言表达我的复杂心态，也许打个比方是最容易说清的：比如说，噪声、喧闹和感情充塞我的胸膛，我像一个烧得过热的机车，带着所有的车轮疯狂地奔跑，要泄掉巨大的压力，不然一会儿蒸汽锅炉就会爆炸。滚烫的血液在我的手指尖上颤抖，在我的太阳穴里跳动，在我喉咙里挤压，最后堵塞在额角——从多年的感情冷漠，我一下子跌进了使我全身燃烧的狂热之中。我觉得，我现在应该敞开心扉，从我的心底用一句话和一个目光，披沥衷曲，表露感情，抛开自我，献出身心，把自己变成普通人，完全融在群体里——总之，我应该摆脱使我与温暖、沸腾、活跃的现实隔绝开来的沉默外壳。几个小时我都没有说话了，没有和任何人握过手，没有感到一瞥探询和同情的目光。在这些变化出现以后，这种反对沉默的激动心情便有增无减。我从来没有像现在这样想同人交谈，想同人接触，因为我正在成千上万人中间飘来荡去，周围充满温暖和话语，千万人的血液周流的血管紧紧地把我缠住。我简直就像漂浮在海上的一个渴得要死的人。我看见——越看越痛苦——左右两边每时每刻都有陌生人偶一接触便结伴而行，就像水银珠游戏般融合在一起。我很嫉妒，每当我看到年轻小伙走过去和陌生的少女搭讪，刚说完一句话就挽起她们的手臂，每当我看到所有的人怎样结识和组合：在旋转木马上打一个招呼，交臂而过时投出一瞥目光，也就足够了，跟陌生人谈谈话，也许几分钟后就分离，但这是联系，结合，交流，这正是我的整个心灵所热切向往的。尽管我在社交中那么善于辞令，是一个受人欢迎的健谈者，而且举止沉稳，但我还是十分胆小怕事，不好意思同任何一个臀部丰满的侍女攀谈，生怕她会笑话我，甚至有人偶然看我一眼，我也要低下眼睛，然而我内心里却十分渴望说话。想要从别人那里得到什么，连我自己也不清楚，我再也不能单独待下去忍受激情的煎熬了。所有的人都从我面前走过去了，每一个目光都从我身上掠过，没有一个人觉察到我。一个男孩子走到我身边来，他大约十二岁光景，身穿破烂的衣衫：他的目光在灯光的反射下显得出奇的亮，他那么充满渴望地呆呆地望着那些飘摆转动的木马。他那薄薄的小嘴大张着，像在热切地企盼：显然他没有钱去跟大伙一起骑木马，他只是从别人的喊叫和笑声中啜饮欢乐。我使劲挤到他身边问——但不知为什么我的声音发颤，而且特别刺耳——"你不想一块儿骑一骑木马吗?"他怔怔地望了望我，有些惊恐——为什么? 为什么呢? ——刷地一下脸红了，一句话也没有说转身就跑。就连一个赤脚的孩子也不愿意接受我的热心帮助: 我觉得，也许在我身上有什么陌生的东西使我哪儿也不能掺和进去，使我总是在这密集的人群中游离漂浮，就像一滴油浮在活动的水上一样。

但我没有松劲儿: 我不能再一个人待下去了。我的双脚在布满尘土的漆皮皮鞋里发烧，喉咙因过分激动而生了锈。我环顾四周: 在人流夹道的左右两侧矗立着不少绿色的小岛，那是饮食店，都铺着红色的桌布，摆着不上漆的木板凳，上面坐着一些小市民，他们面前是一杯啤酒，手里夹着节日才吸的弗吉尼亚香烟。这个景象吸引了我: 在这里，都是陌生的人坐在一起，无拘无束地谈话; 在混乱的狂热中，这里的气氛比较安静。我走进饮食店，四下里看了看，找到一张桌子，那里正围坐着一个市民家庭，一个矮胖粗壮的手工业工人带着他的妻子、两个活泼愉快的女孩和一个小男孩。他们随着音乐的节拍摇头晃脑，说着笑话，他们那满意的逍遥自在的目光我看了感到十分惬意。我很客气地跟他们招呼，走近一把椅子，问可否坐在这里。他们的笑声戛然而止，沉默了一会儿（好像每个人都在等着别人表示同意），然后那女人似乎颇为惊愕地说:"请吧! 请!"我坐下来，立刻感觉到，他们的无拘无束的情绪随着我的落座全然被破坏了，因为环绕着桌子立刻出现了一阵令人不快的沉默。我的目光没敢从那红方格桌布上抬起来，那桌布上腻糊糊地洒了好些盐和胡椒粉，但我觉得他们正在惊诧地观察我。我立刻想到——但也太晚了——我的巴黎的大礼帽、青灰色领带上的珍珠饰物，在这个下等人的饭馆里，过分高雅了，这高级香水在这里也立刻使我周围出现一种充满敌意和困惑不解的气氛。五个人的这阵沉默压得我越来越喘不过气来，我怀着无可奈何的绝望心情数着桌布上的红方格，羞涩束缚着我，即使忽然挣扎一下也还是害怕抬起那折磨人的目光。直到堂倌过来，把一个沉甸甸的啤酒杯放在我面前，我才得到解救。这时我才终于能活动活动一只手了，在喝酒时畏缩地从杯口朝他们瞟了一眼：真的，所有五个人都在观察我，虽说没有恶意，却也怀着一种无言的惊愕。他们知道这是闯到他们浑噩的世界里来的人，他们以其憨直的阶级本性感觉到，我是想要在这里得到点什么，在这里寻找不属于我的世界的东西。他们感觉到：把我驱赶到他们那里去的，不是爱情，不是倾慕，也不是单纯地喜欢华尔兹、啤酒和星期天的静坐，而是某种他们不理解而且为他们所怀疑的欲望，就像站在旋转木马前的那个小男孩不相信我的馈赠，就像外面纷乱拥挤的千百个不知姓名的人怀着下意识的敌意回避我文明高雅和长于世故的姿态。然而我却觉得：如果我现在能找到一句无恶意的、普通的、诚恳的、真正通情达理的话，开始跟他们说话，那位父亲或母亲就会回答我的问话，两个女儿就会亲切地对我微笑，我会带着那男孩跑到那边小铺子里去玩射击，跟他一起做儿童游戏。五分钟以后，十分钟以后，我就会摆脱旧我，进入市民谈话的欢快的气氛，亲密地随声附和，甚至相互吹捧——但这种谈话的简单字句，连头一句开头的话，我都始终找不到，一种虚假的、愚蠢的却又极强烈的羞愧卡住了我的咽喉，于是我低下目光，像一个罪犯似的坐在这些普通人的桌旁。使我痛苦的是，因我的强行到来搅扰了他们星期天的最后时光。我就这样难堪地坐在那里，为以往冷漠骄傲的所有年月忏悔。在那些年月里我曾在千百个这样的桌旁，在千千万万市民的身边，看都不看一眼就走了过去，只知道得意扬扬地周旋在上等人的小圈子里；我觉得，与他们沟通的那条笔直的路，那种没有偏见的语言，现在当我被排斥在上等人之外而需要它们时，却都被砌在我内心的一隅了。

我这个一向逍遥自在的人，就这样坐在那里低头沉思，一次又一次地去数桌布上的红方格，直到最后堂倌经过这里。我喊住他，付了钱，推开那杯刚刚喝了几口的啤酒，站起身来，客客气气地跟他们打招呼。他们友好而惊愕地向我回谢：我知道，我还没离去，只当我的背对着他们时，他们就又活跃起来，只要我这个异类一被排除，他们谈话的亲热氛围就会形成。

我又回身投入人流的旋涡，但心里更加充满渴望，更热情，也更失望。这时，在黑影遮天的大树下，拥挤的人群要松动多了；人们也不像先前那样密，那样后浪推前浪般往旋转木马的光圈里挤了，更多的人则影影绰绰地在广场最靠外的边上疾走。就是人群中那喧闹的、低沉的，像在尽情享受欢乐的声浪所分解成的许多小的嘈杂声，也总是立刻被音乐声压倒。不知哪儿奏起了强劲粗犷的音乐，好像要把逃遁的人群再拉回来似的。现在出现了另外一种情形：孩子们带着他们的气球和彩色纸屑回家去了，四处拥来过星期天的一家一家的人也都悄悄离去。现在看到的是怪叫的醉汉，颓废堕落的小伙子迈着闲散但却踯躅的步子从侧面的林荫道走出来：在我硬着头皮坐在陌生人桌上的那一个小时以后，这奇异的世界越发滑向了低下的境地。但正是这种狂放而危险的闪着磷光的气氛比从前有产阶级的节日气氛更使我欣喜。我心里被激发的本能，在这里嗅到了类似的迫切企盼；不管怎样，在这些形迹可疑的人——这些被社会抛弃的人——兴冲冲的游荡中，我觉得看见了自己的影子：在这里，他们也怀着一种不安的企望在追逐火光闪烁的冒险，追逐飞快产生的激情，就连那些衣衫褴褛的小伙子我也嫉妒，因为他们能坦率地、自由地荡来荡去；我站到一个旋转木马的柱子跟前，屏住呼吸，心急如焚地想把沉默的压力和痛苦从心里排出，但我却不能动一下，喊一声，说一句话。我只站着，呆望着被旋转灯的闪闪的反光照得通明的广场。我站着，从我的光岛望着黑暗，愚蠢地充满期望地望着每一个人，希望有人被刺眼的光所吸引，转过身来看我一眼。但每一个人的目光无不是冷冷地从我身上滑过。没有一个人理睬我，没有一个人解救我。

我，一个社会上有教养的绅士，富有，不受约束，在一个百万人口的城市里与最杰出的人交友，在那一夜整整一个小时里，站在咕隆咕隆直响的、不停地摇摆的旋转木马的柱子前；二十次、四十次、上百次地让同一个跌跌绊绊的波尔卡舞曲和同一个拖拖沓沓的华尔兹舞曲伴随着同一些彩绘的蠢笨的木马头，从我面前旋转过去；而且出于顽固的脾性，出于一种想要强迫命运服从自己意志的不可思议的感情，我站在原地动也没动——我知道，要把这一切描述或解释给别人听，纯属妄想。我知道，我在那个小时里的行动是毫无意义的，但在这毫无意义的坚持中，我的感觉十分紧张，每一块肌肉都僵硬犹如钢铁，平时人们也许只在从高空向下坠落时或弥留之际才有这种感觉；我整个虚度的生活突然像落潮般倒退回来，在我心中直堆到我的喉咙。尽管我受着我这毫无意义的妄想的痛苦煎熬，停在那里幻想着有谁的一句话、一瞥目光能救助我，但我却觉得体验这种折磨也是一种享受。我站在柱子旁边，好像要赎什么罪，不是为了那次偷窃，而是为了我往日生活的沉郁、冷漠和空虚：我发誓，在我看到命运使我解除约束的征兆出现以前，绝不走开。

　　时间越往后推移，夜便越逼近。货摊一个接着一个熄灭了灯，随后黑暗便像上涨的潮水涌到眼前，吞食草坪上的光斑：我站在上面的这个明亮的岛变得越来越孤单。我瑟瑟发抖，看了看表。再有一刻钟，那些斑斑点点的木马就会停下来。那些蠢笨的木马的脑门上红红绿绿的白炽灯将会摘下，奏得正欢的管风琴将停下来。随后，我将完全沉浸在黑暗中，孤独一人待在这静得只有树叶沙沙的夜里，彻底被排斥，完全被遗弃。我越来越不安地望着夜幕下的广场，那里只偶尔有一对退场回家的情侣匆匆闪过，或踉踉跄跄地走过几个喝得醉醺醺的小伙子：但广场那边仍有隐秘的生命在颤动，那样的不安，那样的诱人。要是有两三个男人经过，就会听到轻轻的口哨声或咂舌的声响。在这种招呼的诱惑下，他们拐弯隐入黑暗，于是阴影中便会发出女人的喁喁低语，有时风又会吹来丝丝的尖笑声。在黑暗的边缘，正对着被照亮的广场的光柱那儿，一切都变得更加放肆，一旦在过路人当中发现巡警的尖顶头盔在路灯照射下的反光，他们便立刻再退回黑暗中去。但当警察刚一过去，那魔怪般的影子就又出现了。这时,潮水般的人流已经消失,我已经能看清他们的轮廓了,他们离灯光那么近,那是夜世界的最后的垃圾,残留下来的渣滓:几个妓女,那些最贫穷的、被社会抛弃的人,她们连床铺都没有,白天睡在床垫上,晚上不停地游荡,她们为了几个小钱就在这黑暗中随便什么地方把自己被凌辱被折磨得骨瘦如柴的身体出卖给任何人,她们时时受到警察的追踪,遭到饥饿和恶棍的驱赶,永远在黑暗中闲荡,既追别人,同时又被人追。她们像饿狗一样慢慢蹭到有亮光的广场,嗅着男人的气味,嗅着被遗忘的落在后面的人。她们完全可以给他欢乐,从他那儿赚得一两个克朗,好去大众咖啡馆买一杯烫热的红酒,维持她们黯淡的残生,这生命之火反正很快就会在医院或监狱里熄灭的。这是垃圾,是星期日人们发泄高涨性欲的最后的污物——我心怀莫大的恐惧看见这些饥饿的形体像鬼魂一样在黑暗中游荡。但即使在这种恐惧中,仍然有一种充满魔力的欢快,因为就在这面污秽的镜子里,我又认出了已经淡忘、感到模糊的东西:在这里,是一个深不可测的沼泽地般的世界,这个世界多年前我已大步穿过,现在又诱人地向我的感官闪耀着鬼火。这个迷人的夜突然把什么带给了我,它使我这个与世隔绝者突然清楚地看到,我过去最黑暗的东西,我的行为的最大秘密都在我心中展露无遗,这真是不可思议!我模模糊糊地记得那是童年时期刚刚过去的时候,羞怯的目光被好奇地吸引过去,胆怯、心慌意乱地盯在这样的形体上,我回想起那一时刻,我第一次踏着吱吱作响的潮湿楼梯跟着一个女人走上去,上了她的床——忽然,好像闪电划破夜空,我真切地看到了那被遗忘的时刻的每个细节，看见在床上面乏味的油画，看见套在她脖子上的护身符，我感受到当时的每一根肌肉纤维，那模糊的性欲冲动，厌恶的心理和少年第一次的骄傲。所有这一切突然穿过我全身，使我心里起伏跌宕。一种不可估量的洞察力涌进我的心田——怎么说好呢，这是无穷无尽的东西——我一下子明白了，是什么使我这样急切地同情她们，正因为她们是生活的最后的沉渣。先前的犯罪行为刺激了我的本能，我从心底感觉到这饥饿的追求，这追求同我在这奇妙之夜的追求是那样的相似，那时我恰恰是怀着犯罪的心理随时准备去接受每一次接触，去满足每一次陌生的初涉的欲望。当我终于觉察到那边的生物，那边的人，那温柔的能呼吸会说话的人时，这冲动便像磁石般把我吸引过去。那个人是想从别人那里，说不定也从我这里，从我这个正等待着献身、为甘愿效劳而急切寻找对象的男子这里得到点什么。我突然明白了，把男人赶到这种人这里来的，绝不是本能的冲动，不是胀满胸怀的欲念，而主要是对孤独的恐惧，对可怕的陌生感的恐惧。平时这恐惧就在我们之间越积越多了，只不过我的被点燃的感情今天才第一次觉察到它而已。我回想起自己最近一次产生这种模糊感觉的时候：那是在英国，在钢铁城市曼彻斯特。这些城市像地下铁道一样在无光的天空中喧闹轰响，同时又弥漫着一种冷得刺骨的孤寂。我在那里的亲戚家里住了三个星期，晚上总是一个人信步走向酒吧和俱乐部，一再走进灯光闪烁的杂耍剧场，仅仅是为了感觉一下人的温暖。一天晚上，我碰到这样一个女人，她的俚俗英语我一点儿也听不懂，我们俩突然进入一个房间，各自从陌生的口中贪婪地啜饮着欢笑，那是一个温暖的身体，透着人间的柔情蜜意，蓦地，像电影的影像那样，她隐化了，这冰冷黑暗的城市隐化了，这昏暗嘈杂的孤独的空间也隐化了，只剩下了一个我不认识的人，她站在那里等待着每个走来的人，然后使他放松，把一切冰冷消融；于是，他又可以自由地呼吸，在钢铁的牢房里也感受到生活的微光。孤独的人们，被人世隔离的人们自己心里知道，预感到他们的恐惧总还有可以紧紧抓住的解救之物，这有多么美妙啊！尽管她被许多人抓摸得过分肮脏，由于青春不再而两眼呆滞，被有毒的锈病所腐蚀。而这一点，恰恰是这一点，我在最深沉的孤寂时刻竟忘得一干二净，这个夜晚我跟跟跄跄地从孤独中走出来时，竟然忘了在最后的一个角落总有最后一些人在等待接纳每一个献身者，让一切孤寂在她们的呼吸中得到排遣，为了几个小钱平息每一股欲火；她们把她们永远准备着的东西，把她们作为人的最大礼品献出来。对于这样惊人的奉献不管给多少钱，永远都嫌太少。

在我身旁，旋转木马的铜管乐又响了起来。这是最后一轮，是旋转灯光投入黑暗的最后的铜号吹奏曲，然后星期日便将消失在沉闷的一周里。但没有一个人再走来，那些木马疯狂地转着圈空跑。那位过度疲惫的售票处的女士把钞票拢到一起，合计一天的营业收入，而那个小听差带着钩子来了，随时准备在最后一轮以后咔啦咔啦地把卷帘百叶窗拉下来遮住简易木房。只有我，独自一人，一直站在那里，靠在木桩上，看着空荡荡的广场。那里只有一些像蝙蝠一样飘动着的身影掠过，像我一样在寻找，像我一样在等待，我们之间隔着穿不过去的陌生的空间。但就在这当儿，她们之中的一个人肯定发现了我，因为她缓慢地向我蹭过来，离我近在咫尺我才在低垂的目光下看见她：原来是一个患过佝偻病的畸形的小东西，没戴帽子，身穿很俗气的廉价轻便女装，裙子下摆露出一双穿旧了的舞鞋。所有这一切大概都是女摊贩或旧货商一件件收购来又廉价抛售的，全都皱了，不是被雨淋的，就是在哪儿的草地上的一次艳遇中压的。她讨好地走过来，在我身边站住，目光像钓钩一样犀利地投向我，从焦黄发黑的坏牙上露出一种诱人的微笑。我几乎停止了呼吸。我不能动，不能看她，但也没被她迷住：我觉得好像处在一种被催眠的状态，那里有一个人色眯眯地围着我转，在招引我，最后我只要说上一句话，做出一个手势，便能把这可憎的孤独，这令人痛苦的被人唾弃状态一扫而光。但我一动也不能动，像我依靠的木桩一样僵直，僵在一种昏昏然的淫欲中——这时旋转木马的曲调已疲惫不堪、跟跟跄跄地远去——我意识到这近在身边的存在，这追求我的意愿，于是我闭了一会儿眼睛，为了让这来自人间黑暗所在的磁石般的某种人性的吸引力传遍全身。

旋转木马不动了，华尔兹舞曲以最后的一个延长音停顿下来。我睁开眼睛，恰好看见身边的那个女人摇摇摆摆地离去。很明显，在一个木桩般的东西旁边等待，她感到太无聊了。我很吃惊。我的心骤然间变凉了。我为什么让她走了呢？她可是我在这个迷人之夜里发现的唯一迎面向我走来的人啊。我身后的灯全熄了，卷帘百叶窗吱吱嘎嘎、哗哗啦啦地落下来。一切都结束了。

于是，突然间——我该怎样称谓和描写这个陡然跃起的思想浪花呢——突然间，它来得这么突然，这么热，这么红，好像一根血管在胸中爆裂——突然，从我心中，从我这个完全被禁锢在冷漠的社会尊严里的骄傲自大者的胸中，像一个无言的祈求，像一阵痉挛，像一声叫喊，爆发出这样一个幼稚的、在我却是巨大的愿望：但愿这个矮小的、肮脏的、患佝偻病的妓女能再回一次头，我好跟她说说话。我没有跟她走，不是因为我太骄傲——我的骄傲已被全新的感情踏碎、蹂躏、冲走——而是因为我太软弱，太无决断了。我就这样站在那里，全身颤抖，心乱如麻，独自一人站在黑暗的刑讯柱旁等待着。自我童年起从未这样等待过，只有一次，在日暮时分，我曾站在窗前这样等待过，看着一个陌生女人开始慢慢地脱衣服，她总是犹豫、迟延，直到不知不觉地脱得一丝不挂——现在，我站着，用一种连我自己都感到陌生的声音呼唤上帝创造奇迹，但愿这个有残疾的小东西，这个人类最后的垃圾再试探我一次，再回头瞅我一眼。

终于——她转过身来，再一次全然机械地回头望了望我。但我心中的震颤却那样猛烈，我紧张的感情在这一瞥中的跃动却那样有力，以至于使她停住脚步仔细观察。她踮起脚又一次半侧过身来，透过黑暗望着我，微笑着点头招呼我到广场对面的阴影中去。最后，我觉察到心中木然呆滞的巨大魔力消逝了，我又能动弹了，我向她点头表示同意。

无形的协议达成了。现在，她先穿过半明半暗的广场，她不时地回顾，看我跟她去了没有。我跟在后面：我的腿不再像灌了铅那样沉重了，我的双脚又能活动了。像有磁铁继续吸住我，我不是自觉地走，而是好像被一种神秘的力所牵引，跟在她后边走去。走到两边都是货摊的黑暗的巷子里，她才放慢了脚步。现在我站到了她身旁。

她盯住我，不信任地审视了片刻：好像有点什么东西使她感到不安。显然，见我无比羞涩地站在那里，再拿这场合和我的高雅一相比，她总觉得有几分可疑。她一次又一次地左顾右盼，犹豫不决。然后，她指着那条胡同的延伸部，那像矿坑一样黑洞洞的地方说："我们到那边去吧。马戏场后边漆黑漆黑的。"

我回答不出一个字。这次相遇的惊人的鄙俗，弄得我整个感觉都麻木了。我恨不得马上想法脱身，拿一块钱，找一个借口，买一个自由，但我已经失去了自我控制的意志力。我觉得如同坐在雪橇上，以极快的速度飞到一个弯道，从陡峭的雪坡上往下滑去；怕死的感觉，竟带着某种舒畅，随着速度的急剧加快不断增长；这时，不是去刹住，而是以一种迷迷糊糊却又全部意识到的软弱，顺从地甘心向下跌去。我不能再回头了，我也许根本不愿意回头了，现在，当她亲热地向我逼近时，我无意中抓起她的胳膊。那是一只瘦得皮包骨的胳膊，那不是女人的胳膊，而像是一个身患瘰疬病而停止发育的孩子的胳膊，在这个夜里，这可怜的被践踏的生命朝我冲来，我刚刚隔着薄薄的小大衣接触到这胳膊，在我紧张的感觉中就对她产生了一种温柔不安的同情。我的手指不知不觉地抚摩这瘦弱病态的关节，心情如此纯真，如此敬畏，好像从未触摸过女人。

我们横穿过一条灯光惨淡的街道，走进一个小树林，在那里巨大的树冠紧紧裹着一片气味难闻的郁闷的黑暗。此刻虽然看不清轮廓了，但我发现她十分小心地扶着我的胳膊往后看了看，走了几步又看了一次。奇怪的是：当我也同样在一种麻醉状态中向着这肮脏的艳事深处滑去时，我的感官却闪着火花，可怕地清醒，我的目光十分敏锐，什么都看得见，它能警觉地捕捉到每一个动静；这时我看见，在刚刚横穿过来的小路边有一个影子尾随着我们，我仿佛听到了一种潜行的脚步声。突然，就像一道白色的闪电刷地划过大地一样，我预感到了一切，我明白了一切：我是被诱进了一个圈套，那些靠妓女过活的男人正在我们身后蹲伏守候，而她是在领着我走进黑暗中一个约定的地点，在那里我将成为他们的猎物。带着只在生死关头才有的非凡的清醒，我看清了一切，我在思考各种各样的可能性。还有时间逃脱，大街肯定就在附近，因为我听到了有轨电车在那里撞击铁轨发出的哐啷哐啷的声响，一声叫喊、一声口哨就能把人唤来：种种逃跑的方案顿时图像清晰地闪现在我的心里。

但奇怪的是，这个令人吃惊的醒悟非但不使人清醒，反而使人头脑发热。今天，在一个秋高气爽的日子里，在清醒的时刻，我简直无法解释我的行为的荒谬可笑：我知道，我立刻以我身体的每根纤维知道，没有必要去冒险，但这预感却像一个美妙的狂想缓缓流经我的每根神经。我预感到这是一种令人厌恶的事情，说不定就是死亡。我因厌恶而全身发抖，自己无论如何是被挤进一种犯罪、一种可恶的肮脏经历中了，但是为了这从不知晓、从未预料到的令我麻醉的生活沉迷，就是死也可以满足一种阴暗的好奇心理。有一种东西推动我往前走，这是羞于露出恐惧，还是一种软弱？它诱使我下到生活的最后一道阴沟，在短短的一天里把我的整个过去输光耗尽，一种鲁莽的精神上的欢乐掺和在这次艳遇的下流的喜悦中。虽然我的全部神经都使我预感到这种危险，我的感官、我的智力使我清楚地理解这种危险，我还是继续挎着这个肮脏的普拉特游乐场妓女的胳膊往小树林里走，与其说她的肉体吸引着我，不如说她的肉体令我反感，她使我知道，她仅仅是为了她的同谋才把我引到这里来的。但我不能后退。下午在赛马场的奇遇中就附着在我身上的犯罪者的万有引力扯着我一步步下沉。我只感到更加陶醉，只感到有一种要跌入新的深渊的天旋地转，也许是跌进最后的深渊：跌进死亡。

又走了几步，她站住了。她的目光又不安地向四周瞟了瞟。然后她带着期待的神态看着我说：

"喏——你送我什么？"

哦，原来如此。我倒把这事给忘了。但这个问题并没有使我的头脑清醒过来。正好相反。我很高兴赠送、给予、耗费我之所有。我急忙用手摸口袋，把银币和几张揉皱的钞票全抖到她张开的手里。现在有点不可思议的事发生了：直到今天我的血还是热的，我在想：或者是这个小东西对这么多的钱感到惊异了——她平时已习惯于从自己那肮脏的效劳中只获得几个小钱——或者在我的赠予方式中，在这愉快的、迅速的、几乎是使人感到幸福的赠予中，她觉得有某种不同寻常的东西，某种新的东西，要不然她为什么后退呢；而我透过那浓重的、气味难闻的黑暗察觉到，她的目光露出极大的惊讶在探寻着我。我终于认识到这个晚上长时间缺少的东西：有人关心我，有人寻找我，我第一次为这个世上的某一个人活着。

这个被远远逐出世外的女子，她像带一件商品似的拖着她被耗损的可怜的身子走进黑暗，对我这个买主看都不看一眼，就径直向我身边挤过来，而现在她睁大眼睛盯着我看，她是在关心我这个人——这一切都增强了我的奇异的陶醉。这种陶醉既清清楚楚又模模糊糊，既是意识到的，又被溶化在一种神秘的晦暗状态中。现在，这个陌生的小东西已经挤到我身边来了，但不是为了按照你买我卖的规矩来尽义务，而是为了某种不自觉的感谢，我体察到这里边有一种愿意与人亲近的女人天性。我轻轻抓起她的胳膊，一只患佝偻病的细瘦的胳膊，我感觉到了她那瘦小的畸形发育的身躯，此外我还猛然看到了她的全部生活：郊区旅馆里租下的油污的床铺，在一群陌生的坏孩子中间从早上睡到中午，我看见了那个扼住她咽喉的蓄妓者，看见那些在黑暗中打着嗝扑向她的醉鬼，看见人们把她送进去的那个医院里的特殊部门，看见那个把她的病瘦的裸体放在年轻的粗鲁无礼的大学生面前当作教学模型的大教室，最终的结局是人们把她送到家乡某个地方，丢在那里，让她像一只猫狗似的死去。对她，对所有人的无限同情涌上我的心头，这是某种温暖的东西，某种柔情，但绝不是情欲。我一再抚摩她的瘦小的胳膊。然后我俯下身去，亲吻这个惊愕的小女子。

此刻，我身后传来风吹枯枝的声音。是一段粗树枝咔嚓一声折断了。我向后跳去。听到一个男人很宽的粗俗的声音在笑。"现在我可逮住了。这我早就料到了。"

还没看见他们，我就知道他们是谁了。在整个精神恍惚中间，我一秒钟也没有忘记有人暗中窥视着我，我甚至怀着神秘而清醒的

174

好奇心在等待他们。现在一个人从树丛中移到前边来，他后边又出现第二个人：那是一些狂放不羁的小伙子，他们粗野无礼地站在那里。又传来粗俗的笑声。"这么龌龊，在这儿干猪狗的勾当。还是一个绅士呢！不过我们现在把他抓住了。"我一动不动地站在那里。血汩汩地涌向我的太阳穴。我一点儿也不害怕。我只等待着，看会发生什么事。现在我终于落入深渊了，卑劣行为的最后的深渊。现在，不得不碰撞了，不得不撞个鱼死网破了，我半梦半醒地迎上去的结局不可避免地来到了。

那姑娘从我身边跳开了，但没有朝他们那边跑去。不知怎么的，她站到了中间：好像她不怎么喜欢这种早有准备的袭击。那两个小伙子又恼火了，因为我一直没有动。他们你看看我，我看看你，显然是在等待我的反抗、请求或恐惧的表现。"啊哈，他一声不吭。"其中一个终于威胁着说。另一个朝我走来，命令我："您必须跟我们一起去警察局。"

我还是什么也不回答。这时，其中一个把手臂放在我肩头上，轻轻地往前推我。"往前走。"他说。

我走着。我不反抗，因为我不想反抗：这闻所未闻的事，这卑鄙下流的事，这危险的环境，使我感到麻木。而我的头脑却很清醒；我知道，这两个小伙子比我更怕警察，我可以用几个克朗赎回我自己——但我愿意体味这丑行的深意，我要以清醒的昏迷状态经受这环境的可怕的侮辱。我不慌不忙，十分机械地按照他们推我去的方向走。

我这样默默无语，这样耐着性子对着灯光走，恰恰是这种表现好像使这两个小伙子糊涂起来了。他们小声议论。然后，他们又开始故意相互高声说话。"让他走吧。"其中的一个人（一个满脸麻子的小个子）说。但另一个假意严厉地回答："不，这不行。要是他是一个跟我们一样的连块面包都没有的穷光蛋，就得让他坐牢。但他是一个高贵的先生——只能罚款了。"每个字我都听得真切，我听出话里有他们并不明智的请求，想我跟他们谈判；我心里的犯罪者理解他们心里的犯罪者，我明白他们是想用恐吓来折磨我，那我就用我的宽容来折磨他们。这是我们二者之间的一场沉默的战斗——我，这一夜是多么丰富多彩啊——我意识到我处在死亡的危险中间，在这里处在普拉特草坪发着恶臭的小树丛，在恶棍和一个妓女之间，十二小时以来我第二次体验到赌博有疯狂的魔力，而我现在则是下了最大的赌注，押上了整个有产阶级的尊严，甚至押上了我的生命。我投身到这巨大的赌博里去，投身到这偶然的闪光的魔法里去，使出了我颤抖的、紧张得几乎要拉断的神经的全部力量。

"啊哈，那里有警察，"我身后的一个声音说，"他肯定不会有好果子吃，这位绅士，他得被拘留一星期。"这话听起来很凶，很吓人，但我从语声里听出他很心虚。我泰然地对着灯光走去，那里确实有一个警察的尖顶头盔在闪闪发光。再走二十步，我就一定会站在他的面前了。在我身后，那两个小伙子不再说话了；我发现，他们走得更慢了；我知道，一会儿他们必定会胆怯地退隐到黑暗中去，退隐到他们的世界里去，由于对恶作剧的失败十分恼火，说不定会把他们的愤怒发泄在那个可怜的小女人身上呢。赌博结束了：

我今天又一次、第二次赢了，又一次摧毁了另一个古怪的、不相识者的恶劣的欲望。那边路灯的惨白的光环已在闪动，当我转过身来时，我第一次看清了那两个青年的脸：一脸怒气，在他们不安的眼神里现出一种认输的羞涩。他们停住了脚步，显得又苦恼又失望，准备迅速跑回黑暗中去。因为他们的淫威已经不存在了：现在，是他们怕我了。

这时，好像内心的骚动炸毁了我胸中的所有夹板，我心中突然产生了对这两个人亲如兄弟的无限同情。这感情热乎乎地流进我的血液里。他们究竟想从我这儿得到什么，他们，这两个贫穷饥饿、衣衫褴褛的青年，想从我这个饱食终日的寄生虫这里得到什么？不过是几个克朗，几个可怜巴巴的克朗吧。他们本来可以在那个黑暗的地方掐住我的喉咙，掠夺我，杀死我，可是他们没有这么做，他们只是妄图以一种不熟练的笨拙的方式威胁我，为了散装在我口袋里的这几个小钱。我，这个突然心血来潮的小偷，不知羞耻的窃贼，精神亢奋的罪犯，怎么还敢折磨他们，折磨这两个穷鬼？我的无限同情里涌入了无限的羞愧，因为我为了自己高兴还拿他们的恐惧，拿他们的焦躁情绪开心呢。我振作起来：现在，恰在此时，我安全了，因为附近街道的灯光保护着我。现在，我应该顺着他们的愿望，消除他们痛苦、饥饿的目光里的失望了。

我突然转身，朝一个人走去。"您为什么要告发我呢？"我说，极力让恐惧解除的叹息淹没在我的声音里，"您想我从这里得到什么？也许我要坐牢，也许不会。但这对您并没有什么好处。您为什么要毁了我的生活？"

那两个人狼狈地愣在那里。他们现在是在等待着一切，等待冲着他们的叫喊，等待一声使他们像猎犬的狗一样跑掉的威胁，就是未曾指望这样的宽容。最后，那个人不是带着威胁的而是带着道歉的口吻说："那是为了正义。我们只是尽我们的责任。"

这显然是为了应付这种情境的生搬硬套的话，听起来无论如何都是假的。两个人当中，谁也不敢正眼看我。他们在等待着。我知道他们期望着什么。也许我会哀求怜悯。也许我会给他们钱。

我现在还记得那几秒钟的一切。我记得在我身上每根活动着的神经，我记得在我太阳穴后边震颤着的每个思想。我还记得，我的恶劣情绪那时首先想到的是什么：让他们等着，让他们多受一会儿折磨，让他们尝够被晾在一边等待的滋味。但我很快控制住了自己，我现在开始表示恳求了，因为我知道，我必须使这两个人摆脱恐惧。我开始演出一场表示恐惧的喜剧，我请求他们怜悯，请他们不要声张，别让我遭到不幸。我发现他们变得很窘迫，这两个半瓶醋的敲诈者。我们之间好像保持着一种很有感情的沉默。

这时，我终于，终于说出了他们渴望已久的话。"我……我给你们……一百克朗。"

三个人一怔，面面相觑。这么多钱他们简直不曾想过，更何况现在他们本以为一切都落空了呢。最后，其中的一个人，就是那个目光慌乱的麻子，镇静下来了。他第二次又要说话。但话卡在喉咙里说不出来。过了一会儿，他说："二百克朗吧。"我觉得他说这话时显得很难为情。

"住嘴吧，"那姑娘突然插嘴说，"只要他给你们一点儿，你们就该知足了。他压根儿什么都没干，他连碰都没碰我一下。这真是太过分了。"

她当真是愤怒地朝他们喊的。我的心怦怦直跳。有人同情我，有人为我说好话，丑恶中升起善良，讹诈里出现某种对正义的模糊渴望。这多么使人愉快，这是对我不平静的心怎样的回报呀！不，现在不能再拿这些人开心了，不要再用恐惧和羞耻折磨他们了：够了！够了！

"好的，那就二百克朗。"

他们三人都没作声。我掏出钱包。我当着他们的面慢慢把它打开。他们完全可以从我手里一把抢走它，逃到黑暗里去。但他们却羞答答地扭过头去不看。现在在他们和我之间已是一种秘密的制约关系，不再是斗争和赌赛，而是一种天理和信任，一种人性的关系。我从偷来的一叠钱里抽出两张钞票递给其中的一个人。

"谢谢。"他无意中说着，转身离去。显然，为了敲诈来的钱表示感谢，他本人也觉得可笑。他感到很难为情——哦，这一夜我是什么都感受到了，各种姿态都在我面前暴露无遗——他的这种难为情使我感到压抑。我不希望一个人在我面前感到害臊，哼，在我这个他的同类面前，在像他一样的小偷面前，要知道，我的软弱、胆怯和意志薄弱和他没有两样！他的低声下气使我感到痛苦，我想使他摆脱这种窘态。于是，我不让他谢我。

"应该是我感谢你们，"我说，同时对自己的声音里迸发出那么多真实的热情感到惊奇，"如果你们告发了我，我可就彻底完蛋了。那样一来，我就非自杀不可了，而你们却从中什么也得不到。现在这样，还是比较好。我现在往右边走，你们也许往另一边走吧。再见。"

他们又沉默了一会儿。随后，一个人说"再见"，然后是另一个人，最后是那个完全隐没在阴暗处的小妓女。那声音听起来十分温暖，十分亲切，像一声真心的祝愿。从他们的声音里我感觉到，在他们本性的某个深藏的暗角，他们是爱我的，他们永远也不会忘记这特殊的时刻。就是在监牢或医院里，他们也会再想到这一时刻的：我给了他们某种东西，我心中的某种东西将继续活在他们心里，我心中充满这种给予的愉快，这种感觉我还从未有过呢。

我独自在夜色中向普拉特游乐场的出口处走去。一切重负都从我心头卸了下去，我感觉到，我这个失落的人在一向不相识的充实中正涌进一个无限的世界。我感到，一切都好像为我一个人活着，我又跟一切汇流在一起。大树黑黝黝地立在我周围，沙沙地对我低语，我喜欢它们。星星从天空向下照耀，我呼吸着它们银光闪闪的问候。各种声音歌唱般从某处传来，我觉得它们是在为我歌唱。自从我把围在我心胸周围的硬皮层捣碎，突然一切就都属于我了。我心中充满了施予和挥霍的快乐。哦，我觉得，使别人快乐，从而自己也获得快乐，这是何等容易：人们只需把自己的心敞开，那活的激流就会从人向人流去，从高处跌落到低处，再冒着泡沫从深处上升到无限。

在普拉特游乐场出口处的停车场旁边，我看见一个女摊贩面带倦意地弯腰面向她的零星杂货。她有各种糕点，上面已有灰尘，还有一点儿水果。她从一早就这样坐在那里，俯身看着那不值几个赫勒①的东西，累得连腰都直不起来。我想，既然我高兴，你为什么不该高兴呢？我买了一小块甜点心，给她撂下一张钞票。她马上想找零钱给我，但我已经往前走了，只见她高兴得吃了一惊，她那皱缩的身子忽然挺直了，只有那惊呆的口里冒着沫子向我千恩万谢。我手指夹着甜点心，朝那匹疲倦地驾着辕的马走去，但现在它转过头来，对着我友好地打着响鼻。我摸了摸它粉红色的鼻孔，把点心塞到它嘴里，它用阴郁的目光表示感谢。我刚喂完马，就产生了更多的渴望：还要制造更多的欢乐，还要更多地体会人们怎样靠几个银币、几张彩色的纸片解除忧虑，消除不安，唤起欢乐。这里为什么没有一个乞丐？为什么没有渴望得到气球的孩子？那里有一个愁眉苦脸的白发瘸子带着一大把拴在很多条线上的气球，正在一瘸一拐地往家里走，因为在漫长的一个大热天里做着不景气的买卖而大失所望。我朝他走去。"把气球给我吧。""十赫勒一个。"他疑惑地说，这位高雅的游手好闲者在半夜时分要这些彩色气球干什么呢？"请您把所有的气球都给我吧。"我说，给他一张十克朗的钞票。他蹒跚地走过来，像花了眼似的看着我，然后他颤抖着把拴着整把气球的那根带子交给了我。我感到那带子直挺挺地在我手指间往外拉扯：气球想挣脱，想获得自由，想往天空飞。那就去吧，随便到哪儿去，飞吧，愿意飞到哪儿就飞到哪儿，你们自由了！我松开那些拴着气球的绳，于是，它们就像许多五光十色的月亮突然飞

① 旧银币或铜币，在奥地利当时等于百分之一克朗。

升了。人们从四面八方跑过来，哈哈地笑着，那一对对情侣也从暗处走出来，车夫把鞭子甩得啪啪直响，相互喊着用手指着，告诉人们现在这些自由的球体越过了树梢，正向那些房子和屋顶飘去。所有的人都愉快地相互望着，都因为我的这种微醉的愚蠢之举而感到开心。

为什么我过去从来就不知道，使别人欢乐是多么简单，多么美好！忽然，我钱包里的钞票又发烫了，它们像刚才那根拴气球的绳一样在我手指间震颤：它们也想飞走，从我这里飞到陌生人那里去。于是，我掏出钞票，这些偷拉尤斯的彩票换来的钱和我自己的钱——这里有何区别或有何罪过我一点儿也感觉不到了——我把钱拿在手里，准备把它们散发给想要的人。我向街那边的一个清道夫走去，他正在厌烦地清扫冷冷清清的普拉特游乐场的大街。他以为我想问他哪个小巷，愁眉苦脸地抬头看我。我对他笑笑，把一张二十克朗的钞票递给他。他呆望着，不明白是怎么回事，后来他把钱接过去了，又等着看我要求他做什么。但我只对他一笑说："拿去买点什么好东西吧。"说完便继续往前走。我一直东张西望，看有没有人对我有什么要求，没人来，我就送上去：我给了一个向我攀谈的妓女一张票子，给了一个点路灯的人两张钞票，往一个地下面包房开着的天窗掷进去一张，我就这样往前走着，我身后留下一长串大为惊诧的人，他们是又感谢又高兴。最后我把钞票一张一张地揉成团抛向空荡荡的大街，或抛向教堂的台阶，我高兴地想着：如同那些小女人做早祷时发现成百的克朗，并感谢上苍一样，一个大学生、一个使女、一个工人也会惊诧而愉快地在路上发现这些钱，就像我在今夜这样惊诧而愉快地发现了我自己。

我再也说不出我把所有的钞票和我自己的银币都怎样撒出去和撒到哪里了。我感到一阵醉意，好像向女人体内射精；当我让最后几张纸币飘走时，我感到轻松了，就好像我也能飞一样，我觉得有一种我从未体验过的自由。街道，天空，房屋，我觉得这一切都汇集在一起了，我心中萌生一种拥有它们、跟它们休戚与共的全新感觉。就是在我生活的最火热的时刻，我也从未有过这样强烈的感受：所有这些东西都是真实的存在，他们生活着，我生活着，他们的生活和我的生活完全一样，这种伟大的强有力的生活，这种永远享受不尽的快乐生活，只有爱才能理解它，只有献身者才能拥抱它。

随后，还出现了最后一个黑暗的瞬间，那是我喜滋滋地漫步回到家，把钥匙插进锁孔，打开通向我房间的黑洞洞的走道门的时候。那时，我骤然产生了一阵恐惧：如果我踏进直到此刻一直属于我的那个住房，躺到我的那张床上，如果我再拾起我今晚妥善扯断的、联系那一切的纽带，那么我就又回到我往日的旧生活里去了。不，不能再成为我过去那样的人，不能再成为昨天和昔日的那种无可指摘、冷酷无情、与世隔绝的绅士了。我宁可跌落到犯罪和恐怖的深渊，但却进入了生活的现实中！我疲倦，说不出的疲倦，但我害怕睡眠会压倒我，害怕睡眠会用它黑色的泥浆又把今夜在我心中燃起的一切热情的、火热的和活生生的东西冲走，我害怕这整个经历会如此短暂，把握不住，像一场幻梦。

但第二天，我醒来时又快活地进入一个新的早晨，没有丝毫东西从那波涛起伏的感情中流逝。从那时起已经过去了四个月，往日的僵化生活并没有回来，我依旧生气勃勃地进入每一天。在当时那种着了魔的陶醉中，我脚下突然失去了我那个世界的立足之地，跌进了不相识的境界；在跌入这奇异的深渊时，我感到了那跌落速度和整个生活深度昏昏然混合在一起的眩晕。这种潮热自然已经过去了，但从那一时刻起，我就感觉到我自己的热血随着呼吸翻滚，我感觉到这热血随着日新月异的欢乐流动。我知道，我已经变成另一个人了，现在思想不同了，兴奋点不同了，而我更自觉。诚然，我不敢说我变成了一个更完美的人：我只知道我成了一个更幸福的人，因为我为我的完全冷却下来的生活找到了某种意义，我找不到什么字眼来说明这种意义，只好还用生活这个词儿。从此我再无任何禁忌，因为我认识到我那个社会的准则和礼仪都是空洞的东西，不管面对他人还是面对自己我都问心无愧。什么声誉，犯罪，缺德，这些词都突然带上了一种冰冷的铁皮一样刺耳的音响，一说起这些我就毛骨悚然。我生活着，我靠着当时第一次如此神奇地感觉到的那股力量生活着。不去问它把我赶到哪里去：也许是朝着一个新的深渊，陷入他人称为邪恶的境地，或是使我成为一个高尚的人。我不知道那是什么，我也不想知道那是什么。因为我相信，只有把自己的命运当作一种秘密去爱的人，他才是真正活着。

但是我从来也没有更热烈地爱过生活，这我最清楚不过。我现在知道了，谁对纷繁的生活冷漠，他就是罪犯（唯一的罪过！）。自从我开始理解我自己以来，我便理解了无数别的事物：站在橱窗前的一个贪婪者的目光，会使我的心震动；一条狗的蹦跳，会使我兴奋。我突然注意起一切来了，对什么都不再冷漠。我天天从报上读到上百条令我激动的新闻（往常我读报只翻看一下娱乐和拍卖栏目），以前使我厌倦的书也忽然在我面前展开了。最奇怪的是：除了人们所说的那种交谈，我也突然能跟人攀谈了。那个跟了我七年之久的仆人，也使我感兴趣了，我常常跟他闲谈。那个总管，平时我总是毫不在意地从他身边走过去，好像他是一个能活动的木头桩子，最近他也跟我讲述了他小女儿的死，这事比莎士比亚的悲剧还使我感动。虽然为了不暴露自己，我表面上继续生活在那文雅乏味的圈子里，但是这个变化还是逐渐显露出来了。很多人忽然对我热情起来；这个星期，街上陌生的狗，竟有三次向我跑来。朋友们跟我说话，就好像跟一个战胜疾病的人说话一样，显得那么愉快，他们说我变得年轻了。

更年轻了？我只知道，我现在才开始过真正的生活。每个人都误以为，一切往事永远只是错误和准备，这恐怕是一般的偏见。我知道，把一支冰冷的羽毛笔拿在我有生气的温暖的手里，在干爽的纸上写出"过真正的生活"，也确是不自量力。如果说这也是一种偏见，那它也是第一个使我感到幸福的偏见，第一个使我的血变热、使我的感官焕然一新的偏见。如果说我在这里写下我的觉醒的奇迹，那也只是为了我自己。关于所有这一切，这些字句所能告诉人们的，远远不如我自己理解得更为深刻。这件事我从未对任何一个朋友说过；他们想象不到，我早已是个活死人，他们也不会想到，我现在活得多么充满生机。倘若死神进入我的活跃的生命中来，倘若这些文字落入他人之手，那么，这种可能性也绝不会使我恐惧，使我痛苦。无论是谁，只要从未体味过这样一个时刻的魔力，他就会像我半年前一样，不能理解为什么一个夜晚的几桩转瞬即逝、貌似毫无联系的小事，竟如此奇妙地点燃了我已如死灰的生命。在这样的人面前，我不感觉羞愧，因为他不理解我。不过，谁知道这里的联系，他也不要去下断言，不要骄傲。在他面前，我不羞愧，因为他理解我。谁一旦发现了自己，他在这个世界上就什么也不会失去。谁一旦在自己的身上理解了人，也就理解了所有的人。

（关惠文　译）

一颗心的沦亡

为了给一颗心以致命的打击，命运并不是总需要聚积力量，猛地扑上去；通过微不足道的原因促成毁灭，这才最能激起生性乖张的命运的乐趣。在人类含义模糊的语言中，我们称这最初的、不足介意的东西为诱因，并且把它那无足轻重的分量与经常是强烈的、起持续作用的力量相对比。正如一种疾病很少在发作之前被人发觉一样，一个人的命运在变得明显可见和已经成为事实之前也很少被察觉。在从外部攻入灵魂之前，它早已在内部——从精神到血液——主宰一切了。说到底，人的自我认识同时也是一种自我抗拒，而且多半是无济于事的。

索罗门松老人，当他在国内时，自称为枢密顾问。最近，他携全家在复活节期间来到了意大利，住在加尔达湖畔的一家旅馆。这天夜里，老人突然被心头的一阵剧痛惊醒；仿佛有什么东西重压在他身上，胸口闷得厉害，几乎无法呼吸。老人感到恐惧，因为他一直为胆痉挛所折磨。医生曾建议他到卡尔斯巴德进行疗养。可是，他没有听从医嘱，却为着全家人的缘故来到了南方。此时，他万分担心，害怕疼劲儿会愈加厉害；于是畏惧地用手去抚摸自己那肥胖的腹部。过了一会儿，尽管疼劲儿并未减轻，但他确信不像刚才那么紧张了。他只是感到胃部难受，很可能是由于吃了不洁的食品而引起的轻度食物中毒。因为在意大利，对旅游者来说，这简直是司空见惯的事。他轻轻吸了口气，抽回了颤抖着的手。可那股难受劲儿使他喘不过气来。老人呻吟着走下床，想活动一下。他站起身来，尤其是走了几步以后，真觉得舒服多了。可是，房间又黑又窄，老人更怕吵醒睡在旁边床上的妻子，引起她不必要的惊慌。于是他披上睡衣，赤着脚穿上拖鞋，蹑手蹑脚地溜到了走廊，好在那里活动活动，减缓痛苦。

他推开正对着昏暗走廊的房门，这当儿，从敞开的窗口传来了教堂塔楼上的钟声。震颤的钟声响了四下，声音先是在湖面上响亮地回荡，随即渐渐地消逝了。已是清晨四点钟。

长长的走廊上一片漆黑。可是老人还清楚地记得这是一条笔直而宽敞的走廊，因而无需照明。他在走廊上从一端走到另一端，喘着粗气，来回地走着，感到疼劲儿慢慢地过去了，不禁心中暗喜。很快，这种踱步已使疼痛几乎完全消失了。他准备返回房间。突然，什么声音把他吓住了。这是从近旁暗处传来的窃窃私语；声音细微，但却很清晰。吱喽一响，紧接着一阵喃喃低语，然后是走动的声音；随即，一道狭长的光柱从半掩的门缝中透出，划破了一片混沌的黑暗。是什么？老人不由自主地一闪身，躲进了角落。他并非好奇，而是完全屈服于一种可以理解的惭愧心理：他害怕别人在这种奇怪的场合看到自己的夜游。可是，就在一瞬间，借助一闪即逝的灯光，他清楚地看到了溜出来的白衣女人的身影随即消失在走廊远端。就在这时，从走廊尽头的最后一个房间那儿又传来了轻轻地扭动门把手的声音。之后，一切又都归于黑暗的寂静。

老人突然踉跄了几步，仿佛心脏受了一击似的。刚才在走廊尽头响起令人不安的声音的地方，那儿，那儿就是自己的房间；他为全家租了一套三居室的公寓。莫非是妻子？不，仅仅几分钟之前，他才离开她；那时她还在酣睡中。那，这个女人——绝对没错——这个刚从别人房间溜出来的女人，不会是别人，只能是他那将满十九岁的女儿，艾琳娜。

惊愕使得老人一阵发冷，全身抖个不停。艾琳娜是个开朗又任性的孩子。不，这不可能是真的，一定是我看错了！她到别人的房间去干什么，如果不是为了……此刻，他像要摆脱猛兽的追逐一样，拼命想摆脱自己的念头。可是，溜走的女人幽灵般的形象却牢牢地占据了他的脑海，使他再也无法挣脱。无论如何都要把这件事弄清楚，他喘息着，手扶着墙壁，慢慢地摸到了女儿的房门口。她的房间刚好和自己的紧连在一起。太可怕了。恰恰是在这里，恰恰在过道头上女儿的房间门缝和钥匙孔里，透出了一丝微弱的灯光。清晨四点钟，女儿房间里却亮着灯！还有新的证据：房内电灯开关发出嘎嗒一声之后，这缕白光立即了无痕迹地消失在黑暗之中——不，不，不要再欺骗自己了——就是她，我的女儿艾琳娜，在这夜阑人静的时分，悄悄地从别人的床上溜回自己的房间。

老人由于惊恐和寒冷抖个不停，浑身直冒冷汗，汗水浸透了毛孔。他的第一个念头就是一脚把门踢开，几拳打死这个不知羞耻的东西。但是他两腿发软，在硕大的身体下面摇晃不定，甚至连踉跄地走回自己的房间、挪到床头的气力都没有了。他一头栽倒在枕头上，有如垂死的野兽。

老人一动不动地躺在床上，瞪着双眼，凝视着黑暗。身边传来妻子均匀的呼吸声。这时，他的第二个念头是叫醒妻子，告诉她刚才自己见到的痛心情景；然后喊叫一阵，发泄出内心的痛苦。但是，如何开口啊？用什么样的语言来向她讲述这令人惊骇的一切？不，不，这种话他说不出口。可是，该怎么办呢？怎么办啊？

他想集中思想好好考虑考虑，可是思绪却像蝙蝠一样盲目地飞来撞去。这一切实在太令人难以置信了。艾琳娜长着一对讨人喜爱的眼睛，是个温顺、有教养的孩子。曾几何时，他常常看到女儿俯在桌上做功课，用那粉红色的小指头费力地描着粗大的字母……曾几何时，他把她从学校领到糕点铺，她穿着淡蓝色的小衣服，用温柔的小嘴吻着他的额头……难道这一切不就仿佛发生在昨天吗？……不，这是过去的事了……可是，就是昨天，真正就是昨天，她还稚气十足地撒娇，央求自己给她买橱窗里那件颜色绚丽的天蓝色加金线的高领衫。"好爸爸！给我买了吧！"看到她绞起双手面带笑容的恳求，他又怎能不去顺从女儿的心意呢……可是现在，现在她竟然从距离自己房间只有两步远的地方，在深夜里溜了出去，跑到一个陌生男人的床上，在那里赤裸着身体，淫荡地同别人扭在一起……

"我的上帝！我的上帝！"老人不由自主地呻吟起来，"耻辱！耻辱啊……我的孩子，我那温柔可爱的女儿，怎么能随便和一个男人……这人究竟是谁，能是什么人呢？我们来到戈东才不过三天。在这以前，她从来没有结交过这类油头粉面的花花公子——不论是长着细长脑袋的乌巴尔基伯爵，还是那个意大利军官，或是麦克伦堡的骑师……艾琳娜都是在到这儿第二天的舞会上才结识的。难道她已和他们之中的一个有了……不，这不可能是第一次，或许以前在家里时就早已有过了……我竟什么都不知道，什么也没有察觉，我是个傻瓜，被蒙在鼓里的傻子……可是，我又怎么会知道她的这些事呢？……我整日不顾一切地为了她们奔波操劳。每天要在办公室里坐上十四个小时，再确切地说，就是整日里带着满箱的货样，待在火车里……为了她去赚钱，钱，钱。为的是让她们母女俩有漂亮的衣饰，让她们富有……晚上，当我拖着疲惫虚弱的身子回到家中时，家里已是空无一人：上剧场看戏，参加舞会，去做客……我又如何能知道她们整天做些什么呢？现在我知道了：每天夜晚，我的女儿将她那纯洁而富有青春魅力的肉体献给了男人们。她像一个妓女……啊！奇耻大辱啊！"

老人呻吟不止，每一个新的思绪都加深了他的痛苦；他觉得自己的头颅被打开了，脑浆外溢，一群红色的小虫正在血泊中蠕动。

"为什么我要忍受这一切？……为什么我现在还躺在这里，折磨自己？而她，那个小淫妇，却安然自得地呼呼大睡？为什么我现在不马上冲进她的房里去，让她明白，她干的这种不要脸的勾当我全都知道？……为什么我不去打断她的骨头？就是因为我太无能……太怯弱……过去我还以此为荣，能让她们过上轻松愉快和无忧无虑的日子，哪怕我再吃苦受累也成……我节衣缩食，省吃俭用，一个铜板一个铜板地为她们攒钱……只要能使她们满足，我甚至宁愿揭掉身上的一层皮……可是，我刚使她们有了钱，在她们眼里就已成了个厌物。在她们看来，我既不时髦，又无教养……可从前我到哪儿去受教育？我十二岁那年就离开了学校，去为生活奔波、拼命……带着货样走村串乡。随后又是从一个城市辗转到另一个城市，直到有了自己的店铺……可是，她们俩刚一改变地位，有了自己的宅子，就不肯再用我这古老而诚实的姓氏。参议、枢密顾问，这些都是我不得已用钱买的啊，免得人们再叫她索罗门松太太……好使她显得高贵……高贵！高贵！……要是我反对她们的这种虚荣，反对她们的‘上流’社交，向她们叙述我的母亲——愿上帝保佑她——当时是怎样地持家，如何地稳重和谦让，一切只是为了我父亲和孩子们，她们就会嘲笑我。她们笑我保守，笑我落伍……艾琳娜总是用讥讽的口气对我说：‘好爸爸，你这些早过时了。’……是啊！我是过时了……可是，她，现在竟然睡在别人的床上，躺在陌生男人的怀里……这是我的孩子，我那唯一的孩子啊……噢，奇耻大辱，奇耻大辱啊！”

这痛苦可怕地折磨着他，使他辗转反侧，久不成眠，终于惊醒了身边的妻子。“怎么了？”妻子睡意蒙眬地问道。老人屏住气，一动不动。他就是这样纹丝不动地躺在痛苦的棺柩里直到天明，思绪像小虫一样吞噬着他。

早餐时，老人第一个来到餐厅。他长嘘了一口气，坐了下来，可是一点胃口也没有，什么也不想吃。

"又是我一个人，"他在想，"老是一个人！……每天清晨，当我去办公室时，她们由于头天晚上聚会或是看戏的劳累仍在甜蜜的梦乡里。可等到晚上我回来时，她们早已不知去向，在外面寻欢作乐。这类交际场合，她们从来不要我同去……啊！金钱，这该死的钱把她们俩全毁了，是金钱把我们变成了陌生人……可我，这个傻瓜，还老想为她们去攒更多的钱；其实，我这是在洗劫自己呀，把自己变成个穷光蛋，把她们也毁了……五十年来，我不知疲劳地辛勤苦干……可现在，却只落得孤身一人……"

老人慢慢变得不耐烦了："她为什么还不来？……我有话要对她说……我必须告诉她……我们得离开这里，马上就离开这儿……为什么她还不来？大概她还乏得很，睡得正香甜呢？可我的心都快撕碎了……当妈的每天要花上好几个小时来打扮自己：洗澡、擦鞋……修指甲、理头发，不到十一点钟不会下楼……如此说来，女儿出了问题，倒也不足为怪。啊，钱，这该死的钱！"

老人身后传来了一阵轻轻的脚步声。"早晨好，爸爸，睡得好吗？"一位姑娘从他的肩头俯下身来，轻轻地把吻印在老人发烫的额头。他本能地把头扭了过去，他讨厌克吉牌香水那股甜腻腻的气味。更何况……

"爸爸，你怎么了？又不高兴了？侍者，来一杯咖啡和一份火腿蛋……没有睡好？还是听了什么不愉快的消息？"

老人压住了火气，他不敢望向女儿，低低地垂下头，一言不发。他刚好看到女儿那双娇嫩的小手正懒洋洋又娇里娇气地在雪白的台布上胡乱画着。他全身在颤抖。他的目光悄悄地流连在女儿那双尚未成年的少女的手臂上……不久前，女儿每晚临睡前总要用这双手臂来拥抱他……老人的目光又落在女儿隆起的胸部，它在那件新买的高领衫下均匀地起伏着。"赤裸裸、一丝不挂地……和一个陌生的男人扭在一起，"老人愤懑地想，"是他搂抱过、抚摸过、吸吮过、占有了……我的亲骨肉……我的孩子……啊！这个坏蛋！"

老人不由地呻吟起来。"爸爸，你怎么了？"女儿温存又有些吃惊地问道。"我这是怎么啦？"他脑子轰地一下，"我的女儿成了娼妓，可我却没有勇气当面对她说出来。"

可他只是讷讷不清地说："没什么！没什么！"然后很快拿起一份报纸，将它打开，好挡住女儿那惶惑不解的目光。他越来越感到没有勇气面对女儿的视线，他的双手又抖了起来："我现在必须跟她讲，趁着这里只有我们两个人。"这种思想在折磨着他，可是他却说不出话来，连看女儿一眼的勇气都没有了。

突然间，他猛地将桌子一推，随后吃力地向花园走去；他感觉到两行热泪不由自主地流下双颊。他不愿让女儿看见这一切。

身材矮小结实的老人在园中胡乱地走着，呆呆地凝视着湖面。虽然泪水模糊了视线，但他还是被眼前的迷人景色吸引住了：银白色的薄雾后面，黯淡的丘陵上点缀着柏树勾勒出来的黑色线条，闪现出绿色的波浪。丘陵后面是陡直的山峦，它严峻但并不傲慢地眺望着惹人爱怜的湖水，像是严肃的长者守望着一群无忧无虑地嬉戏的可爱孩童。这胸襟开阔、繁花似锦、殷勤好客的大自然是多么地令人神往！上帝在南国露出的轻松、善良和幸福的微笑是多么甜蜜！"幸福啊！"老人迷惘地摇晃着沉重的脑袋。

"到这里来是能够幸福的。我自己也该享受一次这样的幸福，亲自领略一下那些从不知为生活发愁的人过的那种惬意生活……写呀，算呀，讨价还价，经营盘算，五十多年了，也该享受几天悠闲自在的日子……在黄土埋身之前，也该有这么一次……六十五岁了，我的上帝，死神的手已触到了我的身体，钱不能救我，医生也救不了我……在这之前，我只想轻松地活着，舒舒服服地喘口气……可我那过世的父亲以前曾说过：'欢乐从不属于我们，只有当你走进坟墓时，才算最终卸去了肩头的重担。'……昨天我还在想，自己或许可以休息一下了……昨天，我还自以为是个很幸福的人，为有这样一个美丽活泼的女儿而欣慰……可是今天上帝却惩罚了我，夺走了这一切……现在一切都完了……我再也无法和自己的亲生女儿对话……我再也不能看她一眼，我为她感到羞耻……这种思想将时刻伴随着我。不论是回到家中，还是在办公室里，甚至夜晚睡在床上，我都无时无刻不在想：她现在在哪里？她刚才又到过哪里？她干了些什么？……我再也不能平平静静地走在回家的路上了……过去，每当她跑来迎接我时，看到她是那样年轻、漂亮，我的心都高兴得跳了起来。如今，当她再过来吻我时，我就会想昨天谁吻过这双嘴唇……当她在我身边时，我又不敢看她一眼……不行，这样没法活下去，没法子活下去啊！……"

老人像醉汉一样前后蹒跚着，喃喃自语。他一次又一次呆呆地望着湖面，泪水止不住地流进胡须。他伫立在狭长的小路上，取下夹鼻眼镜，揩抹那双噙满泪水的近视眼；那副愚蠢的可怜相竟让一位过路的年轻园丁诧异地停了下来，最终还笑出了声，随后用意大利语朝他不知喊了句什么就跑开了。这下可把老人从晕眩中惊醒了，他急忙戴上眼镜，趸往花园的另一侧，想在那里随便找个凳子，避开人们。

　　可是，就在他刚刚靠近偏僻处时，从左面什么地方传来一阵笑声，惊动了他……这笑声是那样的熟悉，又是那样的令人心醉。银铃般的笑声，在他的耳边回荡了整整十九年。这清脆的笑声……他就是为了这笑声，不知曾在火车的三等车厢内度过了多少个夜晚，奔波在波兹南和匈牙利之间。为的是给它加上金黄色的养料，好让它开出鲜艳夺目的花朵。他生活的唯一目的就是这笑声。他积劳成疾，患上了胆病……就是为了使这甜蜜的嘴唇能永远迸出银铃般的笑声。可是现在，这令人诅咒的笑声却像一把锋利的尖刀，直插入老人的心窝。

　　然而，老人还是经不住这笑声的诱惑。他看到女儿站在网球场上，球拍在她光洁白皙的手中随意挥动着。她娴熟地任意操纵着球拍的方向，忽起忽落。与此同时，随着球拍的挥动，她那爽朗的笑声与网球一同升上了蔚蓝的天空。三个男人赞不绝口地望着她：身穿敞领运动衫的乌巴尔基伯爵、穿紧身军装的军官和衣着考究的骑师。三个健壮而匀称的男人，有如一组环绕在飞舞的蝴蝶近旁的塑像。就连老人自己也像着了迷似的目不转睛地望着。我的上帝！她穿上这雪白的短裙实在太美了！阳光在她的金丝秀发上闪闪发亮！她那充满了青春活力的胴体在跑跳中是如此轻盈、敏捷，完全陶醉在自己那灵活而富有节奏感的动作之中。现在，她欢快地将白色的网球击向了高空。一下，两下，三下。她弯下纤细的少女的腰肢，腾空一跃，接住了最后一个险球。这一切都是老人从来没有见到过的：她犹如被一团恣情的火焰燃烧，炙热的飘忽不定的火焰围绕着她烈火熊熊的胴体，为她罩上一层夹杂笑声的银白色的烟雾，俨然一尊南国花园里常春藤掩映的青春女神，一位平静湖面上泛起的柔软碧波中走出的仙女。这苗条娉婷的胴体，在家中从来没有像现在这样忘情于嬉戏，这样恣肆地跳跃。没有过，他从来没有见到女儿这样过。在郁闷的牢笼般的城市里没有过，在自己家中，在街道上，他从来没有听到过她迸发出这云雀般的笑声。这笑声摆脱了尘世间的污秽，几乎成了一阕欢快的歌曲。没有过，她从来没有这样美丽过。老人目不转睛地盯着女儿。他忘却了一切。这炙热飘忽的火焰令他倾心神往，他真愿意总是这样站着，一个劲儿地死死地盯着女儿，用热烈的无休止的目光把她的形象印进脑海。这时，她敏捷地一转身，喘着气跃起身来击回了最后一个险球。她呼出一口气，娇喘吁吁，面孔绯红，眼中闪现出骄矜的目光，笑着将球拍紧紧地抱在怀里。"好极了！好极了！"像是刚刚听完一曲咏叹调，三个男人为她的精湛球艺欢叫起来。老人被这几声怪叫惊醒。他满心不悦地瞪了他们一眼。

"就是他们，这帮坏蛋！"老人的心怦怦直跳，"就是他们……可到底是哪一个呢？究竟是他们之中的哪一个占有了她？……看，他们看上去倒是衣冠楚楚、风流倜傥。这些光天化日打劫的强盗……我像他们这年纪，正穿着补丁裤子，坐在店铺里；破衣烂衫，在顾客面前低声下气……他们的父辈也许至今还在用自己的血汗为他们挣钱……可他们倒好，整日里东游西逛，到处寻欢作乐，看看那无忧无虑的面孔、放荡不羁的目光……他们怎么会不感到快乐和满足呢……只消说几句甜言蜜语，就能使这样一个爱慕虚荣的女孩子爬到自己的床上去……可这个人究竟是谁呢？肯定是他们之中的一个，我知道，是他透过衣服看到了她那赤裸的身体，咂着舌头琢磨解开她的衣扣，享受她的肉体……他对自己的女儿的一切已是那样的熟悉，并在暗自得意占有了她……他对她是那样的热烈和毫无顾忌，也许还在想今天晚上再来。看，他在向她使眼色呢——这条狗……我真想一棍子打死他，这条狗！"

那边儿，人们发现了老人。女儿挥动着手中的球拍向他打招呼，笑着跑了过来。男人们向老人致意。老人没有答礼，依然用满布血丝的眼睛死死地盯着女儿那充满笑意的嘴唇。"你这不知羞耻的东西，还有脸笑呢！……哦！那个流氓也许在暗中笑我，也许在想：他站在这儿，这个蠢犹太佬，夜里还在自己床上睡得像个死猪……要是他知道了，这个老傻瓜！……是啊，我知道你们在笑我，你们嫌弃我就像嫌弃一堆吐出的污物……可是我的女儿，她是那样可爱、顺从，竟像娼妓一样跑到你们的床上……至于她妈妈，实在是太胖了，再怎么修饰打扮也不过如此，即便是有人对她说几句殷勤话，倒也无关紧要……是的，简直是禽兽。你们当然会理直气壮，因为是她们自己追着你们……别人揪心的痛楚与你们又有何

198

相干……你们只要自己得到满足，只要自己得到欢乐，这些下流坯……真恨不能一枪打死你们……用鞭子抽死你们！……可是到头来还是你们有理，因为没有人这样对待你们……因为他只能把心中的愤怒强咽下去，像狗在吃自己的屎一样……还是你们有理，因为他是这样的胆小、可怜……他不敢冲上去，把这不要脸的女人从你们身旁揪回来……他只能站在一旁，一声不响地折磨自己……懦夫……胆小鬼……胆小鬼。"

老头用手抓住了栏杆，绝望的愤怒使他摇晃不定。蓦然间，他朝着脚下啐了一口，然后踉跄地走出了花园。

老人步履蹒跚地来到市区，突然在一家商店的橱窗前停下了脚步。橱窗内琳琅满目、五光十色的商品堆成宝塔形和锥形的图案，布置得很是精美诱人。这里专门为旅游者准备了各类商品：从衬衫、渔网、渔具到连衣裙、领带、书籍和食品。可是，老人却只凝视着一件物品，它被冷落在这些时髦的商品中间。这是一根头上包着铁皮、质地粗糙的难看手杖。就用它，握在手里，沉甸甸的，打起人来可够厉害的了。"打死他！……打死这条狗！"这个念头使老人感到一阵头晕目眩，慌乱但又带有几分快感。他走进店铺，只花了很少的钱就买了这根瘿节累累的手杖。刚把这沉甸甸的手杖拿到手中，他就感到力量倍增：对于一个弱者来讲，武器确实能增添不少的勇气。老人感到手臂上的肌肉顿时有了力量。"打死他……打死这条狗！"他喃喃自语，不知不觉中，刚才那沉重和吃力的步履变得坚定、平稳、轻快起来。他沿着湖边走去，简直是在小跑；他喘息着，满身汗水。这更多的是由于他那狂暴的激情，而不是急速的步伐。那只握着手杖的手，由于过分用力而痉挛得越来越厉害。

他就这样手执武器向绿荫深处走去，同时用不安的目光四处搜索着他那陌生的敌人。果真，在角落里，他的妻子、女儿正和那三个男人一起，坐在舒适的藤制安乐椅上，一边用麦管吸着苏打威士忌，一边谈笑风生，好不惬意。"是哪一个呢？是哪一个呢？"老人闷闷地思忖，手紧紧地握住那根沉甸甸的手杖。"该去砸碎谁的脑袋？……谁的……谁的？"就在这时，艾琳娜跑了过来，她误解了老人目光中的含义。"爸爸，刚才你在哪儿？我们到处找你，麦德维兹先生邀请咱们全家乘他的菲亚特汽车去兜风，沿着湖边一直到德森札诺去。"女儿温存地把老人扶到了桌前，显然，她在期望父亲对客人的邀请表示谢意。

三位先生彬彬有礼地立起身来，把手伸向老人。老人又哆嗦起来。女儿热切地勾住他的胳膊，使他感到一阵温暖和令人眩晕的慰藉。他勉强地依次握了向自己伸来的手，然后默默坐下，取出一支雪茄，咬紧牙齿咀嚼着自己的愤怒。席间的法语对话不时被放肆的笑声打断，陆续传进他的耳朵。

老人蜷曲着身体坐在一旁，一言不发。从他那衔着雪茄的嘴角边，流下了棕色的唾液。"他们是对的……他们是对的……"老人想着，"我该遭到唾弃……我还向他伸过手去！……三个人，可我知道，这个坏蛋肯定就在他们之中……而我现在竟安然地和他坐在一张桌子前面……我没有把他打倒在地，没有，我没有把他打倒在地；相反，我倒客客气气地和他握手……他们是对的，他们笑我，那完全对。看他们在我面前谈话时的神气，就好像我根本不存在似的，仿佛我早已离开了人世！……但是艾琳娜和她母亲总该知道，我是根本不懂法语的……她们俩是知道的，可是却没有一个人理睬我，连做个样子也没有，倒叫我像现在这样尴尬地坐在这里，这样狼狈地坐在这里……对于她们俩来说，我根本不存在，不存在……我是她们的累赘，是负担，是厌物……我使她们感到羞愧，她们不甩掉我，只因为我可以给她们金钱……金钱，金钱，该诅咒的金钱……我的老婆，我自己的女儿，除了眼睛死死盯住发亮的金钱，连一句话都不愿意和我讲……她们朝那三个男人笑得多开心啊，就像有人用手搔她们的痒似的……可是我，我在忍受这一切……坐在这里，听着他们的笑声，而不是让他们饱尝一顿老拳……用棍子抽打他们，在他们当着我的面捉对胡闹之前把他们驱走，打散……可是我竟默许这一切……坐在这里，我是个哑巴，胆小鬼……胆小鬼！"

"可以吗？"在这当儿，那位意大利军官操着不很流利的德语向老人问道，然后就拿起了打火机。

这使老人一下子从沉思中猛地惊醒，他茫然无措地瞪了军官一眼，十分恼火。顿时，一股怒火涌上心头，紧握手杖的手哆嗦了一下。他的嘴巴扭曲得都歪了，不经意地泛出一丝冷笑："哦，请便吧！"他用严厉的语调重复着说："当然可以！嘿！嘿，什么都可以！……您尽可以随便好了……嘿，嘿，什么都可以！只要是我有的，您都可以随便占有……随便怎么做都可以……"

军官发怔地望着老人，大概是语言不通，他没有完全听懂。但是，老人扭曲的嘴巴和冷笑使他不安起来。意大利人不情愿地站起身来，两位女士脸色煞白，空气顿时凝固起来，一时声息全无，仿佛介于闪电和滚雷之间的短暂间歇。

可是随后，老人脸上狂暴的扭曲松弛下来，手杖从痉挛的手中滑落到地上。他蜷曲着身体，活像一条挨了打的狗，不安地咳嗽起来，对自己刚才那股勇气感到吃惊。艾琳娜急忙寻找轻松的话题，缓和使人尴尬的紧张局面；德国伯爵说着极为风趣的笑话，几分钟过后，空气又重新活跃起来。

老人静坐在这群饶舌家中间，把头扭了过去，人们都以为他在睡觉。从手中滑下的手杖在他两腿中间晃来晃去。他手捧着脑袋，越垂越低。可是，不再有人留意他了。喋喋不休的说笑像波浪一样淹没了他的沉默，恣肆的浪言谑语喷吐出嬉笑的泡沫，熠熠发光；但他却沉进无底深渊里，一动不动，被耻辱与痛苦淹没。

三个男人站了起来，艾琳娜紧随着他们，母亲也慢慢腾腾地跟在后面。他们走了，因为有人提议到近旁的琴室去。他们认为根本没有必要对面前发呆的老人做任何特殊的邀请；待到老人骤然间发觉周围的人全已走光时，他像个在酣睡中被冻醒的人，犹如被子滑落，寒风砭骨。他下意识地向空荡荡的座位看了一眼。这时，从邻近的琴室里传来叮叮当当的爵士乐曲，他听到欢笑声和兴奋的叫喊声。他们贴在一起在跳舞！是的，在跳舞，跳个不停。他们会这样干的。他们的血在沸腾：相互撩拨着偎依在一起，直跳到连脸都不要了。这些懒虫，这些浪荡子，晚上跳，夜里跳，大白天也跳，还来引诱女人。

他愤恨地重新抓起了坚硬的手杖，拖着脚步。走到门厅前，他停了下来。那位德国骑师坐在钢琴前抚弄着琴键,他半侧着身子,一边看人跳舞,一边弹奏一首美国流行的粗俗乐曲。艾琳娜和军官翩翩起舞;高个子乌巴尔基伯爵则搂着老人那肥胖笨重的妻子,吃力地随着节奏跳着。可是,老人的目光依然盯在女儿艾琳娜和她的舞伴身上。他像个花花公子那样温存而多情地用双手搂住女儿圆润的双肩,就像她已全部属于了他似的。她随着他的步子顺从地扭动着腰肢,完全委身于他。他们俩正在自己眼前费力地按捺住一再迸发的情欲!对,是他,就是他,因为他们汗津津的身体是那样彼此熟悉,他们的血液中渗进了一种合欢的欲念。对,就是他,只能是他。他在享用她那微闭的却秋波荡漾的双眸,而她飘忽的眼神里则闪烁出对炽烈快感的回忆。就是他,这个强盗,在夜间恣肆地享用了他的女儿,现在还用眼睛死盯着那裹在薄纱里的肉体。老人情不自禁地走上前去,似乎想从这个人的手中夺回他的女儿。可是,女儿却根本没有看到父亲。她顺从地按照诱惑者的引导和音乐的拍节扭动着,仰着头,半张着嘴,全然陶醉在欢快的乐曲声中,忘却了自己,忘却了时间,忘却了周围的一切,忘却了父亲。老人喘息着颤抖个不停,用充血的双眼怒不可遏地盯着她。可她却只感到自己的存在,只感到她那充满青春活力的身体正随着激烈的乐曲旋律扭动,她现在只感到自己,只感到一个男人贪婪的呼吸:他正用有力的臂膀搂着自己。在这温柔的飘飘欲仙的情思中,她尽力不使自己同自己那充溢着欲念的双唇一道倾倒在他的身上,不使自己在热烈诱人的空气中任人摆布。奇怪的是,这一切老人都察觉到了,他的血在跳动。每当女儿和这个男人旋转起舞时,老人就觉得,完了,她永远的完了。

乐声戛然而止，德国骑师跳了起来。"Assez joué pour vous，"他笑了起来，"Maintenant je veux danser moi-même."① 正在跳舞的人们停下了，散开来，大家都开心地表示赞同。于是这些人三五成群地重新聚拢在一起。

老人又恢复了常态，他想，现在该干点什么，该说点什么了！不能像个傻瓜，像个可怜虫，像块废料站在这里！正巧妻子从他身边旋转过去，因为感到吃力而微微喘着气，但却十分惬意。愤怒使他突然果断起来，他走上前去，拦住了妻子，不耐烦地说道："走，我有话跟你说。"

妻子惊讶地望着丈夫：豆大的汗珠正沿着老人苍白的双颊流下，他目光呆滞、茫然。他要干什么，为什么偏偏在这个时候来打扰她？她想找些搪塞的话，刚要说出口，可他的异常举动中有某种令人惊诧和畏惧的东西，这使她霎时想起了不久前丈夫发过的脾气，于是只好勉强随着他离开。

"先生们，对不起，我去去就来。"她转过身表示歉意地打了个招呼。老人恼火地想："她竟向他们表示歉意，可是，当他们离开我走掉时，却根本不对我表示歉意。在他们眼里，我好比一条狗，好比一双任他们踢来踢去的破鞋。他们是对的，他们是对的，我竟然容忍这一切，啊！"

妻子凝重地皱起眉头，丈夫像小学生站在老师面前一样站在自

---

① 法语：好了，我弹够了，该我跳会儿了。

己的面前，嘴唇还在哆嗦着。"咴！怎么回事？"她终于催问道。

老头儿嗫嚅地小声说："我不愿意……我不愿意……我不愿意你们和这些人混在一起……"

"和哪些人混在一起？"妻子故意装作不解的样子，不满地瞥了他一眼，好像丈夫刚才的话侮辱了她似的。

"就是这儿的这种人，"老人发怒地把头朝琴室的方向歪了一下，"我不喜欢他们……我不愿意……"

"那是为什么？"

"老是用这种质问的口气，"老人忿忿地想，"仿佛我是她的奴仆。"随后，他激动地结结巴巴："我说的话是有理由的……我讨厌……我不愿意艾琳娜和这些人一起谈笑……我不能做更多的解释。"

"我觉得非常遗憾，"妻子傲慢地回答说，"我认为这三位先生都是受过良好教育的人，都出身于上流社会，比我们在家中接触的人要高贵得多。"

"上流社会！……强盗……骗子……"一股怒火涌上心头，老人突然跺着脚喊道，"我不愿意……我不允许……你懂了吗？"

"不懂，"妻子冷冰冰地说，"我一点儿也不懂。我不明白你为什么偏要败坏孩子的兴致？"

"兴致！……兴致！……"老人像挨了一击，脸一下变得通红，额头冒出汗水。他一只手去抓手杖，不知是想靠它来支撑自己，还是想用它去打人。可是他抓空了，他刚才忘记把手杖随身带来了，这使他重新清醒过来。他控制住自己，刹那间，一股暖流涌上心头。他走到妻子面前，像是要握住她的手。他的声音完全软了下来，几乎是祈求地说："你……你不了解我的……我这不是为了自己……我只是请求你……这是我多年来对你的头一次请求。我们离开这里吧！……离开，到佛罗伦萨，到罗马，随你们的便，我都依着你……随你们到哪儿去，由你们自己决定……只要离开这里就行。我求求你……离开！今天就走……今天……我无法再忍受了……我无法……"

"今天就走？"妻子吃惊地皱起眉头反对说，"今天就走？你哪儿来的这种可笑念头……难道就因为你不喜欢看到这几个人？……那你就不要和他们交往嘛！"

老人还在那里祈求地举起双手说："我实在受不了，我跟你说……我不能，我不能。别再问我为什么，我求求你……可你相信我，我实在不能再忍受下去……我不能。听我的话，就这一次，为了我，就这一次……"

这时，那边又响起了叮叮当当的琴声。妻子望着丈夫，不由被他的乞求打动，向他瞥了一眼。可是，她看到的却是丈夫那副十分令人发笑的样子：这个矮小的胖子脸红得像中风一样，目光浑浊，双眼红肿，从过短的衣袖里伸出的双手抖个不停。看到他这副可怜相，真够叫人难受的。她怜悯地，却冷冷地说：

"这可不行，"她果断地回答，"今天我们已经答应他们去远游……明天走，而且我们租了三个星期的房间……这也太可笑了……我看没必要离开这里……我留在这里，艾琳娜也……"

"那么说我可以走了，是吗？……我在这里妨碍你们……妨碍

你们……妨碍你们尽兴。"

老人怒不可遏地打断她的话。猛然间，他把佝偻起的身子一挺，双手握成拳头，额上绷起了一道道青筋。看样子，他是要说什么或是要挥拳打人。可蓦地，他一个大转身，吃力地拖着沉重的脚步，越来越快地走上楼去，像是有人在后面追赶他似的。

老人气喘吁吁地快步上了楼。他跑回自己的房间，单独一个人，压住火气，免得由于过分激动而干出蠢事！但他刚一走到最顶层，只觉得像有一只利爪在五脏六腑扯动，突然间他面如死灰，手扶着墙壁，踉跄起来。噢！这剧烈的、灼热的痛苦啊！他咬紧牙关不使自己喊叫出来，弯曲着身体，不停地呻吟着。

他很快明白这是怎么一回事：胆痉挛。类似这样的情况在最近一段时间虽曾多次折磨过他，但都没有像今天这样厉害。一瞬间，他在疼痛中记起了医生的叮嘱："切勿激动。"于是，他痛苦地、愤懑地、嘲弄地想："说得倒轻松，避免激动……医生大人！您倒做给我看看，要是您遇上了这种事，能不激动吗？噢……噢……"

老人扭动着身体，看不见的利爪在体内折磨着他。他步履艰难地慢慢挪到房门口，撞开了门，一头栽倒在床上，牙齿紧紧地咬着枕头。一躺下，疼痛立刻减轻了，体内也不再像刚才那样火烧火燎地疼了。这时，他又想起了医生的另一句话："应当热敷，再服用滴剂，那样就会很快地好起来。"可是，这里一个人也没有，没有人能帮助他，没有一个人。他自己又没有一点儿气力走到隔壁房间，甚至连走到电铃那儿都不能。

"这儿一个人也没有，"老人悲痛地想，"不定哪一天，我会像条狗一样死去……我知道，这不是胆疼……这是死亡，它在我身上滋长……我明白，快完了。什么医生、疗养，都救不了我的命……六十五年，完了，身体全垮了……我知道是什么在蹂躏我、折磨我，是死亡。即使再活上一两年，那也不再是生活，而只是在等死，在等待死亡……可我什么时候……什么时候生活过？……为了自己，为了自己？……光是为了捞钱，捞钱，捞钱，这算是什么生活，光是为了别人，可现在谁来帮我？……我有过一个妻子：她还是姑娘时，我娶了她，我接触了她的肉体，她给了我一个女儿。多少年来，我们俩同床共枕……可如今呢？她现在在哪儿？……我甚至连她的面孔都认不出来了……她和我讲话时是那样的生分；她不再关心我，不再和我同甘共苦……她对我来说是那样陌生，一年甚于一年……过去的一切都不见了，现在的又在哪儿？……生了一个孩子……把她用手捧着养大，我相信过，我可以再一次生活，活得更光明、更幸福，我的生命在她身上继续下去，那就不会完全死亡……可现在，她却在午夜里委身于那些男人……只有我一个人会死，就我一个人……对于他们说来，我早已死了……我的上帝，我的上帝，我从来没有感到这样孤单……"

钻心的疼痛有时加剧，可随后又缓和下来，但是另外一种疼痛却越来越剧烈地锥刺他的太阳穴，盘踞在头脑中的这些念头，这些坚固、犀利、炙热得无情的念头，像楔子一样牢牢地打进了他的头脑中。现在不去想它就好了，不要去想！老人扯下了上衣和背心，虚胖的身体在浆洗过的衬衫里笨拙难看地抖动着。他小心翼翼地用手按住疼处。"只有这疼痛才使我感觉到自己活着，"他暗自思忖着，"只有这块疼得发烧的皮肤……只有这才是我的；只有这在里面折磨我的东西才属于我，这就是我的疾病，我的死亡，这才是我自己……我不再是枢密顾问，我没有老婆，没有女儿，没有金钱，没有家庭，没有公司……所剩下的只有手指下面所感觉到的：身体和心里那肝胆欲裂的痛苦……其他的一切都是虚无，没有任何意义……痛苦的只是我一个人，关心我的也只有我自己……她们不理解我，我也不理解她们……我竟是这样孤苦伶仃，过去还从来没有过。现在，我明白了，我躺在这里，等待着死亡，可太迟了，在六十五岁就要了结一生的时候，我才明白过来。现在，在她们跳舞、游逛、寻欢作乐的时候，我才明白过来，这些不知羞耻的女人……现在我才明白，我是为她们活了一辈子，可她们并不感谢我；我从来没有过一个小时是为了自己……可现在，她们和我有什么相干？和我又有何关系……我为什么还在想那些根本就没有想过我的人？……我宁愿像畜生一样死去，也绝不接受她们的怜悯……她们与我还有什么相干……"

疼痛慢慢地、逐渐地减轻了，不再像刚才那样钻心了，也不再需要用手去抚摸了。但是，一块郁结却留在里面，这不是疼痛，而是像一种异物在向他的体内挤迫、钻刺。他闭上双眼，直挺挺地躺在床上，屏住呼吸，细心地谛听体内的撕扯、揪动。他觉得，仿佛一种陌生的、未知的力量，先是用尖尖的，现在又是用钝钝的工具在他体内转动，在他密封的身体里，有东西被旋成一片一片，撕成一条一条。动作不是那么剧烈，也不再痛苦，但是里面的东西在慢慢地焦化，腐烂，在开始死去。他终生为之奋斗的一切，他过去所爱过的一切统统在慢慢吞噬一切的火焰中化为乌有，在变软、炭化、被烧成废渣之前，还冒着黑烟燃烧着。他模糊地感觉到发生的一切，这一切就在他躺在床上自怨自艾地沉思之时完结了。是什么完结了？他谛听着，谛听着。这是他的心在开始慢慢沦亡。

　　老人紧闭双眼，躺在幽暗的房间里，半睡半醒。在微寐和清醒之间，他昏昏然、茫茫然地觉得有种湿乎乎的炽热的东西从伤口（这伤口不痛，他也感觉不到）向里面轻轻渗透，仿佛在流血，可是这血是在往里流；这血流得并不快，也不使他感到痛苦，它像一滴滴的泪水，缓缓地流着，轻轻地洒落下来，可是每一滴泪水都在击打着他的心。这昏沉沉的心没有发出任何声音，默默地吮吸着这些陌生的液体，像海绵一样吮吸着；它们越来越多，渗了出来，在胸部狭窄的敏感区膨胀起来，翻涌起伏，开始轻轻地向旁边伸展开去，像一条带子，越来越紧地挤迫着、压抑着僵硬脆弱的肌肉，挤迫着、压抑着疼痛的心脏。最后，不堪重负的心由于自身的重量急剧地落了下来。现在（多么痛苦啊！），现在这沉重的东西，慢慢地，既不像一块石头，也不像坠落的果实，脱离了肌肉。不，它像一块浸满液体的海绵，越来越低地坠入混沌和空虚之中，坠入一种完全没有实体的虚无之中。除此之外，都是广袤无垠的黑夜。

　　突然间，刚刚还温暖的起伏的心房一下变得死一般平静、冰冷、空荡荡、阴森森的，不再听到心脏的颤动声和血液的流动声，一点儿声音都没有了，一切都死亡了。在缄默的不可理解的虚无中，他的胸膛像一具棺材，空荡荡、黑洞洞。

这种梦幻是如此强烈，这种迷惘也是如此强烈，以至于当他渐渐清醒过来时，不由得抚摸自己的左胸，看心是不是已经没有了。啊，谢天谢地。在他的手指摸到的地方还有东西在跳动，发出低沉而有节奏的声响，不过好像在击打空气一样，空洞洞的。他的心不在了。奇怪的是，他仿佛感觉到身体同他本人分离开来：再没有钻心的疼痛了，再没有回忆来折磨他的神经了，这里面的一切都是沉默的、凝固的、僵化的。"这是怎么啦？"老人在想，"刚才还把我折磨得那么惨，刚才里面还热得那么难忍，刚才每条神经还在痉挛。我这到底是怎么了？"像在石窟里一样，他仔细地听着体内的动静，是不是里面原有的东西不再动了？潺潺声、窸窣声、响动声、跳动声，是那么遥远，完了，全完了——他谛听，谛听——什么声音也没有了，什么也没有了，没有了。再也感觉不到折磨，也没有什么在翻涌起伏，再也不觉得痛苦。这里面像被烧焦的枯树的树洞，黑糊糊、空荡荡的。这时，他突然觉得自己好像已经死去，或是什么东西正在他的体内死去。血在体内可怕地凝固了，他的身体也像尸体一样冰冷，他甚至害怕用手去触摸自己。

老人仔细地倾听着。可是，他听不到从湖面传进房间来的教堂的钟声，也没有发觉暮色临近，夜已降临，昏暗已涂抹掉房间里家具的轮廓，连通过窗户的四角隐约可见的天际，也完全消失在黑暗之中了。老人并没有感觉到，他凝视着的只是黑暗，自己内心深处的黑暗；他谛听的只是虚无，自己内心深处的虚无，犹如凝视、谛听自己的死亡一样。

这时从隔壁房间传来了笑声和欢叫声，灯亮了，从门缝射进了一缕白光。老人吃了一惊，这是他的妻子和女儿！可不要让她们发现自己躺在这里，盘问自己。于是，他急急忙忙穿上衣服。干吗让她们知道自己在发病，这与她们有何相干？

其实，母女二人根本就没有找他。她们显得匆匆忙忙，晚饭的铃声已敲过第三遍了。她们正在换装，从敞开的门里听得到她们的每一个动作：现在她们在开抽屉，现在她们把戒指轻轻放在桌子上，现在听到皮鞋在地板上的走动声了。与此同时，她们谈笑风生，一字一句都十分清楚地传进了老人的耳朵。起初，两个人在谈论和讥笑郊游中的趣事。她们一面忙着梳洗和整理仪容，一面你一言我一语地互相插话、闲聊。突然，话题转向了他。

"爸爸哪儿去了？"艾琳娜问道，让她感到诧异的是直到现在这么晚了，自己才想起了他。

"我怎么知道？"这是母亲的声音，提起这件事，立刻惹得她满心不高兴，"可能在楼下等着呢，还不是又在那里，没完没了地看他那份法兰克福报纸上的股票行情表，别的事情他都不感兴趣。你以为他会在这里欣赏湖光山色？他今天中午已经说过了，他不喜欢这里，他要我们今天就动身离开。"

"今天就离开？……那是为什么？"又是艾琳娜的声音。

"我不知道，谁知道他这是怎么回事儿。这里的社交活动他没法适应，他不愿意和那几位先生交往，也许他觉得自己跟人家不配。成天穿着皱巴巴的衣服，敞着领口，真丢人……你应当说说他，注重点儿仪表，他还是听你的话。今天上午……你看见他对上尉的那副样子了吗？当时，我真恨不得钻到地缝里去……”

“是啊！妈妈……可这到底是怎么回事？……我正想问你……爸爸是怎么了？……我还从来没有见过他这副模样呢……真把我吓坏了。”

“哼，有什么，还不是坏脾气……也许是因为股价下跌了……要不就是因为咱们老是讲法语……反正，别人高兴，他就看不惯。你真的没注意到：咱们跳舞的时候，他站在门边，像个躲在树后面的杀人凶手一样……要走！马上就得离开这里！他想怎么就怎么……要是他不喜欢这里，那就不要扫我们的兴……我才不去理他这怪脾气呢。随他便好了，他想说什么就说什么，想干什么就去干吧！”

谈话中断了，大概是母女两人在谈话中已经收拾完毕。是这样的，门开了，她们走出房间，闭了开关，灯光灭了。

老人一动不动地坐在床上。每一个字他都听得清清楚楚。说也奇怪：他不再感到痛苦，一点儿也不痛苦了。前不久还在胸中冲击和撕扯的心一动不动了，它一定是坏了，没有什么会使它颤动了。没有愤怒，没有仇恨……什么都没有了……没有了……老人平静地穿好衣服，小心翼翼地下了楼，坐在妻子和女儿中间，像个陌生人一样。

那天晚上老人一言未发，她们俩也没有觉察到这种紧张的沉默。饭后，他不辞而别径自回到自己房里，把灯关掉就躺下了。过了很长时间，妻子兴尽归来。她以为丈夫早已熟睡，于是在黑暗中脱去衣服睡下，过了不一会儿，老人就听到睡在身边的人发出了深沉的无忧无虑的鼾声。

老人直瞪着双眼，独自一人凝视着夜的无边无际的虚无。在他身旁，像是有个什么东西躺着，在暗中发出深沉的呼吸声。他费力地回忆：这个肉体曾与他呼吸过同一个房间里的空气，这个肉体曾是那样的熟悉、年轻、热情，这个肉体给他带来了一个新的生命，这个肉体用血的秘密同他紧紧地连在一起。他还一再地迫使自己去想，躺在他身边的这个温暖而柔软的肉体，他伸手就可摸到，它曾是他生命中的生命。但是，说也奇怪，这些回忆竟然激不起老人的任何感情。他现在听到的呼吸声，有如从敞开的窗口传来湖水拍打岩石溅起的浪花声。一切都是那样的遥远，消失得无影无踪。剩下的只是身边躺着的一个人，一个偶然相遇的人，一个陌路人。一切都完了，完了，永远地完了。

他又一次颤抖了。他听到女儿房间的门轻悄悄地转动。"今天晚上又是这样。"老人觉得自认为已经死去的心脏又一阵轻微的刺痛，这是它在完全死去之前，某种像神经的东西瞬间发出的痉挛。不过，这一切很快也过去了："随她便吧！她与我有什么相干！"

老人重新将头埋在枕头里。黑暗更柔和地抚摸着他那疼痛的额头，一股怡人的凉爽渗入他的血液。很快，失去力量的知觉沉入轻度的睡梦之中。

清晨，当妻子醒来时，发现丈夫已穿戴齐整。"你这是上哪儿去？"妻子略带睡意地问。

老人没有理睬，冷漠地把睡衣胡乱塞进手提包。"你不是知道我要回去吗？我只把随身所需的东西带走，其他的你们可以给我寄回去。"

妻子发怔了。这是怎么了？她还从来没有听过丈夫用今天这样的口气说话：从他牙缝中迸出的每个字都是那样冷漠，那样僵硬。她赶忙从床上起来。"你真的要走吗？……等一等……我们也走，我已经和艾琳娜讲过了……"

老人只是猛地摇了摇头。"不必了……不必了……不打搅你们了。"他头也不回，径直向门口走去。为了要拧门把手，他只得暂时把手提包放下。

就在这短暂的瞬间，他想起了：不知曾有过几千次，自己也是这样把装满货样的手提包放在陌生人的门前，在离开时毕恭毕敬地向主顾低头弯腰致意，希望对方今后能多加关照。如今，他再没有什么事可做，也无须注意礼貌了。他重新提起手提包，没说一句话，没看一眼，把这扇门，这扇将他现在与过去的生活隔开的门关上了。

母女二人对刚才发生的事感到迷惑莫解，老人令人诧异的率直和果断的出走使她们俩极为不安。她们马上给南德家中的老人去信。信中不厌其烦地反复解释，猜测是发生了什么误会，极其温柔又十分关切地询问老人的旅途是否平安；随后她们突然恭顺地表示准备随时离开这里。他没有复信，于是她们的信写得更为紧迫，她们还打电报。可是，依旧没有消息，她们只是从邮局收到了公司的一笔汇款，一张盖有公司印鉴的汇款单，除此以外，连一个亲笔字和一句问候的话都没有。

无从捉摸和令人不安的事态加速了她们的归期。尽管她们已电告抵达日期，却没有一个人来车站迎接，家中的一切都使她们感到意外。仆人说，老人看完了电报便往桌子上一丢，没做任何吩咐就出去了。晚间，当她们坐下等候就餐时，终于听到门把手的转动声，急忙起身迎上去。老人却惊愕地望着她们发呆——看来，他早已把电报的事忘了个干干净净——他没有任何特殊的感情流露，冷漠地忍受了女儿的拥抱，然后被引入餐室。他一声不响地听她们谈话，闷闷地抽着烟，不提任何问题，有时只做极简单的回答，有时对问话和谈论充耳不闻，不知道她们在问什么、说什么，仿佛在睁着眼睛睡觉。之后，他艰难地站起身来，回房去了。

一连数日就这样过去了。深感不安的妻子很想找机会和他谈谈，可是毫无结果。她愈是急于和他接触，他就愈加退让规避。某种东西被禁锢在他的内心深处，通路被阻塞，变得无法接近。不过，老人还和家人同桌共餐，若是有人来访，他在旁也是一言不发，完全沉浸在自己的思绪之中。他对一切都漠不关心，如果在谈话中有人偶尔遇上了老人的目光，定会感到很不舒服，因为这是一双死鱼一样的眼睛，空虚而呆钝地发直。

不久，就连最疏远的人也对老人愈发乖张的性格感到吃惊。熟人在街上遇到他时，都暗地里互相示意：这位全城最富有的人之一像个乞丐，沿着城墙到处溜边，他歪戴着一项旧帽，裤子上满是烟灰，每走一步都是跟跟跄跄，大半时间口中念念有词，自言自语。

若是有人跟他打招呼，他就会惊恐地抬起双眼；若是有人过来和他搭话，他就会瞪着两只茫然无神的眼睛，望着对方发呆，连和人家握手都会忘记。起初，人们以为他耳聋，于是，提高嗓门把话一再地重复。其实，他并不聋，他需要的是时间，好使自己从心底的梦中清醒过来。而在谈话中间，他又会重新陷入奇怪的茫然状态，于是目光一下子变得呆滞起来，说话结结巴巴，前言不搭后语。别人对此的诧异表情，他也毫无察觉。看样子，他仿佛总是徘徊在昏沉沉的梦境里，徜徉在浑浑噩噩的忙乱中。目睹此情此景，人们对他亦不闻不问了。他不过问别人的事，在自己家中，对妻子的沮丧和女儿的慌乱迷惘熟视无睹；他不看报纸，不听别人谈话，任何人、任何问题都不能够——哪怕是在一瞬间——冲破他那道阴沉冷漠的屏障，甚至连他经营多年的商行——他最熟稔的世界，对他也已变得陌生了。有时，他还木然地坐在办公室里签署信件，可是，当秘书一个钟点以后进来取信时，才发现老人正用空荡荡的目光望着那些信件发呆，和自己刚才离开时的情景一样。最后，老人自己也意识到继续留在这里已经是多余的了，于是他干脆离开了。

更使全城人感到奇怪和惊异的是：从来不是教徒的老人，现在突然变得十分虔诚。他对一切事都很冷淡，吃饭和约会越来越不守时，可是却没有错过一次在规定时间去教堂的机会。他戴着丝制的小圆帽，披着法衣，总是站在固定的位置上。这恰好是从前老人的父亲做礼拜时站的地方。他晃动着倦怠的脑袋，唱着赞美诗。在这里，在半空着的教堂里，周围响起的声音使他感到生疏和含混不清，可是他却十分安宁。这里的安宁抑制了他内心的纷扰，让他可以向黑暗倾诉心声。每当教堂的安魂祷告之后，他看到死者的亲人、子女和朋友极度悲伤地虔诚地恳求上帝为死者祝福时，他双眼便蒙上一层泪水：因为他明白，自己将是孤零零的一个人；等到他死去的时候，将不会有人为他作安魂祷告。于是，他虔诚地为自己祈祷，就像为一名死者那样为自己祈福。

一天，天色已晚，他刚从这样一次喧嚣纷扰的活动中返家，途中遇上了大雨。老人一向是忘记带雨伞的，只需几个小钱就可以叫到马车，高大建筑物的门洞和商店的玻璃檐也都可以避雨。可是，他却毫不在意地在大雨滂沱中踉跄，破旧的帽子灌满了雨水，像个小水洼，雨水像小溪一样顺着衣袖流向脚面。但他却满不在乎地在几乎空无一人的街道上踯躅，全身淋得精湿，简直像个流浪汉。有谁会想到，他竟是一位拥有豪宅的富人？当他来到家门口时，正巧一辆小轿车在身边骤然停下。车前射出耀眼的灯光，车轮甩出的泥水溅了这漫不经心的老人一身。车门一开，他的妻子从车里走了下来，身后伴着一位显贵。她手中撑着一把雨伞，随后又下来了另一位绅士。他们正好在门口相遇。妻子认出了他，吃了一惊，看到老人这副落汤鸡似的狼狈相，不由自主地移开了目光。老人立刻领悟了：在客人面前，见到丈夫这般模样，她感到羞愧。于是，他毫无所动、毫无痛苦地径直走开，免去介绍的麻烦。他像个外人一样，几步走到仆人使用的楼梯，屈辱地从那里踅了过去。

自此以后，老人在自己家中只走仆人用的楼梯，从这里走肯定不会遇上任何人。他在这里不会妨碍别人，别人在这里也不会妨碍他。他也不再和家人共餐了——一位年老的女仆每餐将饭菜送到他的房里。有时，妻子或女儿想见他时，他便窘迫却坚决地迅速把她们打发出去。久而久之，她们也就让他一人独处了。人们不再想起他，而他自己对任何事也不再过问。透过墙壁，从业已感到陌生的邻近房间里，他经常听到一阵阵的笑声和音乐声，听到外边汽车的行驶声，听到直到深夜的脚步声。但是这一切，现在在对他来说已经无所谓了，他甚至从不向窗外多望一眼，因为这些都与他毫不相干。只有家中的那条狗，有时还溜进来，卧在被人遗忘的老主人床前。

老人那颗业已死去的心不再疼痛了，但是他体内有一条田鼠在持续不断地挖掘着，撕扯那颤动着的血淋淋的肌肉。病痛的发作日趋频繁。被折磨的老人最终不得不屈服于医生的强烈要求，进行一次详细而周密的检查。医生皱着眉头表示，需要立即进行一次手术。老人听后并不吃惊，他只是忧郁地苦笑着说，上帝保佑，总算熬到头了！总算盼来了死亡，现在，愉快的死亡就要到来了。他连一个字也不让医生通知家属，自己决定手术日期，自己进行准备。他最后一次来到公司（这里已没有人再等他了，所有的人看见他都像见到陌生人一样）。他再一次坐在那张老式黑皮安乐椅中，三十年来，整个一生中，他在这把椅子上坐过成千上万个小时。他要来了支票本，填了一张。他把支票交给教区执事，上面的巨额数字竟使得对方大吃一惊。这笔款子是用于慈善事业和自己的丧事的。他拒绝了所有的感谢，然后匆忙蹒跚地走了出去。由于匆忙，那顶破帽子也掉了下来，可是他却懒得弯腰去拾。于是，他就光着脑袋，满脸皱纹，面色蜡黄，慢腾腾地向公墓走去，去看望他双亲的坟墓（过路人都惊异地望着他）。在那里，有两个闲人在观察老人。他们十分惊奇地看到他对着长满青苔的墓碑久久不停地大声说着话，就像在和活人讲话一样。他是在向死去的父母报到还是在为他们祈福？人们听不清楚，只是看到他的嘴唇在动着；在祈祷中，他把不断摇晃的头低得不能再低。在公墓的出口处，乞丐们都认识他，拥上来乞讨。他匆忙从衣袋里掏出所有的硬币和纸币，统统散给了他们。一个衣着褴褛的老妇人一瘸一拐地走了过来，她来晚了，向他伸出了乞求的双手。他忙乱地浑身搜索，可找不到一个钱了。这时，他感觉手指上还有个陌生的沉甸甸的东西，那是他的结婚戒指。它不由得勾起了老人对往事的回忆。于是，他急忙从手上脱下戒指，送给了那个残疾的女人。

于是，身无分文、囊空如洗的孤独老人终于躺在了手术台上。

手术做完之后，老人又醒了过来，鉴于病情危急，医生把他的妻子和女儿叫了进来。老人吃力地抬起蒙上了一层淡蓝色的眼皮，睁开双眼，望着陌生而洁白的从来没有见过的房间发呆："我这是在哪儿呀？"

女儿亲切而温柔地俯下身去，凑近老人那苍白的脸。突然在他那濒于死亡的眸子里，有个熟悉的影子一闪。他的瞳仁现出了一缕微光。啊！是她，我的孩子，可爱的孩子。是她，艾琳娜，我那温柔美丽的孩子！他痛苦的嘴唇慢慢地松弛了下来，露出一丝微笑，一丝勉强能看得出的微笑；早已习惯紧闭的嘴巴，开始小心翼翼地张了开来。女儿被这费力的一丝欢欣深深感动，她弯下身去，亲吻父亲那毫无血色的面颊。

但是，就在这一瞬间，甜腻腻的香水味使老人忆起了，或者说，使这半是麻痹的头脑想起了那些业已忘记的时刻。病人刚刚露出的一点幸福表情顷刻间黯然失色。他那毫无血色的双唇霎时愤怒地紧闭起来；被子里的一只手拼命地抖动着，要抬起来，像是要挥去什么令人厌恶的东西；全身由于激动而颤动起来。"滚开！滚开！……"声音滞重、含混，但还是从那苍白的双唇间清楚地吐出了这个字眼。弥留中的病人在抽搐中流露出的深恶痛绝的表情使医生只好把女人们推到一边。"他在说胡话，"他悄声地说，"你们让他一个人安静一下，这样更好些。"

妻子和女儿刚一退出房间，老人脸上的那扭曲难看的表情便松弛下来，又恢复到疲惫和昏睡的状态。呼吸变得浊重——为了吸进维持生命的空气，他的胸部起伏得愈来愈快。现在，它已疲劳不堪，无法再吸进生命必需的养分。当医生再去听病人的心脏时，它已经不会再给老人增添任何痛苦了。

（程蜀生　译　高中甫　校）

旧书商门德尔

我又到了维也纳。有天晚上,我从城郊访友回家,突然遇上了滂沱大雨。湿淋淋的雨鞭一下子就把人们驱赶到门洞里和屋檐下,我自己也急忙寻找避雨的地方。幸好,维也纳到处都有咖啡馆,于是我便戴着水淋淋的帽子,拖着一身湿透了的衣服跑进刚巧在对面的咖啡馆。从内部装饰可以看出这是一家普通的、几乎可以说是古板的旧维也纳市民风味的郊区咖啡馆:不像市中心模仿德国的音乐咖啡馆那样有些招引人的时髦玩艺儿;顾客济济,都是些下层普通人,他们与其说是在这里吃点心,还不如说是在看报。虽然本来就已令人窒息的空气中悬浮着凝滞的蓝色烟圈,但沙发上显然新蒙上了天鹅绒面,镀铝的柜台闪闪发亮,因而咖啡馆还是显得十分洁净宜人的。我在匆忙之中压根儿没有留心看招牌——不过,这又有什么必要呢?我坐在这儿,身上很暖和,不耐烦地盯着雨水淋漓的蓝色玻璃窗——这可恶的大雨什么时候才能过去呢?

就这样,我无所事事地坐着,渐渐为使人慵怠的倦意所控制。

在每一家真正的维也纳咖啡馆里，这种无形中散发出来的倦怠感都像麻醉剂一般令人昏昏欲睡。我心不在焉地端详着顾客们，由于吞云吐雾，灯光下他们一个个面色灰白；我望着收款处的小姐，看她怎样机械地帮侍者把糖和匙子放进每杯咖啡里；我无意识地、在似睡似醒的朦胧中读着墙上贴的那些乏味透顶的标语，这种昏昏然的感觉倒也不坏。然而，我突然从半睡半醒的状态里清醒过来，仿佛感到了一阵隐隐的牙疼，但还不能确定是哪颗牙在痛——在上排还是下排，在左边还是右边；我内心感到隐约的不安，但还仅是一种混沌的紧张、精神上的骚动。因为我自己也莫名其妙——我突然意识到，许多年前，自己肯定到过这里，某种记忆的丝缕将我同这里的墙壁、椅子、桌子，同这使我觉得陌生的烟气弥漫的屋子联系到一起。

然而，我愈是想努力抓住这种回忆，它就愈是狡狯地溜走；如同在脑海的最深处飘忽地、若隐若现地游动着一只闪光的水母，苦于无法捞起和抓住。我徒然地盯着屋子里的每件陈设；有些自然是我不熟悉的，比如放着叮叮作响的自动计算器的柜台、用人造紫檀木做的棕色护墙板，这一切想必都是后来置备的。但是，无论如何，二十年或更久以前我确曾来过这里，因为早已成为过去的我的某一部分，像钉子钉进木头里，潜藏在目不可见的某处，执着地存留于此。我用力调动所有的感官，在周遭，同时也在内心深处搜寻旧日的踪迹，但是真见鬼，我就是无法抓住那消逝了的、已经在我脑海中湮灭了的回忆。

我恼火起来，就像人们碰到无能为力的情况从而意识到自己智力不够健全时往往不免恼火那样。然而，我并没有放弃最终还是要抓住这种回忆的希望。但我知道，必须抓住某个细枝末节方能循之继进，因为我的记忆力很奇特，它既好又坏：起先任性固执，如野马难驯，而后则又异常真切可靠。它往往把最重要的事件和人物，把读到过和亲历过的一切完全吞入遗忘黝黑的渊底，没有意念的执着召唤便一直隐而不露。但是，只要捕捉到一点蛛丝马迹，一张有风景画的明信片、信封上熟悉的笔迹，或者变黄了的报纸，顷刻，遗忘了的东西就会像上了钩的鱼儿一样，马上从漆黑的深渊里冒出来，栩栩如生，既生动又具体。我会想起一个人的每个细节，他的嘴巴、他笑的时候左边缺颗牙；我会听到他断断续续的笑声，看到他的山羊胡子颤动起来，而笑声里又浮现出另外一副新的面孔；在幻觉中我立即看到了这一切并且记起了这个人多年前讲过的每一句话。但是，为了生动具体地看见和感受自己追寻的东西，我还需要一种具体的刺激，需要从现实世界里得到那么一丁点儿帮助。我闭上眼睛，以便更好地冥思苦想，让神秘的思维钓钩现形并且将它抓住。然而完全是徒劳！那一切业已荡然无存，完全被遗忘了。我对自己头脑里的这架糟糕而又不听使唤的机器大动肝火，恨不得照脑门猛击几拳，仿佛人们拼命摇晃一架失灵的自动售货机，它却仍拒不抛出照理应当给出的东西。不，我不能再安静地坐下去了；这种内在的失灵使我焦躁起来，悻悻然起身离座，预备走出去换换气。但是说也奇怪，还没走几步，我脑子里就闪出第一线荧荧亮光。我想起来了：柜台右边应当有个入口通向一间没有窗户、靠灯光照亮的屋子。果然如此，就是那间屋子；不错，壁纸虽已换了，室内的布局却一如当年——这是那间大体说来呈正方形的游艺室。我兴高采烈起来（我已经感到马上就能全想起来），本能地环视了一下这间屋子：两张弹子台闲放着，仿佛是长了一层水藻的绿色水塘；墙角立着呢面牌桌，其中一张桌旁坐着两个人，不知是七等文官还是教授，他们正在对弈。另一边，紧挨着通往电话间的地方放着一张小方桌。就在这时，就在这短短的一瞬间，疾如闪电，我忽觉茅塞顿开：我的上帝，这不就是门德尔的位子吗？是的，是雅可布·门德尔——旧书商门德尔的位子！二十年之后，我又来到他的主要活动场所，来到上阿尔塞尔街的格鲁克咖啡馆里！我怎么竟能把他给忘了呢？简直不可理解，我怎会如此长久地把这位奇人抛在脑后了呢？这位智者、这位旷世奇才在大学里和一小群敬慕者中间鼎鼎有名，这位图书经纪人整天从早到晚一动不动地坐在这里，我怎会把他，知识的象征、格鲁克咖啡馆的光荣和骄傲给忘了呢？

我闭目回想，顷刻之间，他那独特的形象就真切地、栩栩如生地浮现在我面前。我又看见他坐在小方桌旁，那脏得发灰的大理石桌面上堆满了书籍和信件。我看见他坐在这里，顽强地、静静地，全神贯注的目光透过镜片入迷地盯着书本；他坐着，读着，用鼻音自言自语地嘟哝着什么，上身连同那暗淡的带斑点的秃头顶前后晃来晃去——这是在东方的犹太初等教会学校里养成的习惯。在这里，他在这张桌旁，总在这张桌旁诵读书目和书籍，用的是犹太学校传授给他的读书方法，轻吟浅唱，摇头晃脑，宛若一个黑色的前后晃动的摇篮。正如孩子们在悠悠然的催眠曲中进入梦乡、失去对世界的知觉那样，虔信宗教的人们认为，闲着没事儿，这么有节奏地催眠式地上下摇动身子也容易使人在精神上进入沉潜忘我的境界。的确如此，不管周围发生什么事，雅可布·门德尔既看不见，也听不到。在他旁边，玩弹子的人喧哗诟骂，记分员窜来窜去，电话机叮铃铃地急响，人们擦地板、生炉子，他都一概毫无觉察。有一次，从炉子里掉下来一块烧红的炭，在离他两步远的地方，镶木地板已经烧焦，冒起烟来。当时有个顾客闻到刺鼻的气味后，冲进房里来，急忙将火扑灭；而他——雅可布·门德尔，近在咫尺，并且被呛人的烟气熏着，竟一点儿都没有发现。这是因为，他读书就像虔诚的信徒在做祷告，像狂热的赌徒在赌牌，像酩酊的醉汉死盯着空中；他读得那样入迷，那样忘我，使我从那以后总觉得任何其他人读书的态度都显得草草不恭。在雅可布·门德尔这个来自加利西亚的小小的旧书商身上，当年作为一个年轻人的我第一次认识到了什么叫全神贯注，正是它造就出艺术家、学问家、真正明哲行道的狂人，也看到了完完全全的沉醉造成的悲剧式的幸福和厄运。

领我去见他的是大学里一位年龄较我稍长的同事。我当时正研究即使在今天也还不大出名的帕拉切尔苏斯①派医生和催眠术专家梅斯梅尔②，但成绩不佳，可资参考的著作不够。我作为坦率的新手求助于一位图书管理员，他却很不友好地嘟哝道，应当由我，而不是由他来找出书目。就是在那时，我的同事第一次提起了旧书商的名字。"我领你去找门德尔吧，"他许诺说，"这个人什么都知

---

① 帕拉切尔苏斯（1493—1541），德裔瑞士医师、炼金术士。
② 梅斯梅尔（1734—1815），德国医生、现代催眠术先驱。

道，什么书都能搞到。他能从德国任何一个无人问津的旧书铺里给你找到最冷僻的书。这是维也纳最有见识的一个人，而且是一个怪人，一个老蛀书虫，但他所属的族类正濒临灭绝。"

于是我们来到格鲁克咖啡馆。旧书商门德尔就坐在那儿，戴着眼镜，一把乱蓬蓬的胡子，穿一身黑衣服，前后摇晃着，像是风中一丛幽暗的灌木。我们走到他跟前，但他并没有发现。他坐着，上身在桌子上面摇来晃去地读着书，像一座佛塔似的；他身后的衣钩上有一件破旧的黑色短大衣随着摆动，大衣口袋里塞着杂志和字条。为了向他通报，我的朋友使劲咳嗽了一声，但是门德尔把厚镜片紧贴到书上继续倔强地读着，还是没有发现我们。最后，我的朋友就像敲门那样使劲地敲了敲大理石桌面，门德尔这才抬起头来，把那副笨重的铜框眼镜扶到额上，一双惊奇的眼睛从挑起的、灰白的眉毛下盯着我们——这是一双黑黑的、警觉的小眼睛，像蛇芯子那样尖锐和敏捷。我的朋友把我介绍给他，我便向他求教，而且——按照朋友出的计谋——我先是做出一副对不愿帮忙的图书管理员愤愤不平的样子。门德尔靠到椅背上，小心翼翼地吐了口唾沫，然后笑了两声，用很重的东方口音说："他不愿帮忙？不，是不会帮！他是个讨厌的家伙，是一头可悲的老蠢驴。我认识他足有二十年了，他还是半点长进也没有。这种人就只会伸手拿薪水！这些个博士先生们与其坐在那儿摆弄书，还不如去推砖头、卖气力的好。"

发了这一大通激烈的议论，坚冰也就打破了。他这才第一次用亲切的手势请我坐到小方桌旁，大理石桌面像记事牌一般，密密麻麻地记满了字。它对我来说不啻一座陌生的神台，这位书林圣哲正是在这儿给人以启迪。我即刻讲了希望得到的书籍：梅斯梅尔的同时代人关于催眠术的著作，以及后人赞成和反对催眠术的著作。我说完后，门德尔有一瞬间眯缝了一下左眼，就像射手在射击前所做的那样。真的，他聚精会神地思索了不过片刻功夫，便立即像读一份无形的图书目录似的，顺畅无阻地列举出二三十本书来，每本书还带出版者、出版年代和大概的价格。我听得目瞪口呆，尽管事先听说过门德尔的事迹，但却没有料到竟然果真如此。我的惊叹显然使他高兴，因为他立即继续在自己的记忆之琴上就我的题目弹奏起令人惊叹不已的图书变奏曲。我不是想了解一点儿关于梦游患者和催眠术的最初试验情况吗？那么我是否也想了解一点儿加斯纳①、驱魔术、基督教和勃拉瓦茨基②的学问呢？又是一串人名、书名、资料。我这时才明白，自己在雅可布·门德尔身上看到了怎样无与伦比的奇迹般的记忆力啊！这是一部真正的百科词典，一部活的包罗万象的图书目录。我惊愕地看着这位装在加利西亚旧书商平淡无奇，甚至有几分邋遢的皮囊里的书业奇才，而他一口气举出了八十来本书名之后，装出一副若无其事的样子，但心里却为自己的成功感到惬意，用一块原来大概是白色的手绢擦起眼镜来。为了稍微掩饰一下惊愕，我诚惶诚恐地问道，这些书中有哪些他可以负责给我搞到。"看看再说，看看能弄到什么，"他低声说道，"您明天再来

---

① 加斯纳（1727—1779），奥地利神父，声称自己能接受上帝的旨意驱除病魔。
② 勃拉瓦茨基（1831—1891），俄国通神学家。

吧，到时候我会给您搞到一些的；一个东西这儿要是没有，会在另一个地方找到的；谁会动脑筋，谁就会成功。"我彬彬有礼地向他道谢，但纯粹为了礼貌周全而干了一件大蠢事：建议他将我需要的书名记在一块小纸片上。我的朋友立即用肘腕碰碰我，以示警戒，但已来不及了！门德尔上下打量了我一眼——这是一种怎样的目光啊！这是一种既得意又受辱，既嘲讽又居高临下、王公贵胄式的目光，这是莎士比亚笔下的威严的目光：麦克德夫建议麦克白不战而降的时候，所向无敌的英雄就是用这样的目光上下打量他的。他又笑了两声，大喉结很惹眼地上下滚动，显然，他把一句粗鲁的话费力地强咽了下去。心地善良、超凡出众的门德尔说出任何最粗鲁的话都不算失礼，因为只有陌生人、对他一无所知的人（门德尔称之为"亚姆哈拉人"）才会提出这种侮辱性的建议——把书目记下来，而且，这是向谁提出的呢？竟是向雅可布·门德尔！好像他是书店里的学徒，或者是旧书铺里的小伙计似的；好像他那无与伦比的强有力的头脑什么时候需要过如此笨拙的辅助手段似的。只是，稍后我才明白这种客气会使他受到多么大的侮辱，因为这位身材矮小、其貌不扬、胡须蓬乱的驼背加利西亚犹太人雅可布·门德尔真真是记忆的巨匠。在他那肮脏、灰白、布满灰斑的前额后面有一册无名的魔书，每个人名、书名都印在上面，历历在目，就像当年钢模印在书籍封面上那样。他能一下子准确无误地说出任何一部著作的出版地点，不管它是昨天还是二百年之前出版的；他能说出它的作者、最初定价和旧书标价，能清清楚楚地记得装帧、插图及其影印附件。凡是到过他手里，或者他仅仅从老远处向橱窗或图书馆里窥视侦悉过的书，他都记得一清二楚，正如进行创作的艺术家历历如画地看见自己内心的、对外界来说犹未成形的图景。如果累根斯堡的某个旧书店的图书价目表上一本书的标价是六马克，他就立刻能想起两年前另一本这样的书在维也纳的售价是四克朗，并且还记得这本书是被谁买了去。的确，雅可布·门德尔从未忘记过任何一本书的名称、任何一个数字，他知道图书世界中的每一株植物、每一条小毛虫，对这个世界动荡不停、永恒变幻的天空里的每颗星辰都了如指掌。对于每一种专业，他都比专家们知道得更多；对图书馆，他比图书管理员更精通；他洞悉大部分商行的存书状况，远胜过这些商行的老板，无需查阅什么清单呀，目录卡呀，而是仅凭自己的奇才，仅凭自己无与伦比的记忆力。只有用大量的实例才能说明这种记忆力。当然，能把记忆力培养和发展到如此完美非凡的程度，只有靠聚精会神，这是完成任何精湛技艺的永恒秘诀。因此，这位奇人除了书籍以外，对世上的任何其他东西都一无所知，人世间的一切现象，对他说来，只有变成铅字，组成书本，才实际存在，仿佛这样才超脱了凡俗一般。然而，他读书也并非为了书中内容，并非为了书中所包含的思想或事实；只有书名、定价、规格、封面对他才有吸引力。雅可布·门德尔那独特的旧书商的记忆完全是一张无限长的人名和书名清单，但不是像通常那样印在图书目录上，而是铭印在哺乳动物柔软的大脑皮层上，虽说这份清单既不能任意增添也谈不上独出心裁，但这种过目不忘的记忆力就其炉火纯青的完美程度而言，同拿破仑对于人的外貌、梅佐凡蒂①对于语言、拉斯克②对于棋局、布索尼③对于乐曲的非凡记忆力相比也毫不逊色。这个大脑假如能被学校或其他社会机构利用，就会使成千上万的大学生和学者大吃一惊并得到教益，就会有益于科学，使那些我们称之为图书馆的对大众开放的宝库受益无穷。但是，这个小小的教养不高的加利西亚旧书商，差不多也只念过犹太初级教会学校，上流社会永远把他拒于大门之外。因此，他也就只能在格鲁克咖啡馆的大理石桌旁施展自己惊人的才干和被埋没的学问。但是，如果什么时候出现一位大心理学家（我们的精神世界始终还缺少这类著作），像布封耐心地、坚忍不拔地对动物的全部变种加以整理分类那样，一一描述被称作记忆力的那种魔力的种类、特点、最初形式和各种演变形式，那他就不应忽略雅可布·门德尔这样一位通晓书名、书价的天才，旧书这门学问里默默无闻的巨擘。

就职业而论，对于不知道的人说来，雅可布·门德尔自然不过只是一个小小的书贩。每个星期天，在《新自由报》和《新维也纳日报》上都出现同样的广告："收购旧书，出价从优，取货及时。门德尔，上阿尔塞尔街。"下面的电话号码实际上是格鲁克咖啡馆的电话号码。他在各个书库里东翻西找，在一位留着皇帝式大胡子的跑腿老头的帮助下，每周把搞到的书搬到寓所里，然后从那里再

---

① 梅佐凡蒂（1774—1849），意大利的一名红衣主教，能流利地讲三十八种以上的语言。
② 拉斯克（1868—1941），德国象棋大师。
③ 布索尼（1866—1920），意大利钢琴家。

转走。他没有做正式书商的许可证，只好做收入微薄的零星小买卖。大学生们把自己的教科书卖给他，经他之手这些书就转到低年级学生手中了。此外，他还帮人介绍和搜罗书籍，酌情收取少量手续费。在他那儿容易讨到好主意，他视金钱如草芥。人们总见他穿着那件破旧的常礼服；早晨、午后和晚上他都是只喝一杯牛奶，吃两个面包，中午则随便吃点餐厅送来的东西；他不抽烟，不赌博，甚至可以说并不活着——只有镜片后面那双眼睛活着，它们不间断地、孜孜不倦地用词汇、书名、人名供养他那奇特难解的大脑，而大脑这块松软肥沃之物，贪婪地吸收着源源而来的资料，犹如草地吸收着当空沛然而降的甘霖；他对周围的人也毫无兴趣，而在人的七情六欲中，他大约只占一条，而且是顶合乎人情不过的那一条——虚荣心：当某人跑遍无数地方而一无所获、疲惫不堪地来向门德尔求教时，问题在他这儿迎刃而解，仅此一点即足以使他感到满足和快乐，而且也许还会使他意识到，在维也纳城内外还有几个尊重并需要他知识的人。每一座大城市都像一块硕大无比的多面巨岩，上面散见若干个平滑的结晶面，虽然极小，却依然具体而微妙地反映出同样的大千世界。多数人对此一无所知，只有知情者，只有志趣相投者才觉得它们是宝贵的。所有的图书爱好者都知道雅可布·门德尔。同样，人们到音乐之友社去找奥伊泽比乌斯·曼迪切夫斯基[1]请教关于音乐作品的问题，他戴着灰色小圆帽亲切友好地坐在一大堆纸夹和乐谱之间，一望便知来意，谈笑间便解决了最

---

[1] 奥伊泽比乌斯·曼迪切夫斯基（1857—1929），奥地利指挥家、音乐学家。

棘手的问题；同样，直到今天尚且如此，凡是想了解旧维也纳戏剧和文化的人，都必然去请教无所不知的格洛西老人；同样，为数不多的维也纳正统藏书家们在遇到特别难啃的问题时，不言而喻地，都要满怀信赖地前往格鲁克咖啡馆向雅可布·门德尔登门求教。在这种质疑答疑的场合看到门德尔，使我这个好奇的年轻人感到莫大的享受。通常，如果有人拿来一本价值不大的书，他会鄙夷不屑地啪的一声把书合上，从牙缝里挤出一句："两克朗。"但是，如果是看见一本罕见的珍品或海内孤本，他就毕恭毕敬地退到一边，在下面垫上一页纸——看得出，他突然为自己那双墨渍斑斑的脏手和黑黑的指甲感到惭愧；然后，他便含情脉脉、小心翼翼、怀着仰慕之情逐页翻阅起来。在这样的时刻，谁也甭想打扰他。确实如此，每逢遇上这种单项交易，他都仔细地查看翻阅、嗅来嗅去，按照礼仪和郑重的顺序进行，颇带点宗教仪式的味道。他的驼背耸来耸去，嘴里哼哼唧唧、念念有词，手挠着脑袋，发出一些让人不懂的声音，拖着长音"啊""呀""噢"地叫着，赞叹不已；随后，假如碰到缺页或虫蛀，他便吃惊地"哎哟""哎哟喂"地大声叫喊起来；最后，他恭恭敬敬地在手里掂量着古老的皮装书，半闭着眼睛，吸着这本沉甸甸的方形古书的气味，无限陶醉，不亚于一个嗅着晚香玉的多情善感的女郎。当这种冗长繁琐的程序正在进行时，书的主人自然是必须保持耐性。考究完了以后，门德尔就会乐意地，简直可以说是兴致勃勃地对各种问题给予回答，同时还准确无误地讲一通漫无边际的逸闻趣事和有关该书价格的戏剧性报导。这时，他显得有朝气、年轻活泼；只有一点会使他火冒三丈——难免会有缺乏经验的新手想付钱给他作为估书的报酬。这时，他便委屈地躲到一边，就像画廊经理在过境参观的美国佬为了酬谢讲解往自己手里塞小费时感到屈辱那样；这是因为，对于门德尔来说，能够把一本珍贵的书捧在手里，就像其他人和心爱的女人幽会似的。对他说来，这样的时刻就是柏拉图式的爱情之夜。只有书，而不是钱，才对他有控制力。因此，一些大收藏家设法请他，普林斯顿大学的创建人让他到自己的图书馆来做顾问和采购专员，都没有成功——门德尔谢绝不干。人们不能设想他到格鲁克咖啡馆以外的地方去。三十三年前，他，一位还留着软软的小黑胡子、鬈发鬈曲、其貌不扬的犹太小伙子，从东方来到维也纳，想做一个拉比①，但很快就离开了威严却单调的上帝耶和华，转而献身于图书世界光华璀璨、千姿百态的赫赫众神。在那个年代，他首次来到格鲁克咖啡馆，此后这里就渐渐地成了他的工作室、主要住宅和收发室，成了他的世界。就像天文学家每夜每夜独自在观象台上透过望远镜小小的圆孔观测星空，观察群星神秘运行的轨迹：它们纷繁交织，变幻不停，时而熄灭，继而重又辉耀于苍穹；同样的，雅可布·门德尔坐在格鲁克咖啡馆的小方桌旁，透过眼镜观察着另一个世界，书的世界——也是永恒运转和变化再生着的世界，观察着这个在我们的世界之上的世界。

门德尔在格鲁克咖啡馆里自然受到了高度的尊重。对人们说来，这座咖啡馆的声誉更多是和他那无形的讲坛联系在一起，而不

---

① 犹太人中的一个特别阶层，是老师也是智者的象征。

是和这个咖啡馆的创办人、大音乐家、《阿尔西斯特》和《伊菲姬尼在奥利德》的作者克里斯托弗·威利巴尔德·格鲁克[①]的名字联系在一起。门德尔成了那里的一部分财产，就像樱桃木旧柜台、两个草草修补过的弹子台和那把铜咖啡锅一样；他的桌子成了神圣不可侵犯的保留席位，因为咖啡馆的人总是对门德尔为数众多的顾客热情招待，使他们只好每次都买点什么，于是，他的知识所赚的钱大部分倒跑到堂倌头多伊布勒尔胯上挂着的皮包里去了。旧书商门德尔也因此享受到多种优待：他可以随便使用电话，这里为他保存信件，代订各类书刊；忠心耿耿的老清洁女工给他刷大衣、缝纽扣，并且每周替他把一小包衣服送到洗衣店去；只有他一个人可以向隔壁的餐馆叫午饭；每天早晨，咖啡馆老板施坦德哈特纳先生走到门德尔的桌前，亲自向他问候（雅可布·门德尔由于埋头读书，自然大多并未发现）。早晨七点半，他准时来到咖啡馆，直到关灯打烊才离开。他从来不和别的顾客说话，不看报纸，对周围的变化毫无觉察。有一次，当施坦德哈特纳先生客气地问他，在电灯下看书是否比在过去摇曳不定的煤气灯下舒服一点时，他惊奇地看了看电灯泡：虽然为改装电灯敲敲打打忙活了好几天，他却丝毫没有发觉。只有千千万万个字母像黑色的纤毛虫通过宛若两个圆孔的眼镜，通过那两片闪烁着、吮吸着的镜片，涌入他的大脑；其余的一切则不过是空洞飘渺的喧嚣，像流水似的从他耳边飘过。三十多个

---

① 克里斯托弗·威利巴尔德·格鲁克（1714—1787），德国作曲家。《阿尔西斯特》和《伊菲姬尼在奥利德》均为他的作品。

年头——换句话说，凡是他醒着的时候，都是坐在这张小方桌旁：一边读，一边比较，一边计算；只有黑夜把这种真正的、无止境的梦打断几个小时。

因此，当我看见门德尔宣喻箴言的大理石桌像墓碑一样闲置在那里时，顿有惊诧之感。现在年纪稍长，我才懂得，每当逝去一个这样的人，会随之失去多少东西啊！这首先是因为，在我们这个不可挽回地日趋单调化的世界上，所有独特无双的事物是一天天更加宝贵了。其次，尽管我当年年轻和阅世不深，却发自内心地喜欢门德尔。通过他，我首次接近了一个巨大的秘密——我们生活中所有独一无二和强大东西，都只能产生于不顾一切的内心专注、高尚的偏执和神圣的狂热劲儿。他使我看到，在我们今天，而且还是在电灯照耀下的、旁边又有电话间的咖啡馆里，也可能有毫无瑕疵的精神生活，以及像印度瑜伽论者和中世纪僧侣那样热烈而又忘我地服务于一种思想的精神。我在这位不出名的、小小的旧书商身上看到了这样一种服务精神的榜样，它甚至比我在当代诗人那里看到的还要光辉得多。尽管如此，我竟能把他忘了。不错，那是战争年代，我和他一样埋头干自己的工作。可是现在，在这张空无一物的桌子前面，我感到有愧于他，同时重又觉得好奇。

他哪儿去了，他出了什么事呢？我把堂倌叫来询问。不，遗憾的是他不知道这位门德尔先生。咖啡馆的常客中没有这位先生。不过，也许堂倌头知道吧？堂倌头挺着他的大肚皮慢吞吞地走了过来，想了一会儿——不，他也想不起一个门德尔先生来；但是，也许我说的是弗洛里昂尼胡同杂货店的老板曼得尔先生？一丝苦味涌上心头，我体会到什么叫人生无常：既然我们生活的一切痕迹，都会立刻被吹得无影无踪，那活着还有什么意思呢？在这里，就在这儿的盈尺之地，一个人曾呼吸、工作、思考、说话，三十年，也许有四十年之久，然而只需过上那么三四年的时间——新法老一登台，就没有人能记得约瑟夫了——在格鲁克咖啡馆竟没有一个人能记得雅可布·门德尔，旧书商门德尔了。我几乎是恼怒地问那堂倌头，是否可以见一下施坦德哈特纳先生，过去的老员工之中还有谁在这里。什么？施坦德哈特纳先生？我的上帝，他早就把咖啡馆卖了，而且已经死了。至于老堂倌头，他现在住在克雷姆斯附近的庄园里。是啊，一个留下来的人也没有了——不过，也许，噢，还有！那个清洁女工斯波希尔太太还在这里。不过，她未必能记得个别顾客。然而，我立即又想到雅可布·门德尔是人们忘不了的，于是就请他把这个女人叫来。

斯波希尔太太从后屋走了出来，一头蓬乱的白发，沉重地迈着浮肿的两腿，一边走一边匆匆忙忙地用布擦着两只发红的手：显然是刚打扫过脏屋子或是擦过窗户。我立即觉察到，她有些局促不安，突然把她叫到咖啡馆明亮堂皇的前厅来，她觉得很不自在；而且，维也纳的黎民百姓向来就怕警察局派来调查的密探。一开始，她怀着不信任和戒备的心情从头到脚打量了我一圈：叫她来有何贵干呢？但是，我一问起雅可布·门德尔，她就震了一下，双目圆睁，兴奋地盯着我。"我的上帝，可怜的门德尔先生！还有人想起他？噢，可怜的门德尔先生啊！"她大为激动，差点儿哭了出来，就像上了年岁的人在话题涉及他们的青春时代，涉及久已忘却了的陈年

238

旧事时那样。我问她门德尔是否还活着，她说："啊，天啊，可怜的门德尔先生去世已经五六年，不，已经七年啦。这样一个善心的好人，只要想一想，我认识他多少年啦——二十五年还要多哪！要知道，我来的时候他就在这里了。就让他那样死去——简直是一种耻辱！"她愈加激动，问我是不是他的亲戚。要知道，还从来没有人关心过他，没有人打听过他的情况——难道我还不知道他出了什么事吗？

是啊，我什么也不知道。我让她相信这一点，并且请她告诉我，把一切都告诉我。但是这位好心的人却显得胆怯、有所顾忌，老是擦着她那双湿漉漉的手。我明白了：她，一个清洁女工，披着一头蓬乱的白发，系着脏围裙站在咖啡馆中间，感到很不自在；而且，她不放心地看着周围——堂倌中说不定会有人在偷听。于是，我就请她到弹子房，到门德尔待过的老地方去，在那里告诉我有关门德尔的全部情况。她感动地点了点头，感谢我明白了她的意思，然后就迈着老年人蹒跚的脚步在前面带路，我跟着她走去，两个堂倌惊讶地目送着我们。他们感到其中似乎有什么名堂；而且，在顾客中也有人对我们这不伦不类的一对儿颇为惊奇。在那里，在他的那张桌子旁边（有些细节我是后来从别处知道的），清洁女工给我讲了雅可布·门德尔——旧书商门德尔的下场。

事情是这样的，战争爆发后，门德尔每天照常七点半来，像往常一样坐在那里。他仍旧从早到晚读他的书；咖啡馆里的人都觉得，而且常说，他压根儿没想到打仗的事。是这样的，因为他从不读报，和别人不共言语；当街头报贩大声叫卖号外，而大家都拥上去的时候，他也从未离开过座位，他压根儿没听见。他也没有发现堂倌弗兰茨不见了（他是在哥里兹附近阵亡的），也不知道施坦德哈特纳先生的儿子在彼列梅什卡被俘了；他从来没说过半句话抱怨面包越来越坏，牛奶被换成了用无花果做的劣等饮料。只有一次，他奇怪为什么大学生们来得少了——仅此而已。我的上帝，那可怜的人从来没关心过别的事，他就知道书。

　　但是，不幸的日子来临了。有一天上午十一点钟，青天白日，来了一个宪兵，同来的还有秘密警察。他露出胸前的徽章，问常来的客人中是否有一个雅可布·门德尔。这伙人马上走到门德尔的桌子跟前，他一开始还天真地以为他们是想卖书，或是想问什么问题。但对方马上要他跟他们走，就把他带走了。这件事对咖啡馆来说简直太丢脸了——大家站着围在可怜的门德尔先生身边，他夹在那两个人中间，把眼镜扶到额头上，一个个地看着所有人，搞不明白他们究竟要干什么。斯波希尔则立即对宪兵说，想必是搞错了，像门德尔先生这样的人是连一只苍蝇都不会去碰的。那个秘密警察立即对她大声呵斥，叫她不要干涉公事，接着就把门德尔带走了。有很长时间——整整两年——他没有来。直到今天，斯波希尔太太还是不明白，他们当时要他干什么。"可是我敢发誓，"老太太激动地说，"门德尔先生不会做任何坏事。我担保他是好人，是他们搞错了。这样对待一个可怜的、清白无辜的人，简直是犯罪！"

　　善良的、富有同情心的斯波希尔太太是对的。我们的朋友雅可布·门德尔的确什么坏事都没有做（后来我才了解到全部的细节），他仅仅做了一件昏头昏脑、值得同情、即使在那个荒唐古怪的年代也令人难以置信的傻事，唯一能够解释的是，他完全不问世事，他的行事之怪简直离世俗十万八千里远。事情是这样的：负责检查和国外通讯的军事检察机关一天发现了一张由一个署名雅可布·门德尔的人写的明信片。这张明信片按规定贴足了邮票；但是——完全令人难以置信——却是寄往敌国的，收信人是巴黎市格勒内尔沿岩大街上一个书店的老板让·拉布尔泰；这个叫雅可布·门德尔的人抱怨自己没有收到最近的几期《法兰西图书通报》月刊，尽管他已经预付了一年的订费。那位下级检察官员原本是个体操教师，个人爱好则是寻章摘句、研究语言，后来才穿上了一身民军蓝制服。当这封信件到他手里时，他惊讶地想道：简直胡开玩笑！每周经他手查究有无可疑词句和间谍情报的信件不下两千封，但还从未遇到过如此荒唐的事：一个人竟放心大胆地由奥地利往法国写信，也就是说，顺手把一张寄往敌国的明信片那么直截了当地扔到邮筒里；仿佛从一九一四年以来，国境线上没有围上铁丝网，仿佛法国、德国、奥地利和俄国不是每天厮杀，使敌对方的男丁数以千计地丧生似的。因此，起初他把这张明信片当作一件稀奇可笑的东西放进了办公桌抽屉，并没有向上级报告这件蠢事。但是，几个星期后，又来了一张明信片，寄往伦敦霍尔博伦广场约翰·阿尔德里奇书店，询问能否得到最近几期《古董商》杂志；上面的署名又是那个古怪人物雅可布·门德尔，他非常老实地写了自己的详细地址。身穿军装的体操教师这时不禁暗吃一惊，在这种粗鲁的玩笑背后到底会不会隐藏着什么密码隐语？他站起来，一个立正，就把两张明信片放到少校的办公桌上。少校耸了耸肩：真是件怪事！他首先通知警察局，吩咐查明是否真有这样一个雅可布·门德尔，而在一小时之后雅可布·门德尔就被捕了。他还没有弄清这突如其来的变故是怎么回事，就被带到少校面前。少校将那两张神秘的明信片拿给他看，问他是否承认是自己写的。这种严厉的审讯口气，特别是正当他阅读一本重要的图书目录时打扰他，使门德尔十分恼火。因此，他带几分粗鲁地嚷道：这些明信片当然是他写的；应当认为，一个人总还有权要求得到他付过订费的杂志吧。少校向坐在旁边桌子跟前的中尉转过身去，他们会心地交换了一下眼色：真是个蠢材！然后，少校开始考虑：是把这个糊涂虫骂一顿赶走好呢，还是需要认真对待这件事呢？在这种犹豫未决的当儿，几乎每个部门都会决定先做个记录再说。有记录总归是好的，即便毫无用处，但也坏不了事；充其量不过是在堆积如山的公文堆里再加那么一张写满字的废纸罢了。

然而，这却给还蒙在鼓里的可怜人带来了祸害，因为在提出第三个问题时，情况就大为不妙了。少校先问了他的名字：雅可布，更准确地说，是叫亚因克夫·门德尔。职业：小商贩（他的证件上是这样写的，他没有做书商的许可证）。接着，第三个问题就招来了大祸：出生地；雅可布·门德尔说出了彼特里科夫附近的一个小地方。少校竖起了眉毛：彼特里科夫？这难道不是俄属波兰，靠近国境线的地方吗？可疑！非常可疑！少校用更为严厉的声调，问门德尔何时取得了奥地利国籍。门德尔困惑不解地盯着少校：他不明白对方要自己干什么。真见鬼，那他有无证明，证明文件在哪里？只有一张小商贩营业执照，别的没有。少校愈发惊诧了，要他认真说清楚国籍问题，他父亲是奥地利人还是俄国人？门德尔泰然回答说："当然是俄国人。"那他呢？噢，三十三年之前，他偷偷地越过国境线，从那时起就一直住在维也纳。少校更加焦躁起来，问他是何时取得奥地利公民权的？门德尔反问道："何必呢？"他从未管过这类事。这么说，他现在仍然是俄国人啰？门德尔对这些无聊的盘问早就感到腻味了，他冷淡地答道："按说，是的。"

少校吓得猛然靠到椅背上，压得它吱嘎嘎直响。竟然有这种事！在维也纳，在奥地利首都，在战争激烈进行之时，在一九一五年年底，在塔尔诺夫战役和大反攻以后，一个俄国人居然在这里逍遥自在地游来逛去，给法国和英国写信，而警察局竟对此不闻不问。在报纸上摇笔杆的蠢货们竟然还对孔拉德·冯·黑岑多夫没有能够马上打到华沙表示惊奇，而在总参谋部，人们对于每次部队调动的情况都被间谍通报给俄国人还在那里惊讶呢！这时，中尉起身站到桌前；谈话顷刻变成了审讯。他为何没有立即声明自己是外国人呢？门德尔仍然毫无疑虑，用悠扬悦耳的犹太方言回答说："我干吗又要声明一下自己是谁呢？"少校认为这种反问回答是一种挑衅，就问他是否读过有关此事的命令。没有！他大概连报纸也不看？不看！

两位军官盯住稍微感到不安的雅可布·门德尔，仿佛听了海外奇谈，被惊得目瞪口呆。霎时间，电话机"嗒啦啦"，打字机"哒哒哒"，传令兵来回奔跑，于是，雅可布·门德尔就被转解到卫戍区监狱，以便赶在下一批送进集中营。当被示意跟着两个士兵走时，他惶惑地瞪大了眼睛；他不明白人们要他干什么，然而，他其实倒也没有什么可怕的：这个衣领上绣着金线，说话粗声粗气的人能对自己使出什么坏招儿呢？在他的那个崇高的世界——图书世界里，是没有战争、没有误解的，有的只是永无止境的认识，力求更多地认识那些数字、词汇、人名和书名，就是这样。因此，他夹在两个士兵中间迈着碎步走下楼梯时心情还并不算坏。只是在警察局的人从他的大衣口袋里把书掏出来，并要求他交出装满几百张有用的字条和顾客地址的皮夹子时，他才勃然大怒，开始自卫。人们只好用强力制服他了。这时，眼镜不幸掉到地上，他那架窥望精神世界的奇异的望远镜被摔得粉碎。两天后，他就穿着一件单薄的夏季外衣被发配到了科莫伦附近关押被俘俄国平民的集中营。

在集中营里度过的两年中，雅可布·门德尔失去了自己心爱的书籍、身无分文地置身于一大群冷漠、粗鲁和大部分是文盲的人中间，究竟经受了多大的精神痛苦？像雄鹰被砍断翅膀再也不能翱翔长空，他脱离了崇高的、唯一心爱的图书世界，这给他造成了多大的折磨——对此已无从稽考。然而，当世界从疯狂中清醒过来后，便逐渐地开始明白，在这场战争的一切残暴行径和罪恶之中，最荒谬、最无聊，因而也是最不道德的行为，莫过于把那些完全无辜、早已超过应征年龄、在异国如在家乡那样生活了许多年的和平居民们逮起来圈进铁丝网。这些人之所以没有及时逃跑，只是因为他们真心诚意地相信连通古斯人和阿劳坎人都崇奉的优待客人的法律。在法国、德国和英国——在欧洲丧失了理智的每一块土地上，人们同样荒唐地犯下了这种反文明的罪行。在最后一刻，如果不是一个地道奥地利式的偶然机缘使雅可布·门德尔又回到自己的世界，那么他作为无数无辜受害者之一，也同样会变成疯子，同样会因痢疾、体力耗竭或心灵上的折磨而死去。情况是这样的：在门德尔失踪之后，寄来了一些有名望的顾客写给他的信件，其中有前施提里亚总督申贝尔格伯爵，纹章学著作的热心收藏家、前神学系主任、正在注疏奥古斯丁著作的齐根费尔特，八十高龄仍在反复修改回忆录的退役舰队司令埃德莱尔·冯·皮策克——这些忠实信托于他的顾客全都往格鲁克咖啡馆给他写信，其中某些信给这位失踪者转到了集中营。这些信件落到一位偶发慈悲的上尉手里，竟有些名流同这个矮小、半瞎、邋里邋遢的犹太人认识，使他颇为惊讶；这个犹太人自从眼镜被人打碎以后便没有钱再买新的，就像一只又老又瞎的鼹鼠似的，悄没声地蹲在自己的角落里。他既有这样一些朋友，恐不是等闲之辈！上尉准许门德尔回信请他的保护者为他说话。果然有效。几位显要和那位前系主任以所有藏书家共有的精诚团结的精神出面联系，联名担保，使得旧书商门德尔在被关两年多后，于一九一七年回到了维也纳；当然，还附有一个条件：每天到警察局报到一次。不过，他总算是自由了，又可以住到过去狭窄而又破旧的阁楼卧室里，又可以顺便欣赏橱窗里展出的书籍，而最主要的是，他又可以回到格鲁克咖啡馆了。

关于门德尔从人间地狱重返格鲁克咖啡馆的情景，斯波希尔太太，这位善良的妇人对我描述："有一天——啊，圣母马利亚！我简直不相信自己的眼睛——门开了，开法有点怪，您要知道，只开了一条缝，就像往常那样，他——可怜的门德尔先生趄身进来了。他穿了一件褴褛不堪的军大衣，上面补满了补丁，头上简直不知戴的是什么，大概过去是顶礼帽，捡别人扔掉的。他没有衣领，像死人似的，脸色灰白，一头白发，骨瘦如柴——让人看着都心酸。可是他走进来，目不斜视，好像什么事也没有发生，什么也不问，一句话也不说，径直走到桌前，脱掉大衣，动作却不像过去那么敏捷灵活了，显得笨拙，呼哧呼哧直喘气。他不像过去那样带书来，而只是坐下来，只是坐在那儿一言不发，只用一双呆滞无神的眼睛盯着前面。后来，当我们给他拿来一堆从德国寄来的信件后，他这才又读了起来，可是，他已经不是从前的那个人了。"

是啊，和从前不一样了，不是那个 Miraculum mundi① 了，不是那个所有书籍的奇妙贮藏库了——当时见到他的人都伤心地这么说。往常，他目光沉静，看着书本时悠然神往，而现在仿佛有某种东西被破坏了、摧毁了：显然，可怖嗜血的凶煞星在疯狂般疾驰时，也闪击了图书世界这颗小小的和平的星辰。他的眼睛几十年来习惯了娟秀的、像昆虫纤足般的印刷字，但在用铁丝网围起来的人堆里想必是看到了许多可怕的东西，因为他的眼皮沉重地悬挂在眼睛上面；这双眼睛当年机敏灵活，闪射出讥讽的光芒，如今却昏昏然，无精打采，眼睑红肿，眼镜也是经过修理勉强绑在一块儿的。更加可怕的是：他的记忆已陷入混乱，仿佛本来妙不可言的艺术建筑，如今，某个支柱倒了，整幢建筑也随之坍塌了。这是因为，我们的大脑是一部由极其纤细的物质构成的键盘，这部我们认识事物的毫发不差的精密仪器是那样的娇嫩，只

---

① 拉丁语，神奇的世界。

要一根微血管被堵塞、一根神经受到刺激、一个细胞疲劳过度，任何一个这类干扰因素都足以使精神上令人惊叹、无所不包、自成一体的和谐遭到破坏。门德尔的记忆，这架奇异无双的知识键盘，在他回来之后已经发生了故障。间或有人来向他请教，他用衰颓的目光注视着来客，弄不清对方的来意，听错或忘记人家的话。正如世界已不是过去的世界，门德尔也非复从前的门德尔了。他从前的那种专注精神没有了，看书时也不再陶醉忘情地摇晃身子了，多半是呆坐着，眼镜机械地对着书本，人们闹不清他是在看书呢，还是心不在焉地闲待着。斯波希尔太太说，他的头沉重地伏在书上，大白天打瞌睡，有时几个小时几个小时地对着刺鼻的、不习惯的电石灯光出神；当时缺煤，人们在他桌上放了一盏这样的灯。是啊，门德尔已经不是从前的门德尔了，不再是神奇的世界，只不过是还在苟延残喘的一把胡子和一件衣服，摊在当年的圣椅上。门德尔已经不再是格鲁克咖啡馆的荣耀，而成了它的耻辱、污点，他身上散发着臭味，看了就叫人恶心，成了一个碍手碍脚、完全多余的食客了。

咖啡馆的新老板弗罗里安·古尔特纳也是这样看他的。这位老板是莱茨人，在饥馑的一九一九年靠搞面粉和黄油的投机买卖发了财。他说动老实的施坦德哈特纳将格鲁克咖啡馆卖给了他，价钱是不久便贬了值的八万克朗纸币。他用一双农民的强有力的手大干起来，他放开手脚，大刀阔斧，很快就把这家老式的、受人尊敬的咖啡馆改得面目一新、高雅华贵起来：用大理石修了大门，因为隔壁的房子紧邻着酒馆，已打算扩建为奏乐的前厅。在这种急忙进行的改建中，这个从加利西亚来的、从早到晚独占一张桌子、向来又总共只喝两杯咖啡吃五个面包的食客自然非常碍事，惹他心烦。施坦德哈特纳倒是确实说过，让新老板特别关照这位老主顾，并企图向他解释，说雅可布·门德尔是一个非常出色和重要的人，他可以说是把门德尔作为咖啡馆应当承担的一项义务连同咖啡馆的财产一起交给了他。然而，弗罗里安·古尔特纳在购置新家具和闪闪发亮的铝柜台时，也多了一副那个唯利是图的时代的铁石心肠，他只消找到一个借口，便会把最后残存的这点郊区寒酸气从自己漂亮的咖啡馆里清除出去。合适的机会看来不用等很久。雅可布·门德尔的境遇很坏，他积攒下来的最后一点钞票也都进了通货膨胀时期的造纸场，顾客也都飘零四散了。在楼梯上爬上爬下地零星收购和转卖书籍，对衰迈的门德尔说来已力难胜任。无数细微迹象说明，他已穷困潦倒：他偶尔才叫餐厅给送午饭来，甚至少得可怜的一点咖啡和面包钱也要拖欠得愈来愈久，有一次竟拖了三星期之久。堂倌头当时就想轰他走，但好心的斯波希尔太太可怜门德尔，就出来为他担保。

在第二个月，不幸的事就发生了。新来的堂倌头已经好几次发现，结账时，面包之类总不大对头。每次他都发现出手的面包比报了数的和付了钱的多。他自然怀疑到门德尔头上，因为那个跑腿的老头不止一次晃晃荡荡地来抱怨，说门德尔欠了他半年工钱，连一个海莱①都不付给他。堂倌头开始格外留心门德尔，而在两天后他

---

① 奥地利铜币，约相当于一分钱。

就躲在壁炉的隔墙后面，当场发现雅可布·门德尔从座位上站起来，偷偷走到前厅里，很快从篮子里抓起两个面包，贪婪地吞食了下去。可是，在当晚结账时，他却声称没有吃过面包。丢面包的事这下子清楚了，堂倌头立即把发生的事报告给古尔特纳先生。老板喜逢良机，便当着所有顾客的面对门德尔大声呵斥起来，指责他偷盗，并且还为自己不立即派人去叫警察而自夸了一番。他让门德尔立即滚蛋，去见鬼，永远不许他再来。雅可布·门德尔浑身颤抖，一言不发，颤巍巍地从座位上站起来，走了出去。

"简直可怕！"斯波希尔太太描绘着他被赶走的情形，"我永远忘不了他是怎样站起来，把眼镜扶到额头上，脸色苍白得像一块白布。他甚至连大衣都没有穿上，可外面是一月天气——您大概记得吧，那年头冷得厉害！他吓得连桌上的书也忘记拿了。我发觉后，本想追上去递给他，可古尔特纳先生就站在门口朝他背后破口大骂，使过路的人都停下脚步聚拢起来，简直是耻辱！我内心里惭愧死啦！要是老主人还在这里，就永远不会有这种事；施坦德哈特纳先生是怎么也不会为了几个面包就把一个人撵走的，门德尔可以在这里白吃到死为止。可是现在的人没有心肝，竟把一个可怜的人从他三十多年天天坐着的地方赶走，真的，真真可耻，多大的罪孽呀！我不愿意在亲爱的上帝面前为这件事辩解，我不愿意！"

善良的老太太激动得厉害。她以老年人特有的那种唠叨劲儿不停地说，这是多么大的罪过，施坦德哈特纳是做不出这样的事的。最后，我只好打断她，问她我们的门德尔后来怎么样了，她是否再见过他。她立即全身一震，又继续说道：

"说真的，每天我一经过他的桌子旁边，心就像被刀戳了一下似的。我总在想：可怜的门德尔先生，他现在会在哪儿呢？我要是知道他住在哪儿就给他送点热东西吃；他哪里有钱买取暖和吃的东西呢？据我所知，他在世上一个亲人也没有。到后来，一天又一天过去了，可他连一点儿音信也没有。我就止不住想到：看来他是已经完了，我再也见不到他了。我甚至已在考虑，是否应该让人为他做一次弥撒——要知道，像他那样一位好人，我认识他有二十五年还要多啊！

"可是，在二月里的一天，早晨七点半，我刚开始擦窗户上的铜插销，突然（我是说，我吓了一大跳），门开了，门德尔走了进来，您当然知道，他总是侧着身子心不在焉地从门缝里进来的。我立刻发现他有些不对劲儿，东倒西歪的，两眼红红的，而他自己，我的天哪，只剩下一把骨头和胡子了！我看着他，发现他情绪不对头。我立即明白了：他一点知觉也没有，大白天像梦游似的，忘记了一切——面包的事、古尔特纳先生、他被赶出去的事，都忘记了，连自己也记不得了。谢天谢地，当时古尔特纳先生还没有来，可堂倌头正在喝咖啡。我急忙跑到他跟前，想告诉他不要在这里停留，免得再一次被那个粗鲁的家伙赶出去（说到这里，她马上小心地向周围看了看，纠正了自己的说法），我是想说——古尔特纳先生。'门德尔先生！'我喊了他一声。他看了我一眼，马上就——我的天哪，真可怕——他大概一下子全都想了起来；他打了一个寒噤，就发起抖来，不单两只手抖着，浑身上下都哆嗦着；他转过身急匆匆向外走去，走到门口就跌倒了。我们往救济总会打了电话，他被带走了。他在发热病，晚上就去世了：大夫说是因为肺炎死了，还说他来我们这里时，可能已经昏昏沉沉，自己也不知怎么就走到这里，像做梦似的。三十六年来，他天天坐在一张桌子旁边——这张桌子就是他的家呀。"

我们——了解这个怪人的最后两个人——又谈了很长时间。尽管他的存在是那样的卑微渺小，如同草芥轻尘，但正是他使当年作为年轻人的我初次知晓存在着一种完全自成一体的精神生活。而她——一个可怜的、终生劳瘁、从没有读过一本书的清洁女工，之所以怜惜这位苦难底层的难友，只是因为她给他刷了二十五年大衣和缝了二十五年纽扣。但是，在这里，在他的这张被遗弃了的旧桌子旁边，我们一起缅怀故人；回忆向来使人们相互亲近，而充满了爱的回忆则加倍地使人们相互亲近。她正说着话，突然思索起来："天哪，看我这记性！还有一本书在，是他那时落在桌上的，还在我这里呢！我该往哪儿去给他送呢？后来，谁也没有来取，我就想：把它留下做个纪念吧。这没有什么不对，是吧？"她急忙从后面把书拿了来。我好不容易才没有失声发笑——命运之神喜欢热闹，有时还喜欢嘲弄人，它每每令人懊恼地给伤心触目的悲剧掺进一点滑稽的成分！这本书竟是海因的《德国色情和趣味文学书库》第二卷，是每位藏书家都熟悉的一本言情作品易知录。恰恰是这本糟糕的书成了那位已故的异人留在这双操劳一生、发红而又粗笨、大约除祈祷书之外从未拿过任何书的手里的最后遗物。我费劲地绷紧嘴唇，竭力控制住自己，因为我心里由不得想笑。我小小的犹豫使这个老实的女人感到惶然不知所措：莫非这竟是一件珍贵的东西，或者，我是否认为她可以保存下去呢？

我亲切地握了握她的手："您只管留给自己吧，我们的老朋友门德尔如果能知道，在几千个因得到自己需要的书而感谢他的人中至少还有一个在忆念着他，他是只会高兴的。"

我走出了咖啡馆，在这位善良淳朴、以真正的人性对死者忠诚不渝的老太太面前，我感到惭愧。这是因为，她虽不识字，尚且珍藏着一本书，以便更好地纪念他；而我，本来应当知道，人们之所以写书正是为了在死后仍能成为世人的朋友，并以此保卫自己免遭众生之敌——归于幻灭和被人遗忘——的危害，然而，我竟有好几年没想起旧书商门德尔。

（薛高保　译　杜文棠　校）

252

巧识新艺

　　一九三一年四月，一个奇妙的清晨，天气好极了，空气潮湿，但却又充满了阳光。它像一块软糖那样，好吃得很，香甜、凉爽，湿润和光亮，过滤了的春天，纯净的臭氧。在斯特拉斯堡林荫大道的中心，人们惊喜地呼吸着从草原和大海飘来的芬芳。一阵暴雨，那种任性的四月阵雨创造出了这种喜人的奇迹，春天经常是与它们一道以一种极为顽皮的方式宣告它的来临。

　　我们的火车在半路上朝着昏暗的地平线驶去，它从天空黑乎乎地直切入旷野；直到摩乌附近——这时城郊的房屋像积木般地散落在四周，涂着令人郁闷的绿色广告不断地跃入眼帘，就在这时，坐在我对面的那位上了年纪的英国女人开始整理她的有十四件之多的提包、瓶子和旅行用具，那种海绵般的，翻滚着的乌云终于爆发了，从埃佩纳起，那铅色的和凶暴的彩云就与我们的火车头在进行一场竞赛。一道小而苍白的闪电是一个信号，随即暴雨好斗般地带着擂鼓似的声音倾泻而下，用潮湿的机枪的火花扫向我们正在行驶的列车。受到沉重的攻击，在嘎嘎作响的声音中，窗玻璃在哭泣，火车头屈服了，它那灰色的烟旗垂向了地面。除了扑向钢铁和玻璃的劈里啪啦的敲打，再也听不到什么，再也看不到什么，列车就像一只受折磨的野兽逃避暴风疾雨，在光亮的路轨上行驶。顺利地到了车站，我们站在有顶篷的站台上，等候行李搬运工，这时在灰白的雨棚后面，林荫大道的景色又突然变得明亮起来；一束尖利的阳光用它的三叉戟刺破了正在消逝的彩云，随即照亮了千家万户的房顶，像涂上一层黄铜一般，天空在海洋的蔚蓝色中闪闪发亮。像阿芙洛狄忒从波浪中闪着光泽裸身而出一样，这座城市从雨的罩袍中现身出来。一幅神圣的景象。随即，人们从前后左右的躲雨和藏身之地拥向街头，抖落身上的雨滴，欢笑着各奔前程。堵塞的交通缓解了，各式各样的老式交通工具都活跃起来，车轮在滚动，嘎嘎声、隆隆声、嘟嘟声，都混成一片；万物都在呼吸着和享受着重现的阳光。就连林荫大道深深被桎梏在坚硬的柏油路上发蔫的树木，经过这场大雨的滋养和湿润，在清新和碧蓝的天空中也绽开了细小尖尖的蓓蕾，并试着散发出少许的芬芳，确也是真的做到了。奇迹上的奇迹：有几分钟人们明显地感觉到了在巴黎的心脏中，在斯特拉斯堡林荫大道上，栗子树开花的微弱而畏葸的呼吸。

值得赞美的四月里这一天中的第二件赏心乐事：我到了巴黎，直到下午都没有约会。在这座拥有四百五十万人口的巴黎，没有一个人知道我，没有一个人在等待我。这就是说，我完完全全地自由，可以做任何我想做的事。我能随心所欲，去散步，去闲逛，或者坐在一家咖啡馆读读报纸，或者去就餐，或者去参观博物馆，或者去浏览橱窗，或者去翻阅沿河岸旧书摊上的图书。我可以给朋友打电话，或者我就呆呆地凝视那温煦甜蜜的空气。但幸运的是，我出于博识的本能做了最理性的事：我什么也不做。我没有做任何安排，给自己自由。摆脱掉任何接触的愿望和目的，把我的路放到随意滚动的轮子上，任它滑动到任何地方，这就是说，我任人摆布，随路驱使，我在五光十色岸边的商店徜徉，我疾步地穿过步行道上人的洪流。到最后人群的波浪把我掷到宽大的林荫道上；我惬意而疲惫地坐在位于豪斯曼林荫路和德洛斯大街一角一家咖啡馆外的座位上。

我舒适地倚在松软的靠背椅上，点上了一支香烟，我在想，我又来到了这里，这就是你啊，巴黎！有整整两年之久了，我没有见到你这位老朋友，现在我要仔细地看看你，巴黎，开始吧，展示一下从那以后你学到了什么，前进，开始吧，让你的那部出色的有声电影《巴黎的林荫大道》，在我眼前上映吧，这是一部光和颜色的活动，连同成千上万难以计数和不计报酬的道具演员的杰作；还有那不可仿效的，叮叮当当、轰轰隆隆、尖厉呼啸的马路音乐！不要吝惜你的速度，展示出来，你的所能，展现出来，你是何人；奏起你那巨型的奥开斯里特翁琴，与无调性的、泛调性的马路音乐一道。让你的汽车开动起来，让你的摊贩吆喝起来，让那些广告喊叫起来，让你的喇叭轰鸣起来，让你的商店闪闪发光，让你的人跑动起来——而我则坐在这里，睁大了眼睛，有时间也有乐趣，去凝视你，去倾听你，直到我眼花缭乱，直到我的心怦怦跳动。继续下去，继续下去，你不要吝啬，你不要停下来，再来，一直这样，狂放，永远狂放下去，变出花样，越来越多，越来越有新的喊叫、新的呼唤，新的喇叭声和扩散开来的声音，它们不使我疲惫，因为我所有的器官都向你敞开。前进，前进，你把一切都献给了我，正如我已准备把一切都献给你一样，你这座无法仿效的、永远新奇和迷人的城市！

随后呢，这个非凡清晨的第三件赏心乐事：因为我业已感觉到神经受到了一种刺激，我又一次产生了好奇心，如在一次旅行之后或在一次通宵不眠的夜里那样。在这样一类好奇心盛的日子里，我就像是多了另一个我，甚至是多了许多个的我；我不满我被桎梏的生活，它令我感到压力，从内心感到某种张力，有些像蝴蝶要从蛹中挣脱出来那样。每一个毛孔都伸张开来，每一束神经都弯曲成一个精致的、灼热的小钩，令我变得神奇般的耳聪目明；这种耳聪目明在主宰我，这几乎是一种不祥的清醒，它使我的瞳仁和鼓膜变得格外的锐敏，凡是我目光能及的一切，对我而言都充满了神秘。我能够整小时地观察一个马路工人，看他如何用风镐掘起沥青，仅从这样的观察我就能强烈地感受到他的劳动。他那颤动的双肩所做出的每一个动作都不由自主地传到我的身上。我可以无休止地站在一扇陌生的窗户前面，设想那个我不认识的人的命运，他也许住在里面；我能整小时地注视某一个行人，并出于毫无意义而又吸引人的好奇心跟在他身后：与此同时我完全清楚，在别人看来，我的这种举止完全无法理解，愚蠢至极。而他不过是我偶尔看到的一个人罢了。可这种幻想和乐趣比任何一部上演的戏剧或一本书的惊险篇章都更令我心醉神迷。很可能，这种超常的刺激，这种神经质般的目

256

明耳聪当然是与突然的环境变化有关，只是气压的改变和因此引起的血液的化学变化的一个后果而已——我从来不想去解释清楚这种十分神秘的亢奋从何而来，但每当我感觉到，我往常的生活就像一抹苍白的晚霞，所有平庸无奇的日子百无聊赖且空洞乏味时，只有在这样的时刻我才能完全感受到我的存在和生活的多姿多彩。

也正是在值得赞美的四月里的这一天，我坐在扶手椅上，那样全神贯注、兴趣盎然和焦急不耐地望着河岸边的人的洪流，我在等待着，可我不知道我在等待什么。我怀着垂钓者那种轻微的透着寒意的颤抖，等待着鱼漂的抖动；我本能地知道，我一定会遇到某种事情，我一定会碰上某个人，因为我是那样渴求和神往，去交换一下位置，使自己好奇的乐趣变成一种游戏。但是马路没有向我提供任何东西，我身边熙来攘往的人群半个小时之后就使我的双眼变得疲惫不堪，没有任何一样东西我能看得清楚了，在林荫道上摩肩接踵的人群，我开始看不见他们的面孔了，他们成了戴着黄色、褐色、黑色和灰色礼帽、风帽、鸭舌帽的一般混混沌沌的洪流；那些未施粉黛和浓装艳抹的蛋形面孔，汇成一股令人恶心的发亮污水，在蠕动，它的颜色变得单调和灰白。

我的目光疲倦了，有如看一部模糊不清、抖动不止的拷贝已坏的影片。我想站起来继续走动。就在这时，我终于，我终于发现了他。

这个陌生人首先引起我的注意，很简单，就是因为他一再出现在我的视野。在这半个小时里，数以千计的人在我的面前熙来攘往，匆匆而过，就像被看不见的绳索拽走，他们只是匆忙地显露侧面、阴影、轮廓，随后就被洪流裹挟而去。可这个人却一再地，总是在同一个地点出现，因此我就注意上他了。犹如激浪以一种不可理喻的执拗把一片脏兮兮的海藻推向岸边并随即用湿乎乎的舌头又把它舔了回去一样，而这是为了再一次掷去和再一次拽回，这个人就是如此一再地在这个湍流中游来游去。而且每次都在几乎是有规律的时间间隔里和总是同一个地点出现，并且一成不变地把他的目光垂向地面，遮掩起来。除此之外，出现的这个人没有什么值得注意的了；一具饿得干瘦的身体，裹在一件草黄色的夏季大衣里，显然不合身，因为衣袖过长，双手完全露不出来，它过于宽松，尺寸太大，这件草黄色的小大衣式样早已过时。一张瘦削的、尖尖的、老鼠般的脸上，两片几乎是惨白的嘴唇，上面的一撮黄色小胡子像受了惊吓似的在发抖。在这个可怜虫身上一切都不得体，邋里邋遢，肩膀倾斜，瘦长的小丑般的双腿，哭丧着脸。他时左时右从人的漩涡中浮现出来，随之像是不知所措地停下脚步，小兔子般畏怯地从燕麦地爬了出来窥伺、嗅闻，躬起身来，又在人群中消失不见了。此外——这是第二件引起我注意的事情——这个衣衫褴褛的人使我想起了果戈理小说中的那位小吏，高度的近视或者出奇的笨拙。我一而再再而三地注意到，他这个马路上的小可怜虫任那些行色匆忙的人推来搡去，几乎被撞翻。但他对此毫不在意，他会卑躬地退让，飞快地躲避到一旁，随后又钻了出来，并且一而再再而三地出现在这儿，在这仅仅半小时里就有十次到十二次之多。是啊，这使我感兴趣，或者更应当说，我先是感到恼火，当然首先是对自己，我今天虽然好奇心盛，却不能立刻猜出此人在这儿究竟要干什么。越是白费力气，我就越是恼火。活见鬼了，你这个家伙究竟在寻找什么？你是在这儿等人？你是个乞丐？你并不像，乞丐并不傻里傻气地待在熙熙攘攘的人群中，他们可没有工夫从口袋掏钱给你。你也不是一个工人，因为后者在上午十一点钟没有机会在这儿懒散地逛来逛去。你更不会是在等一个姑娘，我亲爱的，哪怕是一个老掉牙的婆娘，一个毫无姿色的女人也不会看上一个浑身穷酸相的可怜虫。说到底，你在这儿要找什么呢？也许你是那些黑色导游中的一个，悄悄地从侧面出现，从衣袖里掏出一些淫秽的色情图片，答应外省来的游人，花上一笔费用就能得到索多玛和蛾摩拉中各式各样的快乐？不，这也不对，因为你不和任何一个人交谈，正相反，你面带低垂的目光畏葸地规避每一个人。真是见鬼了，你这个胆小鬼，究竟是什么人？你在我目之所及的这块地段里搞什么？我把他盯得紧紧的，紧紧的，在五分钟之内，这已变成了我的激情，我的乐趣：探究出这个身穿草黄色大衣的人在林荫道上要干什么。突然间我知道了，他是一个侦探。

一个侦探，一个穿着平民衣服的侦探，我本能地在一个完全微不足道的人身上就认出来了；那种对每一个从身边经过的人疾速扫上一眼的斜视的目光，那种一望就看出来的审视眼神，这是密探在受训的头一年就必须立刻学会的呀。这种目光是不简单的，因为第一它必须像一把刀子那样划开一条缝，迅急地从下到上、从头到脚扫视一番，一方面用这灼亮的眼睛之火捕捉住此人的音容笑貌，另一方面在内心里要与寻常的罪犯表征进行比对。第二点，这也许还是最重要的：这种观察要完全装做是漫不经心的，因为跟踪者不能被他人猜到自己是密探。

看吧，我的这个人所学的这门课程可说是出色极了。他像一个梦游者那样恍恍惚惚、漫不经心地在人的洪流中穿行，被推来推去。但在这期间他总是陡然间张开迟钝的目光，像投出一支标枪，像按动了一部相机的快门一样。周围好像没有一个人观察到这个在履行公务的人。若是这个值得祝福的四月天不是幸运地成为我好奇心的盛地，要是我没有长时间和恼火地进行窥视的话，那我本人也是什么都观察不到的。但不管怎么说，这个秘探一定是他行业里别具一格的高手，因为他懂得极为精致的化装技术；举止、走路、衣着，一身道地的街头流浪汉的破衣褴衫，这些方面都模仿得十分逼真，这对他的跟踪追捕可是不可或缺的啊。通常对于那些身着平民服装的侦探，人们从一百步远的距离就能毫不费力地认出来，因为这些先生无论装扮成什么样，都无法掩盖他们职业尊严露出的一些破绽；他们永远不能维肖维妙地装出那种胆怯和惶恐的卑贱猥琐。人在举止上的这种卑贱猥琐完全是一种本性，是多年来的贫穷造成的。但是这个人令人敬佩的是，他的穷酸相却是味道十足、以假乱真、活灵活现，对街头流浪汉的面具研究得透透的。那件草黄色的大衣，那顶少许倾斜的帽子，保持某种高贵所做的最大努力，破旧的裤子，磨损的上衣：这一切都显示出他穷闲潦倒。作为一位受到训练的捕人的猎手，他必然是观察到了，贫穷——像贪食的老鼠一样——首先是啮咬每一件衣服的边角的。这样的寒酸衣着也十分出色、形象地与饥饿的外貌相一致：稀疏的小胡子（可能是贴上去的）刮得乱七八糟，有意弄得凌乱不堪的头发，这使任何一个没有偏见的人都会发誓赌咒说，这个可怜的家伙昨天夜里一定是在公园的凳子上或警察局的拘留所里度过的。除此之外还有他那病态的、用手捂着嘴的咳嗽，冷得龟缩在夏季大衣里的身体，拖着脚步、蹒跚而行，四肢像是灌了铅似的；天神作证，这是一位化装艺术家创造出的晚期肺痨的完美肖像画。

我毫不羞愧地承认：我为自己有这样一个出色的机会，在此观察一官方密探感到高兴；尽管情感的另一个层面上，我同时感到自己的卑劣。在这样一个值得祝福的蔚蓝色的日子，置身在四月的和煦阳光中，我却在观察一个化装的、指望得到退休金的国家官吏窥伺某一个可怜的家伙，以便把他从灿烂的春日阳光中拽入某一间牢房里；虽说如此，我还是激动地注视着他，越来越紧张地观察他的一举一动，并对发现的每一个细节欣喜至极。蓦然间，我发现的乐趣就像冰块在阳光中融化了。因为有些事情不太符合我的判断，我觉得不太对头。我又变得没有把握了。他真的是一个密探？我越锐利地去观察这个奇怪的闲逛的人，我的怀疑就越是厉害。他那做给别人看的穷酸相只是为了化装吗，这太过于惟肖惟妙了，太过于较真了。我第一个怀疑的是他的衬衣领子。不对，这件从垃圾堆捡出来的脏兮兮的东西任何人都不会用光秃秃的手指把它围到自己的脖子上的。只有在真正穷困潦倒走投无路时人才会这样做的。第二个怀疑的是他的鞋，只有在万不得已时，人们才会把这类肮脏的、已经完全裂口的皮制破烂叫作是鞋。右脚上的那只鞋用的不是黑鞋带，而是用粗糙的绳子结上去的；而左脚的那只开了口，每走一步就翕动起来，就像青蛙嘴那样，不对，人们不会用这样一双鞋来做化装用的道具。完全可以肯定，不再有任何怀疑了，这个衣衫褴褛、蹑手蹑脚的家伙绝不是一个侦探，我的判断出错了。但是，如果他不是一个侦探，那他是什么呢？那他老是走来走去、反反复复，是为了什么？这种从下到上、迅急窥视、四下探望的目光是为了什么？我感到一种愤怒，我无法看透这个人，我最好是抓住他的肩膀：你这个家伙，你要干什么？你这个家伙，你在这儿要搞什么名堂？

可突然间，犹如一把火沿着神经燃烧起来一样，我颤抖起来，它径直准确地击中我的内心深处，我突然间什么都知道了，完全肯定，而且盖棺定论、不可反驳。不，他不是侦探，我怎么竟然会如此愚蠢呢？他是，如果可以这样说的话，他是一个警察的对立面：一个掏包的扒手，一个真正的、名副其实的、训练有素的、职业的、地地道道的小偷。他在这林荫道上猎取皮夹、手表、女人的手提包以及其他物件。当观察到他恰恰是哪儿拥挤就往那儿去时，我开始准确地断定，他干的是这种营生。现在我也明白了，他故意装作跌跌撞撞，他向陌生人的身上碰来碰去，是为什么了。我越来越清楚，越来越了解他的用心了。他偏偏在咖啡馆门前，完全靠近交叉路口的地方找了个落脚之处，这不是没有原因的。一个聪明的店主为他的橱窗想出了独出心裁的花样；铺子里的商品，如椰子、土耳其糖果、各式各样五颜六色的奶糖，由于缺少吸引力一直不大畅销。店主于是想出了一个精彩的主意：橱窗不仅仅只用假的棕榈树和热带景物进行富有东方情调的布置，而且在这种南方的景观中放进了三只可爱的小猴子。这真是杰出的主意。这三只猴子在玻璃窗后面肆意打闹，翻筋斗，龇牙咧嘴，相互间捉跳蚤，做鬼脸，出洋相，按着猴子的习性，无拘无束，任性而为。精明的老板得其所哉，因为过路人无不拥到窗前驻足观看。特别是那些女人，对这种表演高兴得直喊直叫。每当好奇的行人密密麻麻麇聚橱窗前时，我的这位朋友便不声不响地快速出现在那里。他以温和而又过分谦卑的方式在密集的人群中挤来挤去。

迄今为止我一直对这种街头盗窃艺术所知甚少，我也从来没有对它有什么研究。可我知道，熙熙攘攘的人群是小偷下手的极好时机，这就如青鱼要产卵那样理所当然，因为只有在相互拥挤、相互碰撞时被偷者才觉察不到那只危险的手，那只窃走钱包和怀表的手。但除此之外……我现在才第一次意识到，很显然，为了能顺利得手，需要某种物件来分散注意力，来短时间麻痹每个人保护自己财物的那种下意识的警觉性。在这种情况下，这三只猴子做出种种怪相和确也令人开心的表情，以绝妙的方式分散了人们的注意力。说真的，这几只丑态百出、怪模怪样和赤身裸体的家伙，在不知不觉中就成了我的这位新朋友，是这个扒手得力的同谋犯和帮凶。

请原谅我，我恰恰迷恋我的这种发现，因为在我一生中还从来没有见过一个小偷呢。或者更坦率地说，在伦敦求学时，为了学好英语，我经常去旁听法庭审判，有一次我正遇上两个警察把一个脸上长着疙瘩的红头发小伙子押到法官面前。桌子上放着一个钱袋，那是物证，一两个证人发过誓，然后作证，随后法官嘟嘟囔囔了几句含糊不清的英语，红头发小伙子就消失了。如果我听得没错的话，他被判了六个月。这是我见过的第一个小偷，但不同的是，我当时根本无法证明这个小伙子真的就是小偷。因为只是证人证实他有罪，我也只是旁听了法庭对罪行的重述，而不是目睹罪行本身。我仅是看到一个被告和一个被判有罪的人，没有看到真的盗贼。因为一个盗贼只有在他进行偷盗的时刻才是一个盗贼，而不是在两个月之后，为自己的罪行站在法官面前时，这就像诗人只有在他创作时才能真的称得上是诗人，而不是一两年后他在扩音机前朗诵自己的诗作时；作案者唯有在他作案之时才是作案者，这才是真实的、可靠的。现在我有难得一遇的机会，去窥视一个小偷最具特点的时刻，去窥视表现他本性中最内在的真实的那种稍纵即逝的瞬间，这样的机会太稀有了，犹如去观察女人的受孕和分娩一样。而正是想到了这种可能性，我激动起来。

我毫不犹豫地决定，不去错过这样一次如此精彩的机遇。不放过他进行准备的细节和作案本身。我立刻放弃我咖啡店前的扶手椅，因为我觉得在这儿我的视野太受到限制了。现在我需要一个一览无余的，一个所谓可以活动的位置，从那儿能不受妨碍地进行窥探；几经试验，我选中了一个商亭，上面贴满了巴黎各家剧院五颜六色的广告。在那儿我能装做细心看广告的样子，不会被人注意，同时我却能在圆形柱子的保护下事无巨细地注视他的一举一动。我带着一种我自己都无法理解的执拗去观察这个可怜虫所干的困难而又危险的营生；我关注他，就我所能记起，这比我在剧院或电影中关注一位艺术家还要紧张呢。因为现实在其最丰富多彩的时刻超越和高出任何一种艺术形式。现实万岁！

在巴黎的林荫大道上，从上午十一点到十二点的整整一个钟头时间对我而言真的就是短暂的一瞬，因为它充满了持续的紧张感，无数微小的激动人心的决断和偶发事件；我可以用一连几个小时来描述这一个小时，它充满了神经的能量，它借助其赌博的危险性而引人入胜。直到今天我还从来没有，即使在相似的情况下也没有思考这样一种非常困难、几乎难以学到的技艺，不，在宽大的马路上，在光天化日之下，去掏包偷钱是怎样一种可怕的、紧张得使人恐怖的艺术。直到今天，在我的想象中，小偷只不过是一种胆大妄为和技艺娴熟的模糊不清的概念罢了，我认为这门手艺实际上仅是手指的工夫而已，与玩杂耍或变小魔术没有什么两样。狄更斯在《雾都孤儿》中曾描写过小偷师傅教一群小孩子怎样把一条手帕从上衣里不被察觉地掏出来。在上衣的口袋上挂着一个小铃铛，如果这些新手把手帕从口袋里偷出来时小铃铛响了起来，那这次扒窃就是失败和笨拙的。但是我现在才觉察到，狄更斯注意的只是这种营生粗糙的技术层面，只是指法的艺术。或许他从来就没有观察过一个实地作案的小偷，或许他从来就没有机会（如现在我通过一种运气偶然得到的）发现，一个在光天化日下作案的小偷，不只是需要一只灵活的手，而且也要有一种深思熟虑的精神力量，要有自我控制的能力，一种训练有素的、同时是冷静和闪电般迅速的心理素质，尤为重要的是一种异乎寻常的、疯狂般的胆量。经过六十分钟的实地学习，现在我明白了，一个小偷必须具有一个外科医生在进行心脏缝合手术时的那种决断敏捷，任何一秒钟的迟疑都会是致命的；但在进行这样一种手术时，病人至少是躺在那儿，进行过氯仿麻醉，他无法活动，不能反抗；而这儿的情况呢，这种轻微而突然的触动必须是在一个人完全清醒的身体上进行，而人身上放钱包的部位恰恰格外的敏感。当小偷作案时，当他把手闪电般地伸出时，恰恰是在最最紧张、最最激动的瞬间，他必须同时完全控制脸上的全部肌肉和神经，他必须表现得淡定，几乎近似漠然。他不可以流露出他的不安，不可以像凶手、杀人犯那样，在用刀子作案的同时，瞳孔里映射出残暴的表情。一个小偷把他的手伸向猎物时，必须带着清澈和善的目光，在相互接触的当儿，要谦恭地用漫不经心的语调说声"对不起，先生"。在作案的瞬间仅有聪明、清醒和机敏还是不够的；之前他要明白，他必须有识人的能力，他必须要以一个心理学家和生理学家的素质对他的猎物进行考察。因为只有漫不经心和不警惕的人才在考虑之内，而在这样一些人之中仅有那些上衣没有结上钮扣的人，那些步履缓慢的人，那些他可以不被察觉就能靠近的人，才是真正的对象。我在这段时间数过，马路上有成千上百人，在他们中间也不过一两个人是真正的猎物，不会更多。只有在极少的对象身上，一个明智的小偷才敢于作案；而在这类人身上动手少有失败，即使有，那也是由于数不清的偶然影响造成的，且多在最后几分钟才放弃作罢。丰富的人生阅历、警觉性和自我控制对这门营生是十分必要的（我能证明这点），因为也要考虑到，小偷在用紧张的感官选择和靠近猎物期间，必须同时用自己强力痉挛起来的感官中的另一个感官去关注，使其在作案的同时不被他人看到。不管是在街角上窥视的警察或侦探，还是那些总在大街上游来逛去的好奇心盛的路人；他必须经常眼观六路，注意他的手是否在匆忙中会因橱窗的反射而露出马脚，是否有人从一间店铺或一扇窗户里监视他的行动。他付出的努力是巨大的，可这与危险相比几乎算不了什么；因为一次错误，一次失手，那就得有三年或四年的时间再见不到巴黎的林荫大道了；手指的轻轻一次颤抖，匆忙中神经质般的一次触动，那就要付出自由的代价。光天化日下，在一条林荫路上行窃，我现在才知道，这是一种最最勇敢的壮举。从此以后，每当报纸把这一类盗窃行为当做无足轻重的小事，给罪犯很小的版面和寥寥三行文字时，我都觉得不公平。因为在我们这个世界上，在所有被允许从事的和不被允许从事的技艺中，它是最危险、最困难的技艺之一：从它的最高的成就而言，几乎有权称自己是艺术。我可以这样说，我能够证明这一点，因为在四月里的这一天，我曾经亲身经历过，我亲身感受过。

感同身受，这绝不是夸张，当我这样说时，那是因为一开始，在最初几秒钟我对这个人在干的这种营生仅是冷静地纯事物性观察而已；但每一次心怀狂热的观察都会不由自主地激发起情感，一再地与情感联结起来，就这样我开始逐渐与这个小偷合二为一了；在某种程度上我已进入他的肌肤，进入他的双手，我从一个旁观者变成他灵魂上的同伙，为什么会这样，连我自己也不知道，也不想这样做。这种转变的开始，是在我一刻钟的观察之后，令我惊异的是，我已在衡量那些路人中间有谁是适合下手，有谁是不适合下手的猎物。他们上衣是扣上的还是敞开的，他们的目光是漫不经心的还是警觉的，他们贴身的钱包是否能轻易到手。一句话：他们是否是我这位新朋友的目标。不久我甚至不得不承认，在这场开始进行的斗争中我早已不再是中立的了，而是从内心上就已经无条件地渴求他的作案最终能够得手。是呀，我甚至不得不费力去遏制那种帮他作案的急迫愿望。正如赌客身边一个喜欢饶舌的旁观者总是热心地用胳膊轻轻触碰赌客，警告他注意出牌一样，我现在恰恰就是这样的猴急。当我的朋友错失一个极好的机会时，我便递眼色给他：别放过那边的那个人！就是那儿的那个胖子，他抱着一大束鲜花。或者，当我的朋友又一次在拥挤的人群中出现时，在街拐角意想不到地出现了一个警察，我便觉得自己有义务去警告他，因为这时惊恐已深入我的双膝。好像我已经被抓住了一样，我感觉到警察的沉重手掌已拍到他的肩膀，已拍到我的肩膀。但是，不用担心了！这个瘦削的汉子又重新堂而皇之和若无其事地从人群中走了出来，且从危险的岗亭旁走了过去。一切够紧张的了，而这还不够刺激，因为我越是深切地与这个人感同身受，越是从他二十次失败的作案尝试中开始理解他的这门技艺，就越是变得焦急万分。他为什么还是不动手，而总是在考察在尝试。我开始对他愚蠢的迟疑不决和一再的规避退缩认真恼火起来，活见鬼了，你倒是动手呀，胆小鬼！鼓起勇气！就是那边的那个人，那边的那个人！你终归是要出手的呀！

幸运的是我的朋友并不知道也没有想到我对他怀有的这种不受欢迎的关切，不会因我的焦急而惶乱失措。因为这就是真正久经考验的艺术家与新手、半吊子和门外汉之间的区别，艺术家出于无数的阅历和在每一次真正的成功之前遭受的那些必然的失败，知道只有在等待和耐心之中才会获得决定性的良机。完全像诗人创作时那样，他毫不在意地放弃成千上百个表面看来诱人和完美的念头（只有那些半吊子作家才会立刻就用鲁莽的手抓住不放），以便倾其全力用在最后的一击上。这个瘦小虚弱的人让数以百计的机会随意溜走，而我作为这门营生中的半吊子、门外汉，却把它们看作难遇的良机。他在考察，他在尝试，他在盘算，他靠近人群。他的手肯定不下百次地触动陌生人的口袋和大衣。但他却一次也没有动手，他毫不疲倦地耐着性子，装作漫不经心的模样，在离橱窗几步的距离转来转去，目光警觉，斜视周围，审视各种可能，衡量我这个新手根本就看不到的危险。这种平静的、匪夷所思的坚持令我焦躁却又兴致盎然，使我有把握感到他最后必然成功。因为恰恰是他的那种韧劲表明，在没有得手之前，他是不会放弃的。正因此我下定决心，看不到他的胜利，我是不会先一步离开的，哪怕是直等到深夜。

已经是中午时分，人的潮水来临的时刻，突然间从所有的大街小巷，楼梯和庭院，一股股人的溪流涌向林荫大道宽广的河床。工人、缝衣女工、售货员和无数被关在三楼、四楼、五楼作坊的人都一下子从工作室、工厂、办公室、学校和事务所里冲了出来。他们像一股昏黑的浮动的蒸汽一样冒出，随后在马路上分散开来。穿白色衣衫和工作服的工人，三五成群的女店员，连衣裙上别着紫罗兰花朵，她们叽叽喳喳说个不休，身着鲜亮礼服的小官吏，腋下挟着皮包，行李搬运夫，穿蓝色军装的士兵，以及大城市里的形形色色人等。这些人长时间，太长时间坐在令人窒息的房间里，现在他们要活动一下手脚，摩肩接踵，熙来攘往，贪婪地呼吸空气，吸烟，喷云吐雾，在一个钟头的时间里，马路上由于他们同时的出现，仿佛喷射出充满欢乐生机的火光。因为也只有一个钟头，随后他们又得回到关闭的窗户里，开动车床或者缝衣机，坐在打字机前敲动键盘，计算一行行数字，或者印刷或者剪裁或者制鞋。他们身上的肌腱知道这一点，于是他们才如此纵情欢乐；他们的灵魂知道这一点，于是他们才如此恣意享受。这时刻是短暂的啊。他们贪婪地攫取和捕捉光明和快乐，凡是一种真正的乐趣和一种快意的玩笑，他们都趋之若鹜。毫不奇怪，展出猴子的橱窗就首先有力地满足了这种免费娱乐的愿望。人们饶有兴趣地围拢在玻璃窗前面，靠前的是那些女店员，她们的吵吵嚷嚷就像从一个嘈杂的鸟笼里发出的尖厉的叽喳声。与她们挤在一起的是那些工人和游手好闲的混混儿，他们口吐脏话，动手动脚；围观的人越来越拥挤，形成紧紧的一团。这时我的朋友身穿草黄色的外衣，像一条小金鱼一样，活跃而迅疾地在人群中游来游去。现在我不能长时间停留在我这个不利的观察点上了，我的当务之急是要从近处清晰地去关注他的手指，以便去熟悉这门营生中令人兴奋的动作。但这可是要付出极为艰巨的努力，因为这条训练有素的猎犬有一种特殊的技能，像条鳗鱼一样滑不溜手，能从拥挤人群中的极小缝隙中穿过去。刚才他还安静地候在我身旁，可现在却突然间消失不见了，而就在这同一瞬间他已经挤到玻璃窗前，居然一下子就穿过了三四排人。

我当然要随在他身后挤过去，因为我怕在我到达橱窗前他又以他惯有的出没无常、时左时右消失不见。但不，他在那儿非常安静，安静得出奇地在那儿等待。要注意啦！他一定在转念头，我立刻告诉自己，要留心观察他身边的人。站在他身旁的是一个胖胖的妇女，看来是个穷人。她右手亲切地挽着一个十岁模样的面色苍白的女孩，左手拿着一个敞口的廉价皮质购物袋，两根长长的白色面包棍随意地竖放着，露出一端。很显然，购物袋里的食品是她丈夫的午餐。这个老实的普通女人，没戴帽子，围着一条刺眼的头巾，身穿一件自己缝制的方格印花布连衣裙。她为猴子的嬉闹高兴得难以形容，她宽大得几乎显得肿胀的身体由于大笑而颤抖起来，这使购物袋中的两根面包上下跳动不已。像被挠痒一样，她咯咯大笑，前仰后合，很快她就同那些猴子一样，给了人们同样的快乐。在生活中很少享受到这种难得一见的欢乐场景的人，他们都心怀本性中那种质朴的乐趣，心怀极大的感激：啊，只有穷苦的人才会有这样真正的感激；只有他们，当不需要花费一个铜板，就像上天所赐那样，这对他们而言，才是享受中的最高享受。这个善良的女人俯下身来问孩子，他是不是看得清楚，别错过猴子的滑稽场面。"好好看，玛格莱塔。"她带着浓重的南方口音一再地鼓励面容苍白的女孩，显然在陌生的人群中孩子羞于大声的欢笑。端详这样一个女人，一位母亲，真是令人高兴，她是大地女神盖娅的女儿，法兰西民族健康快乐的丰硕果实。这位杰出的女性，为了她那开怀的、欢快的、无忧无虑的欢乐，能拥抱她该是多好。但突然间我有了点不祥之感。因为我注意到，那个身穿草黄色大衣的扒手的衣袖越来越靠近那个无忧无虑的女人敞开来的购物袋（只有穷人才是无忧无虑的）。

上帝啊！你不是要偷这个穷苦诚实、无比善良和快乐的女人购物袋里的钱包吧？突然间我心头涌起了愤懑。迄今为止我一直心怀快乐地在观察这个偷包贼，出之我的肉体，出之我的灵魂；我在想，在感受，在希望，甚至祈愿，当他投入巨大的勇气，付出努力，冒着风险，最终能取得一次小小的成功。但是现在我开始不仅关注他偷窃的企图，也关注那个被偷的人，这是一个朴实得令人感动、无忧无虑得令人愉悦的女人。她也许要花上几个小时打扫房间和擦洗楼梯才能赚到几个铜板。我感到愤怒了！你这个家伙，滚开！我真想对他大喊一声，不要碰这个女人，去找别的人！于是我竭力地挤到前面，靠在这个女人的身边，保护那个面临危险的购物袋。但恰恰在我往前挤的当儿，这个家伙却转过身去，从我身边一滑而过。在擦肩而过时，他告罪地说道："请原谅，先生。"声音非常细微而谦卑（这是我第一次听到他说话），随之那件草黄色大衣就从人群中溜走了。我不知道这是为什么，我有这样的感觉：他已经得手了。现在我可不能让他从我眼皮底下溜掉！我身后的一位先生骂了我一句"野蛮人"，因为我狠狠地踩了他的脚。我从熙熙攘攘的人群中挤了出来，正好来得及看到那件草黄色大衣从林荫道的拐角飘进旁侧的一个巷子。我现在跟在他后面，跟住他！紧紧盯住他的脚跟！但是我得加快脚步，我开始几乎不相信我的眼睛，因为这个人，我用一个小时在观察他的这个人，陡然间变成了另一个样子。先前显得畏葸不安，几乎是昏昏沉沉，甚至跌跌撞撞，而现在却轻快得像一只黄鼠狼，沿着墙边匆忙得有如一位误了汽车的瘦削公务员迫切想及时赶到办公室一样，步调显得惶惶不安。我不再怀疑了，这正是行窃得手后的脚步，是想尽快和不惹人注意地离开作案地点的第二种脚步。不，毫不怀疑了；这个流氓从购物袋里偷走了这个穷苦女人的钱包。

　　一开始发火时，我几乎想发出警告：抓小偷啊！但我缺乏勇气。因为不管怎么说，我并没有看到他进行盗窃的事实，我不能事先认定他犯有罪过。抓住一个人并以上帝的名义扮演法律的角色，这需要勇气呀，可我从来缺少这样的勇气，去指控和去告发一个人。我知道得很清楚，在我们这个混乱不堪的世界，所有的正义都是有缺欠的，从一种存疑的单一事件中去把握真相，那是怎样的傲慢专横。但正当我还在思考该怎么办时，令我惊愕的事情发生了：这个奇怪的人在不到两条马路远的地方蓦地迈着第三类脚步出现了。他一下子停下快速的奔跑，不再佝偻身子，而是突然变得十分平静、泰然自若，像是信步而行的样子。显然他知道自己已跨过了危险地带，没有人跟踪他了，这就是说没有人能抓他了。我明白了，在高度的紧张之后他要轻松地呼吸，他是一个退了休的小偷，是他的这项职业的一个享受养老金的人，是巴黎成千上万人中的一个，可以叨起一支燃起的香烟平静泰然地漫步在巴黎的碎石路上；这个瘦弱的人毫无罪疚之意，踱着悠然、舒适和懒散的步子朝着德安丁大街走去。我第一次有了这样的感觉：他甚至对过路的女人和姑娘的娇美进行仔细地观赏，寻找接近的机会。

　　这个老是有出人意料之举的人现在要到哪儿去呢？看见了吧：他到了三一教堂前那个一片新绿、鲜花盛开的小广场，为什么？啊，我懂了！你要在一条长凳上好好休息几分钟，为什么不呢？这种不断来回奔波一定是够累的了。可不是这样，这个令人不断惊奇的人并不是去坐到一只凳子上，而是看准了目标直奔向——我现在请求原谅——一个专供公众解手用的小房子，进去后他谨慎地关上了那扇大门。

在最初的一瞬间我不禁大笑起来：这样一种艺术竟然会终结在一个如此平庸的地方？或者恐惧竟然直沁入你的五脏六腑？但是我又看到了，永远喜欢恶作剧的现实总是能找到令人愉悦的花样，因为现实比那些善于虚构的作家更为勇敢。现实敢于毫无顾忌地把异乎寻常与卑微可笑并列在一起；心怀叵测地把普通的人性与令人惊奇的人性并列在一起。就在我坐在长凳上——除此我能做什么呢——等待他从这间灰色小房里再度现身时，我明白了，此种营生中的这位行家里手，当他独自处在四面墙内时，在里面只能是合乎逻辑地干他这门行业中该干的事情，清点收获；因为一个职业扒手必须及时地把所有的证据清除干净。这是我们这些外行人根本就没有考虑到的难题（这一点此前我从来没有想到）。在一座永远警觉的、有千万双眼睛在窥视着的城市，很难找到这样一个地方，躲在四堵墙里。如果有人难得地读到法庭审讯记录，那他一定会惊奇，在一次哪怕最微不足道的事件中都有许多证人出场作证，他们有魔鬼般的精确记忆。当你在马路上撕碎一封信，把它扔到路旁泥坑里时，有十几个人在盯着你，而你却浑然不觉；五分钟之后，还会有某一个无所事事的年轻人，或者是出于开玩笑，把这些碎片拼在一起。如果你在楼道里检查了一下你的钱包，那明天这个城市的某一个你根本没有见过的女人就会跑到警察局声称自己失盗，并对你进行一番细致入微的描述，像是巴尔扎克一样。当你进入一家餐馆时，你根本就未加理睬的侍者会注意到你的服装、你的鞋、你的帽子、你头发的颜色和你指甲的形状：是圆的还是平的。在每一扇窗户后面，在每一面橱窗的玻璃后面，在每一个更衣间后面，在每一个花盆后面，都有几双眼睛在盯着你；当你天真地以为，你是独自一人在马路上信步而行无人对你注意时，到处都有非专业的证人在场。这是由好奇心织成的疏而不漏、每日更新的一张网，它罩住了我们的整个存在。而这个娴熟的艺术家，花费了五个铜板，在这四面不透亮的墙里待上几分钟，这是多么精彩的主意。当你从偷来的钱袋中把钱掏出并把物证毁掉时，没有人能看得见，甚至是我，另一个你，一个在这儿等候的同路人，他既为你感到高兴同时为你感到失望，但他无法计算你偷了多少啊。

至少我是这样想的，但事情的发展却是另一个样子。因为他刚用细长的手指打开那扇铁门，我就知道他这次失败了，有如我与他一道清点过钱包一样。这次所获太微不足道了！他沉重地移动脚步，一个疲惫不堪、精疲力竭的人，目光低垂无力，眼皮耷拉下来，我一看这副样子马上就知道了：倒霉蛋，你这一整个上午算是白费劲了。

毫无疑问在你偷来的钱包里没有什么可称道的（我若是事先告诉你就好了），顶多不过两三张揉得皱巴巴的十法郎票子罢了，你在这次行动中所投入的巨大精力和所冒的被打断脖子的风险与你的所获相比太微乎其微了；只是那个不幸的女人，却是痛心疾首呀。她现在也许在伯来维尔区不断地向女邻居哭诉她的不幸遭遇，咒骂那个该死的小偷，一再地用颤抖的双手抖搂她那购物袋。而这个可怜的小偷同样如此，我的眼睛就看出来了，这次行窃是一次失败，几分钟之后我的推测就已得到证实。这个可怜虫现在是神形俱疲，他在一家小鞋店前面停下了脚步，长时间渴望地打量橱窗里那些廉价的鞋子。一双鞋，一双新鞋，他真的需要一双新鞋换掉脚上那双破鞋。他比成千上万的人更迫切地需要，那些人今天都穿着漂亮的、全皮底鞋或轻松胶底鞋，在巴黎大街上游来逛去，而他的急迫需要恰恰是为了他的这种并不光采的营生。但他那种既渴求又绝望的目光暴露出，橱窗里标价五十四法郎的崭新锃亮的鞋，他的这次所获是买不起的。他垂下铅灰色的双肩，躬身离开明亮的玻璃橱窗，继续前行。

继续，往哪？再去干那种会被扭断脖子的勾当？再一次为这样一种可怜的、寥寥无几的所得而去冒失去自由的危险？不，你这个可怜人，至少要休息一会儿嘛。真的，当我正被自己的希望所吸引时，他现在踅入一个巷子，在一家廉价的小饭馆前停下了脚步。我当然要跟在他的后面了。因为我要知道这个人的一切，到现在已经有两个钟头了，我一直是血管偾张，神经绷紧，与他同呼吸共命运啊。为了小心起见，我还迅即为自己买了一份报纸，以便用它遮住自己，我特意地把帽子压到额头，进入饭馆，坐在他后面的一张饭桌旁边。但是我的这种小心没有必要，这个可怜人再没有力气心怀好奇地左顾右盼。他用一种呆滞的目光，渴求和疲惫地凝视着白色桌布，直到侍者送上面包，他那瘦骨嶙峋的双手才活了过来，贪婪地扑向面包。他开始咀嚼起来，其速度之快使我惊愕地认识到了：这个可怜人饿了，一种真正的、名副其实的饥饿，从清晨，也许是从昨天就一直饥肠辘辘。当侍者给他送来他订的饮料，一瓶牛奶时，骤然间我对他产生的怜悯之情变得炽热起来。一个小偷，一个喝牛奶的小偷！总是一些个别细微屑事会像一支燃起的火柴，仅凭一束火光就能照亮一个灵魂的深处；在这一瞬间，当我看到他，这个偷包贼，在喝这种所有饮料中最朴素的、最单纯的饮料时，当我看到他喝柔和的牛奶时，我就知道，对我而言，他立即就不是一个小偷了。他只不过是这个扭曲世界里无数的穷苦人、被追逐的人、患疾病的人和不幸的人中的一个而已。我突然间感到除了那好奇心之外，我与他在一种更深的层次上联在了一起。在所有共同的世间形式中，在赤裸身体时，在严寒酷暑中，在睡眠中，在筋疲力尽时，在肉体遭受磨难时，把人区分开来的东西就消失了，把人类分为有德者和不义者，分为圣贤和罪犯的人为范畴就不存在了；剩下的就是可怜的野兽，永远是野兽，尘世上的生物，会饥渴，需要睡眠，知道疲倦，像你和我，像所有人一样。在他小心翼翼地，却又是贪婪地饮用浓牛奶并最后还将面包屑吃得精光的当儿，我着魔似的看着他，同时我为自己的这种观望感到羞愧，到现在已经有两个钟头了，就为了自己的好奇心，我像关注一匹赛马一样任凭这个不幸的被追逐的人沿着他那条黑暗的路跑下去，而我没有设法去阻止他或者去帮助他。一种难以衡量的渴望攫住我，想走到他的面前，与他交谈，给予他点什么。可怎么开始呢？怎么与他交谈呢？我在斟酌，我在寻思如何开口，找一个借口，可毫无结果，这使我痛苦至极。我们这类人就是这个样子。在需要做出决断时，想得倒是大胆，可做起来却瞻前顾后，畏畏缩缩，连把隔开人与人之间那层薄薄的空气戳破的勇气都没有，甚至是当你知道对方处于悲惨境地时也是如此。但是每一个人都知道，去帮助一个并没有要求帮助的人是最困难的了，因为这个没有要求帮助的人还拥有他最后的财富：自尊。这是人们不可以去大加伤害的。只有乞丐会使你在施舍时感到轻松，为此你应当去感激他们，因为他们不会对你表示拒绝。可这个人却是一个傲慢的人，他宁愿冒失去自由的危险也不去乞讨，宁愿去偷也不去领救济。如果我找某一个借口，愚蠢地走到他眼前，那不会是对他的一种灵魂上的谋杀吗？他那样困顿劳累地坐在那里，任何一种干扰都是粗暴之举。他把座椅推到墙壁，使身体紧靠在椅背，头倚在墙上，垂下铅灰色的眼脸，一会儿便闭上了眼睛。我明白了，我感觉到，他现在最想做的是睡一觉，十分钟，哪怕只有五分钟。恰恰此时我感受到了他的疲惫不堪，他的筋疲力尽。难道他脸上的苍白不就是一间灰白囚室的白色阴影吗？衣袖每次活动都会露出的窟窿不就是表明他没有得到过一个女人的关怀和良好的际遇吗？我试图想象他是怎样生活的：在某一栋带有阁楼的楼房里，一间没有取暖设备的房子，里面有一张肮脏的铁床，一个有裂纹的脸盆，一个小箱子，这是他的全部财产；在这样一个狭小的房间里还得时时心怀恐惧，唯恐听到警察踏上嘎嘎作响楼梯发出的沉重脚步声。在这两、三分钟里，我看到了这一切，他憔悴困乏地把瘦骨嶙峋的身体和已泛灰白的脑袋倚靠在墙上。这时侍者已经在引人注意地拾掇用过的刀叉，他并不喜欢这一类晚来和乏味的客人。我率先站起来付账，快速地走了出来，避免与他的目光相遇。几分钟后，当他出现在马路上时，我跟了上去；我要不惜一切代价，不再让这个可怜人沉沦下去。

现在把我紧紧束缚住的不再是好玩和刺激的好奇心了，像上午那样；不再是去想见识一种我不熟悉的营生的那种异样的乐趣了；现在是一种阴郁的恐惧，直提到了嗓子眼儿，一种可怕的压抑的情感；当我看到他又一次走上林荫大道时，这种压力使我透不过气来。上帝保佑，你不是要再次到展出猴子的橱窗那儿去吧？不要做傻事！你要考虑呀，那个女人早就报告警察局了，她肯定还在那儿等着呢，她会立刻就抓住你薄薄的大衣不放！说真的，你今天不要干了！别再去尝试了。你不在状态，你已经没有精力了，没有热情了，你累了，在艺术活动中一开始就显得疲惫，那做起来永远是糟糕的。你最好是休息，躺在床上，你这个可怜人，今天什么都不要做，就是不要今天去做。我无法解释，为什么我竟然有了这样的恐惧，为什么会产生一种幻觉，肯定他接下来第一次下手就必然被抓住。我的这种忧虑变得越来越强烈，当我们越来越接近林荫大道时，我听到那里人声鼎沸，一片喧嚣。不，绝不要再到那面橱窗前，我不允许，你这个傻瓜！我紧张地跟在他的身后，准备伸手抓住他的衣袖，把他拽回来。但他好像懂得了我内心发出的命令，这个人意外地转了个方向。在林荫大道面前的特洛奥大街，他穿过车行道，步调突然变得坚定起来，好像那儿有他的家，他似在回家一样。我立即就认出了这栋楼房：特洛奥饭店，巴黎著名的拍卖大厅就在里面。

我为之一怔，我不再知道，这个令我诧异的人还要让我吃多少次惊呢。当我努力去猜度他的生活时，他身上也生出一种满足我秘密愿望的力量。在巴黎这座陌生的城市中，我今天早上原本就打算去参观这座建筑，因为它总是能使我度过令人激动的增长知识同时又是乐趣盎然的几个钟头。它比博物馆更为生动，每时每刻变幻不定，总是异样，总是同一。我特别喜欢这座外表不显眼的特洛奥饭店，它是一件最美的展示品，因为它以最令人惊讶的简化方式表现了巴黎生活的整个本相。通常在一幢住宅中联合为一个有机整体的，在这里却分割和消解为无数个单一的东西，就像一间肉铺中一头硕大的野物被切割开来的身躯一样，最陌生的和最不相容的，最神圣和最平庸的，在这里通过最普通的一件东西联系起来：这儿展示出的一切都会变成钱。床和耶稣受难十字架，帽子和地毡，钟表和洗漱用品，乌敦的大理石雕像和黄铜餐具，波斯微型艺术品和镀银的烟灰缸，陈旧的自行车——与之并排在一起的是保尔·瓦莱里的初版诗集，唱机与哥特式的圣母像，凡·戴克的画依次挂在墙上，旁边是脏兮兮的油画、贝多芬的奏鸣曲，紧靠在一起的是破旧的火炉，有用的和多余的物件，拙劣的作品和价值非凡的艺术品，伟大的和渺小的，真品和赝品，新的和旧的；凡是由人的双手和才能所创造出的一切：最崇高的和最愚笨的，都流入这家拍卖行。它冷酷无情地把这座巨大城市的全部价值吸了进去并吐了出来。在这座残忍的、把一切价值都变为钱币和数字的转运场里，在这座人的虚荣和需求的巨大杂货市场里，在这个奇妙的场地，人们能比在任何一个地方都更强烈地感受到我们这个物质世界的混乱庞杂。窘迫者在这里可以出售一切，富有者可以购买一切，但在这里人们不仅能购到物品，而且也能增长阅历和知识。在这里一个留心者能通过观察和谛听更好地理解每一种事物，艺术史的知识、考古学、图书馆学、集邮、钱币学，还有重要的是人类学。正如在这座建筑中转移到旁人手中和在此摆脱原主的奴役的物件是如此的五花八门一样，那些来此的种族和阶层同样是形形色色、各不相同。他们都怀着购买欲和好奇心拥挤在拍卖厅桌子的四周，眼睛由于交易的欲望和神秘的收获的怒火而变得焦躁不宁。在这儿有身穿皮毛大衣、头戴崭新的圆形礼帽的大商贾，坐在他们身边的是脏兮兮的小古董商和塞纳河左岸的旧货商，这些人要用假的东西充实他们的货架；那些投机商和中间贩子在人群中穿来穿去，吵吵嚷嚷，叽叽喳喳；代理人、抬价人、"混混儿"是这个战场中不可缺少的鬣狗，他们迅急地抓住廉价的东西，又或者，当他们看到一位收藏家渴求得到一件价值非凡的物品时，就相互示意，把价格哄抬上去。甚至有一些本人就变成羊皮纸的图书馆学者戴着眼镜在这里像睡意蒙眬的貘一样四处蹒跚；又进来一些色彩艳丽的极乐鸟，打扮入时、珠光宝气的贵夫人，她们事先就已派来仆人为自己占了拍卖桌前的位置。那些名副其实的行家里手站在一个角落里，目光淡定，安静得像仙鹤一样，他们都是收藏家共济会的成员。所有这群人，他们或是出于生意上的动机，或出于好奇之心，或出于对艺术的热爱，都心怀真正的关切被吸引来。此外，每一次都有一些偶尔来此猎奇的人，他们仅仅是为了享受免费提供的火炉，或者为闪闪发亮的喷泉喷吐出的越来越高的数字而感到愉悦。但凡是到此的人，都有一个欲望，收藏、博弈、赚钱、占有，或者取暖，因为别人的激动而使自己激动；这种喧嚣嘈杂的人的混沌分门别类都归入包容各种面相的一个完整的难以想象的总体。但是我却从没看到也从没有想到我的这位老朋友，这个小偷在这儿出现了。我看到我的朋友怀有一种信心十足的本能潜入进来，现在我立刻就明白了这也是他的身手理想的、甚至是全巴黎最理想的用武之地，他能在此大展身手，显示他的高超才艺。因为这里具备了各种必要的要素，并以最奇妙的方式联结在一起。可怕的、几乎难以忍受的拥挤，由于对观望、等待以及对唱价的渴求，绝对能分散人们的注意力。还有第三点：一个拍卖机构，除了赛马场，几乎是我们今天世界里最后一块场地，在这里一切都必须当场交付现金。这就可以想象到了，每一个人的口袋里都装有一个鼓得圆圆的钱包。对一只灵活的手而言，这里是施展本事的最好机会。或许，我现在理解了，上午的小试牛刀，对我的朋友而言仅只是手指的一次训练而已，但他可是要在这里施展他的绝活了。

现在当他懒洋洋地登上二楼时，我想最好是抓住他的衣袖把他拽回来。上帝保佑，难道你没看见那儿贴的一张布告，上面用英法德三种文字写着"谨防小偷"吗？你这傻瓜，难道你没看见？他们早就知道在这儿有你们这一类人，肯定有十几个密探在拥挤的人群中四下窥视，再说，相信我，你今天不会得手的！但是他用冷静目光扫视了好像早就熟悉的布告，随即这位熟门熟路的行家平静地登上台阶。这是一种战略上的决定，我只能表示赞同。因为在第一层的大厅里拍卖的只是些粗劣的家用物什和家具，箱子和柜橱，一群既没有油水也令人乏味的旧货商在里面吵吵嚷嚷，挤来挤去，这些人或许还保留农民的良好习惯，把钱袋稳妥地缠在腰上，靠近他们既没有油水，也不是什么好主意。但在二层拍卖的却是名贵之物，绘画、首饰、书籍、手稿、宝石，这里的买主毫无疑问都是钱包鼓鼓，且都无忧无虑，悠哉游哉。

我费力地跟在我的朋友的身后，因为他从大门进来之后就穿来穿去，在各个大厅里进进出出，在每一个大厅里寻找机会；他就像一个美食家耐心而毅力十足地去看一份特殊的菜谱那样去查看张贴的广告。最终他选中了第七大厅，这里将拍卖"伊文斯·戴·G.伯爵夫人收藏的中国和日本瓷器"。毫无疑问，今天这儿有极具价值的珍品，人群麋集，几乎难以插足，从入口处根本就看不见拍卖台，看到的只是大衣和帽子。也许有二十或三十层人墙，水泄不通，无法看到那张长长的绿色拍卖台。我们站在入口处的位置，从这里恰恰还能看到拍卖人的好笑的动作；他站在高处的台上，手执一柄白色的槌子，像乐队指挥一样指挥着整场拍卖音乐。经过令人畏惧的长时间休止，总是一再地引向一个 Prestissimo①。可能他像住在梅尼蒙坦或郊区某个地方的小职员一样，有两个房间，一个煤气灶，一个留声机——这是他最贵重的财富——在窗前摆放一两盆天竺葵；但在这里，他站在高雅的听众面前，身穿笔挺的礼服，头发精心梳理涂油，显然是在愉快地享受难以形容的乐趣，每天在三个小时里用一柄小小的槌子把巴黎最最贵重的东西变成钱。面带一个杂技演员做作而熟练的和蔼表情，他开始从左，从右，从台前和大厅的后面，捕捉不同的报价："六百、六百一十，六百二十。"这些数字，优雅得像一个个彩球一样又被掷了出去，元音浑厚圆润，辅

---

① 意大利文，音乐术语：最快速。

音相互牵扯。这期间他扮演一个陪酒女郎的角色，每当没人出价和数字的旋风停下来时，他就用一种诱人的微笑，警告说："右边的人？左边的人？"或者双眉戏剧性地紧皱，用右手举起那柄至关紧要的象牙小槌，威胁地说道："我要落槌了"，或者微微一笑："先生们，这可不贵呵。"这期间他朝个别的熟人打招呼，对某些出价人狡黠地递送鼓励的眼色；拍卖每一件新的物品时，他都简单和必要地喊出，"第三十三号"，语调开始时是干巴巴的，但随着价格的攀升，他的男高音便越来越有意识地增强了戏剧性。在三个小时之内，在三百或四百人面前，人人都屏住气息贪婪地时而凝视他的嘴唇，时而凝视他手上那柄富有魔力的小槌，这在他肯定是一种享受。他只是人们出价时的工具，但却自以为在主宰一切，这种谵妄给了他一种心醉神迷的自我感觉。他像孔雀开屏一样，炫耀起口才，可丝毫阻止不了我内心的判断：他的全部夸张的表情对我的朋友而言，只不过起着一种必要的转移注意力的作用罢了，就像上午那三只滑稽逗乐的猴子一样。

我的这位大胆朋友暂时还无法利用这位同谋犯的帮助，因为我们还一直无可奈何地站在最后一排，而想从聚集在一起的、暖烘烘和稠密的人群中挤到拍卖台前，我觉得根本就是不可能的。但我又一次看到了，在这种有趣的活动中，我是一个道地的门外汉。我的这位伙伴则是一位经验十足的大师能手，他早就知道总是在拍卖槌终于落下的那一瞬间——七千二百六十法郎，男高音欢呼叫起来——密不透风的人墙会蓦地松散开来。那些激动的人头垂了下去，交易者把价格标在目录上，时而有一些好奇者离去，空气瞬时

284

就在挤在一起的人群中间流动起来。他迅即出色地利用了这个时机，低下头像一枚水雷似的挤了进去，一下子就穿过四五层人；而我呢，我曾对自己发誓，绝不让这个冒失鬼任性而为，但突然间他消失不见，只剩下我一个人了。虽然我现在也同样向前挤去，可拍卖又重新开始了，人墙又聚拢在一起，我无助地被卡在挤得密不透风的人群中间，像陷在泥淖中的一辆小车。这种炽热的、黏稠的挤压太可怕了，前后左右都是陌生的躯体、陌生的服装，贴得如此之近，连邻近人的一声咳嗽都令我为之一颤。再加上气味令人难以忍受，散发出灰尘、霉气和酸性的味道，特别是汗臭，凡是涉及金钱，这种汗臭无处不在。闷热难挡，我解开了上衣，想掏出我的手帕，可没办法，我被挤压得太紧了。可我，可我不能放弃，我慢慢不断地继续朝前挤去，过了一层，又过了一层。但还是太迟！草黄色大衣消失不见了。他一定藏在人群中某个不显眼的地方，没有人会察觉到他危险的存在。只有我一个人知道，我的神经由于一种神秘的恐惧而颤抖，这个可怜的魔鬼今天一定要倒霉的。我每一秒钟都在等待，有人会喊叫起来：抓小偷！随即会一片混乱，一片嘈杂，他会被人拎出去，两条胳膊被紧紧地抓住。我无法理解自己为什么会产生这样可怕的念头，他今天，恰恰是今天他一定会失手的。

　　然而看吧，什么事都没有发生，没有喊叫，没有喧哗；正相反，交谈声、嘈杂声和叽叽喳喳声蓦地都停了下来，一下子变得出奇地安静，这二三百人好像约好似的屏住气息，所有的目光都双倍紧张地望向拍卖人。他后退了一步，在灯光照耀下，他的额头闪现出一种特别庄严的光辉。这场拍卖的重头戏开始登场了：一只巨大的花瓶，这是中国皇帝在三百年前亲自派使者赠送给法国国王的。在大革命期间，它像好多这一类的东西一样都以秘密的方式从凡尔赛宫中流入民间。四个身着制服的听差特以惹人注目的谨慎把这个宝贝物件放到拍卖桌上，圆润，白色透亮，上面带有蓝色的条纹。拍卖人庄重地咳嗽一声，喊出了价格："十三万法郎！十三万法郎！"回答这神圣的、含有四个零的数字的是一片令人敬畏的静寂。没有人敢立即出价，没有人敢说话，甚至仅是移动一下脚步；挤在一起的人群由于敬畏变得目瞪口呆。终于在拍卖台左侧尽头有一个矮小的头发斑白的先生抬起头来，并快速、轻声、几乎是窘迫地说出："十三万五千，"拍卖人随即果断地回应："十四万。"

激动人心的游戏开始了：一家美国大拍卖行的代表总是只举出一个手指，就像电表一样，跳出的数字立刻就升了五千，坐在另一张桌子尾端的一位大收藏家（有人轻声地嘟囔出他的名字）的私人秘书则有力地用加倍来回应；慢慢地，这场拍卖成了两位出价者的对话，他俩相对而坐，可却固执地规避彼此的目光：两人都只把他们的报价朝向拍卖人喊去，而拍卖人显然对此感到惬意。终于在喊到二十六万时，那个美国人不再举出手指了，喊出的这个数字像凝固了的声音空荡荡地悬在空中。气氛越来越紧张，拍卖人一连四次重复："二十六万……二十六万……"他像一只鹰扑向猎物般地把这个数字高高地掷向高处。随后他等待，紧张地观望，失望地环顾左右（啊，他多么愿意把这场戏继续演下去）："没有人再出价了？"一片沉默，一片沉默。"没有人再出价了？"这声音几乎近于绝望。沉默开始颤动，没有声音的琴弦。他慢慢地举起槌子。现在三百颗心脏停止跳动……"二十六万法郎一次……第二次……第……"

　　沉默像一块岩石独自矗立在声息俱无的大厅，人们都屏住呼吸。拍卖人带着几乎是宗教般的庄严把象牙槌高举在人群之上。他再次威胁地说道："落槌了。"没有人应声，没有回答。随后他说出了："第三次。"象牙槌单调而恶意地落了下来。一切都成为过去！二十六万法郎！随着这小小单调的一击，人墙摇晃起来，坍塌了，又恢复成一副副活生生的面孔。一切都在激动，在呼吸，在喊叫，在叹息，在窃窃私语。还拥成一团的人群像一个单一的躯体在一股激浪中，在一阵阵不断的冲击下撞碰起来，随即松弛下去。

　　这种冲击也触及我，可却是一只陌生的胳膊碰到我的胸部。这时有人嘟囔了一句："对不起，先生。"我为之一怔。这声音！噢，这真是令人高兴的奇迹，是他，是那个我找不到的人，是那个我长时间寻找的人，是怎样的一种偶然，恰恰是这种松散的波浪把他推到我的跟前。感谢上帝，现在我又找到他了，而且靠得这么近，现在我终于能好好地监护他和保护他了。当然我要避免公开地直视他的面部，而只是从侧面轻轻地瞟着他，但不是窥视他的脸，而是他的两只手，他的作案的工具，可他的双手却引人注意地消失不见了：不久我就发现，他大衣的两个袖子紧紧地贴在身上，像一个挨冻的人把手指缩进袖子里面似的，这样一来双手就看不到了。如果现在他要接触一个牺牲品的话，那只能被当做是一件柔软的、没有任何危险的衣料的一次偶然的触动罢了；而那只准备行窃的手藏在衣袖里，就像猫爪藏在毛茸茸的脚掌里一样。他做得出色极了，我为之惊叹。但谁是他这次行动的对象？我谨慎地向他右边的那个人睃去。那是一个瘦长的先生，衣服扣得紧紧的，在他前面的是一个宽大的无法下手的后背，这是第二个人；一开始我有些糊涂了，对这两个人中之一采取行动怎么能得手呢。但当我感到自己的膝盖受到轻微的一撞时，我突然间被一个念头攫住——像是一阵冷雨浸透全身：难道这些准备最终是冲我而来的？归根到底，你这个傻瓜，要对这个大厅里唯一知道你底细的人动手，我现在要在自己身上来体验你的这门手艺？这是最后和最莫明其妙的一课！真的，这只不可救药的不幸的鸟看来寻找的恰恰是我，恰恰是我，他的思想上的朋友，唯一一个对他的这门营生谙熟至深至透的朋友！

真的，毫无疑问，他是冲我来的，现在我可以不再怀疑了，因为我已经确切地感觉到，身旁有一条胳膊在轻轻地触动我，藏着一只手的衣袖在一寸一寸地靠近我，这大概是准备在拥挤的人群第一波涌动开始时对我的上衣和背心中间部位快速动手。本来我可以用一个小小的动作保护自己，只消转向一侧或把衣纽扣上就确保无虞了；但奇怪的是，我已经像完全被催眠了似的，每块肌肉、每条神经都像是冻僵了。就在我激动地等待的当儿，我飞快地思考，我钱包里有多少钱，就在我想到我的钱包的当儿，我感到我胸前的钱包依然还在，平稳且温暖；每当人们想到它时，那每颗牙齿、每个脚趾、每根神经就会立刻变得敏感起来。钱包暂时还在老地方，我准备好了，他可以动手，毋需顾虑重重。奇怪的是我根本就不知道，我是希望他动手还是不动手。我的情感混乱至极，仿佛分成了两半。因为一方面我希望他放开我，这是为他好；另一方面我心怀紧张，怕得要死，就像牙医用钻牙机触动病牙最痛的部位时一样，我期待他的技艺，我期待他决定性的出击。但他好像要惩罚我的好奇心似的，不慌不忙，毫没有动手的意思。他又停顿下来，靠紧了我，他谨慎地一寸一寸贴近我；尽管我的思想完全在关注这种挤迫式的接触，但同时我的另一个思想却清清楚楚地听到从拍卖台上传来不断升码的报价声："三千七百五十……没有人出价了？三千七百六十……三千七百七十……七百八十……再没有人出价了？再没有人出价了？"随后槌子落了下来。在这成功的一击之后，人群又一次开始松动，就在这一刹那我感到一股波浪朝我涌来。这不是真的触动，而是有点像是一条蛇在爬行，一股滑过身体的哈气，是那么轻，那么快，如果不是我全部的好奇心都处在戒备状态，绝对感觉不到；像被偶然刮起的阵风翻起了我的上衣，我感觉到，仿佛一只鸟从身边飞过似的轻柔……

我从未想到的事蓦然间发生了：我自己的一只手被从下面撞了一下，我在我的上衣下面抓住了一只陌生人的手。我从没有想过这样一种自卫。这是我的肌肉的一种出人意料的反射动作。出于纯躯体上的自卫本能，我的手机械地握紧了它。这真可怕，令我自己感到惊讶和害怕的是，我的手掌抓住了一只陌生的、冰冷的和颤抖的手，不，这绝非我所愿！我无法去描述这一秒钟。突然间抓住一个陌生人的冰冷然而却有生命的手，吓得我发呆变傻。他由于害怕同样变得软瘫。正如我没有力量、没有勇气松开他的手一样，他也没有胆量、没有勇气把手挣脱回去。"四百五十……四百六十……四百七十……"拍卖人在上面做作地叫喊。我还一直抓住那只陌生的、冰冷发颤的小偷的手。"四百八十……四百九十……"一直没有人注意到我们两个人之间发生的事情，没有人会想到，在这儿，我们两个人之间，仅仅在我们两个人之间，我们绷紧了的神经在进行这场无名的战役。"五百……五百一十……五百二十……"数字一直在急遽地上升，"五百三十……五百四十……五百五十……"终于，这整个过程不会超过十秒钟，我又能呼吸了。我半松开那只陌生人的手。它立即抽了回去，并在草黄色大衣的衣袖里消失不见了。

"五百六十……五百七十……五百八十……六百……六百一十……"报价声还在继续，继续下去；我们俩还一直靠得很近，充满神秘意味的一对共谋犯，两个人都因同样的经历而变得瘫痪了。我还一直觉得他的身体紧挨着我，暖暖的，现在当人群的激动松弛下来时，我发僵的双膝开始颤抖起来，我好像感觉到，这种抖动传到了他的双膝。"六百二十……三十……四十……五十……六十……七十……"数字越攀越高，而我们还一直站着不动。这只恐怖的冰冷的铁环把我俩连在一起。终于我找到了一种力量，至少是转过头来朝他望去。这同一瞬间，他朝我看来，我直视他的目光。行行好，行行好！别告发我！泪水汪汪的小眼睛像在乞求，他的被挤压的灵魂中的全部恐惧，所有生物固有的原始恐惧，都从他那圆圆的瞳仁涌出，他的小胡子在惊恐中颤抖。我清楚地看到的只有那双睁大的眼睛，那张面孔在极度惊恐的表情中消失得见不到了。此前我从没有，以后也没有见到一个人这副模样。我感到无比羞愧，这个人竟如此奴隶般地、狗一般地望向我，好像我握有生杀大权似的。他的这种目光使我感到自己卑贱，我窘迫地把目光又重新移到别处。

但他理解了。他现在知道了，我绝不会、永远不会告发他；这使他恢复了元气。轻轻地一摆，他的身体离开了我的身体。我感到，他是要永远地摆脱我。他先是松动下面挤在一起的双膝，随后我觉得我胳膊上那种粘在一起的温暖离我而去，霎时，我发觉有某种属于我的东西消失了。我身旁的位置已空无一人，我的这位不幸的伙伴一下子就腾出了地方。我先是感觉到周围空旷了，但随后的一瞬间我惊恐起来：这个可怜人，他现在怎么办？他可是需要钱啊，为了这紧张的几个小时，我欠他一份人情；我，他的伙伴，一个身不由己的伙伴，必须要帮助他呀！我匆忙地随他挤了过去。但是灾难啊！这只不幸的鸟误解了我的善意，他从远处看见我去尾随他，就怕了起来。在我示意他放心之前，草黄色大衣就飞快地下楼而去，消失在马路上人潮如涌的洪流之中。我的这门功课，出人意料地开始，同样出人意料地结束了。

（高中甫　译）

昨日之旅

"你来啦!"他说着,伸出双臂,简直可以说是张开双臂向她迎面走去。

"你终于来了!"他又重复一遍,声调越来越高,先是惊讶、欣喜,最后竟是乐不可支,充满柔情的目光将他心爱的人上上下下看了一遍,"我都在担心你会不来了。"

"真的吗?你就那么信不过我?"只有她的嘴角漾起微笑,却故意带着一丝责备,她那蓝色的眸子清澈明亮,发出信心十足的光芒。

"不,不是这么回事。我没有怀疑过。这世上还有什么比你说的话更加可靠?可你想想看,这是多么愚蠢,今天下午突然之间,完全出其不意的,我不知道为什么,心里有股莫名的惊恐,担心你会遭到什么不测。我想打电话给你,我想到你那儿去,可是时间逐渐消逝,不断消逝,而我一直没有看见你来。我心里一痛,唯恐这次我们又会失之交臂。可是上帝保佑,现在你终于来了。"

"是的，现在我来了。"她微笑着说道，湛蓝的眸子又闪闪发光，"现在我来了，已经准备就绪，咱们还不走吗？"

"好的，咱们走吧。"他嘴里无意识地重复了一遍，可是他的身体一动不动，一点也没挪动。柔情似水的目光一而再再而三地打量着她的身影，不敢相信、简直不敢相信、真的不信她确实就在眼前。

在他们头顶上，在他们左右，法兰克福火车站的许多轨道嘎嘎作响，玻璃震颤，钢铁互相摩擦发出刺耳的声音，汽笛的尖叫声响彻烟雾缭绕、人声嘈杂的火车站大厅。二十块牌子上威风凛凛地分别写着开车的时间几点几分。在汹涌来去、匆匆过往的人流中，他感到唯一存在的只有她。他摆脱时空的限制，激情如炽，却呆若木鸡，处于奇怪的痴迷状态。最后，她不得不发话提醒："时间紧迫，路德维希，咱们还没买车票呢！"

这下，他才收住他那仿佛遭到囚禁、不得自由转动的目光，不再盯着她看，以满是敬畏满是柔情的神气，挽住她的手臂。

去海德堡的夜间快车一反常态，乘客极多，使他们大为失望。他们本来指望凭着头等车厢的车票可以单独待在一起。他们到处寻找，全都白费力气，最后凑合着走进一个单间，里面只有一个灰发男子靠着犄角睡觉。他们正暗自庆幸可以亲切交谈，可是恰好在开车的哨子响起之时，三位男士拎着鼓鼓囊囊的公文包，气喘吁吁地跨了进来。显然是三名律师，刚刚打完官司，情绪还很激动，继续大声讨论。声震一切，直如倾盆大雨，使得旁人无法交谈。于是，他们两个万般无奈地对坐着，一句话也说不出口。只有当他们两人中有人抬起眼睛，才会看到在灯影摇曳中，对方柔情脉脉的目光正看着自己，充满爱意。

　　轻轻一震，列车开动。嘎达嘎达直响的车轮声压住了律师们的谈话声，使之变成纯粹的噪音。然后车身震动，摇晃不已，渐渐变成有节奏的晃动，钢铁的摇篮催人进入幻梦之中。看不见的嘎达嘎达作响的车轮在下面一个劲地向前奔驰，使每个人想着自己不同的心事，他们两个的思绪也做梦似的漂浮到以往的岁月。

　　九年多以来，他们终于（在几天前）首次重逢。长期以来天各一方，相隔无比遥远。这一次又是凭着九牛二虎之力，才第一次这样默默无言地待在一起，离得这么近。我的上帝，多么长久，相隔多远。九年，四千个白天，四千个黑夜，直到今天，直到今夜！相隔是那么长久，距离是那么遥远，多少时光、多少时光逝去，可是一下子，在一秒钟之内，便想起了最初开始之时。

　　怎么开始的？他仔细地回想：他当年二十三岁，第一次来到她家，嘴上长着稚嫩胡子的柔软绒毛，下面的嘴唇紧闭，已经刻上深深的皱纹。他过早地脱离了童年时代，因为贫穷而备受屈辱，靠行善者施舍的免费饭菜果腹，长大成人后，又靠担任家庭教师和辅导老师苟延残喘，苦熬岁月。由于缺衣少食，穷困落魄，他变得愤世嫉俗。为了购买书籍，他白天辛辛苦苦地去一文一文地挣钱，夜里疲惫不堪，还神经极度紧张地攻读大学课程。最后，他作为化学专业的第一名结束学业，由他的教授郑重推荐给大名鼎鼎的枢密顾问G，法兰克福附近一家大工厂的老板。于是，他来到法兰克福。老板先让他在实验室里打下手，不久发现这个年轻人办事认真，坚韧不拔，以不达目的誓不罢休的狂热意志铆足了全身的劲头一头栽到工作中去，枢密顾问便开始对他另眼相看，试着分配给他一些责任越来越重的工作。年轻人看到，这是逃脱贫穷境地的良机，便拼命抓住不放。给他的工作越多，他的意志力便越发强劲。就这样，他在最短的时间内从一个普通打杂的助手变成从事极端保密的试验的帮手。最后，枢密顾问对他宠信有加，称他为"年轻的朋友"。他自己并不知道，在老板办公室裱糊过的房门后面，有一双眼睛一直以来都在暗中审视着他，看他是否具有更高的才能。就在这个野心勃勃的年轻人拼命从事日常工作的时候，他那鲜露真容的老板已经在为他安排更加光明的前途。日益衰老的老板身患痛风症，痛苦不堪，经常待在家里，甚至常常卧病在床。他正在物色一名绝对可靠、极有头脑的私人秘书，可以与之讨论最为机密的专利和必须在严加保密的情况下进行的试验。终于，他认为找到了这一人选。有一天，枢密顾问向他提出了一个意想不到的建议，问他是否愿意放弃他在市郊租赁的那间配有家具的房间，作为他的私人秘书，搬进他们极为宽敞的别墅居住，以便随叫随到。年轻人因为这个建议出乎意料，惊讶万分。但是更加惊讶的却是枢密顾问，因为年轻人在考虑了一天之后，竟然一口回绝了这一荣幸无比的建议，十分笨拙地找了一大堆站不住脚的借口、遁词来掩饰这赤裸裸的拒绝。枢密顾问是个超群出众的学者，可是探索人心奥秘，他并不擅长。他没有猜出这个年轻人拒绝接受他的建议的真正原因。说不定这个倔强的小伙子自己也不承认他最隐蔽的感情，其实并非其他，只是一股极端扭曲的傲气，由于在无比穷困的境遇中度过童年，他深受伤害，感到羞耻。在暴发户似的有钱人家充当家庭教师，在深受侮辱的情况下长大成人，像一个寂寂无名的两栖动物，介乎仆人、家奴和清客之间，既属于这家又不属于这家，就像桌上当做装饰的木兰花，放到桌上，或从桌上取下，全凭需要。他心灵深处充满了对于上层人士及其氛围的仇恨。他仇恨那些沉重的巨型家具、富丽堂皇的房间、极度丰盛的菜肴，所有这些豪华富有他都参与其中，却像受罪似的忍受着。他在这种阔人家里什么都经历过，放肆的孩子们的侮辱，而更加侮辱人的是家庭主妇表示的同情。每到月底，她们把几张钞票轻轻递给他时，就表现出这种同情。当他拿着笨重的木箱搬进一家新的人家，不得不把身上的一套西装、洗成灰色的破破烂烂的内衣放进一只借来的匣子里时，它们明白无误地暴露了他的穷相。他憎恨残忍的侍女们这时向他投来的讽刺嘲笑的目光，他其实也是个仆人，只不过地位比她们稍高而已。他暗自发誓不、绝不、再也不踏进一座陌生的房子，在他自己发财之前绝不造访财主，永远也不让人家窥探他的穷困寒酸，永远也不让人家用令人屈辱的方式赠送礼物给他，让他受到伤害。绝不、永不这样！现在，他对外有博士的头衔，可以掩盖自己地位的低下，这是一袭廉价的、但叫人看不透的大衣。在办公室里，他以出色的成绩掩盖他那受过损伤的青春遗留的流脓流血的伤口：贫穷潦倒和受人施舍戕害了他的青春年华。不，他不愿为了金钱出卖他这一丁点自由，他生活中这点不让人闯入的隐秘地带。因此，他冒着自毁前程的危险，找些借口，权充理由，拒绝接受这使人深感荣幸的邀请。

但是不久，难以预料的情况使他再也没有自由选择的余地。枢密顾问的病情恶化，严重到不得不长期卧床的地步，他甚至无法通过电话和他的办公室保持联系。于是，聘请私人秘书便成为不可或缺的措施。年轻人终于无法摆脱他的保护人一再提出的迫切要求，除非他连自己的职位也想就此断送。上帝知道，这次搬家对他来说真成了沉重的一步。他还清清楚楚地记得那一天，他站在博肯海默乡间大道上的一幢风貌高雅、稍嫌老式的法兰克风格别墅面前，第一次按响门铃时的情景。前一天晚上，他还急急忙忙地用他少得可怜的积蓄——住在偏僻的外省小城里的老母亲和两个妹妹还靠他用微薄的薪金养活——买了几件新的内衣，一套穿得出去的黑色西装，一双新皮鞋，为了不至于过于明显地暴露他的寒酸拮据。这一次，也是让一个临时雇工拎着他那丑陋不堪的木箱走在前面，里面装着他的家当。许多不快的回忆使他对这木箱无比痛恨。当一个戴白手套的仆人彬彬有礼地为他开门，从门厅开始，浓郁饱满的富贵气息便向他迎面袭来。这时，不舒服的感觉便像铅块似的涌到喉头。厚厚的地毯吞掉了踩上去的脚步声，四周墙上挂着的壁毯让人看一眼就肃然起敬，雕花的房门装着沉重的古铜把手，显然不是让你亲自用它开门，而是由谦卑的仆人躬身弯腰为你把门打开：所有这一切都使他不知所措，同时也激起他的反感，惹他生气。仆人领他走进有三扇窗户的客房，这将是他长久居住的寓所。他心里仍然强烈地感到搬进来住实在不大得体，仿佛自己是个强行闯入的外人：他昨天还住在五层楼上一间有穿堂风，只有一张木床和一只铁皮脸盆的后楼斗室里，现在却要他马上习惯这个新居。这屋里每件器皿都奢华张扬，价格不菲。他自己随身带来的东西，甚至他自己，穿着自己的衣服，在这间宽敞亮堂的房间里都缩得很小，显得可怜寒碜。他那唯一的一件西装外套挂在宽大无比的衣柜里，活像一个吊死鬼，晃来晃去，显得十分可笑。他那几件盥洗用具，他那用旧了的剃须刀，像扔出去的垃圾，或者像建筑工人忘记带走的工具，摊在宽敞的铺了大理石桌面的盥洗桌上。他不由自主地把他那坚硬笨拙的木头箱子藏在一张罩单底下，暗自羡慕他的木箱在那里找到了藏身之处，可以躲藏起来，而他自己在这间紧闭锁牢的房间里，则像一个溜门撬锁、被人当场抓获的小偷。

他对自己说，他是人家请来的客人，是人家求他来住的，想借此驱散心里自惭形秽的感觉。这种感觉使他感到羞辱，使他气恼，可是徒劳。身边各种事物舒适富裕的模样把他的这些论点一一打破，他又觉得自己微不足道，被这种炫耀、夸饰、摆阔、显富的金钱世界的巨大压力所击垮，所打败。他只不过是个用人、奴仆、舔盘子的可怜虫，看上去是人，实际上只是家具，是花钱买来的、可以借来借去的、失去自己生活的一个人。此刻，仆人用指关节轻轻地敲了敲门，冰冷的脸毫无表情，举止僵硬地报告，夫人有请博士先生。他脚步迟缓地跟着走过好几个房间，多年来第一次，他感到自己的神态举止又缩了半截，两个肩膀又事先缩了起来，摆出一副奴气十足的弯腰鞠躬的样子。多年来第一次，在他心里又开始出现孩童时期的惶恐和茫然。

可是等他第一次向夫人迎面走去时，这内心纠结的疙瘩顿时解开，使他心胸开阔。他鞠了一躬，刚抬起头来，用探寻的目光打量说话的夫人的脸庞和体态，她说的话便以不可抗拒之势向他迎面扑来。这第一句话便是表示感谢，说得这样坦诚自然，把笼罩他全身的恶劣情绪的乌云全都驱散，直接打动他那认真窥测的感情。"我非常感谢您，博士先生，"说着，夫人真诚地向他伸出手去，"您终于接受我丈夫的邀请，我真感谢您。我早就希望不久能有机会向您表示，为此我是多么感激您。您做这个决定，一定很不容易。不是人人都乐于放弃自己的自由的，但是这样一来，我们两个人都为此而对您感激不尽。这种感觉也许能使您心情平静。从我这边来说，怎么能使您感到这幢房子就是您自己的家，我打心眼里都乐于办到。"在他心里，有什么东西警觉起来。夫人怎么知道他不乐意出卖他的自由，第一句话就打中要害，戳到他心里的痛处、他的伤口、他最敏感的部分，触及他那最害怕触及的地方，就是失去自由，只是充当一个仰人鼻息、受雇于人、花钱雇来的人而已？夫人似乎轻轻地把手一摆，就把所有这一切从他身上抹去。他不由自主地抬头看了她一眼，这时才看到她那温暖的目光洋溢着同情，正充满信任地期待着他的目光。

这张脸散发出一种无比柔和的、令人放心的、又是欢快自信的东西，那纯洁的额头依然十分年轻、光洁，散发出澄净的光芒，深色的头发呈深色的波浪，在下端卷起，简直是过早地梳着年长妇女严肃的头路；从脖子往下，一袭同样深色的衣衫把她丰满的肩膀裹住：这样，那张脸露出平和的光芒，显得分外明亮。她看上去就像市民家里的主妇，穿着衣领紧闭的长裙，活像修女，而她的善意使她的一举一动都露出母性的光芒。如今，她动作轻柔地走近一步，她的微笑从他迟疑的嘴里引出一声"谢谢"。"只有一个请求，真是，刚刚见面就提出请求。我知道，要是彼此不是相识已久，共同生活总是个问题。只有一样东西可以帮忙克服，那就是真诚相待。所以我请求您，不论什么情况，若您在这儿感到压抑，不论谁的态度或者什么东西妨碍了您，请您无拘无束地说给我听。您是在帮助我的丈夫，而我是他太太，这双重的责任把我们结合在一起，所以让我们彼此真诚相待。"

他握住夫人的手：契约就此敲定。从第一秒钟起，他就感到和这所宅子紧密结合。这宅子里的珍贵之物不再含有敌意地向他逼近，相反倒使他立刻感到，高雅尊贵必须要有它们衬托。在外面显得敌意森森、混乱不堪、彼此矛盾的一切，在这里都显得气度不凡，化为一片和谐。渐渐地他才发现，精美绝伦的艺术趣味使这里的贵重之物都只能屈从于更高级的秩序。低调的人生态度无形中渗入他自己的生活，甚至渗入他自己的语言之中。

他奇怪地感到自己平静了下来，一切尖刻的、暴戾的、激越的感情，都失去了它们的恶意和愤怒，就仿佛厚厚的地毯、裱糊过的墙壁、色彩鲜艳的窗帘悄悄地把小巷里的光线和喧闹全都吸了进去。他同时感到，这漂浮不定的秩序并非空洞地自我产生，而是来自这位默默无言、总是面带善意微笑的女人的身影。他在最初几分钟里像着了魔似的感觉到的东西，使他今后几周、几个月幸福地意识到，这个女人不动声色，极有分寸，把他渐渐地吸引到这个家庭生活的内部，而他丝毫没有感到有人对他施压。他感觉到，似乎有人远远地给予他一种柔情脉脉的关注，在保护他而不是在看管他。

他还没有启齿，他的那些小小的愿望便已得到满足，做得不动声色，像有神话中为人效劳的家神在暗中操劳，使得他都无法表示特殊的感谢。有天晚上，他翻阅一本珍贵的铜雕画册时，对伦勃朗的《浮士德》赞不绝口。两天之后，这幅画的复制品便放在相框里，挂在他书桌前的墙上。他提到一本书，说一个朋友对它赞不绝口。几天后他偶然在图书室看书，发现那本书已经放在书架上。不知不觉中，他的房间按照他的愿望和习惯换了样子：起先他丝毫也没觉察那些细枝末节是如何发生变化的，只感到房间更加舒适宜人，更加色彩鲜艳，更加温暖如春，直到有一天，他注意到那条有着东方色彩的刺绣床单，盖住了土耳其式长沙发，就像他有一次在橱窗里欣赏的那条。屋里的灯也罩上了深红色的绸子，发出柔和的光芒。家里的气氛越来越吸引他：从此，他不再想离开这幢房子。这家十一岁的男孩成了他的朋友，对他满怀热情。他非常乐意陪这男孩和他母亲上剧院，或者去听音乐，他自己也不知道，他在工作之余的时间完全沐浴在柔和的月光之中，这是夫人安详静谧的身影散发出来的幽静温柔的光。

　　从初次见面开始，他就钟情于这个女人。尽管这种感情如此强烈、毫无保留地把他送进梦幻之中，他还是缺少一种决定性的、具有穿透一切的效果的东西。也就是说，他一直在自我逃避，他还没有清醒地认识到，用赞赏、敬畏、依恋这样的遁词所掩盖的感情完完全全就是爱情，一种极端狂热、无拘无束、绝对纯粹的强烈爱情。然而，他身上那种卑微的奴性，使劲地把这一认识强压下去。夫人对他来说，显得那样遥远，她高高在上，遥不可及。这位为群星辉耀的皇冠所笼罩、为万贯家私所保护的女人，和他迄今为止一直体验过的女性相去如此遥远。倘若他认为，夫人和他在备受奴役的青年时代能够接触到的几个女人相似，也会屈从于热血奔流的相同规律，他自己也觉得这是亵渎。那个使女有一次为这位家庭教师打开自己的房门，好奇地想看看这位上过大学的读书人，干那种事情是否和马车夫、和长工小厮有什么不同，还有在回家的路上，在路灯的半明半暗的阴影里遇到的那个缝衣女。不，情况完全不同！夫人身上散发出另外一种无法企求的天体的光芒，纯洁、高贵而又不可侵犯，即使在他做的最为激情炽烈的春梦中，他也不敢对她宽衣解带。他像一个男孩似的情绪迷乱，依恋着从夫人身上散发出来的幽香，享受她的一举一动，犹如享受音乐，由于她的信任而感到幸福，由于他内心激起的感情无比充溢，害怕向夫人有所流露而不断地担惊受怕。这种感情还无以命名，然而早已形成，在伪装之下炽烈燃烧。

然而，爱情也许一直要到这时才真的变成爱情，当它不再像胎儿似的朦朦胧胧地在母体内部痛苦地涌动，而是能呼吸，有嘴唇，敢于自己命名、敢于自己承认的时候，这才真的变成爱情。尽管这样一种感情如此执着、顽强地伪装起来，这个迷乱的幽灵，总有一个时刻会突然打破屏障，然后从九天之上跌进万劫不复的深谷，以加倍的重量落在猛然惊醒的心上。这个时刻姗姗来迟，是在他住进这家的第二年里。

有个星期天，枢密顾问请年轻博士到他房里去。草草地问候之后，枢密顾问便很不寻常地在他们身后关上房门，通过内部电话盼咐，不容任何骚扰。光是这一点便意味深长地预示，要宣布一个重要的消息。老人递给他一支雪茄，费劲地把它点燃，仿佛想争取时间，好发表一通显然经过周密思考的演讲。首先，他对年轻人的工作详加描述并表示谢意。在任何方面，这位助手都超过了他的信任，甚至超过了他内心的好感。他根本用不着后悔把最机密的事务托付给这样一个尚无深交的年轻人。昨天，有个重要消息从海外传到他们的公司来，枢密顾问毫无顾忌地把这个消息告诉他。枢密顾问注意到，这种新式的化学程序要求大量的某种矿石。刚才有电报向他报告，已经确定在墨西哥有大量蕴藏。要为他的公司赢得这些矿藏，关键在于速度。趁美国的康采恩还没抓住机会，便就地组织提炼和采用。这就需要有个可靠的——另一方面年纪又轻、又有魄力的——职员。对于枢密顾问个人来说，这是个痛苦的打击，这意味着要夺去他信任的可靠助手，但是他认为有责任在董事会上建议委派他的助手。因为这个年轻人非常能干，是唯一合适的人才。年轻人肯定会得到补偿，他的锦绣前程可以得到保障。在安装设备、建设工厂的两年里，由于报酬丰厚，他不仅可以为自己挣得一小笔财产，回国后也为他在企业里保留了一个主管位置。枢密顾问一面伸出手来祝贺他，一面结束他的讲话："我有种预感，您将继我之后坐在我的位置上，把我这个老年人在三十年前开创的事业继续下去。"

这样一个请求，犹如晴天霹雳，怎能不使这个野心勃勃的年轻人头晕目眩？大门终于敞开，就像被炸弹炸开。这道门将把他引出贫穷的地窖，引出服役和服从的不见天日的世界，他将不再被迫摆出谦虚谨慎、弯腰曲背的姿态，不再被迫以这种姿态进行思索：他的双眼贪婪地盯着文件和电报，那些象形文字式的符号逐渐形成一个宏大的计划，规模很大，但轮廓不清，许多数字突然呼啸着，向他劈头盖脸地打来。要管理，计算，赚得成千上万、几十万、几百万。他突然目眩神迷，心脏狂跳，就像乘着一只梦幻的气球，从他目前生活的卑微境地冉冉上升，升到灼热燃烧的氛围之中，拥有管理一切的权限。此外，不仅是金钱、企业、风险和责任，不仅于此，还有一个更加诱人的东西向他扑来。这里可以塑造，可以独创，是崇高的任务、创造性的职业——群山中，矿石千万年来沉睡在地球的表层底下，如今挖掘出来，把坑道开进去，把城市建设起来，房屋日渐增多，街道一一修筑。不停钻探的机器，四下旋转的吊车。计划盘算时还是荒芜的一片树丛，随后，将出现一批既光怪陆离，又形象生动的产物，像热带植物似的疯长，庄园啦，农场啦，工厂啦，仓库啦，一个崭新的人类世界，这个由他从无到有地创建起来的世界，将由他领导和整顿。阵阵海风，夹杂着远方的喧嚣，突然涌进这个有着柔软护壁的小小房间。数字累积起来，变成一笔近乎异想天开的巨款。兴奋激情的陶醉越来越强烈，使得每开发一个领域都具有展翅飞翔的颤动之势。所有的一切在陶醉中都大体上做了安排，连纯粹实际的东西也都商议妥帖。一张支票突然塞进他的手里，沙沙作响，供他置办旅行用品，数额之高，超出他的预料。再次发誓之后，他决定十天后乘下一班南路航线的轮船动身。接着，他便退出办公室的房门，被那些数字弄得浑身发热，被激发出来的种种可能性搅得晕头转向，一时间，他神情慌乱地凝视四周，不知道刚才进行的全部谈话，是不是期盼过于殷切造成的奇思幻想。翅膀一振，把他从底层一下子举到光芒四射的境界，愿望得以实现：血液汹涌翻腾，来势迅猛，害得他一时间只好闭上眼睛。他闭目敛神，深深地吸口气，只是为了稳住心神，更加安静地、更加不受骚扰、更加强劲有力地享受他自己内心的世界。这样宁神屏息了一分钟之久，等他再次神清气爽地张开眼睛，抬头张望，目光掠过这熟悉的前厅时，在一张挂在大柜子上方的画像上停住：她的画像。画中人嘴唇微闭，线条柔和，安详宁静，正微微含笑，意味深长地凝视着他，似乎他内心的每一句话、每一个字她全都懂得。这时，就在这一瞬间，他业已忘却的念头突然闪电似的向他袭来，接受海外的那个位置不是也意味着离开这幢房子吗？我的上帝！要离开她！这念头像一柄利刃刺穿了他迎风鼓起的快乐的风帆。在感到震惊而失控的这一刹那，他用伪装人为堆砌起来的屋宇构架，顿时在心里坍塌。他感觉到心里的肌肉猛地一颤，要失去她的这个念头把他撕成碎片，使他痛苦万分，几乎要了他的性命。她，我的上帝啊！离开她：他怎么能想到这点，怎么能做出决定，就仿佛他还属于他自己，就仿佛他感情的一切根茎枝叶不是牢固地依附在这里，依附在她的身边！一种十分明显的颤动着的肉体上的痛苦，强烈地、本能地迸发出来。一阵霹雳穿过他整个身体，从头顶直到心底。一道裂痕，像道闪电掠过夜空，把一切照得通明：在这耀眼的强光中，不可能看不清楚他内心的每一根神经、每一根纤维都因对她的爱得到滋润而绽放、盛开，她就是他心爱的人！他刚无言地说出这一魔法的字眼，不计其数的微小联想和回忆，顿时便以无法解释的速度——只有极端强烈的惊恐才能激起这样的速度——金光闪耀地涌进他的意识,强烈地照亮他的感情。这都是迄今为止他一直不敢承认,或者不敢阐明的无数细枝末节。这时候他才知道,几个月来,他早已毫无保留地钟情于她。

事情不是开始于复活节的这个礼拜吗?夫人驱车出门三天,去探望亲戚,他不是就像一个迷失方向的人,茫然不知所从,从一个房间蹭到另一个房间,一本书也念不进去,心烦意乱,没法告诉自己这是为什么?然后到了那天夜里,她该回来了,他不是一直等到夜里一点,倾听她的脚步声吗?他不是无数次地为神经质的焦躁不耐所驱使,提前悄悄地摸下楼梯,想看看马车是否已经来到?他回忆起在剧院里,他的手不小心轻轻地碰了一下夫人的手,一股寒噤从他的手一直涌到他的脖颈:上百个这样细小的令人心悸的回忆,几乎没有清醒地感受到的、微不足道的小事,现在像穿过决了口的水闸,汹涌奔腾地冲进他的意识、他的血液,又汇合起来,径直涌向他的心。他不由自主地用手按住胸部,心脏在那里跳得那么猛烈,一点办法也没有。他不能再抗拒下去,只好承认一种既羞怯又敬畏的本能,再加上各式各样的小心谨慎地掩饰方能如此长久地遮盖的东西——没有夫人在身边,他活不下去!两年,两个月,哪怕只是两个礼拜,这柔和的光芒不照耀着他前进的道路,晚上不和她进行惬意的谈话——不行,不行!这无法忍受!十分钟前还使他踌躇满志的事业,前往墨西哥的使命,独当一面的大权,一刹那间缩了下来,像闪闪发光的肥皂泡一下爆裂,剩下的是远隔重洋,从此离别,犹如身陷囹圄,流亡在外,遭到毁灭,一种无法愈合的天各一方。不，这不行！他的手已经放回到门把手上，他想再一次走进办公室，向枢密顾问报告，他感到自己不配承担这项任务，宁可留在这宅子里，他要放弃这次升迁的机会。但是恐惧向他发出警告：现在别说！别过早泄露这个秘密。他自己也是刚刚才揭开这个秘密。他疲惫不堪地把发热滚烫的手从阴凉的金属把手上松开。

他又看了看那张画像，那双眼睛凝视着他，眼神似乎越来越幽深，只是他再也找不到漾在画中人嘴角的微笑。她看上去不是神情严肃，而是几乎可说是神情悲伤地从画中望出来，仿佛想说："你有忘记我的念头。"他承受不了这道从画中射出的、却是活生生的目光。他摇摇晃晃地回到自己房里，一下子倒在床上，怀着一种稀奇古怪的、几乎可说是由于惊恐而近乎晕厥的感情，但是这其中又奇怪地渗透了神秘莫测的甜蜜。他贪婪地回想起自从住进这幢房子第一个钟头开始所经历的一切。哪怕是最最微不足道的细节如今也具有不同的分量和不同的光芒：一切都映照着那种来自这种认识的内在的光芒，一切都轻飘飘地飘浮在被激情灼热的空气里。他想起了她对他的种种善意的照拂。四周还都是夫人的印记，他用目光抚摸着夫人的手曾经触摸过的各种物件，每个物件都有幸承载着夫人的存在所赋予的一丝幸福。夫人就存在于这些物件之中，他从中感觉到夫人亲切友好的思想。他清楚地意识到，夫人对他怀有好心和善意，这使他心潮澎湃，激情满怀；但是在这股热潮的深处，在他的本性里，还有什么在抵抗、一点并未提起、并未挪去的东西，像一块石头，这东西只有挪开，他的感情才能自由自在地迸涌出来。他小心翼翼地摸索着挨近他感情最深处这朦胧模糊的东西，他已经知道这意味着什么，可是还不敢抓住它。这股热潮总是把他推回到这一个位置，这一个问题。这个问题便是：从夫人那方面讲，所有这些微小的关怀和照顾，是不是含有一丝好感——他不敢说这是爱情。这样倾听和关照他的起居生活，虽说并无激情，是否暗含着一点柔和的温存。这个问题模模糊糊地穿过他的心，鲜血的沉重黝黑的波浪，一而再地喧嚣着把这个问题翻起，却未能把它冲走。他感觉到，"倘若我能条理清楚地思考就好了"，但是夹杂着乱七八糟的幻梦和愿望的各种思想，和那总是从心灵最深处掀动出来的痛苦翻腾得过于激烈。于是，他毫无感觉地、完全失魂落魄地躺在床上，各种感情交织在一起，使人麻醉，弄得他情绪低落。也许过了一小时，或者两小时，直到门上响起温柔的敲门声，突然把他惊醒。他听得出这个敲门声。这是纤细的指关节小心翼翼地敲在门上。他从床上霍地跳起，直冲到门口。

夫人笑盈盈地站在他的面前："嘿，博士，为什么您不来用餐？开饭的铃声都响过两遍了。"

这话说得简直有些过分欢快，就仿佛抓到他的一点小毛病，夫人就感到高兴似的。可是一看到他的脸，看到他湿漉漉的头发一团蓬乱，慌乱的眼睛怯生生地躲躲闪闪，夫人自己也顿时脸色煞白。

"我的上帝啊，您出什么事了吗？"夫人结结巴巴地说道，由于惊恐而改变了的声调，使他听了欣喜若狂。"没什么，没什么，"他很快使自己振作起来，"我刚才不知怎的陷入沉思。整个事情来得太快，我感到意外。"

"究竟是什么，什么事情？您倒是说呀！"

"您难道一无所知？枢密顾问没有跟您说？"

"没说，什么也没说！"夫人被他急促不安、炙热如火、躲躲闪闪的目光弄得心慌意乱。她迫不及待地催他："出什么事了？您倒是告诉我呀！"

他于是绷紧了全身的肌肉，目光清晰地、毫不脸红地凝视着夫人："枢密顾问先生对我照顾有加，交给我一项责任重大的任务。我接受了这项任务，过十天就出发去墨西哥——去两年。"

"去两年！我的上帝呀！"她的惊恐脱口而出，完全发自内心，与其说是说话，毋宁说是惊呼，直如一声枪响，尖利刺耳。她不由自主地伸出双手以示抵御。接下来，她便努力想要掩饰自己无意中流露出来的感情，但是白费力气。年轻的博士已经（这都是怎么发生的？）一把抓住她的双手，把那双由于害怕而激烈地伸出的双手握在自己手里。还没弄明白是怎么回事，他们两个颤抖滚烫的身体已经拥抱在一起，一个无限漫长的热吻把无数小时、无数日夜、无意识的饥渴和欲望尽情痛饮，淋漓酣畅。

不是他把夫人搂在怀里，也不是夫人紧紧地搂着他，而是他们紧紧相拥，一同跌进一种深不见底、意识全无的状态之中，一同跌进一股甜蜜的、同时又是灼热的迷醉状态之中——一股压抑得过于长久的感情，为偶然这块磁铁所点燃，仅仅在一秒钟之内，突然爆发。他们紧紧贴在一起的嘴唇渐渐分开，两人还因为事情难以置信而晕眩不已，这时，透过朦胧幽深的柔情，他才看到夫人的眼睛为陌生的光芒所照亮。此时，一股热浪在他全身涌流。他意识到，这个女人，他心爱的这个女人，在这样的时刻撼动她的灵魂之前，想必早已爱上了他，爱上了他好几个礼拜，好几个月，好几年，充满柔情蜜意却又讳莫如深，火一样炽烈却又富有母性。恰好是这一点，这不可思议的事情如今使他如醉如狂：他为她所爱，为这个不可接近的女人所爱！一座天国平地升起，充满了阳光，漫无止境，是他一生中光芒四射的正午时分，但同时在下一个时刻便向下坠落，跌成锋利如刀的碎片。因为这次相识，同时也是离别。

接下来，一直到他出发的这十天，他们两人是在一种不断亢奋、不断痴迷的奇妙状态中度过的。他们相互承认的感情突然爆发，以其空气压力的无比巨大的冲击力炸掉了一切堤坝和障碍、道德和谨慎：他们像两只动物，在昏暗的走廊里，在一扇门背后，在一个角落里，在忙里偷闲的两分钟里彼此相遇，便热烈地、贪得无厌地扑到对方身上，手想摸到对方的手，嘴唇想触及对方的嘴唇，骚乱不宁的鲜血想感到对方的血液，一切都热切地想要感到对方的一切，每一根神经都渴望着触摸对方的脚、手、衣裳，具体感受一下对方活生生的身体的任何部分，这个身体如饥似渴地欲火中烧。与此同时，他们在家里必须自我控制。夫人得在她的丈夫、儿子和一批仆人面前掩盖她那一再流露的柔情蜜意，而年轻的博士必须在脑子里清清楚楚地想好如何筹划、如何开会、如何计算，做好这一切是他的职责所在。他们只能抓住几秒钟时间，颤动不已、偷偷摸摸、危机四伏的几秒钟，他们只能用手、用唇、用目光、用贪婪的匆忙攫取的一吻，飞快地接近一下。年轻博士自己熏然陶醉，他那轻盈的、心神不宁的存在，也使夫人忘情陶醉。但是这远远不够，两个人都感觉到：绝对不够！于是，他俩写些热辣、滚烫的字条，像学童似的把情绪狂乱、感情炙热的信件塞到对方手里。晚上，年轻博士在失眠时，在枕头底下找到夫人塞在那里、窸窣作响的信，而夫人又在大衣口袋里找到了年轻博士的信。所有的信件都绝望地喊出这个不幸的问题：如何忍受？横隔一片海洋，相隔一个世界，无数个月份，无数个星期，整整两年，隔断了他们的血肉，阻断了他们的目光，如何忍受？他们别无所想，只想这个；也别无所梦，只梦见这个。他们两个谁也不知道如何回答，只有他们的手、眼睛、嘴唇，他们无知的激情的仆役跳来跳去，渴求着汇成一体，渴求着内心的结合。接着，在虚掩的房门之间偷偷摸摸地相拥，颤抖着紧紧拥抱，这些瞬间便变得分外令人心醉，又叫人惊恐万状，给人无限欢娱。

但是，这个欲念炽烈的年轻人从来没有机会完全占有心上人的肉体，隔着没有灵魂、碍手碍脚的衣服，他感觉到心上人弓起身子、赤裸裸、热乎乎的肉体紧紧地贴了上来——在这光线分外充足、到处有眼、到处有耳的宅子里，他心上人的肉体从来没有真正挨近过他。只有在最后一天，夫人借口帮他收拾行李，实际上是为了最后告别，走进他早已拾掇干净的房间。他猛地一跳，扑了过去，贪婪地一把抓住夫人，使她脚步踉跄地跌倒在长沙发上。他掀开她的衣服，把热吻印在她隆起的胸上。他的嘴贪得无厌地沿着白皙炽热的皮肤，一直滑到她的心口。她的心在那里向他扑腾扑腾地跳个不停。这几分钟里眼看着夫人就要屈从于他，几乎就要向他献身，为他所有，可是就在这时——夫人在忘情失态之际，结结巴巴地发出最后一声央告："别做这事，现在别做！别在这儿！我求你了。"

　　即便是他那滚烫的鲜血也这样服从、这样屈从于他对心上人的敬畏之情，她像圣女一样为他所爱。结果，他再一次控制住奔流的情欲，在夫人面前控制住了自己。夫人摇摇晃晃地站起身子，掩面不让他看。他自己也痉挛地站着和自己搏斗，同样转过脸去，如此明显地忍受着失望的悲哀，连夫人也感到，他因浓烈柔情未能得到她的接纳而痛苦不已。夫人又完全控制住自己的感情，走近他的身旁，轻声安慰他："我不能在这里，不能在我的、在他的宅子里做这事。可是等你再来的时候，你什么时候要都行。"

　　列车嘎嘎直响，车闸一收，钳子一咬，发出一声刺耳的尖叫，列车停了下来。他像只挨了一鞭的狗，猛然惊醒，他的目光从梦幻中醒来，但是——幸福地感悟——瞧，她就坐在那儿，他心爱的女人，长期分离的心上人，她就坐在那儿，静悄悄地，近在咫尺，可以感到她的呼吸。她的帽檐稍稍遮住了她向后靠的脸，但仿佛她无意识中知道他渴望看见她的脸，她坐直了身子，向他露出柔和的微笑。她向窗外望了一眼，说道："达姆斯塔特，还有一站。"他没有回答，只是坐着，凝视着她。无奈的时间，他心里想道，对抗我们的感情，时间也无可奈何：从那以后，足足九年之久，她的声音、语气毫无变化，而我在听她，我身体里没有一根神经和从前有丝毫不同。什么也没有失去，什么也没有消失，她的存在给人温存，使人幸福，就和当年一样。

　　他满怀激情地望着夫人宁静地微笑着的嘴，他曾经吻过，却已经想不起那美妙的滋味。他再凝望她的手，这双手一动不动地放在膝上，十分放松，散发出美丽的光芒。他按捺不住地想要低下头去用嘴唇亲吻这双手，或者把这双静静地交叉在一起的手握到自己手里，哪怕就一秒钟，一秒钟！但是车厢里那几位饶舌的先生已经开始好奇地打量起他来。为了保住自己的秘密，他一言不发地把身子往后一靠。于是他们两个又面对面地坐着，相顾无言，只有他们的眼睛在彼此亲吻。

车窗外响起尖利的笛声，列车又开动起来，它那摇摇晃晃的单调的节奏，使列车变成一座钢铁的摇篮，又把他送进回忆之中。啊，在当年和今天之间，横隔着黑暗的、无限漫长的岁月，在岸和岸之间，心和心之间，横亘着灰色的大海！究竟是怎么回事呢？有一段回忆，他不想触及，他不想回忆起最后分手的那一小时，在同一个城市的站台上度过的那一小时，而今天他却心花怒放地在这个站台上等待她的来临。不，别想这事，绕过去，不再想它，这事实在过于可怕。思绪再往前、再往前飘动，为嘎嘎作响的车轮的节奏所催动，不同的景色，不同的时间，又梦幻般涌现。

当年，他心灵破碎地去了墨西哥。开头几个月，最初几个可怕的星期，在他收到心上人的消息之前，他简直无法忍受，只好把大量的数字、草案塞进脑子，骑马到乡下去，从事长途考察，进行没完没了的谈判。他决心要把谈判和研究进行到底，把自己的身体弄得筋疲力尽。从清晨到黑夜，他一直都把自己关在开采地那间机器房里，敲击出一连串数字，不停地说话、写字，不断地工作，只是为了倾听他内心的声音如何绝望地叫出一个名字，他心上人的名字。他用工作麻醉自己，就像使用酒精或者毒药，只是为了压抑感情，那过于强劲有力的感情。可是，尽管他疲惫不堪，每天晚上他都坐下来，一页一页，一小时一小时，把白天所做的事情全都详详细细地记录下来。每个邮班，他都把这些哆哆嗦嗦地详细记载的纸张，整摞整摞地寄到一个事先约定的隐蔽地址，以便遥远的心上人就像在家里一样可以时时刻刻参与他的生活，而他也能朦朦胧胧地感觉到他心上人温柔的目光越过千山万水、海角天涯，停留在他每天的工作上面。他从心上人那里接到的信件，是对此表示的感谢。这些信件字迹端正，语气平和，露出激情，可是表现得含蓄、收敛：它们严肃认真地向他叙述每日的境况，丝毫也不抱怨。他觉得那双蓝色的眼睛正凝视着他，只是缺乏那股笑意，那轻柔的、使人心神宁静的微笑，使得一切严肃的事情不复沉重的微笑。这些信件成了这个孤身在外的人的饮品和食物。他激情满怀地带着这些信件上路，穿过茫茫草原和莽莽群山。

他叫人把他装了信的口袋缝在马鞍里，为了不让突然降下的滂沱大雨淋着，避免过河时为河水浸湿。他们长途考察时不得不渡过江河溪流。这些信，他已经熟读，都能逐字逐句地背出来。信纸经常打开，折叠处都已透明，个别字句都已被亲吻和泪水抹去，变得模糊不清。有时候他独处时，知道身边没有旁人，就拿起她的信来，按照她的声调一个字一个字地念出来，用这种方法，像施魔术似的，把相隔遥远的心上人召唤到眼前。有时候他在夜里突然起床，因为忘记了信中的一个字，一句话，或者一个结尾，马上点灯找到遗忘的字句。从她的笔迹梦想着她手的形状，从手往上就想到手臂、肩膀、脑袋，把她整个人从大洋的彼岸、陆地的另一端带过来。他像原始森林中的一个伐木者，以古代北方神勇壮汉的狂暴蛮力，劈进他面前这座狂野的、参不透的时间丛林，它依然还威胁着他。他已经急不可耐地想看到这时间丛林日益稀疏，回归故里指日可待，起程的时日已在眼前，千百次地以为久别重逢的第一次拥抱的希望已将实现。在这个新建的工人聚居地里，他住着一间仓促修建起来的铁皮屋顶木头房子，在他那粗陋打造的木床上方，挂着一份日历。每天晚上，他在日历上把这辛苦度过的一天划掉，有时候性急，在中午就把一天划去。他把还需熬过去的时日形成的一行行红黑的数字数了又数：四百二十、四百一十九、四百一十八、四百一十七，离回国之日还有四百一十七天。因为他和其他人不一样，不是从基督诞生之日从头数起，而是朝着一个确定的时刻，他回家的时刻计数。每当这段时间成为一个整数，变成四百天、三百五十天，或者三百天，或者恰逢她的生日、命名日，或者那些秘密的节日，比如和她初次见面的日子，或者她第一次向他流露真情的日子——他总是给他身边的人一点喜庆，大家莫名其妙，惊讶不已，带着疑问的眼光直看着他。他送些钱给那些印第安人和白人的脏兮兮的混血儿，而那些工人他就送些烧酒，高兴得他们手舞足蹈，就像那些野性十足的褐色小马。他自己穿上星期天穿的礼服，叫人把葡萄酒和最好的罐头食品拿来，然后在他特地为此而竖起的旗杆上，升起一面旗子，快乐的火焰便腾空而起。邻居和助手们好奇地跑来打听，他这是在庆祝哪个圣人，或者由于什么奇怪的原因在这儿庆祝？他只是微笑以对："这跟你们有什么关系？你们跟我一起高兴就好!"

就这样周复一周，月复一月地过去，累死累活地干完一年又加上半年，只剩下微不足道的短短七个礼拜，就到了预定的归期。他实在焦躁不耐到了极点，早就把船行的时间计算出来。在一百天之前，他就把"阿肯色号"上的舱位订好，并且预付了船票，使得轮船公司的职员大吃一惊。接着，那灾难性的日子来临，它不仅毫无怜悯地把他的日历撕破，也无动于衷地把千百万人的命运和思想砸得粉碎。那是个灾难深重的日子：一清早，测量师带着两个工头，后面跟着一队本地的仆人，骑着马和骡子，穿过像硫磺一样黄色的平原，走进山里，想去研究一个新的钻探点，那里估计有镁矿石。这些混血工人两天来在无情的烈日直射下，又砸又挖，敲敲打打，进行勘探。暴晒的烈日不断地呈直角从赤裸的石头反射到他们身上。可是他就像个疯子似的催逼工人，嚷得口干舌燥也不愿走个百十步，到迅速挖掘出来的水沟去饮水——他一心只想回去取邮件，去看她的信，读她写的字句。到第三天还没有挖到深处，采样不算数，他渴望看到心上人邮件的狂热激情，如此强烈地向他袭来，想看到她信里词句的饥渴如此疯狂、如此强烈，于是他决定独自连夜骑马赶回去。骑了一整夜，只是为了取得那封信，它昨天就该和其他邮件一起送到。他漠不关心地把其他人留在帐篷里，只让一个仆人跟随。他们沿着山间险峻昏暗的羊肠小道骑马前行，整整一夜，一直骑到火车站。第二天早上，他们两个骑着浑身直冒热气的马，人因为山岩间冰冷的寒气冻得浑身发僵，走进他们那个小居留点。异乎寻常的一番景象使他两个惊愕不已，住在那里的几个白人放下手里的活，围着火车站，身边挤满了印第安人和白人的混血儿和本地人。他们又叫又嚷，傻乎乎地瞪着眼睛发问。费了好大的劲儿，他们才穿过这激动万分的人群，在官厅获得了出乎意料的消息。从海岸边传来电报，欧洲发生战争，德国和法国作战，奥地利和俄国作战。他不愿相信，用刺马针猛刺胯下跌跌撞撞的坐骑。马儿受惊，长嘶一声，扬蹄奋起。他骑马冲到政府大楼，在那里听到的消息更加令人沮丧：的确已经爆发战争，更严重的是英国也已宣战，并且宣布封锁全世界的海洋，不容德国人航行。在一个大陆和另一个大陆之间，铁幕已经断然降下，时间长短未可估量。

他第一个反应是怒不可遏，握紧拳头砸到桌上，仿佛要用这一拳击中那看不见的敌人，但是白费力气：现在千百万无权力的人也这样愤怒地猛击命运设置的囚牢的墙壁。他立即思考各式各样偷渡过海的可能性，或者以巧妙机警的方式、或者以暴力的方式向命运挑战。英国领事碰巧在场，和他有些交情，他小心谨慎地向他发出警告，暗示从现在起，他的一举一动全都受到监视。只有一线希望给他安慰，这是千百万受骗的人不久都会心存的希望：这样疯狂的荒唐事不会持续多久，过几个礼拜，几个月，那些忘乎所以的外交家和将军们闹的这个愚蠢的恶作剧必然就会告终。这样稀薄的希望烧酒里面，不久又掺进另外一种成分，更加生机勃勃，麻醉力更强：那就是工作。通过绕道瑞典传来的电缆电报，他得到公司的任务，为了防止企业成为有争议的财产而遭到没收，他应该使企业独立，作为一家墨西哥公司，由几个代理人来经营。这就需要投入极大的精力来控制局势。战争，这个霸气十足的企业主，不是也需要把矿石从矿坑里挖出来吗？开采必须加速，企业必须加紧建设。这事把所有的力量都调动了起来，压倒了任何我行我素、不顾其他的想法。白天，他以狂热执着的精神，工作十二至十四个小时，到了晚上，就像被成堆的数字组成的石弩击中，他像死人一样疲惫不堪、毫无知觉地倒在床上，连梦也不做一个。

然而，正当他还一刻不停地以为自己正在感受的时候，那种激情满怀的紧张情绪，渐渐地从内心松弛起来。单靠回忆生活，这不是人性的特点。就像各式各样的植物和任何一种生物都需要土地的滋养和天上的光芒一再重新过滤，色泽才不至于消退，花萼才不至于凋零脱落，所以，即便是梦幻，这些看上去似乎超凡脱俗的梦幻，也需要某种感性的养料，需要娇嫩形象的辅助，否则，它们的血液就会凝结成块，它们的光泽就会黯淡。这位激情满怀的博士遭遇的情况也是如此，而他自己还没发觉——若干星期、若干个月，接着整整一年，然后第二年都已过去，却没有一点关于她的消息从海对岸传来，没有一个她写的字，没有一个她的信号。她的形象渐渐模糊黯淡。工作中消耗掉的每一天，都在他的回忆上面撒下一点灰尘。开始时，回忆还像赤红火焰似的燃透铁锈，可是最后，这灰色的薄薄一层变得越来越厚。他有时候还取出她的信件来看，可是墨水已经褪色，字句已经不再能冲击他的内心。有一次他看见她的照片，吓了一跳，因为他已经想不起她眼睛的颜色。他从前如此珍视这些信物，它们曾像魔法似的使人精神振奋，而如今，他取出这些信物的次数越来越少，自己也不知道，他已厌倦于她总是一声不响地待着，厌倦于自己总是无谓地和影子讲话，而这影子从不回答。此外，迅速建成的企业引来了一些人和同伴，他开始寻找伴侣、寻找朋友、寻找女人。战争爆发后第三年，他有一次出差，来到韦拉克鲁斯一位德国大商人的家里，认识了这位商人的女儿。姑娘文静娴雅，金发白皙，是个善于操持家务的类型。在这个被仇恨、战争、疯狂弄得分崩离析的世界里，他突然害怕不断地单身独居。于是，他迅速下定决心，娶了这个姑娘，接着生下一个孩子，第二个孩子接踵而至。这是在他被遗忘的爱情坟墓上开放的活生生的鲜艳花朵：于是，这个家庭圈子圆满组成，外面是喧嚣嘈杂的活动，里面是日常家居的宁静。四五年后，他对自己曾经是个什么样的人，已一无所知。

突然之间，一天来临，那是一个欢声雷动、钟声齐鸣、激情澎湃的日子，传送电报的电线颤动不已，城里大街小巷人声鼎沸，欢呼呐喊之声不绝于耳，拳头大的字母传递着缔结和约的最终消息。当地的英国人和美国人从所有的窗口毫无顾忌地发出"乌拉"的欢呼声，庆祝他的故乡遭到灭亡——这一天使人回忆起的祖国，正因为蒙受灾难又重新受到热爱。拨开这些回忆，那个人影也在他心里冉冉升起，执着地走进他的感情。这里的报纸以隔岸观火的闲适态度，以嬉笑放肆的口气，长篇累牍地报道他的故乡陷入苦难重重、物质匮乏的岁月。在这些日子里，她的情况如何？她的房子、也就是她丈夫的房子是否安然无恙，有没有遭到暴徒的骚扰和洗劫？她的丈夫、她的儿子是否都还活着？半夜，他从熟睡的妻子身边爬起，点燃了灯，一口气写了五个小时之久，直到黎明破晓，写了一封总写不完的信。他在信里告诉她这五年里他的全部生活，像跟自己说了一段独白。两个月后，他已忘记了自己写出的信，却收到了回信。他迟疑不决地把这个巨型的信封握在两只手里掂量，看到那十分熟悉的笔迹，他的内心已经翻腾不已：他不敢马上开启信封的封印，这只封好的信封就仿佛一只潘多拉的盒子，里面存放着被禁的物品。他两天都没有拆开这封信，把它放在胸口的口袋里：有时候，他感到自己的心敲击着这封信。两天后，这封信终于拆开，可是它既不含有任何硬贴上来的亲热劲儿，也没有任何冷冰冰的客套话：他从信上平静的笔迹呼吸到那股轻柔的好感，夫人身上的这种好感从来都使他感到幸福。她的丈夫已经去世，战争一爆发就已去世，她简直不敢对此有所抱怨、诉苦，因为这一来，枢密顾问就免去了看见他的企业遭到损害、他的城市被人占领、他那过早被胜利冲昏头脑的人民陷入苦难之中的命运。她自己和她儿子都身体健康，听到他喜庆的消息她非常高兴，这些消息比她所能报道的消息要好。她用诚恳的词句明白无误地祝贺他已经结婚。他心生怀疑，情不自禁地想听出个究竟，可是信里毫无暗藏狡诈的弦外之音，能冲淡她清晰明确的词意。一切都说得清清楚楚，没有任何故意引人注意的夸张用词，或者多愁善感的感情流露。一切往事似乎都消融在持续有效的关怀之中，激情净化成水晶般纯净的友谊。他从来没有想到过夫人心灵的高雅会是别的样子，可是当他重新感觉到这种清朗稳重的方式，他一下子以为又看见了夫人的眼睛正神情严肃、可又微微含笑地反射出她的善意。他心生感激，激动不已：他立即坐下，给她写了一封详详细细的长信。中断已久的互相报告生活状况的习惯，现在又非常默契地重新建立起来——在这里，世界的风云突变什么也没有摧毁。

　　他的生活已经有了明确的形式，他对此怀着深深的感激之情。他的升迁已经成功，企业在蓬勃发展，家里孩子们从娇嫩的花朵渐渐长大，变成会说、会笑、会游戏、会亲切地观察四周的小东西，使他晚上过得心情舒畅。追忆往事，他在青年时代一夜夜、一天天都如此痛苦地备受煎熬，从当时经历过的那次熊熊烈火，如今只传来一道光亮，一道宁静、善良的友谊之光，无所祈求，亦无危险。这样，两年后，他受一家美国公司的委托到柏林去，为了化学专利进行谈判，他便想在德国和旧日情人就近互致问候。这是自然不过的念头，如今情人已成为朋友。刚到柏林，他的第一件事便是在饭店里打电话，要求接通法兰克福：这九年里电话号码没有变过，这也具有象征意义。他心想，这是个好兆头，什么也没有改变。桌上电话机的铃声放肆地响起，经过这么多年月，他将再次听到她的声音，被他的声音所唤醒，越过田野、植被、房屋和烟囱，穿越岁月、河海和大地，来到他的身边，近在咫尺。预感及此，他突然浑身颤抖起来，他刚说出自己的姓名，一声因为惊讶、错愕而发出的惊呼"路德维希，是你呀？"向他袭来，先是侵入他侧耳倾听的感官，接着便向下进入他猛然间积满了血液的心脏。这时，突然有什么东西将他点燃：他费了好大劲儿才能继续说话，轻轻的话筒在他手里不断摇晃。她因为感到意外而发出的清脆的欢呼，想必触动了他生命中某根暗藏的神经，因为他感到血液涌向太阳穴，脑袋嗡嗡直响。他使劲才听明白她说的话。他自己也没明白是怎么回事，就仿佛有人在他耳边悄声耳语了什么，就说出了他自己并不想说的话，答应后天前往法兰克福。这下他可就不得安宁了：他急急忙忙地处理好各项业务，坐着汽车到处乱跑，以加倍的速度圆满地结束了各项谈判。当他第二天早晨醒来，回味夜里做的梦时，他发现：多年来，五年来，他第一次又梦见了夫人。

两天后，当他在一个霜冻之夜后的早上走近她的宅子时——他已发出一份电报，预告他将造访——他看着自己的脚，突然发现：这不是我的步伐，不是我在大洋彼岸走路的步伐，我那坚定踏实、笔直地向前移动的步伐。为什么我又像当年那个二十三岁的年轻人，腼腆羞怯、胆小怕事，用颤抖的手指一再满面羞惭地掸掸身上破旧的上装，在按门铃之前先戴上新手套？为什么我的心脏一下子又狂跳起来，为什么我这样拘谨、毫不大方？当年我秘密地预感到，命运就蹲伏在这紫铜色的门后面等着接纳我，或是温柔地、或是凶恶地接纳我。可是今天，为什么我又在门前缩着身子，为什么会涌起一股不安的情绪，把我心里一切坚实稳定的东西全都消除？他徒劳无功地努力稳住心神，把他的妻子、孩子、屋子、企业和外国的生活一一想起，但是这一切像被鬼气森森的迷雾带走，全都变得黯淡无光。他感到自己又是孤身一人，又一次像是个乞求者，在她身边又像个笨手笨脚的孩子。他放到门把上去的手发抖、灼热。

可是刚一进门，陌生感便立即消失。因为如今已消瘦干瘪的那个老仆人，眼里几乎噙着泪水。他嗫嚅着说："博士先生，"接着压下去一阵抽泣。奥德修斯想必一定会和他一样深受震撼地想到，家里的狗还认得你：女主人会认得你吗？但是门帘已经掀开，夫人伸开双手向他迎面走来，霎时间他们的手握在一起，四目对视凝望。

短促的、然而富有魔力的间歇时间，他们进行比较、观察、探索，灼热的沉思，那深藏不露的目光，害羞地使对方幸福，又使自己感到幸福。接着，疑惑才隐匿于微笑之后，目光才化为亲切的问候。不错，夫人依然是老样子，当然，稍稍老了一些，她那依然左右分开的头发，左边已夹着银丝，这缕银丝的光泽使她温柔、亲切的脸庞变得更加沉静，更加严肃。夫人说的方言悦耳，嗓音柔和，他痛饮夫人如此熟悉的嗓音，依然感觉到这无比漫长的岁月中所感受的干渴。夫人向他问候："你来了，你可真好！"

这声问候听上去纯净自然，无拘无束，就像一只音叉敲响发出的声音：现在，他们的谈话找到了自己的声调和停顿，询问和叙述就像左右手划过键盘，音韵铿锵，清越动人，互相交汇。从夫人出现讲出第一句话起，所有蕴藉的郁闷和拘谨全都化解。只要她一说话，他的每一个思想都服从于她。可是等她一受感动，沉思起来，不再说话，那深思的低垂的眼睑使人看不见她的眼睛，他脑中突然闪现一个问题，直如一片阴影轻快地掠过，透过他的心："这不就是我吻过的嘴唇吗？"后来有一阵，夫人被叫去接电话，让他一个人留在屋里，这时，往事种种，便像脱缰野马似的从四面八方向他涌来。夫人在场的时候，这些漂浮的声音都躲在一边，可是现在，每一张小沙发，每一幅画像都张开嘴唇轻声说话，所有的东西都向他诉说，这无法听见的悄声耳语只有他一个人明白，只向他一个人袒露。他不得不想到：我在这幢房子里生活过，我身上有些东西留在这里，它们还来自那些年，我还没有到大洋彼岸去、还没有完全在我自己的世界里生活的那些年。夫人又回到房里，不言而喻，情绪欢快，屋里的各种东西又都躲到一边。"你总会留下来吃午饭吧，路德维希?"夫人以一种开朗欢快、不容置疑的口气说道。他留了下来，整天留在她的身边，他俩共同回顾以往的岁月。自从他在这里讲述这些岁月，他才真的觉得它们的确是这样。最后告别时，他吻了吻夫人母亲般柔软的手，在身后关上大门，他觉得，他似乎从来没有离开过这里。

夜里，他独自一人待在陌生旅馆的房间里，只有身边的钟嘀嗒嘀嗒直响，再就是他胸中有颗跳得更加猛烈的心，他先前那种平静下来的感觉又消失了。他睡不着，起来点上灯，又把它熄灭，然后了无睡意地继续躺在床上。他总是不由自主地想起夫人的嘴唇，想起他曾经认识的夫人是另外一种样子，和现在这样亲切地柔声交谈时不同。他忽然间明白了，他俩之间闲聊似的从容不迫，其实都是谎言，在他们的关系当中还有一段未了之情，未解之扣，所有的友好态度只是人为地戴上去的面具，扣在一张神经质的、慌慌张张的、为不安和激情搅得茫然不知所措的脸上。这次重逢，他想得过于长久，在大洋彼岸茅屋的篝火旁，太多的夜晚，太多的岁月，太多的时日他都想过，在想象中，重逢完全是另外一个样子——两个人热情地迎面扑过去，热情似火的拥抱，最后的结合，脱落的衣衫——不是这样客客气气地相聚，彬彬有礼地闲聊，互相探听，彼此询问。"男演员，"他对自己说，"女演员，每个人在对方面前都在演戏，可是谁也没有欺骗谁。这天夜里她肯定也睡不踏实，和我一样。"

第二天上午，他去看望夫人。他那种失去控制、极其不安的样子，和他躲躲闪闪、游移不定的目光立刻引起她的注意，因为她的第一句话就有些慌乱，接下来再也无法使谈话进行得轻松平稳。谈话时而高扬，时而低落，不时停顿，以致不得不使劲加压，把紧张的气氛消除。他们俩人之间横亘着什么东西，问题和回答碰到这无形之物都撞得粉碎，就像蝙蝠撞在墙上。他们俩人都感到这点，他们不是各说各的，互不交锋，就是顾左右而言他，最后，这样小心翼翼地转着圈子说话，弄得他们晕眩，谈话使他们疲惫不堪。他及时认识到这点，趁夫人又留他吃午饭，便托故婉拒，说还要在城里进行一场紧急的谈判。

她感到非常遗憾，此时，一股羞怯的暖意又从她的嗓音里大胆地流露出来。但是，她不敢当真挽留他。她陪他到门口的时候，两个人都神经紧张地不看对方。他们的神经里，有什么东西像火星似的噼啵作响，谈话触及什么看不见的东西，一再磕磕绊绊。这视而不见的东西陪着他们从一个房间走到另一个房间，从一句话滑到另一句话，如今变得强大无比，使他们呼吸艰难。等他走到门口，披上大衣，他顿时感到轻松。可是，霎时间他又下定决心，转过身来："在离去之前，我其实对你还有一事相求。""你有事求我，乐意帮忙！"夫人微微笑道，脸上又闪现出喜悦的光芒，因为能够实现他的一个愿望。

"也许说来很蠢，"他目光迟疑地说道，"不过肯定你能理解，我很想再看一看那个房间，我住过两年的那个房间，我的房间。我这次回来，一直在楼下的会客室里待着，这是接待陌生客人的房间。你瞧，我现在回家还丝毫没有到家的感觉。年纪大了，就愚蠢地对细小的回忆感兴趣。"

"什么，你年纪大了，路德维希?"夫人答道，语气有点过于奔放，"你这个人竟这样虚荣! 你不如仔细看看我，瞧我头发里的这一缕灰发。你和我比还是个孩子呢，居然就要说年纪大了! 这小小的特权还是留给我吧! 可是瞧我多么健忘，我没有立刻带你到你的房里去，因为你的房间还保持着原样。你会发现房里什么也没有改变: 在这幢宅子里什么也没变。"

"我希望，你也没变，"他试图说句笑话，可是等夫人凝视他，他的目光便不由自主地满含着柔情和暖意。夫人的脸上微微升起一阵红晕:"人老了，可依旧是同一个人。"

他们上楼到他的房间里去，在进门时竟发生了一点难堪的事情: 夫人打开房门，退后一步，让他先进房门，而他同时也客气地让夫人先进去。两人这一礼让，肩膀就在门框里碰在一起。两人情不自禁地都往后退，可是肉体这样轻轻一碰，已足以使他们感到窘迫。夫人感到一阵使人麻痹的拘谨，他把她默默无言地紧紧抱住，在这悄无声息的空旷房间里，这使人倍感难堪: 她慌慌张张地快步走到窗前，用拉绳把窗帘向上拉起，让更多的光线射进室内。之前，房里的家具仿佛躲在黑暗之中，可是现在，一股刺目的亮光射了进来，房里所有的东西仿佛突然睁开眼睛，一旦惊醒，便极为不安地活动起来。所有的东西都煞有介事地站了起来，以咄咄逼人的语气诉说着一段回忆。这里是柜子，夫人关爱的手总是悄悄地为他整理柜子里的东西；那边墙上是书架，夫人总是颇费心思地根据他漫不经心地说出的愿望在书架上排满书籍；这里——说得露骨些——是床,他知道,在床上铺开的被子下面他曾经埋葬过无数关于夫人的春梦。那边墙犄角是那张长沙发,一想到它,他就浑身燥热——当年在那张长沙发上,夫人挣脱了他的拥抱:如今他被火烧火燎的激情所点燃,感到处处都是夫人的印记和信息。此刻她正站在他身旁静静地呼吸,尽力保持生疏的姿态,目光移开,难以琢磨。多年来这房里盘踞着厚重的积攒着的沉默,现在因为有人进来,受到惊吓,变得庞大无比,就像强大的气压,压在人的肺和备受压抑的心上。现在必须得说点什么,说点什么来驱散这沉默,让它不至于把人压死——他们两个都感到这点。夫人采取了行动——突然,她转过脸来。

"可不是,一切都和从前一模一样。"她开口说道,下定决心只谈一些无所谓的、毫无害处的事情(然而她的嗓音发颤,好像有点沙哑)。可是博士并不接受这种客客气气的闲聊语气,而是咬紧了牙齿。

"是啊,什么都是原样。"突然,一股怒气激烈地从牙齿缝里直射出来,"一切都和从前一样,只有我们不一样了,我们不一样了!"

这句话像咬了夫人一口,她惊慌失措地转过脸来。

"你这话什么意思,路德维希?"可是她找不到博士的目光,他的眼睛此刻不去捕捉夫人的眼光,而是默默地同时又像烈火燃烧似的凝视着夫人的嘴唇。这两片嘴唇,他已多年没有接触。而从前,他们两人的嘴唇热吻,肉灼烧着肉,他感觉到夫人的嘴唇湿润、饱满,犹如一枚水果。夫人明白了他这凝视的目光中所含有的情欲,很不自在。一朵红云映满她的脸庞，神奇地使她恢复青春。于是在他看来，她就和当年他们在同一个房间里离别时一模一样。为了避开这诱人的暗藏危机的目光，她故意误解他那显而易见、不致看错的意思。

"你这话是什么意思，路德维希?"她又重复一遍，可更多的是请求，不作自我解释，而是提个问题，要求回答。

于是他做了一个坚定果决的手势，现在他的目光富有大丈夫气，紧紧抓住了她的目光："你不想明白我的意思，但是我知道，你一清二楚。你记得这个房间——你记得你在这个房间里信誓旦旦地答应过我……等我回来……"

夫人的肩膀颤动起来，她还试图阻挡："别说了，路德维希。这都是陈年往事，咱们别再碰它，哪儿还有时间?"

"时间在我们心里。"他语气坚定的答道，"在我们的意志里。我咬紧了牙齿，抿紧了嘴唇，等了九年之久。可是我什么也没有忘记，我问你，你还记得吗?"

"记得，"夫人更加平静地望着他，"我也什么都没忘记。"

"那你愿意，"他深吸一口气，为了又有力量说这句话，"你愿意实现你的诺言吗?"

红晕又一次猛然升起，一直涌到她的发根。她向他走去，为了安慰他："路德维希，你好好想想! 你说你什么也没忘记，但是别忘了，我已经差不多是个老太婆，一头灰发，没有什么可期望，也不能再给别人什么。我请求你，过去的事就让它过去吧。"

可是他似乎兴致来了，此刻铁了心，坚定不移。"你想躲开我，"他进一步追逼她，"可是我等待的时间已经过于长久，我问你，你还记得你的诺言吗？"

夫人每说一句话，声音都摇摆不定："你为什么问我？我现在跟你说什么都没有任何意义，现在一切都为时过晚。不过，如果你要求，我就回答你。我从来就不可能拒绝你的任何要求，从我认得你的那天起，我就一直属于你。"

他凝视着夫人：她是多么正直，即使在困惑迷惘之中也无比清晰，无比真实，毫不胆怯，始终如一。他的心上人在任何时候都奇妙地保持着自己的风格，讳莫如深同时又敞开肺腑。他不由自主地向夫人走去，可是夫人一看到他动作中那狂暴的劲头，就央告着把他挡住。

"现在走吧，路德维希，来呀，咱们别老待在这里，咱们下楼去吧。现在是中午，侍女随时随地会到这儿来找我，咱们不能在这儿久留。"

就这样，夫人人格的威力又使他的意志折服，他又和当年一模一样，不声不响地服从于她。他们一起下楼走到会客室，穿过走廊，一直走向大门，没有试图说只言片语，也没有互相对视。走到门口时，他突然转过脸冲着她：

"我现在没法和你说话，请你原谅。我要写信给你。"

夫人感激地向他微笑："好吧，写信给我，路德维希，这样更好。"

一回到旅馆房间，他就扑到桌前写了一封长信，一字一句，一页一页地写，越写越为突然进涌的激情所激动。他写道，这是他待在德国的最后一天，也许今后几个月、几年，甚至永远不会再来。他不希望，在进行了形同谎言的冷漠谈话之后，在勉强进行了一次虚伪的社交性的晤谈之后，离她而去。他想和她再谈一次，必须和她再谈一次，单独见面，远离她家，摆脱恐惧和回忆，摆脱碍手碍脚、受人监视的各种房间的沉闷。于是，他向她建议，陪他乘夜车到海德堡去。十年前，他们两人曾经有一次短暂的海德堡之旅，那时彼此还很陌生，可是已经心灵相近：可是今天这次旅行应是告别之旅，他还渴望得到的最后一次、最深情的告别之旅。他还要求她给他这个晚上，这个夜晚。他急急忙忙地封上信封，派人送到夫人家里。一刻钟后信使便已返回，手里拿了一个小小的加了黄色封印的信封。他一把拆开信封，手直哆嗦，里面只有薄薄的一张纸条，上面有几个字，是她遒劲有力的笔迹，写得匆忙，可是笔力稳健：

"你现在要求的，可是一直未能办到的，是件傻事。我从未拒绝过你要求的任何事情，我永远拒绝不了。我会去的。"

列车开始减速，一个车站灯火闪耀，让列车缓缓前进。梦幻中的人撇开思绪，机械地举目向外张望。他的目光向前探望，想再一次充满柔情地看清他梦中人的身影，此刻，她正蜷伏在半明半暗之中。不错，她是在那儿，他永远忠诚的心上人，那不声不响的深爱着他的恋人。她来了，和他在一起，来到他的身边——他一再拥抱着心上人真实具体、明白无误的身影。就仿佛夫人身上有什么东西感觉到他的目光在探寻，远远地感觉到这种怯生生的爱抚般的抚摸，她坐直了身子，透过车窗的玻璃向外张望。窗外浮动的景色湿潋潋的，带着春天朦胧的气息从旁掠过，就像闪闪发光的流水。

"我们大概马上就要到了。"她仿佛是在跟自己说话。

"是的，"他深深地叹了口气，"等了那么长的时间。"

他自己也不知道，他不耐烦地喟叹着说出来的这句话是指这次旅途，还是指过往的漫长岁月：梦幻和现实之间的迷惘涌过他的感情。他只感觉到，在他身下嘎达嘎达直响的车轮往前转动，朝着不知什么东西，不知什么瞬间，他心情奇怪地迟钝，也弄不清楚那是什么。不，现在别去思前想后——就这样混混沌沌地让一种看不见的力量带动，向着不知什么神秘莫测的东西前去，不负任何责任，四肢百骸全都放松。一种无限渴望的东西真的亲自走近那惊愕不止的心时，惯常会出现一种新嫁娘似的期待，甜丝丝的、刺激性的，可是也朦朦胧胧地掺和着一种害怕梦想成真的预先恐惧，交织着那种神秘的战栗。不，现在千万不要设想，什么也别希望，无所企求，就这么待着，像做梦似的卷进捉摸不定的状态，为陌生的洪流带动，互不相撞，又彼此感知，互相渴求，却又彼此不能达到，完全抛进命运之中，又抛回来迁就自我。就这么待着。在这持续不断的朦胧之中待个几小时，永远待下去，为无数的幻梦所笼罩，只是有种思想已经像轻柔的忧虑在心头升起：这种状况恐怕很快就要结束。

可是，山谷里的电灯已经像萤火虫似的在此在彼，四面八方闪烁不停，越来越明亮。笔直的两排路灯交相辉映，铁道叮当作响，一个苍白的、明亮的雾气拱顶已经在黑暗中形成。

"海德堡，"那三位先生当中的一位站起身来，对另外两位说道。三个人都收拾好他们鼓鼓囊囊的旅行皮包，急急忙忙地离开车厢，好早一点走到车门口。刹车后的车轮嘎达嘎达直响，已经磕磕绊绊地开进了火车站的停车场，重重地摇晃一下，猛地一震，车完全停止，只有车轮再一次像挨了打的动物尖声了一叫。一秒钟之久，就他们两人面对面地坐着，仿佛这突然来到的现实把他们吓了一跳。

"我们已经到站了吗？"夫人的声音情不自禁地有点担惊受怕！

"是的，"他答道，站起身来，"我能帮你一下吗？"她拒绝他帮忙，疾步走在前面。可是走到车厢的踏脚处，她又停住脚步片刻，迟疑地没有走下车厢，就像害怕把脚伸进冰冷的水里。然后，她振作一下，下了车，他默默地跟着。两个人并排在月台上站了片刻，无助而又陌生，感到有些难堪，小皮箱拎在手上有些沉重。这时，停在他们旁边、一直像擤鼻涕似的火车头，突然一声尖叫，喷出许多雾气。她一阵哆嗦，脸色苍白地望了望他，目光慌乱，神色不定。

"你怎么了？"他问道。

"真可惜，刚才这一程多美啊。就这样一直乘车向前走。我恨不得再这样乘车走上几个小时呢。"

他不吭声，此时此刻他脑中浮起的恰好也是这个念头。可是旅程已结束：得发生什么事情了。

"咱们走吗？"他小心翼翼地问道。

"走，咱们走，"夫人含糊不清地嘟囔了一句。可是尽管如此，他们依然无助地站着，一动不动，仿佛他们心里有什么东西已经粉碎。然后，他们才犹疑不决、迷惘慌乱地向出口处走去（他忘了挽起夫人的胳膊）。

他们走出火车站。可是刚到车站门口，一阵喧嚣便像风暴似的向他们袭来，鼓声隆隆，哨音尖利。喧嚣震耳欲聋——各种老兵协会和大学生们在举行爱国游行，他们犹如活动的城墙，四人一排，一排又一排，旌旗招展。一群穿着军人制服的男人，踏着铿锵有声的行军步伐，按照同一个节拍大步前进，整齐得就像一个人。他们脖子僵硬地向后挺起，一副竭力下定决心的样子，嘴巴大张，高声歌唱，同一个声音，同一个步伐，同一个节拍。第一排走着几位将军，白发苍苍的显要人物，身上挂满了勋章奖章，旁边是年轻人的队伍，他们以运动员的顽强劲头，笔直地高举大幅的旗帜，上面印着骷髅、带钩的十字①，各式各样古老的帝国旌旗迎风招展，他们胸膛绷紧，额头向前直挺，仿佛冲着敌人的队伍向前挺进，群众仿佛被巧妙的指挥的拳头驱使，像几何图形一样精准地、整齐地迈步向前，像用圆规划定，精确地保持距离，和着脚步，每一根神经都严肃地绷紧，目光咄咄逼人。每当新的一队——老战士、少年团、大学生——从高高垒起的检阅台走过，打击乐在那里有节奏地、顽固地把视而不见的铁砧上的钢铁砸得粉碎，这一大堆脑袋便突然一震，摆出威风凛凛的神气：他们似乎服从于一个意志，所有的人脖子都往左边一甩，所有的旗帜都像被绳子一拽，在大队伍的首领面

_____

① 指纳粹标志。

前一亮。首领把脸绷得像块石头，神情坚毅果决，检阅这些平民：没有胡须的、刚长绒毛的，或者皱纹满面的工人、大学生、士兵或者男孩，所有的人在这一时刻都有着同一张脸，顽强坚定，下定决心，怒气冲冲的目光，桀骜不驯地昂起的下巴，握住看不见的剑把的手势。一排一排的队伍像阵雨落下似的敲着鼓点，因为单调，愈发使人感到内心狂躁，愈发使人脊背挺直，目光坚定——战争和复仇的制造者，神不知鬼不觉地在和平的广场上站好队伍，正凝视着天空。天上温柔地布满了淡淡的白云。

"疯狂。"他深感意外地嗫嚅着，"疯狂！他们想干什么？再打一次，再打一次仗？"

战争把他整个人生击成齑粉，再进行一场这样的战争？他怀着一种陌生的战栗仔细看着这些年轻的脸，眺望着这黑压压的前进着的人群。四人一排的队伍，从狭窄的小巷中不断拥出，就像方形的电影胶卷一段段地从黑匣子里抽出。他看到的每一张脸都是同样坚定不移、怒气冲冲，形成一种威胁，一种武器。为什么这股威胁要剑戟铿锵地直伸进这温和宜人的夜晚，为什么要一直砸进这座在和平山地里做着好梦的城市。

"他们想干什么？他们想干什么？"这个问题一直噎在他的喉头，他刚才还感到这个世界像水晶一样明亮，发出悠扬的声响，为柔情蜜意和缠绵爱情所笼罩，沉浸在一种善意和信赖的旋律之中，可是蓦然间，这大批群众钢铁般的进军步伐，把一切都踩得粉碎。系着武装带，千万人千百种姿态，却汇成一种呼喊，凝聚成一道目光，里面是仇恨，仇恨，仇恨。

他不由自主地挽住夫人的胳膊，为了感觉到一点温暖，感觉到爱情，激情，善意，同情，一种柔和的使人宁静的感觉。可是，那暴雨般敲击不停的鼓点，把他内心的平静全都破坏。此刻，成千上万个嗓音轰响起来，汇成一首难以理解的战歌，大地随着节奏鲜明的脚步声震颤，空气由于这庞大的群体突发的乌拉声而爆炸。这时他感到内心深处那些娇嫩脆弱、音韵铿锵的东西，碰到这现实生活中的暴戾粗野、尖利刺耳的轰鸣而突然碎裂。

他身边有什么东西轻轻碰了他一下，让他惊醒：夫人戴着手套的手轻柔地提醒他，不要这样使劲地把手握成拳头。他把紧盯着游行队伍的目光移开——夫人默不作声，祈求似的凝视着他，他只有在胳膊上感到，她的手在轻轻的催促他。

"好，咱们走吧，"他振作起来，喃喃地说道。他耸起肩膀，像是在抵御什么看不见的威胁，拼命挣脱那挤成一堆的人肉之墙。这些人和他自己一样正默默无言、专心致志地凝视这些武装军团不停地大步前进。他不知道想挤到哪儿去，只想离开这阵喧嚷、鼓噪的混乱局面，离开这座广场，这里有一只咚咚作响的研钵，以无情的节拍把他心里一切轻柔的、梦幻般的东西研得粉碎。他只想离开这里，单独和她在一起，就和她一个人待着，被黑暗这个拱顶包围着，为一层屋顶遮盖着，感觉她的呼吸。十年来，第一次不受别人监视，不被别人打搅，望着她的眼睛，充分享受和她单独相处的时光，这可是他在无数的幽梦中唤起的情景，如今几乎被这猛击战鼓、喊声震天、齐步前进的汹涌奔流的人潮冲刷得荡然无存。他的目光急躁地掠过前面的房屋，它们几乎为各色旗帜遮挡，当中只有几间上面有金色的字，写着公司的名字，有些字是一家旅馆的招牌。他蓦然间感到手里拎着的小皮箱轻轻往下一坠，提醒他：该到哪儿去休息一下，回到屋里，单独待在一起！买一点点宁静，买几平方米安静的空间！突然间，他发现在一个高高的石头门面上突显出一家饭店金光闪闪的名字，竟仿佛给了他一个回答。旅馆的玻璃大门向他们迎面打开。他的脚步变慢，呼吸急促。他几乎神色慌张地站住脚步，他的手臂情不自禁地和夫人的手臂松开。"据说这是家不错的饭店，人家向我推荐过。"他结结巴巴地撒着谎，企图掩饰急促不安的窘迫。

夫人吃惊地倒退一步，苍白的脸涨得通红。她的嘴唇动了动，想要说点什么——也许是和十年前同样的话，惊慌失措的一句："别在现在！别在这里！"

然而此时，夫人看见了他凝视她的目光，胆战心惊、六神无主、惊慌失措的目光。于是她低下头，默默无言地表示同意，跟着他迈着迟疑不决、心虚胆怯的步伐，跨进饭店的大门。

饭店的接待处站着门房，他头戴色彩鲜艳的帽子，神气活现地站在柜台后面，和外面保持着距离，就像忠于职守的船长，站在航船的瞭望塔上，怡然自得。两个客人迟疑不决地走进门来，门房一步也不迎上前去，只是向他们那只装着盥洗用品的小皮箱扫了一眼，迅速打量一番，一副鄙夷不屑的神气。他等着客人走到他的跟前，自己则突然像是忙着翻阅那本打开的、似乎是流水账的册子。等到要求住宿的客人站到他的面前，他才抬起冷漠的目光，就事论事、一丝不苟地仔细盘问："先生，您预订房间了吗?"对方用一种近乎负疚的神气鞠了一躬，然后门房就一面重新翻阅登记簿，一面答道："恐怕所有的房间都已经占满了。我们今天举行授旗典礼，不过，"他仁慈地补充了一句，"让我瞧瞧还有什么办法可想。"

真恨不得给他一记耳光，这个衣服上饰有金线的下级军官，受到羞辱的博士冒火地想道。我又到这儿来当乞丐，来求得人家的恩典，充当冒失的入侵者，十年来这是第一次。可是这当儿，那个神气活现的家伙结束了他那复杂的审查。"二十七号房间刚刚腾出来，是个双人床的房间，如果您感兴趣的话。"还有什么办法，只好闷声闷气的赶快说声"好吧"。急促不安的手已经去拿起门房递过来的钥匙，急不可待地想让沉默的墙壁把自己和这个门房隔开。可是那冷峻的嗓音再一次从背后逼近："登记吧，请!"一张长方形的纸已经搁在他的面前，纸上印了十个或者十二个空格要他填写，婚姻状况、姓名、年龄、出生地址、籍贯，官方向活生生的人提出的迫切问题。他飞快地把这件讨厌的事情处理掉，只有在要登记夫人的姓名时他没有如实登记，而是写上和他有婚姻关系（这曾经是他最秘密的愿望）——这时，那支轻轻的铅笔在他手里笨拙地颤抖了一下。"这儿还得填上住多久。"那个不留情面的家伙把填好的登记表审查一遍，用肥硕的指头指指还空着的一格，责备地说道。"一天。"博士用铅笔愤怒地填上。他激动起来，感到额头发湿，他不得不摘下帽子，这里陌生的空气使他备受压抑。

"二楼左边。"一个客气巴结的侍者灵巧地跳过来进行解释。博士精疲力竭转身向着一旁。他是在寻找夫人：在整个登记的过程中，夫人只是一动不动地站在一张海报前面，假装兴致勃勃地看预告。一位无名的女歌唱家将要举行演唱舒伯特作品的晚会。可是，就在她这样一动不动地站在那儿的时候，一阵颤抖的波浪掠过她的肩头，犹如清风吹过草地。他羞愧地感觉到，夫人在使劲控制自己的激动：他违背自己意志地想道，我为什么要把她从宁静的生活中拽到这里来？可是如今已无路可退。他轻声地催促道："来吧。"夫人离开那张陌生的海报，没有把脸转向他，举步向楼梯走去，缓缓地、艰难地迈着沉重的脚步：就像一个老妇人，他不由自主地想道。

他就这样想了一秒钟之久，夫人这时扶着栏杆艰难地走上那短短的几级楼梯，他立刻把这丑恶的念头赶走。可是有一点冰冷的使人痛苦的东西留了下来，取代这被他使劲驱走的感觉。

他们终于爬上二楼：这沉默无语的两分钟，像永恒一样长久。一扇门敞开着，这是他们的房间：收拾客房的侍女还拿着抹布和扫帚在屋里打扫。"一会儿就得，我马上就扫完。"侍女连连道歉，"这房间刚刚拾掇完毕，您两位可以进来了，我只不过是把干净的床单拿来而已。"

他们走进房间。在这门窗紧闭的房间里，空气混浊甜腻，发出橄榄油肥皂和冷凝的香烟味道，不知道什么地方还残留着陌生男女无形的痕迹。

房间当中放着一张双人床，被子凌乱，肆无忌惮，也许还有人的体温，这房间的意义和用途显而易见，这样露骨，他感到恶心：他情不自禁地快步走到窗前，把窗推开，潮湿的软绵绵的空气夹杂着街上蒸发出来的喧闹，从往后倒退的摇摆不定的窗帘旁边慢慢地涌入。他伫立在敞开的窗前，使劲地望着窗外已经渐渐变黑的鳞次栉比的屋顶：这间房间是多么丑恶，待在这里是多么令人羞惭，多年来他梦寐以求的和她相聚，是多么令人失望，这样的聚会既不是他，也不是夫人的愿望，这样突然，这样毫无羞耻的赤裸裸的单独相处！他眼望窗外的时间，达连吸三五口气之久，他数着呼吸的次数，没有胆子说出第一句话。不行，这样不行，然后，他迫使自己转过身来。完全像他所预感的那样，像他自己所担心的那样，夫人像尊石雕僵硬地站着，一动不动，穿着她那灰色的风雨衣，两臂下垂，就像折断了似的。她站在房间当中，就像一样不属于这房间的东西，而只是由于突发的偶然事件，由于一时失误才被放到这间令人反感的屋里来了。她脱下手套，显然想把它放在哪里，可是想必放在屋里任何地方，她都感到恶心。于是，手套便像空壳似的在她手里晃动。她的眼睛发直，就像蒙在一层惊恐的面纱后面。现在，既然他转过身来，夫人的眼光便央求似的向他射来，他明白了。"咱们是不是，"呼吸不畅，他的嗓子也说不下去，"咱们是不是再出去走走？……这里闷得要命。"

"行……行……"这个字像获得赦免似的从她嘴里进出——恐惧的锁链终得解开。说着，她已握住房门的把手。他稍稍慢一步，跟在她的身后，看见她的肩膀正拼命颤抖，就像一个动物脱离了死亡的铁爪。

街上热气腾腾，人头攒动，节日游行队伍的尾部依然把街上正常的行人往来弄得躁动不宁。于是，他们拐进旁边比较安静的小巷，走进通向树林的道路。在十年前那次星期天的郊游中就是这同一条路把他们带到山上的宫殿。"你还记得吗？那是个星期天。"他情不自禁地大声说道，夫人心里显然也在想着这同一段回忆，她轻声答道："我跟你在一起的点点滴滴都没有忘记。奥托和他那个同学快步冲到前面，我们几乎要把他们丢失在林中。我叫他的名字，叫他赶快回来。我这样叫其实是违心的，因为我迫切想要和你单独待在一起。可是当时我们彼此之间还很陌生。"

"今天也是这样。"他想开个玩笑，可是她不吭声。我其实不该说这句话，他心里朦胧地感到：什么东西逼迫我老是进行比较，今天如何，当年如何。可是为什么我今天跟她说的每一句话都不灵："从前"，那过去的岁月总是夹在我们当中。

他们默默无言地向上攀登，他们下面的房屋在微光中已经缩成一团，从氤氲迷蒙的山谷里已经越来越明亮地拱起那条蜿蜒曲折的小河，树木沙沙作响，夜幕低垂，笼罩在他们身上。没有人向他们迎面走来，只有他们的影子默默地在他们前面移动。每当一盏街灯从斜里照亮他们的身影，影子便在他们面前融成一片，拉得很长，就仿佛他们在互相拥抱，互相渴求，身子依偎着身子，化为一体。等他们自己疲惫地慢慢地向前迈步，他们的影子又重新分开，然后再重新拥抱。他像着了迷似的望着这奇特的游戏，这两个没有灵魂的身影彼此逃离复又捉住，然后互相拥抱，这两个影子组成的身体只是他们自己身体的返照。他怀着一种病态的好奇心，看着这两个没有实质的形体彼此逃离而后又纠缠在一起，只顾观看这黑色的流动逃窜的图像，简直忘记了他身边的活生生的人。他并没有清楚地想到什么东西，可是朦朦胧胧地感到这怯生生的影子游戏在提醒他什么事情，提醒他深埋心底的什么东西，如今这东西骚动不宁地翻动起来，就好像回忆的水桶急促不安、咄咄逼人地摸索着靠近。它到底是什么呢？他凝聚心神，想弄明白在这沉睡的树林中，影子伴随着前行，到底提醒他什么：想必是一些话，一个情景，一番经历，听到的什么，感到的什么，包含在一段旋律中的什么东西，深埋在心底的什么东西，尽管岁月一年年过去，他从来没有触及过这个东西。

突然间，豁然开朗，在遗忘的黑暗中出现一道闪电般的缝隙：是一些话，是夫人有一次在客厅里向他朗诵的一首诗。一首诗，不错，是首法文诗，他记得这些字句，它们像突然被一阵热风卷起，一直吹到他的唇边。十几年过去了，他又听见夫人的声音，在朗诵一首外文诗里的被遗忘的诗句。

　　　　Dans le vieux parc solitaire et glacé

　　　　Deux spectres cherchent le passé. [1]

这两行诗刚在记忆中涌现，一整幅图画简直像幻影似的迅速附在诗上：在昏暗的客厅里，夫人有一天晚上向他朗诵魏尔伦的这首诗，一盏灯放射出金色的光芒。他看见夫人进入灯影中，像披上深

---

① 引自魏尔伦《感伤的对话》。

色的衣衫，她当年就那样坐着，既近在咫尺，又遥不可及，为他所爱，却不可企及。他一下子感到，自己的心又和当年一样激动地怦怦直跳，听见她的嗓音在诗歌的音韵铿锵的波涛里震颤，听见她在诗歌里，虽然只是在诗歌里，说出"相思"和"爱"这样的词，虽说是用外文，指的也是外国人，但是听这样的嗓音——她的嗓音——说着这样的话，依然令人陶醉。这些年他怎么能够忘记这首诗，那个晚上，他们单独留在宅子里，没有旁人，于是心慌意乱。为了避免危机四伏的谈话而逃到书籍这一更为随和、更无风险的天地，在那里，含有情感和深意的自白，有时候躲在词句和旋律后面，会突然闪亮，犹如灌木丛中的磷火一闪而过，无法捕捉，虽无踪影却使人欣喜。隔了那么多年，他怎么可能忘记这事？可是这首遗忘的诗歌怎么突然间又不招而至？他不由自主地朗诵起这首诗，翻译了这些诗句：

古旧的园子，冰冷，孤寂，
两个幽灵追忆着往昔。

他刚念出这两句，立刻就明白了含义，钥匙就沉甸甸、亮闪闪地握在他的手里，联想把这段回忆形象鲜明地、轮廓清晰地从沉睡的坑道里，一下子猛提出来：刚才路上投下的影子，它们触及并且唤醒了她自己的话，是的，可是还不仅于此。突然间他浑身战栗，感到这令人吃惊的认识的意义，词句具有寓言的意义：难道不就是这些影子自己在寻找他们的往事，向一个不复真实的往日提出阴郁的问题，影子，影子想要复活，但又不可能再复活，无论是她还是他，都已不是同一个人。可是，他们还在徒劳地寻找着自己，彼此逃避，彼此拥抱，在这没有实质、没有力气的努力之中，他们不正像他们脚前的这些黝黑的妖魔？

他想必是无意识地大声呻吟起来，因为夫人转过身来："你怎么了？路德维希，你在想什么？"

可是，他摆了摆手："没什么！没什么！"他只是更深地倾听自己的内心，倾听往日，看这种声音，这种回忆的预示未来的声音，是否会又一次想跟他说话，用过去来向他揭示现在。

（张玉书　译）

是他吗

我个人确信，他是凶手，但我缺乏最后的推不翻的证据。"贝奇，"丈夫总对我说，"你是个聪明人，你观察问题头脑敏捷、眼光尖锐，但却往往被这种特质引入歧途，结论下得太早。"说到底，丈夫三十二年前就认识我了，也许，甚至可能吧，他的提醒是对的。我不得不极力强迫自己不对其他人说出自己的怀疑，因为没有最后的证据。但是，每当我碰到他，每当他诚挚而友好地朝我走来，我的心便蓦地一顿。一个内在的声音对我说：他，只有他，是凶手。

于是，我试图在我自己面前，只为我一个人，再复述一遍整个故事的经过。大约在六年前，我的丈夫作为政府高级官员终止了他在殖民地的服务岁月。我们决定迁回英格兰一处安静的地方——我们的孩子都早已成家了——搞些生活中不费气力的小活动，像养花呀，读书呀什么的，来度过我们已近黄昏的晚年。我们选中了巴斯城附近一处小小的乡下地方。从这座古老的名城开始，有一条狭窄的蜿蜒曲折的河流穿过无数桥涵，对着永远一片葱绿的林普利-斯托克山谷奔泻而去，这就是肯尼思-阿旺运河。一百多年以前，人们就在这条水路上修造了许多极富艺术性的壮观的木制水闸和排水站，以便从加的夫向伦敦运煤。在运河左右的狭窄道路上，那些马迈着细碎的沉重步子，拉着宽大的黑色平底船，沿着宽阔的大路从容地走着。那确曾是座宏伟的设施，给一个时代带来了许多好处，但对现代已不很适用了。于是就出现了铁路，可以更迅速更省钱更方便地把黑色的货物运往首都。水路交通停顿了，水闸看守被解雇了，运河荒废了，变成了沼泽，但正是彻头彻尾的荒凉和无用使它在今天显得如此浪漫，如此迷人。在不流动的黑水里，从水底长出如此繁茂的水藻，使水面闪着孔雀石般的深绿色的微光，睡莲在光滑的水面上生动地摇摆着，那水面在熟睡的静止中像照相机一样真实地映照出开遍鲜花的山冈，映照出河上的桥和天上的云。间或有一只旧时代的小破船躺在岸边，半沉淤泥，处处长满各色植物，而水闸上的大铁钉也早已生锈，被厚厚的苔藓覆盖。没有人再关心这条古老的运河，从巴斯来的游泳者对它几乎一无所知，当我们两个老年人沿着河边那条早年骡马吃力地用绳索拖着平底船的平坦道路往前走时，常常几个小时都碰不到一个人，除非偶尔遇到一对情侣，那也总是在没有订婚或结婚之前为了避免邻里饶舌躲在这里亲热亲热罢了。

我们特别喜欢的，正是这气候温和、丘陵起伏、充满浪漫色彩的静静河谷。巴萨姆滕山以美丽茂盛的草野面貌亲切地向下延伸，就在这山上的空地中间，我们买了一块土地。在山顶上我们盖了一座小小的乡村住房，花园从住房向下延伸到运河边，园里有曲曲弯弯的小路，到处是水果、蔬菜和鲜花，坐在小小的空旷的花园台地上，我们便可以从水面的反照中再一次看到草地、房屋和花园。这座房子比我当时梦想中的还要宁静和舒适，我单只抱怨这里多少有一点偏僻，连一个邻居也没有。"只要他们看见我们住在这里多美，"丈夫安慰我说，"他们就会来的。"事实上，我们的桃树和李树还没栽齐，就出现了邻家建房的先遣人员。先是商务代理人，然后是测绘人员，在他们之后便是泥瓦匠和木匠；过了将近三个月，一座红瓦顶的小房子便亲密地矗立在我们的房子旁边了；最后，来了一辆装满家具的载重车。在寂静的环境里我们不断地听到砰砰啪啪的捶打声和敲击声，但一直没见到邻居的面。

　　一天早上，有人敲我们的门。一位瘦削的漂亮女人，有着一双聪慧友好的眼睛，至多不过二十八九岁，自我介绍是邻居，请求借一把锯；那些工人忘了把自己的锯带来。我们谈起话来。她说，她丈夫是布里托尔一家银行的职员，但他们夫妻二人宁肯住在偏僻的地方也不愿住在风景区里，因而当他们在一个星期天沿着运河游逛时，我们的房子促使他们立即着手实现了宿愿。当然，这样一来，她丈夫每天早晚上下班就都要乘一个小时的车，不过他会在途中找到社交活动，很快就会适应的。第二天，我们回访了她。她还是一个人在家，她快活地说，等这里一切就绪她丈夫才过来。在此之前，她不需要他，所以也就不必那么急。不知道为什么，她这么冷漠甚至满意地谈及丈夫的缺席，我听了很不舒服。当我们单独坐在家里吃饭时，我发表了一个简短的意见，就是认为好像丈夫对她不怎么重要。我丈夫指责我说，不该老是过早地下结论，这个女人非常可亲、聪明、讨人喜欢；但愿她丈夫也是这样的人。

咦，没有多久，我们就认识他了。星期六晚上我们像往常一样去散步，刚离开家，就听见身后传来急促、沉重的脚步声，等我们转过身来，一个壮实的男人已经快活地站在那里，向我们伸出一只宽大、红润、有雀斑的手。他说，他就是新邻居，他已经听说我们对他的妻子如何友好；当然，他在没有正式拜访之前，就这样衣冠不整地从后面追我们，是很不合适的；但他妻子对他讲了我们对她有多好，他一分钟也等不及要向我们表示谢意。这就是约翰·查尔斯顿·林普利，他的父母出于对林普利-斯托克的尊敬，预先给了他同这座山谷一样的名字，这也未必就特别好，那还是在他自己从没预料到会在此地安家的时候——是啊，现在他到了这里，而且希望待在这里，只要上帝让他活着。他认为这里比世界上任何地方都更美好，他是想真心实意地向我们许诺，一定做一个有礼貌的好邻居。他说话那么快，那么活跃，那么流利，别人几乎没有机会打断他。这样至少留给我足够的时间去仔细端详他。这个林普利是个大块头的男人，至少有六英尺高，肩膀又宽又厚，就是在搬运工中这样魁梧的身体也是罕见的，简直可以作为一种荣耀。但像一般彪形大汉一样，他也表现出一种孩子般的善良：他那双独有的、略微湿润的眼睛跟微红的眼皮对人充满信任地眨动着；说话时一笑，总是不时露出雪白发亮的牙齿；他实在不知道那双笨拙的大手该怎么放才好，极力使它们安静下来，让人觉得他最好像对待同事那样用它们拍拍谁的肩膀，最后，为了释放他的力量，他只好把指关节捏得格格直响。他问像自己这样衣冠不整，能不能陪我们去散步？我们说完全可以，他就跟我们一起散步了，他天南地北地谈着，他出生在母亲的故乡苏顿，但却是在加拿大长大的；说话间他有时指着一棵枝叶繁茂的树，有时指着一座美丽的小山，说着这多美，无可比拟的美。他说说笑笑，心情兴奋得几乎没有间断。从这个强有力的、健康的、生机勃勃的人身上涌出一股给人以新的活跃力量和幸福的清泉，它不自觉地拨动一个人的心弦。最后分手时，我们俩仍然感到很温暖。"我确实好久都没遇到这样诚恳、这样满腔热血的人了。"我丈夫说，他呀，正像我以前指出的那样，在对人的评价上总是非常谨慎和保守。

但是没过多久，这位新邻居最早给我们带来的快乐便开始明显地减弱。在为人方面，我们对林普利提不出半点异议，他是好得不能再好的人：他富有同情心、乐于助人，但由于热情过了头，就弄得人们不得不经常拒绝接受他的帮助；此外，他很正派、诚实、坦率、绝不愚蠢，但他总以高声喧哗为乐事，这就弄得别人对他很难忍受了。他那湿润的眼睛总是闪着心满意足的光辉，他对一切、对每一件事都是满意的。凡是属于他的，凡是他遇到的，都是美好的、一流的；他的妻子是世界上最好的妻子，他的玫瑰花是最美的玫瑰花，他的烟斗是装着最高级烟草的最高级的烟斗。他用一刻钟的工夫就能说动我丈夫为他证明，人人都得像他那样填烟斗，而且他的烟草虽然便宜一便士，却比名牌的好。他总是对空洞的、无关紧要的、理所当然的事物充满旺盛的热情，他总需要详细地说明和解释这些庸俗的欢乐。他内心中那部喧闹的发动机就从来没有停过。不大声唱歌，他就不能在花园里工作；不大笑和打手势，他就不能说话；不在读到一个使他兴奋的消息时立刻站起身跑到我们这边来，他就不能读报。他那双宽大的有雀斑的手像他那颗广阔的心一样，总是带攻击性的。他拍打每一匹马，他抚摩每一条狗，不仅如此，就连我的丈夫，虽然大他整整二十五岁，在他们亲密无间地坐在一起时，也不得不高兴地让他以加拿大同伴式的无拘无束敲自己的膝盖。他总怀着一颗温暖充实而又经常感到火星迸发的心参与一切，在他看来这是理所当然的，因而别人不得不想出各种招儿来防范他那惹人生厌的好心举动。他不尊重别人的休息时间和睡眠，因为他精力充沛，也根本想不到别人会疲倦或情绪不佳，让人简直暗自希望每天给他注射点溴化剂，使他那惊人的、几乎不可忍受的活力减缓到正常的程度。林普利在我们家已经坐了一个小时了——毋宁说他不是坐，而是不断地跳起来在屋子四处奔来奔去——我下意识地关上窗，于是房间由于有这个爱动到简直有些粗野的人在场而变得太热了，这时，我的丈夫也跟他在一起，这种情形我已经碰到很多次了。但是，只要你站在他面前，看见他那双闪亮的、美好的、简直可以说是充满善意的眼睛，就不会对他发火，尽管过后你会感觉到精疲力竭，真希望把他赶走。在认识林普利以前，我们两个老年人从来想象不到，像善良、热心、坦率和温暖这样一些真正美好的天性会由于惊人的超常把人驱赶到绝望的境地。

现在，我对最初感到不可理解的事也完全明白了。当初他妻子对他不在身边觉得那么快活、那么满意，绝不是因为缺乏对他的依恋。她正是他过火表现的真正牺牲品。当然，他是热烈地爱着她的，就像他热烈地爱着属于他或他所需要的一切。他那样温情地围着她转，那样操心地呵护着她，真叫人感动。她只要轻轻咳嗽一声，他就会立刻跑去给她拿外套，或是去捅一捅壁炉，让火烧得更旺。要是她进城，他就会千叮咛万嘱咐，好像她要经历一次危险的旅行。我从来没有听见他们俩说过一句不友好的话，相反，他喜欢夸奖她，赞扬她，直到弄得人感觉难堪。就是我们在场，他也忍不住去抚摩她，轻轻捋她的头发，列举他想到的妻子的一切优点。"您究竟看见没看见，我的埃伦的指甲有多么可爱？"他会突然这么问我。这时，尽管她羞答答地提出抗议，也不得不伸出自己的手给人看。随后，我们惊叹地看到她能多么熟练地把头发挽起来。随后，我也就只好去品尝她自制的各种小果酱了，照他的意见，这果酱比英国最有名的工厂的所有果酱都无可比拟地好。在这种令人难为情的场合，谦虚娴静的妻子总是慌乱地低下眼睛坐在那里。看来，她已经不想去抵御丈夫好似瀑布急流的装腔作势了。她任他说、任他讲、任他笑，至多淡淡地插进来说一声"啊哈"或"这样"。"她也不轻松啊，"有一次我们回到家，我的丈夫说，"但你也不能怪他，他确实是一个十分善良的人，她跟他在一起会幸福的。"

"让他的幸福见鬼去吧，"我激愤地说，"这样卖弄的幸福，这样大言不惭地兜售感情，是不知羞耻。见到这样的放纵、这样的失态，我都要疯了。难道你就没看见，他卖弄幸福，魔鬼般地活动不止，把这个女人弄得万分不幸？"

"你不要总言过其实。"丈夫斥责道。不过，我的确是对的。林普利的妻子绝不是幸福的，确切地说，她从来就没有幸福过。她已经没有能力准确地感觉任何事物了，她简直被他过剩的生命力弄得麻木不仁、精疲力竭了。每当林普利早上去银行上班，他的最后一声告别在花园门口逐渐消失时，我观察到，她先是一屁股坐在那里或干脆躺到床上，什么事也不干，一味享受这不寻常的气氛，因为周遭已是一片宁静。然后，她干这干那，一天下来也觉得稍微有些累。跟她交谈并不是一件容易的事，因为结婚八年以来，对她来说，话语已被荒废了。有一次，她对我讲了她是怎样结婚的。那时，她跟父母住在乡下，他在一次远游时路过那里，慷慨激昂地跟她订了婚，她甚至连他是谁、干什么工作都还没完全弄清楚就跟他结婚了。这位娴静可爱的女人没有一句话、没有一个词暗示自己不幸福，尽管如此，我还是准确地从她作为妻子的闪烁其词上感觉到他们婚姻的真正症结在哪里了。第一年他们就盼望有一个孩子，第二年和第三年照样盼；后来，六七年以后，他们就放弃这个希望了，现在她的白天太空虚，晚上又由于有丈夫的喧闹骚动过分充实。"最好，"我私下里想，"她能领养一个别人的孩子，要么从事运动，或是找一点什么事情做。这样闲待着，非得忧郁症不可，而这又会导致她对丈夫那挑逗性的、使正常人都心力交瘁的快乐表现产生某种形式的憎恨。她身边必须有个什么人，必须有个什么东西，否则，她的紧张心情就太强烈了。"

一次偶然的机会，我去回访一位住在巴斯城里的女友，她曾在几个星期以前拜访我。我们无所顾忌地闲谈起来；谈着谈着，她忽然想起要给我看看可爱的东西，便把我领到院子里去。到了谷仓，起初我在半明半暗中只看见什么东西在草里扭打、翻滚和野蛮地乱爬。那是四只哈巴狗，生下来只有六七个星期，它们张开前爪笨拙地摸索着，断断续续地试着小声吠叫。它们从筐里跌跌绊绊地爬出来的样子真迷人，那带着狐疑目光的肥实的母狗就躺在筐里。我从那堆在一起的柔软毛皮中捡起一只小狗；它身上有棕白相间的斑纹，那美妙的微翘的鼻子充分体现出高贵良种的光荣，这是它的女主人给我解释的。我忍不住跟它玩起来，惹它发怒，嘲弄它，让它笨拙地咬我的手指。后来，女友问我想不想把它带走；她说，她很爱这些狗，但只要它们能走进合适的家，能得到良好的照料，她就愿意赠送。我有些犹豫，因为我知道，我丈夫自从失去了他亲爱的施帕齐尔以后，就发誓绝不会倾心于另一只狗了。这时，我突然想到，这可爱的小动物能不能成为林普利夫人真正的游戏伙伴。于是我就答应第二天给她一个准信儿。晚上，我向林普利一家提出了建议。妻子没有做声，不发表意见已经成为她的习惯，但林普利却满怀惯有的热情表示赞同。他说，好的，这是他唯一缺少的东西。一个家没有狗，就不是一个真正的家。依他那急脾气，恨不得逼我当夜就跟他一起进城，闯到女友家去把小狗抱来。但我挡了挡他的急性子，他只好依了我。第二天，那只小哈巴狗被装在小筐里，叫着闹着经过一次意外的旅行，给送到了他们家里。

结果实在与事先的料想完全不同。我的意图本来是想给那个整天孤独寂寞的娴静女人空寂的房子送去一个玩伴。但林普利本人却以他那无穷尽的温柔多情占有了那条狗。他对那个逗人的小动物的热情是无限的，总是显得过分，甚至有一点可笑。当然了，潘托——不知什么原因，他给小狗取了这个名字——是世界上所有的狗当中最美、最聪明的，每天、每小时林普利都会在它身上发现新的优点和天赋。凡是供四足动物使用的新奇化妆品啦，绳子、小篮子、嘴套、小碗、玩具、皮球和小羊拐子啦，他都不惜金钱地买来；林普利研究报上所有涉及养狗和营养学的文章和广告，长年订阅这类专业杂志，甚至订了一本养狗杂志；那些专靠养狗呆子活命的大工厂终于得到了他这么一个永盛不衰的新主顾，而且哪怕只有一点点小毛病他也要去请宠物医生。要想把所有这些总因新的激情而连续产生的过分表现描绘出来，那真需要写好多卷书。我们经常听到从邻居家里传来大声吼叫，但这不是狗在吠，而是它的先生趴在地上想通过对狗语言的模仿，激励宠物进入一种所有尘世之物全听不懂的对话。他为这个宠物饮食的奔忙甚于操心他自己的餐饮，狗的饮食总是小心翼翼地遵照宠物教授的饮食卫生规定来安排；潘托吃的比林普利和他妻子要讲究得多，有一次报上登了一则有关伤寒的消息——那是在另外一个省份——他就只给狗喝矿泉水了；如果有无礼的跳蚤胆敢跳来蹦去地造访和冒犯那咬来咬去的高傲的畜生，林普利就激情满怀地去干抓跳蚤的讨厌活儿，弯腰用消毒药水喷洒在衬衣袖子里和大木桶上之后，他用梳子和刷子顽强地给它梳理，直到把最后一只跳蚤碾死为止。任何劳苦在他看来也不为过，任何屈辱他也不觉得丢脸，还没有一位王子被照顾得比这只狗更体贴、更细心。在所有这些疯疯癫癫的表现当中，唯一可喜的情况是：由于他把一切感情都倾注在这个新的对象上了，也就减轻了加在我们和他妻子身上的负担。他跟狗一起散步，一去就是几个小时，他规劝它，厚毛皮的畜生四处嗅来嗅去的活动并没有因此特别受到干扰，他的妻子则毫不嫉妒地微笑着看丈夫怎样每天把偶像崇拜展现在这个四足的祭坛前。它从她感情里回收的东西，只是讨厌的令人难以忍受的精力过剩，而留给她的仍是足够的柔情蜜意。所以，有一点是明白无误的：这个新的家庭伙伴还是使这对夫妇比以前更幸福了。

这期间，潘托一个月一个月地成长起来，毛皮上的那些可笑的褶子里满满都是坚硬、结实和肌腱横生的肉。它长成了一只大狗，胸很宽，牙齿坚硬，刷得干干净净的臀部也很坚实。它自我感觉良好，当它自知在家里占有重要的地位并因此平添了一副高傲的一家之主的态度时，那样子很是自在。这个聪明的目光敏锐的家伙没用多久就注意到，自己的统治者，或更确切地说，自己的奴隶，总是原谅它的无理取闹；于是，它开始只是不顺从，不久便采取专横的态度，原则上对一切被认为低三下四的事都加以拒绝。首先，它不能容忍家里有任何秘密。它不在，实际上，没有它明确表示同意，什么事也不准做。只要有人来，它就跳过去蛮横地堵住关好的门，等到完全确信是林普利下班回来，才给他开门；至于客人，它看都不看一眼就骄傲地跳上安乐椅，明白地显示自己是家里真正的主人，理应最先得到敬仰和尊敬。没有别的狗敢靠近篱笆一步，这是当然的，就连那些曾被愤愤地宣告嫌恶的人，像邮差和送牛奶的人，也只能眼睁睁地被迫把包裹或瓶子放在门外，而不敢到屋里去。林普利在他孩子般的爱的热狂中越是低声下气，这个狂妄的畜生对他的态度就越坏。渐渐地，潘托甚至想出了一系列鬼招（这听起来未必那么叫人相信）向他证明，自己虽然慈悲为怀地容忍他的爱抚和热情，但绝非理应对他日日如此的崇拜表示某种感谢不可；原则上，它在每次听到呼唤时都让林普利等待。这种恶魔似的装模作样逐步走得更远：潘托整天像地道的纯种狗一样四处奔跑，追捕小鸡，在水里扑腾扑腾地游泳，贪婪地吃在路边碰到的东西，沉浸在被疼爱的喜悦中；它无声地飞跑，狡诈地向下跑过草场，以炸药筒的冲击力直奔运河，野蛮地、恶狠狠地用头把立在河边的洗衣筐和大木桶撞到水里去，然后扯着嗓门胜利地嗥叫一声，围着那些绝望的妇人和姑娘张牙舞爪地跳来跳去，而女人们只好一件一件地从水里往外捞衣物。尽管如此，一旦预计到了林普利下班回来的时刻，狡猾的喜剧演员就收起了狂妄的态度，摆出一副苏丹似的不可接近的架势。它懒洋洋地靠在那里，等待它的主人，没有丝毫表示欢迎的信号。林普利往往在还没来得及跟妻子打招呼或脱外衣，便大喊一声"哈啰，潘托"，大步朝它走去。然而，潘托动都没动，不回答他的招呼。有时它会宽宏大量地仰面在地上滚，让人轻轻去搔那柔软的、丝绸般的肚皮，但即使在这些屈尊俯就的时刻它也加倍留神，生怕某一声急促的呼吸或满意的呼噜声透露这种爱抚使它舒适；依附于它的奴隶应该清楚地看到，它从他那里满意地得到这种爱抚也只能是一种恩赐。短短的一阵猎猎声大概是想说："现在够了！"随后，它忽然转过身去，结束这场游戏。同样，它总让林普利一次次地恳求自己享用推到它嘴边的切碎的猪肝。有时它只闻一闻，不管怎样劝也不吃，它轻蔑地把食物丢在一边只是为了说明，这个两条腿的奴隶侍候自己时，它并不总是惠允的。同样，每

356

当邀它去散步时，它也总是先翻翻身，伸伸懒腰，张开大嘴打呵欠，让你连它口腔深处有黑斑的咽喉都看得清清楚楚。每一次，它都顽固地以某种狂妄的态度显示：散步对自己本身关系不大，只是为了取悦林普利，它才从沙发上站起来。它被娇惯坏了，因此也就不知羞耻了，它使出各种花招强迫主人在自己面前采取请求和乞求的态度，以至于人们不得不把林普利奴颜婢膝的激情叫做"狗性"。至于这只厚颜无耻的狗，它仿佛已经不再是动物，而是正以最伟大的演员完美无缺的表演艺术扮演着东方帕夏的角色。

我们俩，我和丈夫，对这个专制者的厚颜无耻简直看不下去。潘托倒很聪明，它很快就发现了我们对它的不尊敬，现在轮到它以粗暴的方式来表达对我们的藐视。它很有性格，这是不可否认的；因为有一次，它溜进来时在玫瑰花花坛里留下了明显的足迹，我们的使女把它赶出了花园，从那天起，它就不再从那扇为我们的土地随便划定界线的篱门进出了，不管林普利怎么劝说和请求，它都不跨进我们的门槛一步。没有它的来访，我们倒也高兴；但令人不快的是，每当在街上或房前遇到林普利带着它，而好说话的人开始与我们攀谈时，这个专制的畜生总以挑衅的行为破坏任何时间稍长的友好交谈。两分钟后，它就开始愤怒地嗷嗷、汪汪直叫，向前探着头无情地轻推林普利的腿，好像明确地命令："就此打住！不要跟这种讨厌的人闲扯！"我只好羞愧地讲明情由，而林普利总是很不安。起先，他试图抚慰那个无礼的东西，说："就完，就完！我们就走。"但专制者不轻易受人摆布，于是可怜的隶属者只好——有点羞涩和慌乱地——与我们告别。它骄傲地撅起屁股，表现出明显

357

的胜利姿态，向我们显示了无限的权威后就傲慢地小跑着走了。平时我并不喜欢暴力，但现在我的手老是发痒，真想给这个被娇惯坏了的恶畜一顿鞭子。

潘托，一只普普通通的狗，竟然能够如此破坏我们从前那么友好的关系。林普利显然也很痛苦，他再也不能像以前那样随时跑到我们这边来了；他妻子也感到很不好意思，因为她觉得，丈夫在我们大家面前竟对一只狗那么唯命是从，实在太可笑了。伴随着这样一些小冲突又过去了一年，这期间那只狗已经变得更狂妄、更有统治欲，由于林普利的卑躬屈膝而更加刁钻。直到后来，终于发生了令所有人震惊和悲伤不已的巨变，当然，只有一个家伙仍觉得快活。我不得不告诉丈夫，说林普利夫人最近两三周以来总是面带明显的羞涩，避免跟我长谈。作为好邻居，我和林普利夫人平时常常相互借这借那，每次来往都成为我们亲切聊天的机会，因为我打心眼儿里喜欢这位安静谦虚的女人。但是前不久，我觉察到她在跟我接近方面遇到了恼人的障碍：当她有什么愿望时，宁肯派使女来；当我跟她打招呼时，她清楚地显得局促不安，压根儿不让人细瞧她。我丈夫对她也特别有好感，劝我干脆到她那边去，直截了当地问一问，是不是我们无意中伤害了她。"就不应该让这类小摩擦在邻里间发生。也许，跟你所担心的恰恰相反，也许——我甚至完全相信——她是有求于你，只是没有勇气说出来罢了。"我真心地接受了他的劝告。我走过去，发现她坐在花园的椅子上，全身心地沉浸在梦想中，连我进了院子都没听见。我把手放在她的肩头上，诚恳地说："林普利太太，我是一个老太婆了，不需要再有什么难为情了。就让我开个头吧。要是您对我们有什么不高兴，尽管坦率地说出来因为什么，为什么。"这位可怜的小夫人吃惊地站起身来。我想到哪儿去了！她没有来，只是因为……她没继续说下去，却立时红了脸，开始抽抽搭搭地哭起来，但是——如果我可以这么说的话——这是一种幸福的抽泣。最后，她对我说出了一切。结婚九年以后，她对做母亲早就不抱任何希望了，但就在最近几周里，她越来越怀疑那意外惊喜的到来，尽管她已经没有勇气相信这一点了。前天，她偷偷地找过医生，现在心里有底了。但她还没有把这个事儿告诉丈夫；我了解他是什么样的人，她可能是害怕他过分高兴。她只是没有勇气请我们帮忙，不知道是不是最好由我们先向他透个信儿。我声明愿意照办；我丈夫也觉得特别开心，他特别满意地故意给这件事添了点笑料。他给林普利留了一个条子，请他下班回家后立刻到我们家来一趟。自然由于极端勤快，这位能干的小伙子连大衣都没来得及脱，就奔到我们这边来了。一方面，他显然是担心我们家里出了什么事；另一方面，他又很高兴证实自己是讲交情、乐于助人的——我甚至想说——他是很高兴来这儿纵情玩乐的。他气喘吁吁地站在我们面前。我丈夫请他坐到桌边来。这不寻常的礼节使他感到不安，他又一次不知道把那双沉甸甸的长满雀斑的大手放在哪里是好了。

"林普利，"丈夫开口说，"关于您，我昨天考虑了一晚上，那时我正在读一本旧书，书上说每个人都不应该有太多的愿望，而应该永远只想望一件事，只想望唯一的一件事。当时我想：比方说，如果一位天使、一位仙女，或一个这类可爱的东西问我们的邻居，那么他有什么愿望呢？林普利，你究竟还缺少什么呢？我只要求你说出唯一的愿望。"

林普利惊愕地抬起眼看。这件事使他很开心，但又不能完全确信应该觉得开心。他一直有这样不安的感觉：在这次郑重的传唤背后，可能隐藏着什么特别的东西。

"林普利，现在您就把我当作那位亲切友好的仙女吧，"丈夫平息着他的惊愕心绪，"您难道什么愿望也没有吗？"

林普利一半严肃一半欢笑地抓了抓一头剪得很短的浅红色头发。

"真的一个也没有，"他最后承认，"凡是我想有的一切，我确实都有了，我的房子、我的妻子、我的稳定的职位、我……"我看出他是想说"我的狗"，但在最后一刻他觉得不合适，就说："……是的，我确实一切都有了。"

"那么对天使或仙女也没有任何愿望吗？"

林普利越来越快活，他觉得自己无比幸福，简直可以说，百分之百的幸福。"没有，没有任何愿望。"

"遗憾，"我丈夫说，"太遗憾了，您竟然什么也想不到。"然后他就沉默不语了。

在那种审视的目光下，林普利觉得有点儿不舒服。他以为自己应该告退了。

"钱更多一点儿当然是需要的……一次小小的升迁……但正如刚才讲过的那样，我是很知足的……我不知道此外还能有什么愿望。"

"可怜的天使，"丈夫故作庄重地说，"这样，他就只好两手空空地回去了，因为林普利先生压根儿提不出任何愿望来。现在，幸好他没有立刻回去，这个心地善良、乐于助人的天使，他在此以前还需要问一问林普利夫人，好像他在他夫人那里能得到更多的幸福。"

林普利怔住了。现在，憨厚的小伙子睁大温润的眼睛，半张着嘴，看上去多少有点幼稚。他使足了气力，近乎恼怒地说——他真弄不明白，属于他的人竟然能够不完全满足——"我的妻子？她还会有什么愿望呢？"

"咦，说不定是跟狗完全不同的东西。"

现在，林普利明白了。这真好似一声霹雳：由于这欢喜的惊讶，他不由自主地瞪大了眼睛，别人只能看到他的眼白而看不见他的瞳孔。然后，他一跃而起，忘了穿外衣，也没向我们告辞，就飞快地跑了回去，像疯子似的冲进妻子的房间。

我们俩都笑了。但我们并不感到惊异，我们了解他是有名的激情过剩，因此没有任何别的期盼。

但是，另外一个家庭成员却感到很惊异。这家伙正眨着半闭的眼睛懒洋洋地躺在沙发上，等待着主人在傍晚时刻向自己表示的敬意，或者说表示它以为他欠自己的敬意——这就是浑身刷得干净漂亮的专横独断的潘托。但这是怎么回事呢？这个男人既没有向自己打招呼也没有抚摩自己就从身旁跑了过去，冲进寝室。于是它听到了笑和哭、说话和抽泣，这情景不断地持续下去，第一次没有人关心它，然而按习惯，第一个得到问候的应该是它呀。一个小时过去了，使女给它送来一盘饭食。潘托轻蔑地把饭食晾在一边，它已经习惯让人来请来催来喂了。它凶狠地朝着使女叫，要别人看看，自己还没受到过这样的冷遇。但在那个令人激动的晚上，压根儿就没有人去注意它怎样鄙视自己的饮食。它完全被遗忘了。林普利只顾不间断地跟妻子说话，没完没了地告诉她应该注意些什么，柔情蜜意地抚摩她；在过度充溢的幸福中，他对潘托看都没看一眼，而傲慢的畜生又太骄傲，不想向前靠拢以唤起主人的记忆。它蜷伏在它的角落里等待，认为这可能是一次误解，是虽然几乎不可原谅但却是唯一一次的忘却。但它白白地等待了。第二天早上，林普利无数次地提醒妻子怎样保重，几乎误了公共汽车，还是没跟它打招呼就从它身边急匆匆地走过去了。

这个畜生是聪明的，毫无疑问，但这次突然的变化却超过了它的理解能力。林普利上汽车时我正好站在窗前，我看到他还没有走，潘托就慢腾腾地——不如说是沉思着——从家里走出来，目送那已经开始滚动的车轮。它就那样一动不动地待了半个小时，显然是希望主人能够返回，补上被遗忘的告别仪式。后来，它才慢悠悠地蹭回来，一整天都不游戏耍闹，而是沉思地慢步围着房子转——我们谁也不知道，在动物的大脑里，各种各样的想象力是什么样的，能达到什么程度。也许它在思考，是不是自己有什么不够检点的行为，促使主人令人费解地抛弃了往常对它的崇敬。傍晚，大约林普利通常归来之前的半个小时，它明显地烦躁不安起来；它竖起耳朵一而再、再而三地悄悄奔向篱笆去窥伺公共汽车是否准时到来。当然，它也谨防透露出焦急等待的心情：刚好汽车没按惯常的钟点出现，它便悄没声地跑回房间，像平时一样躺在沙发上等。

　　但这一回，它又白白地等待了。这一回，林普利又是匆匆地从它身旁走过——如此这般过了一天又一天。有一两次林普利注意到了它，仓促地喊了一声"啊，你在这里，潘托"，一边走一边抚摩它，就过去了。但这只是冷漠的、心不在焉的爱抚，再也不是旧日的追求和服侍，再也没有亲昵的话语，没有游戏，没有散步，什么也没有啊，什么也没有啊，什么也没有。然而，林普利这个好上加好的男人，对这令人痛苦的冷漠，真的几乎没有过错可言。因为事实上，除了他的妻子，他再没有别的可想，也没有别的可虑。刚一回家，他就陪着她沿着一条条小道散步，挎着胳膊细心地领她走着他们曾准确踱过步的散步路线，仅仅为了让她不迈出太匆忙或不小心的一步。他监视她的膳食，让使女报告每日每时的情况。深夜，妻子睡下以后，他几乎天天到我们这边来，从我这个有经验的女人这里讨主意、找安慰。他从各个商店为即将降生的孩子买了一切必备的东西。所有这一切他都是充满激情去办的。然而，他的个人生活已经完全不存在了，他有时两天都忘了刮脸，多次上班迟到，因为他由于没完没了的叮嘱耽误了公共汽车。如果说他忽略了带着潘托去散步，或忘了去关照它，那也没有一点儿恶意，也不是不忠实；那只是一个过分热情、几乎达到偏执地步的人一时的思想混乱，这种人往往会为了一件唯一的事而忘记了他的一切意志、思想和感情。但是，即便是拥有预想和追忆的逻辑思维的人类都几乎不能无怨恨地原谅这种轻视，这个迟钝的动物又怎么能忍受这样的待遇呢！潘托周复一周地更加神经错乱，更加备受刺激。它的自尊心不能忍受人们把自己这个一家之主如此简单地抛在生活之外，不能容忍人们把它降到次要地位。如果它明智的话，就会挤到林普利身边去请求和谄媚；然后，它的旧保护人肯定会记起对它的怠慢。但是，潘托太骄傲了，它不能匍匐爬行；迈出和解的第一步的，不应该是它，而是它的主人。所以，它决定施展各种花招把注意力吸引到自己身上。到了第三周，它忽然瘸起来了，左后腿像瘫了似的拖着走。在一般情况下，林普利会立刻温柔激动地给它检查，看是不是爪子上扎了一根刺；他会满怀同情地急忙打电话找宠物医生来给它看，无疑，他会一夜起来三四次去观察它的病况。但这一回，林普利也好，别的人也好，都没有注意到这个喜剧演员的跛行，而潘托只有气愤的份儿！又过了一两周，它试图进行一次绝食。整整两天，它充满牺牲精神，不去触动任何饮食。但对它的胃口不好，没有一个人关心；要知道往常它专横地闹起脾气、不把汤舔干净时，林普利就会赶忙给它拿来特制的饼干或一片香肠。最后，还是饥饿战胜了意志，它偷偷把食物一扫而光，也不去管可口不可口了。还有一次，它试图隐藏一天，以吸引别人的注意。它小心翼翼地蹲坐在附近的一个废弃不用的木棚里，在那里可以满意地听到人们关心地呼唤"潘托！潘托！"，但没有人喊它，没有人注意到它不在，也没有人为此着急。它的专制被粉碎了。它被冷落、被贬低、被遗忘了，但它想不出这是为什么。

我相信自己是第一个发现这几周里这只狗开始变化的人。它消瘦了，走路的姿势也变了。它不再像从前狂妄地抬着屁股盛气凌人了，而是像被鞭打了似的蹑足行走，它的毛皮以前都是每天细心梳理，现在已失去了绸缎的光泽。你要是遇到它，它就低下头，不让你看到它的眼睛，慌忙打你身边溜走。尽管人们严重地贬低了它，但它往日的骄傲一直没被打掉；它在我们面前尚有羞色，可内心的愤怒无处发泄，于是只好去加倍攻击那些洗衣筐篓：一个星期里它把这些筐篓撞到运河里去总不下三次，它企图用暴力手段显示自己的存在，要求人们必须尊敬自己。但这对它也无所帮助，只惹得那些姑娘拿起棍棒来吓唬它。它的所有花招和诡计，它的绝食、它的跛行、它的隐藏、它的四处窥探，全都被证明徒劳无益——它那方形的沉重的头白白地受着痛苦的煎熬：在某一天，肯定发生了一件神秘莫测的事，但它一点儿也不理解；从那天起，在这个家里，在这个家里所有的人身上，都发生了一点儿什么变化，潘托绝望地认识到，面对这个正在出现或已经出现的阴险的东西，它已经权力丧尽了。无疑，有人在反对它，那是一种外来的凶恶势力。潘托现在有了一个敌人了，一个比它强大的敌人，这个敌人是看不见的、不可理解的；你抓不住他，撕不烂他，嚼不碎他的骨头，这个阴险狡诈、卑鄙无耻的敌人夺走了它在家中的一切权力。现在，潘托在所有的门边嗅，窥探，耸起耳朵偷听，苦苦思索，细心观察，但所有这一切都无济于事，这个敌人，这个魔鬼，这个盗贼，它是看不见的。在整整一周里，潘托像疯子似的不停歇地围着篱笆转，想找到这个看不见的东西的踪迹，也就是这个魔鬼的踪迹，但它仅以兴奋的感官觉察到，家里发生了一件它不理解的事，它非跟这个死敌斗到底不可。首先是出现了一个不很年轻的女人，那是林普利太太的母亲，夜里睡在餐室里"它的"沙发上，平时当它在自己那个装了衬垫的大筐里呆腻了，经常到沙发上来玩。紧接着——不知为什么——又送来了各种各样的东西，有亚麻织物，有大大小小的包裹，不断地有人按门铃，多次出现的是一位身穿黑衣的戴眼镜的先生，他身上有一种难闻的气味，一种非常人的刺鼻的药水味。通向夫人寝室的门不断地开了又关，它一再听到门后的窃窃私语，要么就是女人们坐在一起做针线活儿时发出的细碎的金属相碰的声音。这一切都意味着什么？为什么把它关在门外，剥夺它参与的权利？经过连续不断的苦思冥想，潘托的目光渐渐变得呆滞了，变得几乎像玻璃眼球一般无神了。动物的理解力与人的理解力的不同就在于，动物的理解力只局限在过去和现在，不能推想未来。而这里恰恰就有一件未来的、将发生的事，这个迟钝的动物也心怀绝望的痛苦感觉到了，这是冲着自己来的，是自己击不退、斗不过的。

　　骄傲、专横、被惯坏了的潘托为这场徒劳无益的斗争耗尽了精力。在它屈膝投降以前，事情整整持续了六个月。令我感到奇怪的是，它竟在斗争中放下了武器。在一个夏日的晚上，丈夫在房间独自摆弄纸牌的时候，我在花园里坐了坐；突然，我感觉到一个热乎乎的东西轻轻地、怯生生地偎依在我膝头。那是潘托，自从那次伤了自尊心以后，它已经有一年半没迈进我家花园半步了。现在，当它惘然若失的时候，却又寻求我们的保护来了。前一阵子，在别人都怠慢它的那几周里，我总顺路喊它一声或摸摸它，也许因为这个缘故，它在最后绝望的时候想起了我，它抬起目光朝我望着，我永远不会忘记那紧迫恳求的目光。甚至可以说，在灾难深重的时刻，动物的目光会变得比人的目光还要恳切，还要会说话，因为我们的大部分感情和思想都是通过语言表达的，而动物则不得不把它们的语言全部挤压在瞳孔里表达出来。当时，在潘托的难以描述的目光里，是我在别处从没见过的绝望而动人的窘困，它一边望着我，一边用前爪轻轻抓我的裙边哀求我。它在请求我，我对它的理解达到了令人震惊的地步："你给我解释解释，我的主人为什么跟我作对，他们大家为什么跟我作对？家里发生了什么反对我的事？帮帮我吧，告诉我：我该怎么办？"面对这样感人肺腑的请求，我真不知道该怎么办。我情不自禁地抚摩它，压低嗓音喃喃地说："我可怜的潘托，你的时代已经过去了。你必须适应这个变化，正像我们必须习惯许多事，习惯许多糟糕的事一样。"我说话时，潘托竖起了耳朵，痛苦地紧皱眉头，好像要猜出我话里的意思。然后它就焦躁地用前爪来扒，这是一种催促的、急不可耐的动作，大概意思是："我不明白，给我解释一下吧！帮帮我吧！"但我知道自己帮不了它，我一遍又一遍地抚摩它，为的是让它镇静下来。于是，它深深地感到我不能给它任何安慰，便不声不响地站起来，头也不回地走了，像来时一样无声无息。

潘托消失了整整一天一夜；忧虑紧紧抓住我的心，我想，假如它是人，它会自杀的。到了第二天晚上，它才突然出现，浑身是泥，饿着肚皮，像条野狗，身上有几处咬伤；它很可能是在气得发昏时在什么地方跟别的狗打过架。但新的屈辱在等待着它：使女干脆不准它进屋，她给它送来满满一盆饭食放在门外，就不再理它了。这样粗暴的伤害是由特定的情况决定的，未必没有正当的理由，因为恰好碰上夫人的困难时刻到来，各间屋子里都是忙忙碌碌的人。林普利木然地站在一旁，无计可施，因为激动而不停地颤抖；助产士跑来跑去，有医生从旁协助，夫人的母亲在床边坐着安慰产妇，使女忙得两脚朝天；我自己也过来了，我坐在餐室里等着，为了能在必要时帮一把。事实上，如果让潘托进屋，那只能是令人讨厌的干扰。但这些道理那迟钝的狗大脑怎么理解得了呢？这只亢奋的动物只知道，人们第一次把它赶出家门——赶出它的家门——就像赶走一个陌生人、一个乞丐、一个捣乱分子；它只知道人们不怀好意地让它远离的那扇紧闭的门后，正在发生重要的事情。它的愤怒是难以形容的，它用尖利的牙齿咬碎抛给自己的骨头，好像这骨头就是那看不见的敌人的颈项。然后，它就四处嗅来嗅去，用灵敏的嗅觉闻到，有一些陌生人闯进了这所房子——"它的"这所房子，它在泥灰地面上嗅到早已熟悉的踪迹，就是那个穿黑衣、戴眼镜的可憎男人的气味。但还有别的人和他联成一气，他们到底在里面干什么呢？异常兴奋的动物竖着耳朵倾听着。它耳朵紧贴着墙听到了细小的声音和很响的声音，听到了呻吟、喊叫和紧随在后的水的拍击声，听到了慌忙走路的脚步声，还听到一些东西被移动的声音、玻璃杯和金属相碰的声音——确实有什么事在屋里面发生了，而它却一点儿也不明白。但它的直觉告诉它：那是自己的敌人，就是这个敌人使它蒙受屈辱，使它的权利全被剥夺——这就是这个敌人，这个看不见的阴险的卑鄙无耻的敌人啊，现在，它真的到来了。现在，它是可以看得见的了，现在，可以抓到它，终于可以用猎刀刺捕它了。强壮的动物将肌肉紧紧绷在一起，由于感情受了刺激而全身颤抖，它缩脖俯身躲在屋门旁边，准备一旦门开了就箭一般地冲进去。这回可不能让它再逃走了，这个阴险的敌人，这个篡位者，它和平生活的扼杀者！

这一切，我们在屋子里一点儿也没有预料到。我们太激动、太繁忙了。医生和助产士不准林普利进入寝室，我只好去抚慰他，让他放心——这本来也费不了什么气力。不过他是一个异常有同情心的人，因此他在这两个小时的等待中忍受的痛苦恐怕比产妇还要大。终于传来了好消息，过了一会儿，又喜又忧的人就被准许悄悄走进寝室去看他的妻子和孩子了——如助产士预先告诉他的，那是一个女孩。他待的时间很长；我和他的岳母都是过来人了，我们单独留在外间十分友好地谈了许多往事。最后，门开了，林普利走出来，医生紧随在后。他双手托着褓褓中的婴儿，骄傲地让我们看，他那诚实的、略有皱纹的宽脸由于透着幸福的光辉而显得很美。他眼里不停地流着泪，也不知道去擦，因为两手托着那孩子，就像托着无法形容的珍贵而易碎的宝物。他身后的医生趁机穿好了大衣，这种场面在他已是习以为常的了。"现在，我的事儿做完了。"他笑了笑，跟大家打过招呼，就随随便便地朝门口走去。

但就在医生毫不在意地打开门的一刹那，有个东西从他腿边窜了过去，就是全身紧张地在那里又卧又蹲的东西，潘托站在屋中间，狂叫了一声。它一眼就看见了林普利抱着什么新东西，他爱抚地抱着一个它不认识的东西，是一个很小的红红的活物，叫起来像猫，闻上去像人——哈！原来这就是那个敌人，那个找了很长时间、隐藏起来的秘密敌人，那个夺走它权力的强盗，那个它和平的破坏者！撕碎它！嚼烂它！它张牙舞爪地扑向林普利，想夺走他的孩子。我想，我们大家是同时叫了起来，因为这强壮的畜生跳起来向前扑，来得那么突然，那么有力，矮胖壮实的林普利竟被撞了一个趔趄，倒在墙上。但在最后的一刹那，他本能地高高举起了襁褓中的婴儿，免得孩子受到伤害，而我，趁他还没倒在地上，便眼疾手快地接过孩子。那只狗立刻冲着我扑过来。幸亏医生听到我们的尖叫跑了回来，机警地扯起一把沉重的软椅对着狂暴的、两眼充血、口吐白沫的狗甩过去，把它的骨头都砸得嘎嘎作响。潘托疼得嗷嗷直叫，退缩了一小会儿，但那只是为了赶快重新狂怒地向我袭击。不过这一小会儿就足够林普利急速地站起来，同样狂怒地、凶猛地冲向那个畜生了。于是展开了一场恶斗。林普利肩膀宽、体重大、有力气，他把他全身的重量压在潘托身上，用他强有力的手扼住它的喉咙，双方像拧在一起的重物一样，在地上滚来滚去。潘托用嘴咬，林普利用手掐，一只膝盖压在那畜生的胸脯上，而对方也一再躲开他的铁爪。我们两个老妇人为了保护孩子，悄悄逃进侧室，这时医生和使女也向那畜生冲来。他们拿起一切手边摸得到的东西照着潘托狠打，木头和玻璃劈里啪啦地山响，他们三人一起对着潘托拳打脚踢了很长时间，直到它的狂吠变成微弱的喘息。最后，医生、使女和我丈夫把只能微弱地耸着肩喘气的筋疲力尽的狗四腿绑上，皮带子和绳索都是我丈夫趁乱跑回家取来的。然后，他们又用撕碎的台布堵住那畜生的嘴，它没有一点抵抗能力，几乎已经没知觉了，于是他们便把它拖出屋，像丢麻袋似的把它扔到门口。这时，医生才赶快回来帮助治疗。

在这段时间里，林普利像一个醉汉，踉踉跄跄地走进房间去看孩子，孩子没有受到一点伤害，用她那似睡非睡的眼睛呆呆地望着他。夫人听到喧闹，从疲惫的沉睡中惊醒了，得知一切安然无恙，她淡然一笑，吃力地、含情脉脉地把脸转向丈夫，他轻轻地抚摩着她的手。现在，他才想到他自己。他的样子很吓人，煞白的脸上露出一双迷乱的眼睛，领子已被撕下来，衣服全是皱褶，沾满了尘土；我们吃惊地发现，水磨石地面上有一溜血迹，从他右边被撕破的袖子里还往外滴着血。他本人在激烈的搏斗中压根儿就没觉察到，被掐住喉咙的畜生在绝望的反抗中两次深深地咬了他的胳膊。大家给他脱了衣服，医生赶快给他绑上绷带，使女拿来了一杯白兰地。这个疲惫不堪的人由于激愤和失血已近似昏厥，大家费了好大的劲儿才把他抬到沙发上，让他睡下。他由于激动的等待已经两夜没有认真休息了，现在立刻就进入了深沉的梦乡。

于是，我们便开始考虑怎样处置潘托。"一枪打死。"我丈夫说，并想马上回家去取左轮手枪。但医生解释说，他的责任是一分钟也不耽搁地把这条狗送到检疫站去，给它验痰，看它是否得了狂犬病，因为如果是狂犬病，就要对林普利的咬伤部分采取特殊的预防措施；他打算立刻把潘托装到车里启程。于是我们都到屋外去帮助他。被捆绑的狗毫无抵抗能力地躺在门口——我永远也忘不了它的目光。刚一听到我们走来，它就用力地转动充血的眼睛，好像是想挣脱皮带跳起来。它格格地咬着牙，噎得一个劲儿吞咽，想把塞在嘴里的破布吐出来。与此同时，它的每块肌肉也像绳索一样缩得很紧，整个蜷缩的身躯都在不自然地颤抖。我要坦白地说：虽然我们知道它被牢牢地绑着，但都还犹犹豫豫，不想立刻动手。我平生还从来没有见过其他类似的东西现出这样集中一切凶恶本性的疯狂的愤怒，在人世间的眼睛里，我还从来没有见过像在这充血和嗜血的目光中一样多的仇恨。恐惧不自主地掠过我的脑际，丈夫建议直接枪杀这条狗是不是真的没有道理。但医生坚持立即运走，于是已经无力反抗的狗便被拖进汽车运走了。

潘托以这样不光彩的下场从我们的视野消失了很长时间。一个偶然的机会，我丈夫得知经过巴斯检疫站的多日观察，证明潘托身上根本不存在狂犬病传染细菌，因为不准它返回原来的犯罪地点，人们就把它送给了巴斯城里一位寻找过强壮牛头犬的屠户。我们没有再去想它，就是胳膊上挎过两三天绷带的林普利也把它完全忘了。自从孩子满月以后，他的热情和关心就都倾注在小女儿身上了，不用说，他的行为像潘托时代一样的狂热、一样的夸张，甚至更可笑。这样一个笨重而强有力的男人跪在那辆躺着孩子的小婴儿车前，就像古意大利画家的油画上三圣王跪在降生的耶稣面前一样。每天、每小时、每分钟，他都能在这个红润可爱的造物身上发现新的可爱之处。而他朴实娴静的妻子见到他对孩子这样慈父的爱，总是露出微笑，那样子与以前他对那霸道的四足动物无意义地顶礼膜拜时相比，不知要友好多少倍。这也给我们带来了不少美好的时刻，因为邻居家里完美无缺、没有阴云的幸福，无形中给我们的家罩上一层友好之光。

我说过，我们大家已经把潘托忘得一干二净了。只是，我在一天晚上意外地想到了它的存在。我和丈夫在伦敦参加了一场布鲁诺·瓦尔特的音乐会，深夜才回到家中，不知道为什么，我怎么也睡不着；是因为不自觉地极力回想《朱庇特交响曲》那悠扬销魂的曲调呢，还是因为那月朗星稀的夏日白夜？已是凌晨两点钟光景，我下床朝窗外看。高空的月亮像被一阵看不见的微风吹动，静静地穿过被银白的月光照亮的薄如面纱的云层，每当它露出纯净光亮的面孔，整个花园便被照得如同裹在白雪里一样。一切都静悄悄的，没有一点儿声音。我觉得，哪怕有一片树叶动一动，也休想逃过我的耳朵。我忽然发现，在我们两家花园之间的灌木丛围篱旁边，有个什么东西无声地活动着，那是个黑色的东西，从被照亮的草地上显露出来，它是那样的柔软，那样的不安。出于不自觉的好奇心，我朝那边看去。在那里活动着的，不是物体，不是活着的东西，也不是有形体的东西。那是一个影子，仅仅是一个影子。但那一定是一个活物的影子，它在围篱的掩护下小心翼翼、鬼鬼祟祟地活动着，不是一个人的影子就是一个动物的影子。我不知道怎样能正确地表达，但这个意志消沉的东西，这个隐秘的东西，这种潜行的毫无声息，却使人有些不安。女人总是胆小的，我首先想到的是小偷或强盗，心一下子就跳到了嗓子眼。但这时，影子已经从花园围篱来到上面高台篱笆开始的地方，现在正奇怪地缩成一团，沿着栅栏潜行，这个活物本身终于移到自己的影子的前面——哈，那是一条狗，我一眼认出了那是潘托。动作相当慢，相当留神，看得出，它是随时准备一听见声音便逃之夭夭。潘托窥探着走到林普利的房子附近，我不知道为什么会产生这样的闪念：它好像想要探察什么情况，因为那绝不是随随便便、无目的地搜索；从动作上看，它是想做某种禁止的事情，或是在策划某种险恶的阴谋。它没有把嘴巴贴

373

着地面嗅，而是为了防备有人看见，肚子几乎挨着地，徐徐地、一寸一寸地向前移动，像猎犬蹑足接近它的猎物。我情不自禁地弯下腰，想看个仔细。但是，我可能笨手笨脚地碰了一下窗子，弄出了很轻的声音，潘托悄没声地一跳便消失在黑暗中了。这一切好像是我做的一个梦。花园笼罩在月光下，空荡、雪白、光洁、静谧。

不知为什么，我羞于把这一切告诉丈夫，说不定那果真只是一个幻觉。第二天早上，我在街上遇到林普利家的使女时，顺便问了问她最近是否又看见过潘托。姑娘显得很不安，而且有点不自然；鼓了鼓勇气，她才承认曾经多次在很古怪的情况下碰到过它。她说，她简直说不清楚，但见了它，她很害怕。四星期前，她推着童车到城里去，忽然听到一声粗暴的狗吠，潘托从一辆经过她身旁的运肉车上对着她，她相信是对着童车里的孩子，拼命地嚎叫，而且又好像往后蹲缩，准备往下跳。幸亏汽车快速地行驶过去，使它不敢往下跳，但那愤怒的狂吠吓得她腿肚子直抽筋。自然，她没有告诉林普利先生。那只会徒增他的烦恼，她也确实认为，那狗在巴斯已得到可靠的照料。但在最近的一个下午，她想从旧木屋取几块木柴，发现暗处有什么东西动了一下，这时她认出是潘托藏在那里，它见有人来，立刻穿过花园的篱笆溜掉了。从此，她就怀疑它经常藏在那里，而且夜间它也一定围着房子转来转去，因为前不久的一夜大雨过后，她在湿润的沙土地上看到过狗爪子的印迹，那些印迹清楚地显示，它曾多次围着整座房子打转。公开露面倒是一次也没有；无疑，它是在确有把握没人看见自己的时候，悄悄地穿过我家或邻家的围篱溜进来的。我是否可以这样想：它是想要再回来。林普利先生永远也不会让它进屋的，再说在屠户家里它也不至于挨饿呀，否则它早就跑到厨房里讨吃的去了。不管怎么说，它这样围绕房子潜行，总让人觉得可怕。我说是否应该告诉林普利先生，至少告诉他的夫人。我们左思右想，终于一致认为：如果它再露面，我们就告诉它的新主人，那个屠户，让他制止这不可思议的造访。我们根本不愿意让林普利回忆起这只可憎的恶狗的存在。

我想，这是一个错误，因为，也许——谁说得准呢——我们本能够阻止在下一个刻骨铭心的星期天发生的不幸。那天，丈夫和我都到林普利那边去了，我们来到靠近山脚的一块平坦台地，坐在轻便的软椅上聊天，草地从台地开始顺着很陡的斜坡一直延伸到运河边。在我们旁边，同一块平坦的台地草坪上，放着婴儿车；我无须告诉你，那位可笑的父亲在谈话中每隔五分钟就要站起来，去逗逗孩子。说实在的，那孩子真是很可爱，在那金光灿烂的下午看上去也真是招人喜欢：在婴儿车车棚的阴影里，她眨着蓝色的眼睛对着天空笑，用纤细的、有点笨拙的小手去抓车棚上太阳的光圈——父亲竟欢呼雀跃起来，好像这样的奇迹还从未出现过，我们为了讨他喜欢，也跟着笑闹，好像也从未看见过这样好玩的动作。那一瞥，那最后的愉快的一瞥，永远留在我们记忆里。随后，林普利太太从房屋游廊的阴影中喊我们去喝茶。林普利抚慰着孩子，好像她能听懂他的话似的："就来！我们就回来！"我们把车连同孩子都放在美丽的草坪上了，那里有繁茂的树叶遮挡着强烈的阳光，还很凉爽，我们溜溜达达地往上走了几分钟，就到了经常喝茶的地点——从下边的台地到上边也就二十米左右，由于隔着一座种满玫瑰花的凉亭，我们看不见另一边的情形。我们在聊天，不过没有必要细说我们都聊了些什么：林普利异常活跃，这一回，他兴高采烈的表现面对这样一片蓝缎子般的天空，面对这样一个礼拜天的宁静，在一所充满幸福的房子的阴影中，倒可以无阻碍地任意发挥了。这活跃的表现简直就是罕见的炎夏在人身上的反映。

突然，我们全都吓呆了。从运河边传来尖声的惊叫，有孩子的喊声和女人扯着嗓门的呼唤。我们冲下绿茵茵的斜坡，林普利跑在我们大家前面，他首先想到的就是孩子。但使我们大惊失色的是，下边的台地上已经空无一物了，就在几分钟以前，我们还把婴儿车连同那快乐的微睡的孩子安全地留在那里。从运河那边传来的叫声越来越刺耳，越来越激愤。我们赶快下山。在河对岸，几个妇女挤在一起，指指孩子，向我们打手势，然后又呆呆地望着运河。水里漂着一个倒扣着的婴儿车，那是我们在十分钟前放心大胆地留在台地上的婴儿车。一个男人已经解开一只小船，准备去救孩子，另一个人已经潜入水中。但一切都太晚了。过了一刻钟，孩子的尸体才从浅绿色的海藻交缠、咸淡混合的水里捞出来。

我无法描述那对不幸的父母是如何绝望。确切地说，我是根本不愿意去描述，因为我一辈子都不愿意再回想那惊心碎胆的一瞬间。电话报告警察局后，来了一位警长调查这可怕的事件是怎样发生的。是父母的疏忽，还是偶然事件，或是人为的罪行？人们早已把婴儿车从水里捞出来，现在按照警长的指示，精确地放回台地上原来的位置。然后，警长亲自进行试验，看轻轻一推能否让它从斜坡上滚下去。但小车的轮子在厚厚的高草里动也不动。于是排除了阵风使小车突然滚下去的可能。警长做的第二个试验是稍微用点力去推小车。它只滚了半步，就停了下来，而这块台地至少有七米宽，小车的压痕证明，它离掉下去的距离相当远，同时它又是牢靠地立在草坪上。只有在警长跑过去真的猛劲一撞时，小车才沿着山坡跑动起来，滚了下去。肯定是什么意想不到的东西使小车突然运动起来的。但，是谁，或者是什么，这还是个谜。警长把帽子摘下来，露出汗涔涔的前额，越来越沉默地搔着蓬松的头发。他弄不懂这是怎么回事。是否有什么东西——可能只是一个球——从上边滚到台地上来了呢？"不！决不会！"所有的人都斩钉截铁地否认。会不会是一个孩子曾在近处或花园里逗留，忘情地玩过这辆小车？不！从来没有人！是否平时就有什么人待在那里？没有！什么人也没有！花园的大门是锁着的，河边散步的人当中没有谁看见有人进去。唯一真正的见证人是那个果断跳进水里救孩子的工人；他当时还全身湿淋淋的，心绪也很紊乱。他说，他只记得妻子和他正无忧无虑地在运河边散步，突然从花园的山坡上滚下来一辆婴儿车，越滚越快，一到水里就翻过来了，因为他隐约看见一个孩子漂在水里，就立刻跑过来，甩掉衣服，想去救人，但被乱成一团的水藻缠住了，不能如他所想的那样快地游过去。别的他就一无所知了。

　　警长越来越绝望了。这样伤脑筋的事他还从来没有经历过。他简直想象不出那辆车怎么会滚动起来。唯一的可能，就是那孩子突然站起来，向一边栽倒，使轻巧的婴儿车失去了平衡。但这并不可信，连他自己也想象不出这样的情景。是否还有另外的推测？

　　我不由自主地望着那个使女。我们的目光恰巧相遇了，在同一时刻，我们俩想着同一件事。我们俩知道，它最近一再狡猾地藏在花园里。我们俩知道，它曾一而再、再而三地恶狠狠地把洗衣筐撞到河里去。我看见使女苍白的嘴唇不安地颤抖着。我们俩都怀疑，是那只怀恨在心的丧家之犬终于看准机会可以报仇，趁我们把孩子单独留在那儿的几分钟时间，迅猛地把装着敌人的小车撞到了运河里，然后又像平常一样悄没声地逃跑了。但我们俩谁也没把自己的怀疑说出来。我知道，我脑子里只闪过这样一个念头：如果林普利当初做得绝一些，把这疯狂的畜生杀了，也就救了他的孩子。最终，尽管有一切推理，但仍缺乏最后的事实的证据：我们俩也好，别的人也好，那天下午谁也没看见那条狗悄悄地进来或悄悄地离去。那间木屋，它最喜欢的藏身处，我立刻就去检查了，那里什么也没有，干爽的土地上没有一丝痕迹；此外，我们也没听到一声狂吠，以往每当潘托把筐撞到河里时总是那样胜利般地狂吠。因此，我们不能确定就是它干的，这只是一个折磨人的猜测，一个残酷地折磨人的猜测。这只是一个合理的、非常合理的怀疑。但是缺乏最后的、推不翻的定论。

但是，从那一刻起，我就再也摆脱不掉这可怕的怀疑了。相反，这怀疑在以后的几天里变得越来越强烈，几乎强烈到定论的程度。一周以后，那可怜的孩子已被埋葬，林普利一家离开了那所房子，因为他们不忍心再去看那条充满灾难的运河。这时，有一件事情在我内心深处不停地翻腾。一天，我到巴斯城去置办一些家用的零碎东西。忽然，我大吃一惊，因为我在屠户的汽车旁看见潘托悠然自得地走过去，在所有这些可怕的时间里我总是不自觉地想到它，就在同一瞬间，它也认出了我。它立刻停下来，我也照样停住了脚步。这时发生的事至今还使我毛骨悚然：在它被贬以后的数周里，每次我见到它时，它总是心绪慌乱，总是避开目光、斜身俯首缩背地含羞躲开；而这回，它却毫不拘谨地高高扬着头看我——我只能说——带着一种骄傲的有恃无恐的冷静表情看着我。一夜之间，它又变成了从前那个高傲的、盛气凌人的畜生了。这种姿态它保持了有一分钟光景。然后，它就四条大腿摇摇摆摆地，几乎是迈着舞步，轻快友好地穿过大街向我走来，在离我一步远的地方站住，好像是想说："呶，我就在这里！你有什么话要对我说，还是有什么要控诉我？"

我像瘫在那里一样，既没有力量赶走它，也无力忍受它那自负，甚至可以说自满的目光。我赶快逃走了。上帝保佑我吧，我没有控告一个动物的罪行！但从此刻起，我就再也摆脱不了这可怕的念头："那就是它。那是它干的。"

（关惠文　译）

图书在版编目(CIP)数据

昨日之旅/(奥)斯特凡·茨威格著;关惠文等译.
—上海:上海译文出版社,2016.10 (2024.2重印)
(茨威格作品集)
ISBN 978－7－5327－7314－5

Ⅰ.①昨… Ⅱ.①斯… ②关… Ⅲ.①中篇小说－小
说集－奥地利－现代 ②短篇小说－小说集－奥地利－现代
Ⅳ.①I521.45

中国版本图书馆 CIP 数据核字(2016)第 155136 号

Stefan Zweig
Die Reise in die Vergangenheit

昨日之旅	Stefan Zweig	出版统筹　赵武平
Die Reise in die	斯特凡·茨威格 著	责任编辑　李月敏　张 鑫
Vergangenheit	关惠文 等 译	装帧设计　尚燕平

上海译文出版社有限公司出版、发行
网址:www.yiwen.com.cn
201101 上海市闵行区号景路159弄B座
上海市崇明县裕安印刷厂印刷

开本 890×1240 1/32 印张 12 插页 2 字数 233,000
2016 年 10 月第 1 版 2024 年 2 月第 3 次印刷

ISBN 978－7－5327－7314－5/I·4457
定价:45.00 元